ГРИГОРИЙ РЯЖСКИЙ

люди ПЕРЕХОДного периода

ЭКСМО
Москва
2013

УДК 82-3
ББК 84(2Рос-Рус)6-4
    Р 98

Дизайн серии и переплета *Петра Петрова*

Ряжский Г. В.

Р 98   Люди ПЕРЕХОДного периода / Григорий Ряжский. — М. : Эксмо, 2013. — 416 с.

ISBN 978-5-699-63845-1

Как известно, душа человеческая имеет реальный физический вес. Вот только как его узнать, с помощью каких измерений? Григорий Ряжский предпринимает интереснейшую попытку осуществить такое «взвешивание» при полном отсутствии каких-либо измерительных приборов. Героев романа, таких непохожих друг на друга, объединяет одно удивительное качество: оставаясь внешне неотличимыми от обычных людей, они лишены самого главного — крохотной, почти невесомой частицы. А можно ли вернуть потерянную душу?

УДК 82-3
ББК 84(2Рос-Рус)6-4

ISBN 978-5-699-63845-1

....

Автор выражает искреннюю признательность за неоценимую помощь, оказанную в ходе работы над книгой:

— рестораторам г-ну Г. Веневцеву и г-же Е. Веневцевой;

— заключённым ИК-10 г. Краснокаменска г-ну Петру и г-ну Павлу;

— отдельно — заключённому ИК-10 г. Краснокаменска г-ну Л. Родорховичу за такт и терпение;

— отдельно — заключённому ИК-17 г. Мурманска для осуждённых инвалидов г-ну Г. Айвазову;

— авторитетным предпринимателям г-же М.П. Рыбиной, г-же В. Милосовой и Ашотику.

Особая благодарность неизвестным спонсорам — организаторам ознакомительного пневмополёта в место действия основных событий романа.

часть 1
ГЕРМАН

Первым неладное почуял Парашют. Кстати, имя это он получил от Ленуськи, которая, будучи в ту пору женщиной чрезвычайно терпимой, да и во всех остальных смыслах просто милейшей, с первых же его полётных опытов не стала препятствовать этим необыкновенно затяжным прыжкам со шкафа на диван, когда котёнок, приземлившись, вонзал острейшие когти и как бы тянул на себя, выдирая из гобелена разноцветные нитки, невидимый парашют — в попытке собрать его в невесомую кучку.

Гобеленовую обивку, как вскоре и весь этот испанского производства диванчик, целиком, мы мысленно списали, не сговариваясь и не сожалея, и окончательно отдали на растерзание Парашюту. А что делать — за неимением прочих этот единственный ребёнок в нашей небольшой семье вполне мог позволить себе любое безобразие, какое только могло залететь в его кошачий ум.

Да и рос он быстро, потому что хорошо питался и в этом смысле не знал ни малейшего отказа. Да и с какой стати отказывать? Ежедневный саквояжик, на-

---

[1] Одумайтесь, люди, иначе вы увидите то, что видим мы. Администрация (*пер. с латыни*).

битый по самую защёлку ценными остатками ресторанного производства, доставлял к его ночному столу лично я сам, и сам же раскладывал угощенье в три-четыре разные мисочки. Ну сами посудите — как можно, к примеру, кусочек нежнейшего «Filet de poulet en pâte»[1] соединить в пространстве одной, пускай даже кошачьей, посуды с порцией абсолютно непочатого десерта типа «Flan de fromage avec la purée de framboise»[2], причём взятого не от края запечки, а выуженного из самой воздушной середины лотка.

Не выказав хотя бы единожды звериного протеста против предлагаемого мною меню, Парашют досрочно, что туловищем, что ленивыми, но пронзительно острыми мозгами, вызрел в величественного зверя, состоящего из солидного мехового торса, серого, перепоясанного равномерно расположенными по нему чёрными полосами, и громадной мудрой головы с заплывшими от неизбывных наслаждений глазами и топорщащимися в стороны жёсткими усами. Четыре явно коротковатые для такого могучего сооружения пушистые конечности, оканчивающиеся мягкими, в розоватую крапинку, неслышными подушечками, и пышный светло-серый хвост завершали картину нашего семейного благополучия. Мы — это любящие супруги с уже приличным стажем Герман и Елена Веневцевы.

В отличие от меня, усреднённого спроса и средней комплекции мужчины, нажившего по возрасту сороковник, по здоровью — парочку не слишком обременительных болячек, по жизни — кой-какую, тут и там, недвижимость и несколько банковских счетов туманного содержания — по состоянию душевного равнове-

---

[1] Филе из курицы в кляре (*пер. с франц.*).

[2] Творожный пудинг с малиновым пюре (*пер. с франц.*).

сия, Ленка, начиная с малых лет, подобной усреднённостью не страдала и в эту сторону не думала вообще. Она всегда была яркой, умной и хорошей. Такой она и продолжала оставаться все эти годы, несмотря на многочисленные проблемы, что начались когда-то и не отступали так или иначе вплоть до самого расцвета нашего семейного предприятия. Возможно, она уже тогда, в самом начале, в наши первые с ней совместные дни и ночи, была излишне хороша для такого дядьки, каким я когда-то не был, но со временем стал. Тем, каким сделался, привыкнув к счастью жить при ней и при нашем деле, как и к мысли о том, что рядом со мной всё давно уже выложилось в картину понятную и надёжную, без вытянутых до упора нервов, без дурных, отвлекающих от дела мыслей, без отчётливых желаний перемен к лучшему — и потому без особых затей, принуждающих выдумывать всё новые и новые рецепты избавления от них же. Но сколько бы я об этом ни думал и сколько бы попутных глупостей ни сотворял по мере врастания в нашу с Ленкой любовь, я так и не нашёл ответа на главный вопрос — отчего она, эта обворожительная умница с ясной головой, наплевав на прочие благовидные варианты, первой сделала движение в мою сторону, первой из нас двоих вполне внятно и недвусмысленно обозначила намерения относительно моей ничем не выдающейся персоны; зачем ей, точной в словах и щедрой в мыслях, понадобился этот бахвал, этот не первой свежести пацан с замашками бонвивана и без явных возможностей их осуществить. Единственное качество, каким я в ту пору обладал, если уж по большому счёту, — это умение стебаться и ёрничать по любому поводу и придумать себе пожрать, соорудив чего-нибудь вполне съедобное практически из ничего.

Я часто думаю, удивляясь самому себе, — откуда чего берётся?! Нет, правда, отчего так случается в жизни, что вполне обычный человек, без особых амбиций и устремлений, без заметно выраженных талантов и привлекающих общее внимание интересных наклонностей, без любопытных для других черт характера, без престижного, в конце концов, не случайно полученного образования... Короче, отчего такие невидные парни, как я, могут вдруг вовлечь в свою орбиту таких женщин, как она, моя Ленуська, хотя потом они же и становятся невольными заложницами собственной жизни с этими мужиками, определённо недотягивающими до них ни умом, ни интеллектом, ни тягой к подлинной культуре, как, впрочем, и всеми остальными человечьими качествами. Включая деловые.

Так вот, дальше про Парашюта.

Раньше, помню, не бывало дня, а точнее ночи, чтобы этот наглый, хитрый, но и невероятно нежный раздолбай из породы беспардонных котовых не вскарабкивался на нашу с Ленкой постель и, дождавшись момента, пока я начну проваливаться, не принимался бы елозить по мне поверх одеяла, выбирая себе для сна закуток поуютней. В итоге устраивался, как всегда, без неожиданностей — с моей стороны, ближе к животу, чтобы мне было неудобней поворачиваться во сне, зная, что могу по неосторожности задеть этого негодяя или даже чувствительно придавить ему что-нибудь важное согнутой в колене правой ногой.

А ещё раньше, в самом начале своей жизни у нас, похожие манипуляции он проделывал с Ленкиной стороны, избегая соваться на мою мужскую половину, и не мне, а ей приходилось тогда соблюдать известную осторожность, дабы не причинить котёнку невольных увечий. Но в какой-то момент всё словно отрезало.

И эта перемена случилась уже вскоре после того, как моя любимая жена подобрала в соседнем дворе и притащила к нам в дом этого полосатого, пахнущего подвалом, кислым молоком и немытой шерстянкой заморыша.

Чего-почему, разбираться в этом никто из нас не стал: просто сменилась, вероятно, кошачья диспозиция, уступив место иным внутрисемейным раскладам. Ленуську, помнится, такое постельное новшество никак не озаботило, скорее, наоборот, освободило от обязанности помнить про осторожность по отношению к нашему маленькому домашнему зверю. Да и заботы у неё в те дни начались совсем другие, в ту пору мы уже крепко вставали на ноги и думали о расширении дела. Впрочем, несколько забегаю вперёд.

Обычно под утро я прощал его, нашего воспитанника. Продирал глаза, обдумывая детали меню предстоящего дня, и уже мысленно просматривал раскладку продуктов и то, что необходимо будет поручить добрать ко времени бизнес-ланча. Сам ланч вполне закрывался остатком вчерашних закупок, плюс оставался ещё внушительный резерв, не израсходованный после вечерней готовки, который, как правило, мои подручные успевали переработать, освежить, украсив очередной моей фантазией, и пустить в ланч. Бизнес — не бизнес, а получалось съедобно. И даже вкусно, иногда очень.

Я вообще-то зло не забываю, но больше прощаю, чем злобствую. Лишь в одном я суровый и неуступчивый перец, отстаивающий принципы и правила, — в гастрономическом деле, которое после Ленки и Парашюта стоит у меня строго на третьем почётном месте. Кстати, просил бы не путать высокое дело с кулинарией.

Дам себе труд пояснить различие. Сама по себе кулинария — лишь часть дисциплины гастрономии, изучающей связь между культурой и пищей. Кулинария — то, как готовить пищу. Гастрономия же относится к искусству и, если угодно, представляет собой определённую, пусть небольшую, но всё же область научных знаний. Теперь понимаете, что на своём законном месте я оказался далеко не случайно?

Это я так не про койку в третьей палате для блатных «Второй хирургии», где я провалялся какое-то время после двух операций, последовавших одна за другой с перерывом в четыре дня вследствие полученного ножевого ранения в полость живота. И не про реабилитационный комплекс в Перхушкове, куда я попал вслед за выпиской из клиники с целью окончательного восстановления частично подорванного здоровья. Это я про Шиншиллу, про «matrem et patrem» в одном лице, неизменно бодро вышагивающую вторым эшелоном сразу вслед за моими родными.

Кстати, слегка была задета печень, но это выяснилось уже в ходе самого хирургического вмешательства. Чуть-чуть всего полоснуло лезвие, пройдясь по самому краю и не образовав следа, достаточного для полноценной картинки. Так что снимок — или чем там они диагностируют, не помню, этого не показал. Зато я не забыл, как заваливался на пол, теряя пространство перед глазами, цепляясь утекающим сознанием за кафельную стенку, в которую упирается край кухонного вытяжного шкафа. Помню ещё, как в момент падения на пол ощутил внутри себя мгновенную лёгкость, будто избавился на секунду от необременительного, но лишнего груза, и это отчасти затмило общее удивление от случившегося, как и пригасило острую боль в низу живота.

В общем, пришлось им менять весь план операции прямо на месте, подштопывать край печёнки и надеяться на мой крепкий организм, привычный к работе с печенью. И то правда. Отбираем хороший кусок, лучше парной — хотя всё равно соврут, скажут, только с мясобойни, пару часов всего, как быка завалили, — с минимумом прожилок, отделяем плёнки, какие изначально видны глазом. Делаем «Pâté de foie maison» — паштет из печени по-домашнему. И главное тут, как ни странно, не сама печень в качестве основы этого блюда, а коньяк и копчёная грудинка. Печень — могучий фон, связующий неожиданные ингредиенты. Дальше — просто: печёнку чуть обжарить, в толстых ломтях толщиной с палец, легко, сохраняя воздух и розоватую сукровицу. Затем всё — в однородную массу, вертим с луком, специями, всё как обычно, даже скучно напоминать. Затем — коньяк. Тут каждый сам себе канарейка, хочешь — самый дешёвый и простой «cognac ordinaire», но если желаешь, можно выдержанный. Это для бандитов как ни для кого подходит, если уважительно ввести в курс насчёт присутствия дорогого алкоголя внутри блюда, или для женихов из деловых, демонстрирующих жизненный успех. Ну и для реальных гурманов, как водится. Но массу, прежде чем выложить в форму, непременно следует накрыть сверху ломтиками сала и укутать пекарской бумагой. Фольга — для уродов, так и запомните. Короче, часа полтора ждём, и все дела. Да! Форму поставить в противень с горячей водой! Теперь — всё.

Так вот, снова про Ленку. Как всё началось, и почему в первый же вечер нашего знакомства она осталась у меня до утра.

В том месте, где каждый из нас оказался больше по случайности, чем по прямому делу, на котором изначально строился расчёт, у малознакомых, в общем, но чрезмерно состоятельных людей, имелось всего два блюда под быстрый перекус и пара бутылок выдержанного бордо: основное и десерт. За первое, так уж получилось, отвечал я, второе взялась изготовить кудрявоголовая Леночка Грановская, в то время сидевшая на временной зарплате у хозяйки дома. В отличие от эффектной, но весьма сдержанной гостьи хозяйка выглядела просто отвратительно: в своих неуклюжих попытках очаровывать и острить она лишь тупила и выдавала банальные глупости, не попадая в масть. Леночка в ответ лишь вежливо улыбалась, но чаще отводила глаза, испытывая явную неловкость за свою работодательницу. В такие моменты взгляды наши непроизвольно пересекались, и тогда, стараясь угодить этой милой кудряшке, я хмурил нос и игриво поджимал губы, придавая своему лицу выражение полной солидарности с имевшим место непотребством. Я строил морды и гримасничал по-всякому, не снижая оборотов, однако при этом успевал подмечать, что обильно рассыпаемые мной глуповатые знаки внимания не остаются незамеченными. Всякий раз, отлавливая взглядом мой призывный намёк, девушка понимающе подмаргивала и касалась указательным пальцем носа, как бы мимоходом почёсывая его кончик.

О, как любил я его уже тогда, с самой первой минуты, этот шевелящийся кончик, чуть заострённый и отдельно живой, потому что, когда Ленка говорила, одновременно улыбаясь, или просто смеялась, кончик носа её подрагивал вместе с вибрацией гортани, и это было и заметно, и ужасно трогательно.

Потом уже, спустя какое-то время, чаще по утрам, ещё не дождавшись долгожданного момента пробуждения своей жены, я едва касался его подушечкой мизинца — так, примеряясь, делает лапой подросший лев перед финальным броском на уже принадлежащую ему добычу. Я играл с ним, предвкушая, как через минуту уже окончательно овладею женой и буду терзать её безропотное тело, любить и вновь терзать его ненасытно в нашей общей любовной игре.

Она стала Еленой Веневцевой спустя месяц, отсчитывая от первой совместно проведённой нами ночи.

А в тот счастливый для меня вечер Леночка Грановская, пропустив через тостер тонкие, с вкрапленными по корке крупными семечками буханочные ломти серого «Волконского», дала им остыть, затем намазала тонким слоем сливочного масла и разделила на квадратные порции. Перед тем как съесть, каждый квадратик следовало обмакнуть в жидкий, тёмного колера мёд. Сказала, «архиерейское пирожное на гречневом меду», так что, раз нет хозяйского кулича, то всем дарю рецепт.

Это был её вклад в наш случайный стол. Дело было после Пасхи, на Красную горку, завершалась Фомина неделя, о чём мне, убогому нехристю, пока мы готовили на кухне тосты, каждый для своей надобности, с улыбкой поведала просвещённая Леночка, — так что самое время искать невест, добавила она, — а ещё разговляться, веселиться и непрерывно застольничать.

Я ответил основным блюдом, для чего, к моему удивлению, в хозяйском арсенале нашлись все необходимые ингредиенты. Сказал: «На ваше пирожное откликаюсь «Arhierejsky le sandwich avec dés de saumon et d'avocat»[1]. Тот же самый «Волконский» я подержал в том же тостере, но только совсем чуть-чуть, и, едва

---

[1] Архиерейский бутерброд с семгой и авокадо у косточки (*пер. с франц.*).

дождавшись момента, когда поверх ломтей стала образовываться слабая корочка, выдернул хлеб из электрической печки. Далее — имейте в виду, говорю сейчас важное, так что напружиньте память — сёмгу, напластанную тончайше, с лёгким захватом серого подкожного слоя, расстилаем по хлебу лишь после того, как нанесём чувствительный слой мякоти зрелого авокадо. Однако секрет заключается не в этом, вся хитрость в том, что потребную для архиерейского рецепта мякоть надлежит брать лишь возле самóй шарообразной косточки, только ту, что прилегает к кругляшу на два-три миллиметра, не больше. В отличие от однородной зелёной массы, заполняющей тело авокадо, вы легко узнаете её по белёсому оттенку и определяемой даже на глаз высокой маслянистости.

Это священнодействие я проделал на глазах всей немногочисленной компании, которая, будучи в курсе хозяйкиных пристрастий к новейшим и малоизвестным рецептам, неотрывно следила за моими манипуляциями.

— Это вещь... — только и сумела сказать она, после того как, медленно разжевав и размазав по нёбу, проглотила часть «архиерея», пришедшуюся на первый укус, и немного подумала, загадочно прикрыв веки. Далее произошла метаморфоза: на глазах присутствующих, без особого к тому усилия, одним коротким движением дама стряхнула с себя так неудачно напяленную маску и, вернув себе привычный вид сосредоточенной бизнес-леди, обратилась ко мне с вопросом: — Вы ведь профессионал, Герман? Странное дело, мне-то рекомендовали вас как толкового сотрудника известного рекламного агентства, а вы, оказывается, обладаете совсем другими талантами, скрытыми от вашего непосредственного руководства? — Она недоверчиво покачала головой, после чего уставилась на меня, пронзая пытливым взглядом. — Признайтесь, ведь далеко не все знают такие тонкости, такие нюансы — ведь сам рецепт кажется простым до примитивности. Но примитивен он, кстати, лишь на первый взгляд, потому что вы нам всем сейчас продемонстрировали, насколько непредсказуемой может сделаться любая вещь в руках мастера. Я ведь помимо основного своего бизнеса задумала в скором времени запустить ресторанную сеть, не так чтобы очень разветвлённую, но весьма и весьма привлекательного свойства. Для некоторых, конечно, не для всех — не помню, говорила я вам об этом или нет. Не очень разветвлённую не потому, что нет возможности её раскрутить, а из-за того, что просто нет в нашем городе такого количества гурманов, которые смогли бы оценить истинно высокую кухню. И потому, как говорится, лучше меньше, да лучше. Если угодно, это моя маленькая прихоть, желание подтвердить свою профессиональную репутацию — я могу запустить любое дело. А в данном конкретном случае — это ещё и желание выразить свою утончённую натуру — например, через уникальное меню. В моем заведении должно быть то, чего больше нигде не попробуешь. — В задумчивости она покачала головой, мысленно уже просчитывая, скорей всего, как лучше меня использовать. И продолжила, всё ещё сводя в уме внеочередной баланс: — Но не в этом суть, Герман. Для меня сейчас важней понять другое — что именно вы умеете вообще, в принципе? Чем могли бы поразить мою придирчивую клиентуру, дай вам волю? А то, знаете ли, мои незаурядные гости, которые посетят эти своеобразные заведения, любят, как бы это выразиться поточнее... в общем, они предпочитают некую особость, определённый выпендрёж, причём необычный, непохожий на привычные гастрономические наслаждения. Иными словами, чем чудней, тем изысканней. Даже если это малосъедобно, но по сути своей чрезвычайно привлекательно. А значит, — вкусно, несмотря ни на что. Вы способны удивить сочетанием редкого и привычного, повергнуть в шок, вызвать недоверие, возбудить в человеке огненную страсть, бешеное желание ощутить это на вкус, изумить самого себя, шокировать собственное нутро? Именно за это наш гость готов выложить любые деньги. Всё вторичное в такие моменты уходит, испаряется из сознания, исчезает одновременно с рождением потребности в новых открытиях, путь к которым и указывает ему моя «ресторанная сеть не для всех». Мы вот-вот откроемся, не в курсе? Для этого, собственно, я вас и пригласила. Хочется понять, как мы с вами будем строить рекламную кампанию, на что станем нашего гостя брать, какую рыбу будем для него вылавливать и на какую приманку. — Она кивнула на Грановскую: — А Леночка у нас дизайнер, разрабатывает художественную концепцию интерьеров для нашей сети с учётом развития на будущее, также занимается оформлением меню и заодно сочиняет названия блюд. У неё это ловко получается.

Хозяйка присела и выдохнула. Судя по реакции гостей, мало кто ожидал подобного красноречия от этой несколько на первый взгляд глуповатой и явно избалованной дамы. Я мельком взглянул на Леночку. Та едва пригубила свой бокал — казалось, она о чём-то размышляла. По крайней мере, вид у неё был чуть отрешённый, и она никак не проявляла особенного расположения к моей реально скромной персоне. Вероятней всего, я некоторым образом опередил события, нарисовав себе картинку сильно преждевременную или даже вовсе несбыточную. В этом утопическом варианте Леночка уже по-всякому извивалась подо мной, широко распахнув глаза и умоляя меня не останавливаться. Её мелкие, одна к одной, кудряшки были рассыпаны по подушке и источали тонкий аромат масла пачули, смешанного с только что выжатым соком свежего грунтового огурца. Кстати, подумал я, уж коль скоро разговор зашёл о том, как правильней поразить воображение искушённых визитёров сети этой непростой мадам, то вот вам для примера. Итак, «carpaccio de concombre»[1], коротко. Рецепт, сразу оговорюсь, как и большинство остальных рецептов всей моей жизни, принадлежит исключительно моей же смещённой на всю голову гастрономической фантазии. Свежий огурец без пупырышков натираем на крупной тёрке, вмешиваем бальзамический (но не до фанатизма резкий) уксус, добавляем ростки редиски, оливковое масло холодного отжима, соль, белый перец или смесь пяти перцев. Затем крупно рубим пару веток укропа и делаем вброс комков мягкого козьего сыра. Всё это не перемешиваем, а просто осторожно перемещаем ложкой отдельные части содержимого, чтобы блюдо более-менее равномерно распределилось вдоль овальной тарелки. Боже, какой запах! Так, наверное, пахнет в раю или даже уже перед входом туда. Тут же порхают ангелы, раздувая крыльями благоуханье свежего огурца, здесь же, при райских вратах, потягивая носами ароматизированный воздух, улыбаются всяк входящему стражники-апостолы. И здесь же, на подходе к зоне вечного блаженства, уже творятся, скорей всего, дела справедливые и благие... Затем буквально окропляем всё это великолепие соевым соусом, но без добавок. Финальная кисло-сладость регулируется сахарной пудрой, по

---

[1] Карпаччо из огурца (пер. с франц.).

вкусу. Да, и есть пара деталей: чтобы вкус был безукоризненным, необходимо ещё вложить в блюдо душу. Без остатка. Всё.

— Сообразили, к чему веду? — хозяйка дома холодно посмотрела в мою сторону, заставив меня поёжиться.

— Разумеется, — вполне согласился я. — Попробую сформулировать точнее, если позволите. Насколько я понимаю, ваша цель привлечь как можно больше состоятельных гурманов, моя же — сделать так, чтобы они поверили в эту вашу особость и окончательно подсели на это дело, верно? Другими словами, придумать нечто вроде концептуального наркотика, не похожего на все остальные типы удовольствий, получаемых в эксклюзивных точках общественного питания. — Я развёл руками, выражая полное понимание задачи, и сделал своё первое конкретное предложение, чтобы, собственно говоря, приступить к тому, зачем был сюда зван: — Думаю, нашу рекламную кампанию следует начать не как принято, со средств массовой информации, которые с привычной агрессией стали бы накачивать людей набившими оскомину обещаниями, а с создания некой структуры, скажем, по образцу сарафанного радио, но только работающего как бы для избранных — это когда информация о «заведении не для всех» передаётся от одного посетителя к другому, но так, чтобы возникало ощущение, что лишь он и ему подобные ценители прекрасного могут быть к этому прекрасному допущены. Вариант полузакрытого клуба. Или подпольного казино, но исключая риск быть повязанным. Это щекочет нервы и разогревает самолюбие. Это приподнимает потенциального визитёра в собственных глазах. Это выгодно отличает его от непосвящённых, это создаёт искомый приоритет уже за счёт того только, что человек оказался «случайно» допущенным к чужой тайне и, не затратив усилий, сделал её своей. — В этом месте я взял короткую паузу, скромно улыбнулся и обвёл притихший стол взглядом победителя. Выдержав положенное количество секунд, я, как бы уже рассуждая с самим собой, высказал вдобавок к озвученному очередное дурацкое предположение: — Думаю, вы лучше моего знаете, насколько важным бывает для некоторых респектабельных однокорытников помериться приборами, в особенности в том деле, где, по сути, не существует внятных критериев, где они, как, впрочем, и мы с вами, смогут, пускай и на птичьем языке, обозначить своё отношение к вопросу, когда их слова, включая даже самые бессмысленные и безответственные, по-любому невозможно будет ни опровергнуть, ни оспорить.

Я нёс эту случайную пургу, завихрившуюся в районе затылка, ясно осознавая, что мне не столько хочется привлечь внимание хозяйки к рекламному проекту, или чтобы она, скажем, меня оценила по достоинству, или сорвать лёгкие безоткатные бабки, сколько заинтересовать собственной нестандартно мыслящей персоной Леночку Грановскую, которую уже к этому моменту мне страшно не хотелось терять по жизни. Точней говоря, ужас как хотелось по этой самой жизни обрести.

В это время я не думал о том, чего мне в этом смысле стоит ждать от Рыбы, в эту сторону я ещё даже не заглядывал, просто никак не увязывал свои благостные мысли насчёт моей неожиданной избранницы с тем, что подумает про всё это Муза Пална.

Рыбина Муза Павловна, кличка в деловых кругах «Рыба» — это и была она, заказчица, хозяйка бизнеса и дома, холёного вида и серьёзного облика тётка под полтинник в небесно-синей со стразами парче выше колен от Донателлы Версаче, без выраженного животика, но с неподтянутыми щеками и ушными мочками, чрезмерно оттянутыми явно непосильно тяжелыми для них камнями. Вульгарная дура или, в зависимости от обстоятельств, — здравомыслящая расчётливая волчица. Часто бывает, что — одновременно. Очаровательная фея из благородной сказки, приятная в манерах и расположенная к тебе больше, чем изначально ты мог на то рассчитывать; она же — начинка адской машины по отжиманию рисковых прибылей отовсюду, где они едва виднеются, сигналя слабым маяком. Правда, с этими её интересными особенностями мне пришлось столкнуться несколько поздней. А так, если брать, — чисто симфония, увертюра до-мажор, адажио и крещендо в одном приставном стуле.

И я продолжил, на этот раз уже оторвав себя от кресла для пущей убедительности извергаемого мной словесного потока:

— Чрезвычайно важно, как мне представляется, первым делом вбросить некий необъявленный дискурс, ну типа условий, о каких неприлично было бы договариваться даже на берегу. Скажем, цены не обсуждаются вообще как тема пустая и недостойная. Уже сам по себе факт визита в такое сверхнестандартное место предполагает наплевательское отношение к деньгам в принципе. Уважаемые люди, принявшие к исполнению подобные правила, не должны задумываться о мирском, когда речь идёт о небесном. О сакральном, если хотите. И наша задача — ненавязчиво им это подать. Вернее сказать, просто мягко подвести их к этой мысли, так, чтобы сами они этого не заметили. Нет ничего неприятней, во всех смыслах, — не мне вам это объяснять, Муза Павловна, — чем вызвать гнев или просто раздражение подобной публики в свой адрес. Они могут простить деньги, просто плюнуть, в конце концов, и списать любые неоправданные затраты, даже прямые убытки. Они, как правило, легко мирятся с такими потерями, после чего быстро прозревают, напрягают все ресурсы и удваивают усилия по их возврату. Лучшие, как вы знаете, достижения в самых разных областях рождались в самые тяжёлые времена; война, кстати говоря, немало способствовала просветлению ума, мобилизации всех сил, которые зачастую дремлют в человеке, ожидая своего часа. И духоподъёмности, между прочим, способствует, если брать в целом. — Сжав и разжав кулаки, я немного успокоил чуть сбитое своей неравнодушной речью дыхание и, отдышавшись, сделал неожиданный для себя же вывод: — Но заподозрить, что равные тебе усомнились в твоем безупречном вкусе, поймать скрытую, но конкретно тебе предназначенную ухмылку, уподобиться тем, кто, тупо отбросив лучшее, довольствуется самым обычным, легко достижимым и оттого не насыщающим душу, — это удел не для избранных, это участь самых обыкновенных, или просто «vulgaribus». Даже если закрома их ломятся от денег.

Слова мои, не имея препятствий на своём пути, изливались из гортани полноводной сладкой рекой, обволакивая наше небольшое застолье пеленой восхитительной, но вполне реальной надежды, имеющей свойство обращать её людьми определённого круга в абсолютно конкретный план действий. Рыба слушала молча, вонзив потеплевший взгляд в пустую бутылку из-под бордо. Затем протянула руку и, подцепив двумя пальцами последнюю порцию моего архиерейского чуда, плавным движением отправила её в рот. По всему чувствовалось, что в голове её в то же самое время неслышно, но безостановочно щёлкает кассовый аппарат. Однако наряду с этим и нечто иное не ускользнуло от моего внимания — как будто этот так славно заданный мозговой ритм в отдельные моменты несколько тормозился, спотыкаясь о незначительные контрдоводы. Впрочем, это обстоятельство никак не ослабляло общего хода мыслей Музы Павловны, а, судя по едва заметно дёрнувшимся векам, даже наоборот, лишь укрепляло уверенность Рыбы в справедливости произносимых мною слов. При этом весь облик её, то, как она слушала, поигрывая желваками, как пару раз запрокинула голову, хрустнув шейными позвонками, как поелозила верхней губой по кончику длинного носа, дотянувшись до него без видимого усилия... всё это свидетельствовало о самом неподдельном интересе к тому, о чём я набрался наглости рассуждать, предложив собравшемуся за столом обществу быструю и глуповатую импровизацию.

— И последнее. Исходя из того немалого опыта, который наше агентство сумело накопить за годы становления цивилизованного капитализма в России, я вам, дорогие мои, смело могу сказать, что такая концепция, будучи принятой за основу, отобьёт сделанные в эту эксклюзивную сеть вложения за самый короткий срок. Год-два, не больше. Дальше всё понесётся только в голый плюс. И чем недоступней она будет для каждого и всякого, тем эффективней она же станет набирать обороты, привлекая к себе всё новых и новых сумасшедших. В хорошем смысле слова, разумеется.

Я сделал небольшой глоток бордо и сел на место. Леночка посмотрела на меня и в раздумье отвела глаза. Однако я успел заметить, что взглянула она хоть и коротко, но внимательно, отметив для себя нечто во мне новое. Взгляд этот был явно предметным, а не просто приглашал, как прежде, разделить её тщательно маскируемый скепсис в отношении Рыбы. И не скрою, было приятно. И даже чуть-чуть волнительно в предвкушении других таких же взглядов в мой адрес, проясняющих намерения сторон.

— Ещё что-нибудь можете? — внезапно спросила Рыба и развернулась ко мне всем корпусом. — Чего-нибудь, от чего мурашки побегут так, чтоб не собрать. Какую-нибудь охренительную заманутху: глазами — всё просто, а ртом поди ещё догадайся, чего ешь и из чего сделано.

— Похлёбка из ангельских крылышек подойдёт? — быстро отреагировал я, пытаясь по возможности сохранить серьёзный вид. То, что Рыба клюнула и повелась на меня, правда, непонятно пока в каком качестве, было ясно уже по тому, как она поедом ела меня глазами, даже на время не отключив свой счётчик проницательного рыбьего гейгера. — Или, к примеру, мог бы предложить «дамские пальчики». Правда, виноград тут ни при чём, — я не выдержал и улыбнулся.

— Ногти из чего будут? — никак не отреагировав на мою улыбку, заинтересованно справилась хозяйка. — Из какого заменителя?

— Да леденцовая карамель, о чём речь! — Я выдал первое, что пришло на ум. — Цвет лака регулируется пищевым красителем, так что любой фуфловый маникюр — без проблем. А сами пальцы — это конечности рукокрылой летучей мыши, наладим доставку с Кавказа, хотя их и под Москвой пруд пруди, есть размером вот такие, — я произвёл секущее движение левой рукой по запястью правой, как бы отсекая от руки ладонь, — их и надо брать. В крайнем случае, от белки-летяги. Крылья — в похлёбку, руки — в дамские пальчики, не вопрос. Так и дальше надо, если по уму всё делать.

— А заправка? — в один момент утратив всю свою вальяжность, уже совершенно не скрывая неподдельного интереса к теме, воскликнула Рыба. — Чем заправлять-то ангельскую похлёбку твою?

— Думаю, для этого отлично подойдёт семенная жидкость молодого оленя, — снова не растерялся я, краем головы уже понимая, что эта моя идиотская игра начинает обретать всё более и более устойчивые формы, — немного спермы смешать со свежими сливками, взбить блендером и, помешивая, медленно вливать в похлёбку на глазах у гостя. Главное, чтобы он к этому моменту уже был заряжен информацией из меню, чтобы отчётливо понимал, чего он сейчас хлебнёт, — и от ангела и от беса одновременно.

— Рогатый ангел! — раздался внезапно голос Леночки, всё это время пребывавшей в глубоком раздумье. — Лучше не придумать, единство и борьба противоположностей. Это их дополнительно заведёт и вынудит раскошелиться по новой.

— Умница! — Рыба одобрительно кивнула своей помощнице и вновь уставилась на меня. Наверное, уже прикидывала, на каких условиях меня приобретать, вместе со всеми моими безумными концептуальными идеями и комплектом нажитого к тридцати семи годам гастрономического креатива. Внезапно спросила: — Откуда в вас это, Герман?

— Что «это»? — Я решил всё же уточнить вопрос, поскольку вероятных ответов в голове уже крутилось около четырёх-пяти. И нужно было не промахнуться. Это был шанс.

— Ну, это самое, блюда эти разные чёрт-те какие и всё остальное, знание человеческого низа и его же верха в одной упаковке. Осведомлённость ваша насчёт всяких пороков без скидки на добродетель. Это же ещё надо уметь так в самую точку попасть, в больное и здоровое сразу, одним заказом. Когда это у вас началось, Герман, в какой момент жизни, любопытно узнать?

Нужно было снова чего-то отвечать. В смысле, врать. Но за это непродолжительное время я, как мне казалось, уже наворотил такое количество самой разной чуши, что всякая наспех сварганенная версия моей причастности к эксклюзивной кухне могла быть уже с лёгкостью озвучена без оглядки на здравый смысл. Я и выдал:

— Дело было в Феодосии, году так в шестьдесят восьмом. Пацаном ещё, помню, забрался на старую шелковицу в тёткином дворе, никогда раньше не пробовал эти ягоды. А они какие-то нечеловеческие просто, что по размеру, что по цвету, сверху почти что чёрные, внутри же красные — как траурные флаги. Я пока на дерево это шершавое забирался, руки себе в кровь изодрал, ссадин понаделал, царапин, даже губой за корявую ветку ухитрился зацепиться так, что кровь пошла. Но я тогда внимания на это не обратил, просто стал вталкивать их в рот, эти шелковичные батончики, рвал их, давил нёбом, языком, зубами, губами, слипающимися от густого сахарного сока, самой гортанью — всем, чем давилось. И это было фантастическое наслаждение: кисло-сладкий букет, шибающий в нос ароматом южного августа, йодистого морского ветра, прелой шелковичной коры и едва уловимым вкусом собственной солоноватой крови.

Все слушали молча, даже чуть отрешённо. Казалось, нарисованная мной апокалипсическая картина из моего далёкого детства, нежданно-негаданно ввергшая меня в нынешнее гурманство, не оставила никого из них равнодушным. Каждый, ручаюсь, уже мысленно растирал языком о нёбо шелковичный сироп, замешанный на свежей крови из прокушенной губы. И каждый, представляя себе это наяву, уже нетерпеливо выуживал из своей тарелки обломок ангельского крыла, чтобы поднести его к губам и намертво впиться зубами в податливую ангельскую плоть. А хрустнуть дамским пальчиком, предварительно обсосав его и откусив перламутровый карамельный ноготь — слабо́?

А я продолжал нагнетать обстановку воспоминаниями из своего сомнительного прошлого. Где-то я, как бы вытягивая из памяти обрывки прежних довольно рискованных кулинарных опытов, накачивал слушателей дополнительным знанием условного предмета, как, например, поедание голубых пельменей с мясом глубоководной рыбы-факел и шафраном. Или же такое ещё — котлеты на перепелиных яйцах из смеси белых грибов и спаржи, выдержанной в столетнем коньяке.

В каких-то местах, включив необузданную выдумку, я рисовал очередную, совсем уж дурацкую фантазию: отжимаем кровь свежеубитого серого волка (1 шт.) и одной лисицы, непременно рыжей. Охлаждаем, солим, выдерживаем, процеживаем. Фарш мастерим из их же мясной обрези, лучше с шеи, там меньше мышц. Добавляем чеснок, перец, лук, остальное по вкусу, но всё это не так важно, потому что вкус в итоге будут определять не добавки, а самая́ суть конечного изделия. Полученной смесью набиваем толстую или слепую кишку или же мочевой пузырь домашнего животного, лучше из числа тех, кто панически боится лесных хищников, — коровы, овцы или козла. Далее уже не так важно — подержать часа три на слабом бульке или запечь на противне, смазанном нейтральным жиром. Главное, однако, в том, чтобы не промахнуться, чтобы употребить в себя внутреннее содержимое кишки, не притронувшись языком к оболочке. Принимать в холодном виде, дважды в день, натощак, без всего. Надеюсь, ясно, что это не вполне еда, это гораздо больше, чем просто утоление голода. Это — философия, способ выживания, метод противостоять вашим фобиям и страхам. Хитрость лисы, отвага и неутомимость волка — всё это присутствует в этом блюде в полной мере. Усваивая его, ваше тело, ваш дух обретают лучшие качества лесного зверя, оставляя за бортом своей души робость коровы, овечью глупость или же упрямство козла...

Так, шаг за шагом, которые сами по себе, как на них ни взгляни, один глупей другого, я, того не желая, постепенно занимал главенствующее положение за довольно скромным вечерним столом в гостиной Музы Рыбиной, бизнес-леди самого высокого пошиба. Трое других, тоже имущих не меньше Рыбиного, — два мужика в костюмах от Бриони и моложавого вида толстая тётя в прикиде не знаю от кого — сидели с приоткрытыми ртами, вникая в новую для себя суть. Раньше, до прихода сюда и, в общем-то, случайного знакомства со мной, они просто жрали то, чего хотелось, и запивали тем, что лилось. Главное, чтоб не хуже людей. Теперь же, отбыв случайную гостевую вахту, Рыбьи визитёры всем своим видом демонстрировали полную готовность оказаться в числе избранных, тех, кто раньше других себе подобных будет допущен к священнодействию на территории «сети не для всех».

— Ну и чего ты не повар? — выйдя через пару секунд из анабиоза, внезапно спросил один из «Бриони», что был покрупней. — Не-е, ну просто интересно, такое гонишь, что прям уши ерошатся, а сам не при делах. Это как? Агентство-шмагентство там разное, реклама, всё такое, это ясно, как говорится, дело накатанное, понятное. Только уж больно унылое, беспонтовое какое-то, без изюма. — Он подмигнул мне и открыто улыбнулся всем своим лицом, почти до самых глаз заросшим идеально ухоженной трёхдневной щетиной. Нос его был перебит как минимум в двух местах, и это было заметно — как и то, что дело не обошлось без вмешательства пластического хирурга. — Хочешь, к себе тебя заберу, на «Ереван-плазу»? Там у нас тоже всякое нормальное случается, мы, парень, довольно круто стоим: показы разные бывают, Юдашкины, там, Фисташкины разные залетают, бутики-шмутики, народ больше деловой, серьёзный и с бабками. Девок ихних угощать любят потом, какие моду на себе показывают. Для начала трепангом каким-нибудь удивят типа маринованным, на фуршет-муршет, а после вниз спускают, чтоб уже совсем добить. Там у нас заведение вроде ночного клуба со столом, «Низ» называется, но только — врать не буду — ничего такого, о чём ты нам тут втирал, не имеется. Так... чуток разного, но в меру всё, без выпендрёжа, без страха, как говорится, и упрёка по типу козла против волка́ этого позорного, который сроду ужаса не знал, да только кровь свою по-любому на колбасу спустил. — Сверкнув в вечернем свете сапфировым блеском наручных «Breguet», он сделал призывный жест, как бы приманивая меня рукой: — Ты вот чего, парень, если натурально желание имеешь, то скажи. Моя, вон, тебя уже, можно сказать, видала, — он кивнул на молодящуюся толстуху с пятикаратником в каждом ухе, и та угодливо растянула в улыбке толстые, густо напомаженные бордовым губы. Её смоляные волосы, равномерно поблескивающие в приглушённом свете Рыбиной гостиной, были уложены в затейливую, но безукоризненно выполненную причёску, волосок к волоску. Мелкие глазки смоляного колера, сдавленные снизу и сверху мясистыми наплывами, каким-то образом сумели не потеряться на её круглом лице, всё ещё хранившем остатки привлекательности, и продолжали жгучими сверчками всматриваться в мир из глубины лицевых расщелин природного происхождения. — Ну, а остальным, кто у нас там плитой заведует, рецептуру лепит и всякое такое, тоже по всей форме представлю и отрекомендую, потому что она, — он снова ткнул волосатым пальцем в тётку, — у меня не только жрачкой, она ещё другими делами попутно заправляет, как директорша всего низа. Звать Венерой, так что теперь вы тоже знакомы.

Венера снова кокетливо улыбнулась и протянула мне навстречу ладошку, сведя лодочкой пухлые пальцы, через один унизанные кольцами с искристыми крупномерами всех фасонов.

— Заходите, уважаемый, лично меня спро́сите, я всегда столик организую, с видом на балет: он у нас хоть и голый, но дело своё знает, в обиде не останетесь... — И подмигнула мне уже как окончательно своему. — Если чего, то вот, — она протянула мне визитку, — скажете, Венера мне дала. — Получилось двусмысленно, и сама же толстуха прыснула, прикрыв ладошкой губы. — В смысле, скажете, Венера пригласила, чтоб они просто знали, что вы мои люди.

Я взял, поблагодарил её вежливым кивком и опустил глаза в карточку, отделанную по краям россыпью блестящей циркониевой крупы: «Венера Милосова, директор клуба «Низ», член совета директоров ООО «Ереван-плаза», художественный руководитель балетной группы «Внизу». Тем временем «крупный» продолжил знакомить меня со своими спутниками:

— Есть ещё один, тот верхом командует. Верхний. Вот он и сам, да, Ашотик?

Как по команде верхний командир выстроил солдатскую улыбку и, протянув волосатую кисть, представился по всей форме:

— Ашотик. Будем приятно знакомы, друг.

«Крупный» сделал одобрительный жест, одновременно сигнализирующий о финале этой части знакомства, и тот, схватив команду на лету, вернулся в исходное положение исполнительного истукана. А первый продолжал:

— Ну, а я там главный, если в общем и целом. Плюс совладелец на бо́льшую часть дела. Звать меня Гамлет, будем ещё раз знакомы, как говорится, — он протянул мне руку, и я её пожал во второй раз, стараясь сделать это заметно уважительней, чем в первый, — фамилия Айвазов. Это чтоб ты не забыл, — и подозрительно глянув на меня, решил попутно уточнить: — Сам-то не слыхал? — Я отрицательно мотнул головой, но на всякий случай раздумчиво задрал глаза в потолок, как бы освежая в памяти эту звучную фамилию. Так и не дождавшись другой реакции, Гамлет продолжил вводную речь, пробуя в то же время извлечь из этой беседы необходимые для себя детали: — Моё слово для них последнее, но только надо, чтоб и сам ты хотел душу в это дело вставить. Сам же говоришь — философия, а не просто пожрать, так или не так?

Он вытянул из бокового кармана длинную сигару, отщёлкнул кончик и стал её раскуривать, предварительно крутанув валиком золотой «Dupont». Рыба, не скрывая своего недоумения, бросила на Гамлета вопрошающий взгляд. Однако тот, явно не желая этого замечать, с независимым видом выпустил в воздух пару сизых облачков и развернулся ко мне уже весь, целиком:

— Как я понимаю, никаких серьёзных обязательств ни перед кем у тебя пока нет? — Он пожал плечами так, будто недавнего разговора на тему «сети не для всех» не было и в помине. — Ну, разве что потёрли малёк про то, про сё — как распрекрасно было б кишку твою козлиную волчатиной набить, шкурку саму от неё не кушать, а голубой пельмень на закуску пустить вместе с ногтями от летучей белки и ко всему этому правильный народ подогнать, чтоб без всяких там «вульгарибус». Ты, мне показалось, именно так остальных всех обозначил, кто неправильный? Верно ситуацию прикидываю, а, Герман?

Он говорил с едва заметным кавказским акцентом, тоном вполне приветливым и даже немного ласкающим слух. При этом речь его перемежалась словами заметно приблатнёнными, которые, однако, вполне органично вплетались в условно вежливые фразы и более чем доходчивые смыслы.

Произнеся эти слова, Гамлет посмотрел на меня так, что внутри у меня ни с того ни с сего стало холодно, а снаружи — прозрачно. Господи, если бы я только мог предвидеть, в какую географию плавно, слово за словом, заедет эта наша милая застольная болтовня! И с чего началось-то, с глупости, с жёлтой части мякоти авокадо, которая, если ковырнуть возле косточки, окажется чуть жирней, чем вся остальная.

— Э, стоп, стоп... — негромко, но со значением отозвалась со своего кресла Рыба, за всё это время не произнесшая ни звука. — Погоди, Гамлетик, я чего-то не поняла, ты о чём толкуешь-то? При чём тут ваша «Ереван-плаза»? Гера — это ж чисто мой кадр, я же его, можно сказать, своими руками сделала, сама выискала, воспитала и сама ж теперь к делу пристраиваю. Он мне всю сеть на концепт ставит, ты чего? Я же теперь его не только как рекламщика беру, я ведь ему собираюсь место шеф-повара—консультанта для всей ресторанной сети предложить, а ты тут с «Низом» со своим, понимаешь, влез, с трепангами какими-то никому не нужными, с Фисташкиными разными убогими. При чём они и при чём мой Герман?

— Вот именно, что «собиралась», — невозмутимо отреагировал Гамлет. — Пока собиралась, я натурально предложил и, считай, получил согласие. Нет, на законное твоё не претендую, Рыбонька, я порядок знаю. Тебе он пускай концепт-шманцепт плетёт, как вы там с ним намереваетесь, а у меня чисто шефом на службу встанет, кухня и всё такое: с козлами там глубоководными, пальцами от тёлок съедобными и с рогатой похлёбкой этой на какашках от ангелов. Всё по уму, никаких гнилых заходов.

— Ну так... — Рыба оторвала парчовую фигуру от кресла, сложила руки на груди и, вновь заиграв желваками, вперилась в Гамлета пристальным взглядом. Глаза её при этом не так чтобы буравили соперника насквозь, выискивая в нём слабое место, но просто по всему чувствовалось, что в попытке сохранить лицо Муза Павловна лихорадочно искала способ замять этот малоприятный конфликт, зарождающийся на глазах у людей, не особенно вовлечённых в историю отношений сторон. Однако цена выигрыша, как уже успели понять все присутствующие, была на этот раз слишком высока, если не сказать предельно, задрана. И даже — беспредельно. На глазах у всеми уважаемой Рыбы из-под начинавшего уже вырастать прямо перед ней восхитительного здания самым бесстыдным и наглым образом изымали первый камень, чтобы сразу вслед за этой несущей частью фундамента столь же откровенно, не таясь, удалить и остальные, неминуемо ведущие к обвалу и гибели всего сооружения. Можно было, конечно, вопреки негласно действующему порядку, заявить устный протест посуровей, намекая на далеко идущие последствия, но такое поведение, скорей всего, если бы и не вызвало войну, то непременно повлекло бы за собой полный разрыв отношений с деловыми армянской диаспоры. Чего Рыба, если уж начистоту, не желала, несмотря на многочисленные возможности противостоять любому посягательству на границы своей бизнес-империи. И, если уж блюсти истину до конца, то от прихоти этой ресторанной, сетевой, не для всех, занесённой в голову лёгким ветром удовольствий, случайно родившимся порывом запустить в вечность ещё один плевок, вполне могла бы Муза Павловна избавиться ровно с той воздушностью, с какой её обрела. Да и уступить идею хорошему и нужному человеку, за которого вплоть до этого вечера она держала Гамлета Айвазова, было делом тоже не поганым, наоборот — полезным и наверняка с душевными для жизни последствиями. Но не так устроена была она, Рыба, когда плевок, что изначально числился в проходных, оказался замешанным на слюне не просто рыбы, а рыбы-факел, голубой, как платье от Донателлы, и к тому же сдобренной шафраном.

— Стало быть, не отступишься, Гамлетик, — стараясь придать лицу нейтральное выражение, вымолвила Рыба, не поднимая голоса, — на принцип, получается, пойдёшь, используя, что я просто не успела загодя обозначить свой интерес в полном варианте. Правильно понимаю?

— Послушай, Муза, — не согласился гость, — ты деловая, и я деловой, оба мы знаем правила, и я их не нарушал. Я просто подошёл к вопросу чисто как прагматик бизнеса, вот и всё. У тебя люди, и у меня люди, и обои хотят покушать нормально, с затеями и с подходом, и вообще не помня об кармане. Шепчите там среди своих, от уха до уха, стройте хитрости ваши, понимаешь, для тех, для этих, для всех ваших прочих. Философией балуйтесь своей между делом, про укрепление духа втирайте, кому надо, про отвагу души и всё остальное. А мне этого ничего не надо, Рыбуль, я хочу только, чтоб жратва была охеренная и чтоб нигде такой нельзя было покушать, кроме моего «Низа». А «избранные» для меня не те, кто рот свой на замок закроет и фуфло всякое втирать начнёт, а у кого бабла немерено и кто оттуда вылазить не станет, да ещё друзей подтащит, без мороки этой всей и мудрежа. Так что, как сама видишь, тебе — твоё, без любого посягательства с моей стороны, а мне — своё, через него вон. — Он кивнул в мою сторону, имея в виду, что согласие моё упасть в это дело — тема уже пройденная.

Именно в этот момент, когда неожиданно для всех, включая меня самого, мнения сторон разошлись так радикально и непримиримо, в дело вступила Леночка Грановская, которая всё это время, как бы полуприкрыв глаза, учтиво демонстрировала полное отсутствие какой-либо реакции на разгорающийся вокруг неё спор о моей участи. Слева от неё, развалившись в кресле, выпускал дымные облака Гамлет, время от времени прожигающий едким взглядом наполовину прикрытые юбкой колени девушки. Справа находился я сам как напарник по приготовлению тестовых закусок. Далее располагалась Рыба, напротив — остальные. Если бы в тот вечер Ленуська не вставила своё слово, усмирив на время страсти насчёт пожрать непривычного и, как результат, огрести целое состояние, я бы, скорей всего, так или иначе прибился бы к одному из двух похожих берегов. Я бы отдался той части разума, которая максимально отвечала в тот момент степени моего возможного падения на основе нормального и трезвого расчёта.

Но получилось совсем не так, а иначе. Не вышло у меня того, к чему практически уже склонил меня мой слабовольный рассудок. И всё благодаря Ленке.

— Позвольте, господа, — негромко произнесла она, обращаясь поочерёдно к обоим претендентам на реализацию моих идиотских фантазий, — смею заметить, что ни один из вас так и не дождался ответа от самого Германа. — Она как бы ненароком положила мне ладонь на руку и незаметно сжала её. — Ведь, как я понимаю, успех вашего предприятия должен зависеть не только от ваших пожеланий или от степени и оригинальности раскрутки в том или ином варианте. Прежде всего он будет определяться конкретной заинтересованностью автора всей этой задумки, её вдохновителем и идеологом, если угодно, тем, как сам он видит своё детище. И наверняка у него есть что на эту тему сказать, — она обернулась ко мне и спросила, глядя в глаза: — Но вам ведь ещё надо подумать на эту тему, правда, Герман? Тщательно взвесить все обстоятельства, выработать условия сотрудничества, прежде чем окончательно определиться с решением. — И скосила глаза в сторону Рыбы, неприметно моргнув ей, чтобы этим жестом дать ей понять о продуманности своих действий. Та, чётко перехватив сигнал, так же едва заметно моргнула в ответ и сказала, всем своим видом выражая согласие с такой постановкой вопроса:

— Что ж, полагаю, именно так нам теперь и следует поступить. Действительно, чего это мы с тобой тут, понимаешь, разглагольствуем, за людей решаем, а они, может, спят и видят послать нас куда подальше вместе со всеми нашими раскладами. Тут пока ещё никто никому ничего не должен, так что давай не будем мериться приборами, а дадим человеку определиться самому. — Последние слова обращены были уже непосредственно к Гамлету. Тот, взяв секундную паузу, согласно кивнул, однако успел при этом бросить в моём направлении упредительный взгляд, не предполагавший, как мне показалось, проявления с моей стороны любой самостоятельности при принятии окончательного вердикта в этом споре сторон. Рыба, напротив, позволила себе моментально вернуть потерянное было настроение и подвела итог застолью: — Пары суток тебе будет достаточно, Герман? А то, сам понимаешь, серьёзный бизнес не может простаивать ни дня, даже если ещё не запущен. Любая хорошая идея, если для неё нет противопоказаний, обязана тут же быть реализованной, тем более что виды на неё имеются не только у нас с тобой. — «С тобой» она проговорила по слогам, чеканя звуки и глядя при этом мне в глаза.

— Во-во, — добавил своего керосина в разгорающееся пламя Гамлет, поднимаясь с кресла и глянув на часы, и так же недвусмысленно смерил меня армянскими зрачками. — Думай, парень, и определяйся, а то два дня пробегут не заметишь как, и не говори после, что позабыл. С нами это не проходит, ни со мной, ни с Рыбой, — на мгновение он замялся: — ни с Музой Палной, в смысле.

— Вы меня не подбросите, Герман? — Леночка тоже поднялась и взяла меня под руку: — Надеюсь, вас это не очень обременит? Я тут недалеко, в самом центре.

В ту пору моя Ленуська жила не в центре города, где живём мы с ней сейчас, а совсем даже наоборот. Но это выяснилось немного позже, когда я ещё даже помышлять не мог о том, что произойдёт той же счастливой для меня ночью.

Вместе мы вышли из подъезда роскошного дома, запрятанного в глубине переулков Остоженки, последним этажом которого Рыба владела как местом своего городского обитания, и медленным шагом двинули в сторону гостевой стоянки. Было уже довольно поздно. Это был тот короткий для осенних суток промежуток между уходящим вечером и ещё не завязавшейся ночью, когда ещё совершенно не хочется думать, что этот симпатичный и наполненный событиями день стал прошедшим, но уже есть желание помечтать о том, как очередной осенний день, готовый вскорости взобраться на Москву, выстрелит своим пока ещё не поздним утренним светом в окно моей незашторенной спальни, как скомандует тряхнуть спросонья головой, протереть слипшиеся веки, улыбнуться знакомому пространству за окном и как он же, оторвав твою голову от подушки, заставит тебя натянуть штаны и выкатиться из дому вон, чтобы, найдя себе необременительные дела, слиться с утекающим сентябрём и задрать беззаботную голову в не остывшее за ночь небо, думая про то, сколько всего разного и бестолкового нужно успеть сделать до того момента, когда этот офигительный день соскользнёт со своей московской верхотуры и бултыхнётся для очередной ночёвки в мутную, вечно сонную Москва-реку, под ноги одиноко торчащему гигантскому истукану зурабовской выделки.

Судя по этим строчкам, можно предположить, что я сентиментален. Или даже вовсе законченный романтик. А я был ни то ни другое, я просто занимался нелюбимым делом, пытаясь соответствовать требованиям жёсткого времени, подмявшего грубой кирзой мою уязвимую оболочку. Я пробовал безболезненно для себя угодить всем, кто давал мне надежду найти себе дело по душе. Я пытался подладиться под законы и правила выживания в среде чем-то похожих на меня молодых мужчин и так и не определившихся до конца женщин. Я тыкался тут и там до тех пор, пока не смирился с бессмысленностью этих попыток пробить стену на пути к тому единственному варианту, с помощью которого я бы смог получить от жизни искомую отдачу.

В двадцать два, выйдя в мир с дипломом маркетолога, я был никто. Я даже не очень знал, если подходить с серьёзной меркой, что именно надлежит делать по жизни человеку с такой профессией. Да и нужна ли вообще, по большому счёту, эта дурная работа, в которой, чтобы удержаться и ползти наверх, нужно ежедневно с лицемерным пристрастием и фальшивой улыбкой справляться у совершенно посторонних тебе людей, кто из них, по какой причине, в силу какой интересной особенности или в результате какой конкретно человеческой слабости не обзавёлся к моменту опроса очередным кухонным гарнитуром с топом из искусственного мрамора, незаменимым при резке без разделочной доски, или абразивной пастой с запахом мяты для пущего отбеливания зубных протезов, или малазийской заточкой для ножей китайской стали. Или же по четыре захода в месяц, с понедельника по пятницу, с перерывом на уик-энд и жидкий кофе, исследовать бесконечные обзоры рынков, где к концу каждой недели уже перестаёшь понимать, что и для кого в этой жизни нужней: человек для вещи или наоборот, — хотя за то же самое время тебе ещё успешней удалось убедить себя, что шлифовать ложь следует до тех пор, пока она не сделается чёртовой правдой. А работу по душе и дело по сердцу, если нет в тебе таланта, не абстрактного, а всепоглощающего, пойди ещё найди: или нет её вообще, или была, но место занято китайцем. К тому же — эти чёртовы налоги, где бы ты чего себе ни урвал, само собой. Гадость. Короче, меня хватило на полгода, больше не протянул, умотал из той полыньи в это пламя. И не ошибся — оказалось, здесь и жизнь веселей, и девок нормальных больше. А денег всё равно что там не было, что тут с ними особенно не получалось. Зато была собственная квартира в центре города и отсутствие долгов.

В общем, дошли до моего новенького «Ниссана», сели, тронулись.

— Вас, наверное, дома ждут? — без всякой к тому прелюдии спросила вдруг Грановская, не поворачивая ко мне головы. Судя по всему, прятала глаза, понимая, что вопрос, в общем, необязательный, скорее больше проверочный. — Просто не хочется вынуждать вас везти меня чёрт знает куда, потому что, знаете, ни в каком центре я не живу, а родительский дом в Апрелевке, там и обитаю вместе с мамой. Так что вы уж извините меня, Герман, за этот невольный обман. Просто хотелось увести вас оттуда поскорей, не то добром бы всё это не кончилось. Это ещё хорошо, что Рыба не одна дома оказалась и что Гамлет этот запал на ваши безумные идеи. Если бы не он, Муза Пална наверняка уже сегодня бы втащила вас в эту историю так, что навряд ли вы сумели б потом вырваться оттуда до конца дней своих. Или — её, кто раньше, так у них законы работают, в большом бизнесе. Она, если ей что в голову взбредёт, уже никогда от этого не отступится, пока не наиграется или не выработает весь ресурс. Так уж устроена, и отсюда все её успехи и всё её состояние. Она, кстати, несмотря на своё дурацкое мини из калёной парчи, баба весьма неглупая, а уж про хваткость и про чутьё вообще не говорю. В общем, спасибо этому дикарю из «Ереван-плазы», хотя он тоже, видно, тот ещё фрукт, сами, наверное, успели заметить.

— То есть спасибо, что не сразу закопал, а дал время подумать? — усмехнулся я, руля в сторону Садового кольца, но тут же, меняя тему, быстро уточнил, чтобы уж на всякий случай расставить всё по местам: — Дома, кстати, никто не ждёт, живу один. Как диплом тамошний получил, так почти сразу вернулся в Москву, в непроданное родительское гнездо. В общем, так с тех пор и существуем: я — в центре, они — на севере, я — Москвы, они — Торонто. И все, как ни странно, такой фигурой жизни вполне довольны, каждый по-своему, хотя бывает, что сильно скучаем друг без друга, не без этого. Теперь, правда, тоскуем только мы с папой, мама ушла вскоре после того, как я переселился обратно. Но отца я навещаю довольно регулярно, там ему хорошо, конечно, хотя немного и скучновато.

В этот момент мы подъезжали к Зубовке со стороны Остоженки: так или иначе, нужно было определяться с рядностью, теперь всё зависело от конечной цели, от намерений сторон. Леночка, казалось, это поняла, хотя я только краем головы успел прикинуть вариант насчёт того, чтобы изменить маршрут, сделав сомнительное, но всё же как-то отвечающее этому времени суток предложение. Будь на её месте другая практически незнакомая женщина, с обязательствами по жизни или без них, я бы, не задумываясь, открыл рот уже одновременно с запуском двигателя. Скорее всего, я бы приятно улыбнулся, смягчил голос, придав ему милой загадочности, и не доводя самую малость до границы неприличия, шутливо обязался бы оказать всяческое сопротивление в случае любого посягательства на мою мужскую честь со стороны будущей гостьи. Затем предложил бы ненадолго заскочить на остаток пирога, который я, будучи прирождённым кулинаром, испёк вчера для друзей. Сказать по правде, на этот непредвиденный случай я обычно держал в замороженном виде пару-тройку кусков такого пирога, чаще яблочного, его я делал охотней остальных, поскольку там у меня всё под рукой и яблоки на каждом углу. Причём можно со шкуркой, можно без, главное в этом деле — раскатать слоёное тесто в одну сторону, после чего оно, уже попав под 190 по Цельсию, будет вести себя совершенно иначе, нежели после раскатки его туда-сюда, хотя так, ясное дело, удобней. Зато подымется в этом случае выше всяких ожиданий. И долго потом ещё не сядет, будет трепетно подрагивать, шевелясь в ваших руках и производя вдох и выдох в унисон вашим укусам. И не жалейте корицы, лишней не будет ни по какому. А цедры натирайте в количестве не меньше шкуры одного средней величины толстокожего лимона, иначе по кисло-сладости не срастётся, не собьёте приторность из-за сахара, которого наверняка перебухаете, потому что не сумеете верно оценить естественный фон содержания в ваших яблоках сахарозы. Это дежурная ошибка всех неумех. И ещё. Упаси вас господи грецкие орехи обратить в пыль — только давить, и без лишнего усилия, чтобы ваши ушные раковины отчётливо засекали, как лопаются чищеные дольки.

Прокрутив мысленно порядок действий, я, к своему огорчению, вспомнил, что последний яблочный кусок был разморожен позавчера и употреблён сотрудницей параллельного рекламного отдела, которая, собственно, и перекинула мне этот заказ, пришедший из офиса госпожи Рыбиной и спущенный руководством на экспертизу не к нам, а к ним. Будучи некоторым образом в курсе моей слабости сочинять каждый раз что-нибудь необычно-вкусненькое, она, воспользовавшись этой случайно подвернувшейся оказией, напросилась в гости и, само собой, никуда уже не уехала, осталась до утра. Сама заявка, которую она, убегая на работу, оставила, чтобы я в неё глянул, поначалу меня не только не возбудила, но даже не вызвала просто дежурного интереса. Ну подумаешь, прикинул я, бегло пробежав её взглядом, собираются очередные богатые кривляки, причём кучкуются на этот раз в неприметном месте, чтобы снова, найдя идиотский повод, похваляться друг перед другом своим баблом и своими девками. А Рыбина эта, которая всю эту сеть затеяла, тешится самолюбием, что она и есть главная по части изысканного выпендрёжа. Боже, как же скучно, сколько раз уже было такое, там и тут, ничего нового, ничего живого, ничего для людей, всё только для себя, в свою тухлую консерву — очередное паскудство, забава для тех, кто ровней других, кто привык получать, не заглядывая в карман, и при этом не слишком напрягать себе голову, а лишь надувать щёки и оттопыриваться на чужих идеях.

Впрочем, отказываться от предложения тоже не стал, зарегистрировал его, оформив под себя, черканул быстрый концепт, не слишком задумываясь и не особенно напрягаясь, просто взяв за основу усреднённый, не раз отработанный за проходные деньги тут и там вариант продвижения ресторана для клиентуры типа разных уродов. Разве что подправил слегка, творчески переменив простые и понятные слова на выражения чуть более пространные и заковыристые, которые, как я чувствовал, должны были усладить уши рыбьей бизнесменши с бо́льшим, нежели ожидаемый, эффектом.

Ну а Лена Грановская, как вы уже догадались, к моменту моего прихода была там, на месте: её Рыба тоже вызвала на этот разговор, чтобы вслушивалась и делала для себя полезные выводы по дизайнерской части. И дополнительно, соединив свои профессиональные усилия с работой рекламщика-концептуалиста, уже загодя начала обдумывать наименования блюд для грядущего экзотического меню.

Остальные же, Гамлет и его спутники, возникли в тот вечер, можно сказать, случайно: Рыбе просто пожелалось, чтобы и они послушали, куда её потащило, в какую странную необычность. И что они об этом как потенциальные гости её заведений думают, если что.

Закончился вечер известно чем. Я, получив, по сути, неприкрытую угрозу с одной, армянской, стороны и заряженный не меньше того прозрачным, но жёстким намёком с другой, в этот момент озабочен был лишь одним, наиважнейшим для меня делом — затащить Леночку в гости и не отпускать её от себя до конца жизни. А если не сложится так, то хотя бы до утра. А там видно будет, типа того.

Вышло, однако, иначе.

— Ладно, — взяв у светофора секундную паузу, сказала она, — поедем к тебе. Всё равно ты теперь будешь добиваться меня как ненормальный, всеми способами. А для меня проще не кривляться, всё равно ты своё получишь рано или поздно, я знаю. — Она задрала голову вверх и помотала ею из стороны в сторону, сбрасывая усталость. Волосы её, длиннющие, завивающиеся сами по себе, упруго торчащие во все стороны, закинулись на подголовник непослушной копной и замерли комком пустынного перекати-поля при полном отсутствии ветра.

— Да... — Я даже немного растерялся от настолько щедрого предложения случайно подвернувшейся красавицы. — Да... конечно. Сейчас, уже едем... — тупо бормотал я, не веря свалившейся на меня в одночасье удаче, и, не дождавшись зелёного сигнала, дал по газам, больше всего на свете боясь, что сейчас она передумает или что просто всё это очередная креативная шутка от придумщицы названий, действующей по заданию Музы Палны.

— Тем более что нам с тобой нужно ещё серьёзно поговорить, — произнесла она в тот момент, когда мы уже парковались у моего дома в Плотниковом переулке. Всё остальное время мы не разговаривали. Наверное, каждый в эти короткие минуты думал о своём: я — о ней, то есть больше о себе, хотя, нет, уже — о нас с ней. Она, как я уже теперь передумал по новой, — о том, что нам предстоит обсудить, чтобы не терять драгоценного времени. Надо сказать, такая догадка меня заметно расстроила, и это не укрылось от Леночкиных глаз.

— Ты, пожалуйста, не думай о всякой ерунде, Герман, я ведь сказала, мы едем к тебе, разве этого не достаточно? — она произнесла эти слова, когда мы с ней поднимались в лифте на мой этаж. — Чего ты вдруг закис? Такой талантливый и такой слабохарактерный. Я же сказала, сегодня я твоя гостья, дальше всё зависит от тебя. Лично я противопоказаний пока не вижу.

Мы начали целоваться, ещё не успев закрыть за собой дверь. Через какое-то время, не отрывая себя от Ленкиных губ, мне удалось дотянуться до двери ногой и, резко пнув её от себя, захлопнуть до упора. Всё, что происходило со мной в этот странный вечер, получалось как-то само, впроброс, без приложения каких-либо специальных усилий: сначала этот мой задарма, считай, перехваченный деловой визит к Рыбе в её остоженский пентхаус, затем — намёки и угрозы, знакомство с очаровательной девушкой по ходу всех этих идиотических разговоров о том, как ещё изощрённей обустроить жизнь сверхимущим, чтоб они уж совсем не плакали. И наконец, то самое, что происходило между нами в прихожей моей холостяцкой квартиры в Плотниковом переулке, где мы сейчас неотрывно целовались, вжавшись друг в друга, и, едва не теряя равновесие, переступали мелкими шажками, продвигая себя в сторону спальни.

Мы рухнули на постель, не включив свет, и, словно всё было оговорено уже заранее, начали лихорадочно стаскивать друг с друга одежду. Правда, надо признать, что движения мои были довольно неуклюжи: в каком-то смысле мне, наверное, всё ещё мешал остаток недоверия к самой ситуации, когда меня, можно сказать, ни за что ни про что просто взяли за хобот и назначили себе в партнёры по быстрому знакомству. Как я думаю теперь, именно это обстоятельство не позволило привнести безупречность в мои действия, слегка затормозив руки и несколько отсрочив тот момент, ради которого, собственно, всё и затевалось. Что в тот раз чувствовала Леночка, я узнал лишь спустя пару месяцев, когда мы уже жили вместе и она, сгорая от стыда, призналась, как нелегко ей в тот вечер дались и разговоры со мной, и то, на что она в итоге решилась, проявив инициативу. Впрочем, на скорости раздевания сомнения её совершенно не сказались: она просто отвела мои руки от своей груди, одним коротким движением бёдер освободилась от юбки — я лишь краем уха успел засечь, как взвизгнула молния и прошелестел полиэстер — и через пару секунд, уже будучи совершенной обнажённой, приникла ко мне. Пальцы мои мелко подрагивали, пока я освобождал себя от остатков одежды, но я надеялся, что в полной темноте, которую мы, не сговариваясь, назначили себе для нашего первого любовного свидания, она не сумеет этого заметить.

Ленка и не заметила, она почувствовала. Просто взяла мою ладонь и поцеловала каждый палец в отдельности. Именно в этот момент выскользнула луна, сразу полная, как не бывает вообще — словно шальное ночное облако, опоздавшее к вечерней проверке, наконец одумалось и, ошалев от страха, метнулось в сторону чёрного неба, выпустив на волю лунный круг. И луч его, цвета охлаждённого «Dessert crémeux de mangue et papaue» — десерта из мякоти манго, очищенного от кожуры ломтика папайи, сбитых со сливками и чайной ложкой соевого соуса, вонзился в плоский Ленкин живот, который я стал неистово целовать, забыв о своей трясучке, не помня о том, зачем и как мы оказались с ней в этой постели и что ждёт меня дальше, когда истекут данные мне на размышление двое суток и придёт время отвечать по существу. Кстати, неплохо бы, когда ваш десерт, уже разлитый по порционным фужерам, осядет и остынет, бросить в каждый по паре листиков мяты. Но только следует не отрезáть их от веточки, а непременно отрывать. Для чего — скажу когда-нибудь потом, когда вы начнёте постепенно привыкать к моим причудам, втянетесь в мир кулинарных фантазий и перестанете осуждать меня за весь этот странный бред.

Затем она мягко перекатилась по мне, в один миг оседлала, испустив короткий стон, и мы понеслись с ней чёрт знает по каким неведомым местам. Мы скакали, ничего не замечая вокруг, лишь ветер свистел в ушах и мелкий пустынный песок выстреливал крохотными взрывами из-под копыт нашего скакуна. И не было вокруг нас больше ничего вообще, как и не было, кроме мутного, заполнившего собой всё тумана, даже самой обычной пустоты: ни света ни тьмы, ни дня или ночи — как не существовало уже и просто времени, о котором оба мы перестали помнить, рассекая это безвоздушное, никем не заселённое, но всё ещё живое пространство бескрайней пустыни.

Неожиданно туман рассеялся, и мы, подчиняя глаза внезапному свету, несколько замедлили ход; затем, перейдя с галопа на рысь, стали продвигаться дальше, пытаясь рассмотреть нечто, что всё более и более явственно стало прорезаться сквозь таявший на наших глазах туман. Вдали, прямо перед нами, уже довольно отчётливо просматривались то ли совершенно голые сопки, то ли изрядно облысевшие холмы, но достичь их нам так и не удалось, силы, неудержимо влекущие нас вперёд, иссякли, и мы, спазматически выдохнув в последний раз, одновременно вернулись к месту, откуда отправились в это своё безрассудное путешествие.

— Странно, но я видела пустыню... — сказала она, откинувшись на спину, — и это было прекрасно. Хотя больше не было ничего, даже воздуха. Один лишь мутный туман и пыльный ветер в лицо.

— А как же холмы? — улыбнулся я и с нежностью прижал её к себе. — Лысые возвышенности вдали, которые надвигались на нас, но до которых мы так и не добрались. Разве ты их не заметила?

Каждый из нас в этот момент говорил о своём, предполагая встречное удивление со стороны другого. Тогда мы ещё не догадывались, что, по сути, видели одно и то же.

— Что это было? — спросила она, обняв меня в ответ на мой чувственный призыв. — Я даже не успела понять. Просто случилось что-то невообразимое, как не бывает. А потом разом оборвалось. А теперь мне хорошо и покойно. И ты рядом.

— Это ты про мою пустыню, что ли? — переспросил я, не выпуская её из объятий. — Не беспокойся, это нечто вроде маленькой галлюцинации, временной, на почве случайной радости, — исчезает у мужчин одновременно с потерей эрекции. А у женщин — обычно по утрам, после очередного макияжа. — Так я нередко пробовал отшучиваться и раньше, на всякий случай, чтобы до поры до времени, если история не обретёт какого-никакого развития и не завернёт в другие интересные географии, моей компаньонке по одноразовому сексу не было понятно, всерьёз я это или просто дуркую, отыгрывая очередную удачно вытянутую карту. Такой игривый тайм-аут, как правило, я брал на автомате, не успевая более-менее всерьёз прикинуть последствия тех или иных случайных приключений, сопровождавших меня все годы моей мужской свободы.

— Значит, ты тоже видел? — искренне удивилась она, уже совершенно не играя, и я отчётливо это почувствовал. — Как это возможно?

— Наверное, это происходит, когда люди влюбляются, — глубокомысленно изрёк я и, к своему удивлению, совершенно не обнаружил в своих словах фальши, даже самой незначительной. — Лично я влюблён по уши и никаких других чувств по отношению к тебе испытывать не желаю. Не знаю, в какой момент и почему это со мной произошло и как я буду теперь от всего этого отбиваться, но то, что всё не случайно, как и вся эта наша с тобой дурацкая ресторанная эпопея, — это уж точняк, это я знаю наверняка — готов поспорить. Да чего там — душу готов заложить, если не прав.

— Ну, душу ты, Герочка, прибереги для более важных дел, — улыбнулась Ленуська, — твоя замечательная душа нам ещё очень пригодится, особенно когда откроемся.

— С этой, что ли? — хмыкнул я, кивнув в пространство за окно, затем положил ей руку на живот и стал водить по нему ладонью туда-сюда, как бы стягивая пальцами в кучку бархатистую поверхность кожи вокруг пупка. — С рыбиной твоей? В принципе, я готов, дело-то хоть и дурацкое, но многое обещает, если, конечно, с умом подойти, чтобы суметь вытащить из человека всякое дурное, что в нём есть, что из него тайно просится наружу. И раскручивать, кстати говоря, это дело нужно внаглую, но по-тихому, с особым таким, очень нестандартным подходом. Я, конечно, околесицу всякую нёс, признаю, на ходу, можно сказать, сочинял, чтобы как-то в масть попасть, как понял только, что она задумала, Муза эта ваша, Рыба без чешуи. Но и согласись, Ленуська, есть же в этом моём глуповатом спиче и здравое начало: я потом ещё дополнительно про себя прикинул то-сё, пока они меж собой насчёт меня препирались, и окончательно уяснил, что очень даже есть куда это дело развивать, подо что и под кого. — Я вздохнул и обречённо развёл руками. — Как имеется во всём этом и то, ради чего самому рисковать. Да и чего я теряю? Агентство наше у меня уже вот где сидит, если честно, — я рубанул поперёк шеи ладонью, — ты для них креативишь, понимаешь, концепты создаёшь всевозможные, задницу себе рвёшь, стремишься не повторяться, выискиваешь свежие идеи, никем ещё не тронутые, самого отборного свойства и всё такое. А они что? Или не врубаются вообще, в принципе, или обещают подумать, но только голову всё равно не включают, потому что сами ничего в этом не смыслят. Или если и принимают чего, то от изначального замысла оставляют одни копыта, да и те потом себе присваивают. А ты на голяке сидишь, на чистой зарплате, и только мечтаешь, как бы лишний раз у сотрудницы, которая у конкурентов так же, как и я, задницу просиживает, заказ перехватить и с умом его у себя пристроить, чтоб и заплатили, и самому не противно было. Только всё равно очень редко что-то путное из всего этого получается, Лен, крайне редко.

— Стало быть, это я ей обязана нашим знакомством? — помолчав, отозвалась Леночка. — Этой сотруднице, с которой ты время от времени должен спать, чтобы иметь гарантированную работу? То есть, другими словами, не ты, а она должна была сегодня расписываться перед Рыбой и всякое разное сочинять на тему «сети не для всех»?

— Да она тут вообще ни при чём, — отмахнулся я, тут же с огорчением сообразив, что уже допустил первую оплошность, упомянув про эту левую тёлку, — она такая же неудачница, как и сам я. Просто в нашем деле существует нечто вроде корпоративной поддержки, ну, взаимовыручки. Это если тот, кто понимает, что не потянет, и так же, как и многие остальные, недолюбливает своих хозяев, то просто сбрасывает заказ на сторону, если тот ещё не успел пройти регистрацию. И чаще всего своему же коллеге по работе. Ну а взамен, как водится, имеет немного денег.

— И ты, разумеется, расплатился за Рыбу вот этой вот постелью, чтобы не тратиться, угадала? — не позволяя себе изменить прежний тон, высказала предположение Лена и похлопала ладонью по матрасу. При этом лицо её никак не выражало какого-либо неудовольствия или просто удивления, однако глаза её, не умея укрыть явного расстройства от услышанного, начали медленно наполняться влагой. Я увидел это, чуть сменив ракурс, потому что, пока мы с ней рассекали пустыню, лунный круг успел отъехать немного вправо и заметно опуститься, и теперь луч цвета манго на сливках падал уже непосредственно на лицо моей очаровательной гостьи.

Тогда я решил быстро сменить тему, поскольку уже надёжно знал про себя, что, ввязавшись в подобный неполезный разговор, вряд ли выберусь из него без потерь. А больше всего на свете мне в эту минуту не хотелось потерять Леночку, я даже в мыслях уже не мог себе этого представить. Она была моя, я уже это чётко для себя понял, она была той, кто постоянно был мне нужен, по которой я скучал, ещё не зная её, и кого я всегда любил, даже не вполне себе представляя, как она выглядит и в какие стороны света торчат её непослушные природные кудри. Короче, сделав вид, что предположение её осталось неуслышанным, я просто продолжил прерванную тему, подытоживая сказанное и переводя слова в конечные смыслы:

— Так вот я и говорю: смотри, как эти из «Ереван-плазы» оживились, добычу унюхали — что баба их с ереванского «Низа», что верхний, бутиковый, что сам он, мажоритарий этот, Гамлет. Вот и думай теперь, что он мне на это скажет, как ему такое понравится, если не с ним, а с ней в заплыв пуститься. Уж больно у него рожа бандитская, хоть и от Бриони. Видала, как он посмотрел на меня, когда прощались, — типа, мама, не горюй, а то папы не дождёшься!

— Да, ему это определённо не понравится, — согласилась Леночка, подхватив эту априори бесспорную мысль. — Как и самой Рыбе. Знаешь, если уж совсем честно, то ведь это она меня к тебе сегодня отправила. Просто в какой-то момент исхитрилась и шепнула, вроде как прозрачно намекнула, чтобы я постаралась тебя сегодня не выпускать из поля зрения. В общем, приложила бы максимально усилий, чтобы убедить тебя упасть в это дело. С ней, разумеется. Она вообще-то с головой, этого у неё не отнимешь, быстро сообразила, что к чему. И поняла, что если не ты, то дело не двинется куда надо или даже вообще не пойдёт. Просто никто другой этого не потянет, не наберётся столько креатива в сочетании с таким, как у тебя, чумовым талантом повара-рационализатора из фильмов ужасов.

— Стоп! — изумился я и резко отодвинулся от Ленки на полметра, так, чтобы удалось заглянуть ей в глаза. — Ты хочешь сказать, что... что всё это... что сегодня... что сейчас было между нами... вся эта твоя пустыня... ветер в лицо... что так не бывает и всё остальное...

Она прикрыла мне рот ладонью и улыбнулась:

— Не сходи с ума, так бы я тебе в этом и призналась, если бы просто отрабатывала номер. — От ладони её исходил едва ощутимый запах моих любимых пачулей. Надо сказать, что пачулям, к моему огромному сожалению, в отличие от прочих любовных творений природы с тёплой аурой вроде осоки, розы, салата-латука и тмина, я так и не сумел найти применения в каком-либо блюде — даже семенам их, а не только росткам. Слишком специфичен аромат, слишком поражает воображение сам букет, окончательно делающий вас заложником ваших же вкусовых рецепторов, и потому он не соединим ни с чем и ни в каком варианте. К слову добавлю, что даже практически несъедобной осоке я умудрился однажды найти применение, добавив основания её молодых побегов в свежие щи пополам с крапивой и ранней капустой. Просто потребуется заложить её несколько раньше, предварительно мелко нарубив, и дать хорошенько покипеть, чтобы снять некоторую жестковатость в том случае, если вы опоздали выдернуть её раньше конца апреля. Что касается вкусовых качеств, то с этим у неё всё в порядке: кто-то не заметит вовсе, кто-то прицокнет языком, выискав для себя в ощущениях нечто новенькое при попадании таких щей в ваш рот. Да, и по возможности больше моркови — вместе с недостаточной по сладости осокой смесь прозвучит чуть симфоничней, нежели при малом количестве...

Глаза же Ленкины, по крайней мере то, что мне удалось в них рассмотреть при свете луны, чуть смеялись, и никакая насмешка в мой адрес там не прочитывалась, как не присутствовал и любой дурацкий розыгрыш. Ничего не было в них, кроме нежности и тепла.

— Просто если бы она меня к этому не подтолкнула, я бы наверняка подтолкнулась сама. — Она откинулась на подушку и повернула голову ко мне: — Что я и сделала. И, надо тебе сказать, не без удовольствия. Не жалею ни одной секундочки. А на подсказку её, кстати, начхала бы, если б сама этого не захотела.

— То есть... другими словами, это означает, что я действительно настолько нужен ей, что она даже, плюнув на собственную гордость, готова идти на подобные ухищрения, так, что ли, получается? — искренне удивился я, тут же отбросив в сторону все дурные мысли насчёт Ленки. — Но это же замечательно, это значит, можно выдвигать условия и начинать уже совсем другую жизнь! — я даже чуть хохотнул, ободрённый своей неожиданной идеей. — Смотри, я сочиняю самые разные гастрономические проекты «не для всех», шокирующие воображение толстосумов, и осуществляю их на плите, ты, в свою очередь, изобретаешь им всякие чеканутые названия и соединяешь их с созданными тобой же крутейшими интерьерами из фильмов ужасов. Вместе мы работаем на единство цели и вместе потребляем плоды нашего труда — как тебе такое? Остаётся только сделать выбор между Гамлетом и Рыбой, и все дела. Правда, тому, кто возьмёт нас под своё крыло, придётся нам же выдать охранную грамоту от посягательств другого.

Ленка слушала меня внимательно, не делая попытки вклинить в мои слова свои встречные соображения, давая мне простор обозначить мои же благие намерения, всласть напитав воображение картиной будущего преуспевания в деле, о котором ещё несколько часов тому назад я не имел ни малейшего представления.

— Всё? — улыбнулась она и приникла ко мне.

— Всё, — в ответ я пожал плечами и притянул её к себе, — тебе остаётся лишь собрать пожитки и перебраться из Апрелевки ко мне сюда. Так нам будет гораздо удобней вместе добираться до места извлечения прибыли. И вообще, я уже плохо себе представляю, как стану теперь без тебя жить.

— Что, любовь с первого взгляда?

— Скорей с первого рецепта. Для этого берётся девушка, одна штука, малой жирности и высокой стройности, лучше парна́я, без признаков любой отмороженности, затем она быстро, пока не съёжилась от смущения, очищается от одёжной кожуры, смазывается елеем, после чего, не дав елею засохнуть, кладём полуфабрикат на матрас, добавляем в уши сахар, по вкусу, и чуть-чуть острого перца, в ходе предварительного ознакомления с продуктом. То и другое регулируется в процессе приготовления блюда к употреблению. Употреблять, кстати, нужно сильно разогретым, если не натурально горячим. Остужается блюдо уже само, по исполнении всех необходимых предписаний. Вкус, правда, оценивается не сразу, а по прошествии некоторого времени, когда он уже отстоится на ваших рецепторах и те выдадут анализ послевкусия. Только таким образом можно реально узнать, насколько адекватно это блюдо поставленной тобой цели, поскольку существует определённый риск перепутать вкусовую гамму с другой, похожей на эту. Впрочем, все они в процессе употребления поначалу кажутся почти одинаковыми, но лишь потом понимаешь, в чём состоит особенность истинно высокой кухни. И когда это, наконец, происходит, можешь с уверенностью брать тот самый исходный основной продукт и уже всегда держать его при себе. И будет гарантированно вкусно, даже если в доме отсутствует соль, сахар, перец и любой прочий елей в качестве необходимой приправы.

— Так я, выходит, и есть тот самый полуфабрикат, который ты искал? — усмехнулась Лена. — Получается, ты его нашёл и готов теперь употреблять в натуральном виде, даже без ничего?

— Нашёл, — без малейшего намёка на иронию в голосе твёрдо ответил я, — и готов. А ты?

— Вот что, Гера, — она приподнялась и поменяла позу, оседлав мою ногу, затем просунула подушку между плечами и спинкой кровати, совсем как-то по-домашнему, и подтянула одеяло под подбородок, — ты мне нравишься, не стану скрывать. Даже, пожалуй, очень. И я была бы готова и дальше слушать эти твои холостяцкие байки про то, какой ты по жизни девичий гурман. Но ты гораздо лучше того Германа, которого сейчас всеми силами пытаешься изобразить. Ты просто хороший и, безусловно, одарённый человек, хотя талант твой довольно своеобразный, тот, какой встречается не часто. Твои безудержные фантазии, обработав их надлежащим образом и слегка пригасив, вполне можно направить в нужное русло, пристроить к реальному делу, настоящему, без этого идиотического расчёта на людей непонятных, пресыщенных, обладающих больным или просто извращённым умом. Именно на это запали и Гамлет, и Рыба как люди, чьей единственной целью стало деланье денег из всего чего можно и нельзя, без особой оглядки на всякую там мораль и здравый смысл. Кстати, не побрезгуют и тем, что уже само по себе дурно пахнет, как в твоём случае. — Она мотнула головой, как бы избавляясь от допущенной ею оговорки. — Прости — как в нашем, разумеется, в нашем общем случае.

— И что ты в этой связи предлагаешь? — Я вникал в её слова, лишь только теперь осознавая, что причиной всему как пить дать явился мой дурацкий запал в паре с хроническим безденежьем, плюс желание понравиться Леночке Грановской в те самые минуты, когда я, находясь в рыбьем пентхаусе, сдуру и во всеуслышанье рисовал всё новые и новые картинки одна заманчивей другой. Именно это сочетание безнадёги и выпендрёжа подтолкнуло меня туда, куда вход приличным людям изначально не рекомендован.

— Мы сами откроем ресторан, твой и мой, и нам оба они не нужны, что тот, что эта, как и не понадобится в принципе вся эта подлая затея «не для всех». Наоборот, будем делать для всех, для нормальных живых людей, для таких, как мы с тобой и наши друзья. Надеюсь, они думают так же. И в такое плаванье, Гера, я готова с тобой пуститься, по жизни и по делу.

— Звучит заманчиво... — в раздумьях ответил я, уже мысленно представляя себе, как мы с Ленкой, проснувшись, занимаемся утренней любовью, затем вместе стоим в душе, после чего завтракаем за одним столом и едем на работу, не боясь опоздать к нужному часу; и это потому, что ресторан принадлежит нам, и больше никому, и начальников над нами нет, ни верхних, ни нижних. Дорисовав в голове светлый образ будущего, я спросил: — Тебя в детстве как называли?

— Шиншилла, — улыбнулась Ленка. — Они у меня с самых ранних лет во все стороны торчали, мои дурацкие кудри, никак не хотели приглаживаться и лежать как у всех. Они и сейчас живут по свои правилам, кудрявятся как и куда им заблагорассудится, и ничего я с этим не могу поделать, так и живу с этой неуправляемой копной. — Она состроила смешную мордочку и шмыгнула носом. В этот момент мне показалось, что лицо её, как и вся она целиком, её жесты, её абсолютно естественные и так неумело скрываемые реакции, быстрые обиды, моментальные смены настроения — всё это напоминает мне маленького ребёнка, засунутого в безукоризненное женское тело. — Никто у нас в классе не знал, кто такая шиншилла, мы просто так себе придумали, что если Винни-Пуха сделать девочкой, приделать мохнатую голову и добавить лицу весёлости, то получится эта не известная никому шиншилла. Ровно такой я и была — правда, со временем на моё лицо лёг отпечаток неизбывной печали, свойственной смиренным еврейским девушкам, особенно если в профиль.

— Что ж, это нам подходит, так и обзовём наше детище, лучше просто невозможно придумать, говорю как креативщик: тут тебе и экзотика, и радостное удивление, и любопытство, и интерес к живой природе, которую мы со временем научимся перерабатывать и пускать на десерт. Только вот не ясно, как будем от этих отбиваться, вряд ли, я думаю, они нам такое самоуправство простят. Что скажешь, Шиншилла?

— Да само как-нибудь всё образуется, так или иначе: в конце концов, кто мы для них такие — конкуренты, соперники, враги? — она решительно махнула рукой и выдернула подушку из-за спины. — А не утрясётся, тогда и будем думать. Главное в этом деле — не оказаться безпозвоночными.

— Это как? — не понял я. — В каком смысле?

— Это когда нет хребта. Или есть, но гнётся сильнее, чем положено природой, — отозвалась она, одновременно улыбнувшись. — И вообще, хватит об этом, иди ко мне.

Мы обнялись с ней и прижались друг к другу уже как совсем родные и близкие люди, совершенно не сдерживая себя и не испытывая от этого ни малейшего стеснения. Через пару секунд мы вновь неслись в безумной скачке, разом наплевав на своё же прошлое, которое для каждого из нас закончилось этой ночью. Впрочем, как и настоящее, резко уступившее место неясному будущему. Только на этот раз вокруг нас была уже не пустыня, а наша спальня в Плотниковом переулке. И свет, который деликатно проникал через незашторенное окно, был уже не манговый с ложечкой густой сои, и исходил он не от лунного круга, а был вполне обычным, умеренно рассеянным, как нельзя лучше подходившим раннему сентябрьскому утру, такому же безоблачному и чудесному, как и наши планы, в одночасье заявившие о себе. Планы, которые должны были теперь либо совершиться, либо забыться. Однако в тот момент нам уже было всё равно, мы неслись навстречу грядущей жизни, одной на двоих, потому что оба, не сговариваясь, так для себя решили...

часть 2
СВЕТ И ТЬМА

Знаешь, как тут называют таких, как я? Параллельными! Впрочем, вас называют точно так же — тех, кто остался без нас. Это когда душа выскочила, оторвалась и отлетела, но сам ты не скончался, не помер, как тому следовало случиться, если не нарушен привычный расклад. В общем, весь я, то есть ты, остался жить, как и жил до того: дёргаться по-всякому, дурковать, хохмить, любить, изгаляться, психовать по нужде или без неё, радоваться удачам, огорчаться попадалову, стебаться по поводу и без повода, изобретать и готовить разные интересные блюда: от «меню дня» и «special» до десертов и деликатесов — тебе ли не знать об этом, друг мой!

Герка Веневцев, сволочь родная, здравствуй!

Миленький ты мой, я сейчас выдал эту сомнительную для моего нынешнего положения фразу, поскольку дали понять, пара местных инструкторов, каких приставили ко мне, что имею специальное разрешение на отдельные слова разговорного жанра, уже как свой, как оболочка, надёжно подтверждённая всей моей прошлой жизнью в ваших краях. Верней сказать, не имею ничего, но именно это обстоятельство — отсутствие чётких границ внутреннего запрета на слово и действие —

позволяет мне, находясь в моём теперешнем статусе, допускать лёгкие и невредные для окружающих искажения местных порядков и традиций. Поначалу, как только попал сюда, то думал, чего ни сотворю, о чём ни подумаю — тут же выйдет наружу, вызнается, отчеканится в чьём-то здешнем файле, закрепится несмываемо на чём-то твердокаменно-вечном.

Оказалось, ошибался. Не так всё тут строго. Не смертельно. Да и подходящего твёрдого здесь особенно поначалу не наблюдалось — всё больше пыльное, газовое, дымчатое. А всё листвяное, травянистое, пуховое, шелковистое — будет потом, четырьмя шагами позже, а пока оно вне досягаемости.

Помнишь, в Крыму, в Феодосии, году в шестьдесят восьмом, кажется, мы с тобой на шелковицу забрались, вековую, корявую от старости, с шершавой корой и толстенными ветками, по которым что ты, что я опасливо переступали, как по разнокалиберным круглым ступенькам, в тёти-Франином саду, — не забыл ещё? Руки тогда ещё ободрали себе до сукровицы, коленки, бока — даже через майку, и трусики сатиновые надорвались по линялым швам... А потом, отбоявшись, наверху оказались, в наиболее густой части кроны, где вокруг — никого в любую сторону: ни людей, ни животных, ни насекомых самых малых, ни воздуха какого-никакого, казалось, не было, а только были ягоды эти нечеловеческие — что по размеру, что по густоте нереального цвета, что по изобилию их, куда ни посмотри. Мы с тобой тут же напрочь забыли про свои обидные царапины и драные трусы и стали жрать их, вталкивая в рот, уминая в себя ставшими вмиг чёрными от жгучего сока губами, рвали их, давили нёбом, языком, зубами, гортанью, всем, чем давилось, — и судорожно глотали эту дармовую божью мякоть, устремлявшуюся в жадную мальчишечью глотку.

Шелковица. Да?

Так вот — здесь, где я в итоге очутился с нашей общей нелёгкой руки, место, в чём-то похожее по ощущениям на то самое, в котором оказались мы в тот душный день конца августа, когда нескончаемо заталкивали в себя эти чёрно-фиолетовые ягодины и упивались ими, зная, что и остальные такие же с этого дерева никто у нас уже не отнимет. Нам тогда ещё, помню, обоим малость не хватало воздуха, который, хоть и мягкий, и пронырливый, и пустой, но никак не мог просочиться сквозь плотнейшую шелковичную завесу, что отгораживала от него нас и наше глуповатое детское счастье.

Гер, ты вообще как — цел?

Сижу сейчас на неласковом песочке, а так до конца и не в курсе, отлавливаешь ли ты мои мысленные передачки или даже и думать обо мне забыл, брат ты мой. А вообще, есть тут у нас место такое, специально отведённое для параллельных, выделено то ли верхними, то ли серединными, сам пока ещё не разобрался, кто у них тут какие и что здесь и как в местном надземном уложении. А называется оно коротко — Овал.

А вообще, история более чем странная. Понимаешь, Гер, я ведь как бы не совсем кретин или тот, кто стал бы тебя просто тупо разыгрывать и пугать — кому этого не знать, как не тебе, мы ведь с тобой всю нашу жизнь повышенной сообразительностью отличались. Помнишь, как мы же первыми придумали добавлять молодой чеснок в ягодное суфле «Planer» и, чтобы избежать излишней остроты вкуса, решили смягчить его белой маслянистой корочкой камамбера, замоченной в кашке из розмарина с перетёртыми в пыль семенами кориандра, не забыл? Потом, правда, выяснилось, что такое уже придумал сам лорд Глигуар, законодатель кулинарных мод, ещё где-то в середине XIX века, но, в отличие от нас, он не смягчал блюдо ничем, а просто тупо добавлял чеснок, к тому же не обязательно молодой, придавая блюду неожиданной резкости и стимулируя желание съесть ещё. Вероятно, он просто позабыл, что розмарин уже сам по себе имеет легчайший вкусовой оттенок плесени и тем самым не мешает, а наоборот, превосходно сочетается вкусом с сырной плесенью, а две плесени в одном кушанье — это, согласись, не одна ведь, да?

А помнишь, ещё как лет примерно в двадцать мы поняли вдруг вкус творога, сыра, пива и что за этим последовало? И как то самое, что прежде вязало нам рот, вызывая обильное слюноотделение, неожиданно пробило наши рецепторы на не изведанные ранее вкусы, заставив нас испытать совершенно иные ощущения, запахи, послевкусия, как и возбудить незнаемые до той поры интересы, выловить неведомые прежде смыслы и одарить себя новым знанием самых простых вещей.

Так вот, про Овал.

Сначала, говорят, идешь долго — как бы через пар, через туман, через какую-то местную Гоби. Потом — холмы, типа наших дальневосточных сопок, но совершенно лысые: будто насыпана не земля, а разложена огромными порциями грунтового колера филейная мякоть, вздутая изнутри, — помнишь, как мы начиняли говяжий край черносливом, а после он ещё набухает изнутри и как бы встаёт на дыбы, но мы его перед подачей чуть-чуть опускали обратно лимонным соком, «Boeuf explosive»[1] — сами же с тобой и Ленусь-

---

[1] Взрывная говядина (*пер. с франц.*).

кой назвали его так, чисто наше стало, изобретённое, своё. А помнишь ещё, как мы галопом неслись во сне, и наш скакун вышибал своими копытами взрывчики песчаной пыли, я, ты и Ленка, в ту самую первую нашу с ней ночь на Плотниковом переулке? А за холмами — самый последний холм, с проходом внутрь по фронту в виде невысокой арки, обвитой по краям сухими лианами с белёсыми сушёными ростками по всей высоте. Чистая декорация.

Такие, мне кажется, инвалидские цветки, но только из стерильного пластика, наш бармен Костя обычно втыкал в коктейль «Парнас» — для пущей ликвидности этого корыстного напитка. Почему-то считал, что белый цветок, хоть и неживой, являет собой некий рубикон сознания перед отлётом клиента внутрь себя и оттого стимулирует желание продолжать напиваться дальше, соскочив с привычного самоконтроля. Сколько мы с ним ни боролись, так и не удалось его перевоспитать. А Ленка, если помнишь, всего один раз с ним поговорила с глазу на глаз, и всё разом закончилось: и уважительный стал вдруг ко всем нашим гостям, и вежливая улыбка откуда-то взялась и держалась вплоть до последнего посетителя, и подворовывать перестал — как отрезало. К тому же женился, в институт поступил на заочный, ребёночка родил, вторую ставку взял, уборщика — видал такое? Так я и не понял всё-таки, почему вдруг у Ленки всё нами задуманное стало резко получаться, будто кнопка какая-то включилась самопроизвольно и уже не выключалась никогда. Во всяком случае, при мне. А при тебе такое продолжается?

Всё это, о чём говорю сейчас, словно кусками 3D выплывает из местных туманов и стелется у меня перед глазами, если мои нынешние органы зрения можно описать именно таким привычным способом в этих почти неправдоподобных обстоятельствах. Знаешь, память мне не отказала практически совсем, но зато новое это, такое удивительное и сверхобъёмное, навалилось так, что порой диву даёшься, как же оно размещается во мне, при том что я уверен, что вовсе не ку-ку.

Если честно, счёт тут никакой не ведётся, никому и ничему: ни дням, ни ночам, ни часам, ни минутам, ни отдельным ударам судьбы. Нет его как бы, времени этого. Свет, как я успел понять, будет тот, который именно тебе нужен, который лучше других соответствует твоим же ощущениям: короче, чего ждёшь, так и будет тебе светить, включая ночь и сумерки. Кто там рулит конкретно — не успел пока разобраться, хотя есть парочка свежих соображений. Информация обрушивается на мою оболочку с такой нечеловеческой (как по слову совпало, да?!) силой, что едва успеваешь переварить головой это обрушенное.

Как я выяснил, за эту часть в нашей местности отвечают серединные — точно, не верхние и не тот, кто над ними. Про того я вообще пока мало чего знаю, только догадываюсь по большому счёту, мне про него лишь вскользь упомянули, и на этом пока всё, а так — ничего случайного.

Не то место, Гер, не то!

Но в любом случае речь идёт пока о самом первом обороте, типа ученического. А сколько их всего — не ведал до самого последнего времени, как и про всё остальное. Но теперь уже в курсе. Однако в какой-то отдельный момент ощущение некоторого условного предзонника всё же имелось, хотя отношение ко мне, надо сказать, самое пристойное. Правда, тоже не соображу пока, от кого именно оно исходит на самом деле, кто за всем этим конкретно стоит и как всё оно пойдёт дальше. Видишь ли, питаться тут не принято: и не предлагают, и не хочется. Да и непонятно, как тут процесс усвоения пищи устроен в принципе, из какой субстанции чего перетекает в какую и с какой конечной целью: где лежит само удовольствие от еды, про которое нам с тобой, как мне кажется, известно почти всё. Но об этом я только потом узнал, не сразу: поначалу думал, солнцееды они, то есть мы сами, кто сюда попал. Но тогда где же солнце?

Лично я, когда прибыл, вокруг располагалось что-то типа пустыни Гоби и больше ничего, только разве что пара нижних ещё. Поодаль стояли они, ждали, когда в себя приду и очухаюсь от Перехода. Оба — мужского начала, лысые и бритые, в противовес общепринятому представлению об апостолах и архангеле Михаиле. Другого же архангела мы с тобой всё равно не знаем никакого, так или нет? И лёгкий ветерок веет, разносит мелкую пыль пустынной позёмкой. Но потом и он утих и больше не возникал ни разу. И на небо всё, вроде бы, тоже не похоже, хотя других вариантов пока не вижу, кроме него. В общем, полная неясность.

Но тут же как-то само собой прояснилось, что обе эти фигуры — нижние, нечто вроде привратников-помощников местных распорядителей, и являются посланниками серединных. А те работают, начиная с четвёртого, кажется мне, оборота и выше, до самых верхних.

Я — по сути голый, без ничего на себе, и лысый, как держава в царской руке, но и без чувства даже самого малого стыда. Будто разом отрезало и унесло вместе с песчаной пылью. Поверх меня — кожа не кожа, оболочка не оболочка, так, нечто не в фокусе. Но это только поначалу, тут я тебя в заблуждение вводить не стану. И главное, нет никаких желаний: всего хватает, и даже пить не хочется, несмотря на всю эту непонятную Сахару. Стою и размышляю, хорошее это для меня новое качество, когда не хочется, чего раньше хотелось, или больше чужое, вредное для здоровья оболочки.

Первый нижний проводит рукой по вертикали вдоль меня, с расстояния, и вижу, как уже какая-то хламида из тонкой холщовки на мне оказалась, так что не поймёшь сразу, где сам, а где лишь собственный мягкий фокус.

И сразу лёгкость образовалась во всех членах и суставах, будто смазали их оливковым маслом первого отжима, холодного, «Extra Virgin». Мне бы дополнительно порадоваться, оценить, прикинуть всякого на дальнейшее, а я вместо этого сразу вспомнил, как мы с тобой, будучи на Крите, впервые для себя его по-настоящему открыли, масло это, хотя, наверное, не меньше тонны съели к этому изумительному моменту прозрения, познав новое качество в хорошо известном старом продукте. Так вот, лишний раз напоминаю всем, кто остался и кто меня слышит, — настоящее масло должно оттеняться глубоко-зелёным, уходящим в густо-оливковый больше, нежели в привычно-жёлтый. И если не возникает у тебя неистового желания обмакнуть мягкую хлебную корку в эту божественную субстанцию, сунуть её в рот и медленно жевать, превозмогая вожделение судорожно протолкнуть себе в глотку эту ароматную кашу, то, стало быть, не то это масло, неправильное, не того отжима, не тех ягод, не той земли, не той воды.

Другой нижний говорит мне, но не ртом, а всей своей большой красивой лысой головой с сильным и ясным светом из глазниц:

— Вам теперь уже не следует никуда спешить, Герман, ничему пока особенно не удивляйтесь и никак не пытайтесь проявить свою личность. Вы у нас пока на первом обороте размещены: случай ваш особый, довольно нечастый; но такие, как вы, у нас, конечно, тоже имеются, среди прочих параллельных. И подход к ним гораздо более индивидуальный, нежели ко всем остальным, оказавшимся с этой стороны Прохода после успешного Перехода. Однако всё теперь будет зависеть лишь от вас. Настоящим прибытием вы обретаете надежду. Вход для вас — есть перемена четвёртого оборота на пятый, не раньше. А то место, где вы сейчас, — это просто некое предварительное обитание, которое никак и ничем не может измеряться, кроме как длиной прохождения пути отсюда до Входа, которая зависит исключительно от вас самого. Просто существуйте в силу отпущенных вам благодатей и благоразумных причин и ждите своего часа. И он наступит или не наступит. А больше нам пока добавить нечего. И помните — всё может быть!

Ну, я после этих слов немного встрепенулся, хотя и без излишней нервозности, как и было у меня с самого начала, и спрашиваю:

— Вы меня сердечно извините, благородные архангелы, но жить-то я буду где? Я имею в виду, пока дела мои не утрясутся окончательно. На какой площади, я извиняюсь, — постель там, всё прочее. Покушать, если что, побриться. Гигиенические процедуры, опять же... И как нам связь поддерживать, если вдруг чего понадобится в силу этой упомянутой вами разумной причины.

— Ничего такого вам не понадобится, можете не сомневаться, — это отвечает мне первый из пустынных святых. Другой тоже растолковывает, вполне доброжелательно:

— Мы же пояснили вам, Герман, полагайтесь лишь на себя и думайте о Входе, остальное решится само собой, без ненужных вам напряжений. Здесь вообще не принято напрягаться, лучшее напряжение для вашей оболочки — это познание мира, настоящего и ожидающего вашу оболочку. Как и достижение гармонии с самим собой в понимании себя и своего нового места в системе мироздания. Так что теперь, после раздвоения вашей бывшей души, обретайте для себя новую цельность и иную полноту и прокладывайте себе путь к вечному блаженству, оно не так уж и далеко отсюда, где-то с пятого оборота уже и начнётся, если всё пройдет без сбоя. Каждому — своё, как говорится, по делам и воздастся.

А первый ещё и дублирует то же самое на латыни, думая, что этой нерусской добавкой делает мне ясней:

— Et retribuetur unicuique secundum opus eius.

Однако стою и вникаю, Гер, в каждое святое слово, издаваемое в мой адрес одним и другим пустынником. И чувствую — не дышу. Вижу, как не вздымается грудь моя, что бывает при наборе организмом воздуха, и как она же не опускается обратно, что необходимо при выпуске через рот и нос отработанного газа.

Всё ровно, всё плоско, всё удобоваримо и покойно. Спрашиваю обоих, не отдавая предпочтения никому из них, ответственных за моё прибытие и размещение внутри неведомых пространств:

— Скажите, пожалуйста, если можно, конечно, задавать подобные вопросы: а те, кто, кроме меня, тут обитают, они в большинстве своём мужчины? Или женщины также имеются в наличии?

И чувствую, не смущаюсь. Понимаю, что задал вопрос чистый и хороший, без сомнительной подкладки какого-либо неопределённого свойства. Как-то само получилось так, без привычной двусмысленности и излишней сальности.

— Если вас тема соития всё ещё интересует, то вскоре вы сами же от неё откажетесь, непременно, без всякого содействия с чьей-либо стороны, — это говорит второй нижний в ответ на мой невинный вопрос и интенсивно облучает мою холщовку пристальным глазным светом, будто проводит ультраобработку, нейтрализуя вирус всей моей прошлой жизни на земле.

— Причём по самым разным причинам... — вторит ему первый, поддерживая напарника-контролёра по зоне предварительного обитания, и тоже испускает невидные лучи, но заметно слабей соседних, — пол человека, как и возраст его, всякая ориентация, в каком резоне её ни рассматривай, разнообразные прошлые слабости, свойственные устройству людской природы, — всё это оставляет свою силу и власть над теми, кто стал нашим обитателем за бортом любой из надземных территорий. С момента прибытия все вы — параллельные, и другими в нашей облачности стать уже не можете, до той поры, пока не совершится ваш именной Вход. Ну, а об этом мы уже, кажется, говорили, Герман. И ещё потолкуем предметно: затем мы, собственно, здесь, с вами и находимся.

«По каким же это, интересно, причинам?» — думаю я, имея в виду эти неведомые мне загадочные основания добровольного отказа от прошлых мирских удовольствий. Помнишь, как мы с тобой отрывались, Герк, когда служили в рекламном агентстве? Не забыл ещё, как время от времени в нашей с тобой общей жизни образовывалась занимательная очередь из милых, рисковых девушек, готовых посетить холостяцкую квартиру в Плотниковом переулке, зная, что владелец этого привлекательного жилища в историческом центре Москвы мил, холост, недурён собой, к тому же имеет про запас лишний паспорт, из хороших, да ещё и в обязательном порядке накормит всякими небывалостями собственного сочинения, о которых среди поклонниц разных периодов небезосновательно гуляет призывный слух.

Да и потом по этой части не затихало, когда всё уже закрутилось в нашем с тобой ресторане, и он сделался популярным среди ценителей благородной кухни, и все они стали ежевечерне стекаться туда, желая всякий раз отведать новенького, но уже не платя того, чего желают поиметь от них наши с тобой конкуренты. А помнишь всех этих тайных от Ленки умильных и заранее благодарных тёток, готовых, заранее наплевав на любой результат, конкретно и без церемоний не оставить своим женским вниманием известного шеф-повара респектабельного столичного заведения «Шиншилла» Германа Веневцева? Но только нам с тобой этого уже было не надо, потому что лучше Ленки всё равно не было и нет для нас никого. Однако это вовсе не означает, что, встретив в малознакомой местности одинокую, приятную тебе особу обратного пола, не следует проявить немного привычной вежливости, устремлённой на взаимность и дружеское расположение.

Думаю так, а на словах говорю им, моим инструкторам, чтобы окончательно не попасть впросак в связи с моим новым положением:

— Допустим, понял. Ну а с работой как? Труд ведь никто не отменял. Я же завяну тут у вас без приложения рук и мыслей. Кухня, к примеру, имеется?

Оба, вижу, озадачились. Вопрос-то насколько ведь примитивный сам по себе, настолько и неожиданный оказался для обоих. И чувствую по притухшим враз глазным лучам, что никто из ранее прибывших снизу наверх не тревожил их подобной проблематикой.

— Трудиться исключительно для того, чтобы пахать, — это не у нас, — с довольно пасмурным лицом отреагировал левый пастырь, — наш труд предполагает иную радость и иной способ отдачи себя в этом смысле. А то, о чём вы говорите, — это в другом месте, — добавил он, многозначительно кивнув куда-то в сторону и вниз. — Об этом пускай теперь ваш параллельный думает, самое время собрать мысли в единый узел и по новой взвесить положение. Если вам повезёт и у вас с ним случится связь, то так ему и передайте, сердечному.

— В смысле? — насторожился я, учуяв недоброе, несмотря что исходило оно от тех, кто всем видом своим, словом и положением изначально обязан был нести лишь бессмертное и душепокойное.

— Вам положено, — уточнил ситуацию правый пастырь. — Пока ещё можно. Со временем всё сделается гораздо более проблематичным, если вообще не станет непреодолимым.

— Это вы про что? — снова не уяснил я до конца суть этих невнятных намёков. — Это вы про какую связь? С кем? Откуда куда?

— Отсюда туда, разумеется, — не слишком охотно отреагировал первый архангел на мой полный сомнений вопрос. — С ним, само собой, с вашим параллельным. С Веневцевым Германом Григорьевичем, шеф-поваром ресторана, известного своими щадящими ценами и качественной кухней, который теперь, так уж получается, остался один на один с самим собой — в виде своего порядком израсходованного и уже абсолютно бездушного туловища.

— С вашим бывшим телесным напарником, которому теперь в самый раз было бы занять верное место между варочным котлом и кухонной вытяжкой, — отозвался, развивая эту малопонятную тему, второй поводырь, — и по-любому ему то ли дорога... туда... — он сокрушённо покачал головой, так что ставший к этому моменту уже несколько мутноватым свет из его глазниц мотнулся влево-вправо вслед за красиво посаженным черепом, попутно создавая слабый ослепляющий эффект, — и скорей всего, иного не следует ожидать. То ли... пробовать выходить с нами на связь. — Он скрестил руки на груди и пожевал губами: — Я хотел сказать, с вами, Герман, с вами. Через вытяжку, иначе никак, сдаётся мне, не получится. Там — Проход Перехода. Ну, а с нашей стороны — ответная часть, под аркой. Овал. Далее уже вы и мы, нижние. Ну, а уж после нас... — Посланник пожал плечами, и мне показалось, что он зябко поёжился всем своим невидным корпусом, чьи формы надёжно скрадывала грубоватой выделки холщовка. Также было не вполне понятно, то ли он при этом негодовал, пытаясь делать это незаметно для меня, то ли просто тайно кого-то опасался. Скорее всего, — как мне почудилось — следующей по очерёдности незримой инстанции, отвечающей за надземную территорию, уходящую вширь и в глубину от Входа, но с другой от нас стороны.

— Слушайте, а как вас зовут хотя бы? — неожиданно для самого себя спросил я обоих. — А то стоим тут, выясняем, делимся, то-сё, а мне как-то вроде неловко. Не знаю даже, как правильно обратиться к вам, чтобы и уважительно, и отвечало тутошним раскладам. Всё же не каждый день случается такое, чтобы отлететь, да ещё, как выясняется, насовсем. И если честно, мужики, не хотелось бы ваших разочарований, даже самых незначительных: я ведь за все свои дела у себя в «Шиншилле», кроме благодарностей и восторгов, считай, ничего другого не имел. Если отбросить заработки, конечно, это другая тема.

— Ла-а-дно, раз та-ак, — в очередной раз пройдясь по мне глазной подсветкой, раздумчиво протянул первый святой, — будем знакомиться. Я — отец Павел. Можно — брат Павел. Ещё можно — просто брат. Главное — не братан, это важно, тут надо не ошибиться. Не проканает.

Сказал и ойкнул. И тут же умолк, переваривая сказанное. Видно, сообразил, что чуток оскользнулся на ровном месте, опережая плавность естественного хода событий.

— Ну, а если просто Паша? — закинул я в его адрес, наглея просто на глазах. — Для чего нам с вами так уж церемониться? Я же вижу, что вы свои люди, нормальные мужики, без никаких там заморочек, безо всяких.

— В принципе, можно и так, — отчего-то не выказав особенного неудовольствия, согласился первый, — но не сразу, потом, может, чуть погодя, если со временем на вторую орбиту переберёшься и на этой не особенно наследишь.

Он так же, как и я, незаметно для себя перешёл на «ты», и я догадался, что этот переход не слишком его покоробил. Честно говоря, такая скорая переменчивость в изначально заявленном обращении с новоприбывшим больше удивила меня самого, чем озадачила пустынника Пашу проявленным мной панибратством.

— А вот я бы так не спешил... — в пику проявленному собратом быстрому согласию в сомнении покачал головой другой пастырь, пока ещё безымянный. Он вообще больше молчал, уступая право вести разговор своему наперснику. Его лицевые подфарники продолжали гореть, но уже довольно тускло, всё больше и больше слабея, словно в них с медленной, но необратимой силой начинали садиться потайные аккумуляторы. Однако даже эта чувствительная просадка всё равно не позволила мне в полную силу заглянуть в его не замутнённые добавочным светом глаза, чтобы разобраться, кривит он душой или же проявляет принципиальную неуступчивость на самом деле.

— А что так? — несколько напрягся я и незаметно скосил глаза на брата Пашу, дабы вызнать его реакцию на поведение второго. — Что нам, собственно говоря, мешает общаться не столь формально? Коль скоро я всё равно уж тут у вас оказался в качестве переселенца, то совершенно не собираюсь делать вид, что только и мечтаю отделиться от всех нормальных и забыться, вовсе нет. Я, знаете ли, дядька вполне компанейский, и это всем хорошо известно. Вот для примера, когда дичь на вынос идёт, под спецзаказ, под фейерверк: скажем, осенний глухарь, тетерев или, на худой конец, фазанчик — бывало, что прямо с тока снятые полсуток назад, — то зал меня неизменно требует. Орут «Ге-ра, Ге-ра!» Ну, выйду, поклонюсь, ручкой сделаю, улыбочкой порадую. Я их с виноградом люблю приготовить, птичек этих, и с ломтиками свиного сала, в перетяг суровой ниткой. И лучше от задка спины сало брать с кабанчика, там оно у него более упругое, над самым хвостом, он его ни размять не может, ни почесать — не достаёт ни по какому, не пробовали? Сливки, коньяк — по вкусу. Но главное — карамель и грецкие орехи, практически перетёртые в пыль, а вместе — изумительная на вкус «Noyer de flocons d'avoine»[1] для обмазки. Хотите, замутим, если что? Масло сливочное найдём тут или как? Без него лучше вообще не браться, не на чем припустить будет, а гаже неправильно при-

_____

[1] Каша из грецких орехов *(пер. с франц.)*.

76

пущенной пернатой нет ничего, разве только «Jeu ne pas attrapé»[1]. А отыщете сметану вместо масла или растительное чего-нибудь предло́жите — не возьмусь, так и знайте, потому что, как говорится, название «Исаакиевский», братцы мои, ещё не делает собор синагогой — ха-ха. Но это так, к слову.

— Пётр я... — внезапно произнёс внимательно слушавший меня всё это время второй святой, несогласный. — Можно просто Петя, раз так между нами получается.

— Понял! — быстро отреагировал я и заметно повеселел. — А я Герман, или просто Гера, если не забыли. Как тут вообще? Чего происходит-то? С чего жить начинать будем, братья? Вы тут сами-то давно или целую вечность?

— Мы вообще-то с третьего оборота сами, — отчего-то невесело изрёк Паша и присел на песок. Ноги он поджал под себя, одновременно произведя целиком скрытым под холщовкой длинномерным корпусом плавное движение, — так вытягивает спину уставшая от ничегонеделанья возрастная кошка. Одновременно в воздухе что-то слабо хрустнуло, и свет, испускаемый Пашиными глазницами, пропал совершенно, как и не было вовсе. Взамен этого удивительного сияния взгляду моему открылись самые обыкновенные человеческие глаза — «humanis oculis ordinarius», как позже обозначил их кто-то из братьев — с радужкой вяло-голубого оттенка, с едва заметными прожилками по белкам. Мягкий фокус, до этого момента не дававший облику пустынника проявиться во всех деталях, внезапно сделался устойчивым и резким, и изображение брата Паши обрело вполне законченный вид. Кроме

---

[1] Дичь непойманная (*пер. с франц.*).

глаз, обозначились руки — верней, открытые ладони с длинными худющими пальцами и аккуратно подстриженными ногтями. Кроме одного, на мизинце. Тот, вероятно, существовал сам по себе, вне всякого контроля по линии нижнего, и вызревал столь нескромно, что не оставлял любых малых сомнений в некоем особом предназначении.

На ногах обнаружились сандалии по типу библейских. Почему именно библейские, я не знал, как не мог понимать и того, откуда в голову моей оболочки вообще залетела идея насчёт Пашиной обувки. Сам я был абсолютно босой и потому, кроме внезапно кольнувшей меня лёгкой зависти, никакого другого острого чувства испытать не мог. Единственным, что крутилось где-то поблизости, не давая сосредоточиться на возвышенном, было ощущение, что всё происходящее сейчас со мной или с тем, что осталось от меня, прошлого Герки Веневцева, идёт с лёгким перебором, как-то не так: немного лучше, что ли, чуть надёжней и явно бодрее по сравнению с чьим-то неведомым планом. Это как если бы в связи с открытием художественной экспозиции «Гиблое дело» вместо отвечающего ситуации шпротного паштета на чёрных хлебцах из «Пятёрочки» подали «Рижские шпроты» на белых чесночных гренках из «Азбуки вкуса». А слегка подкисший яблочный сидр отечественного розлива приятным образом заменили бы на просроченное «Spumante».

Да, Гер?

Я сейчас произношу это мысленно, но не имею ни малейшего представления, слышишь ли ты меня, Герка. Ведь я ещё так и не добрался до этого непонятного Овала, о котором узнал, едва-едва освоившись в этом причудливом мире, в компании этих странных апостолов, назначенных, чтобы встретить и разместить меня в пространстве этого явно приглушённого кем-то света.

В этот момент брат Пётр последовал примеру брата Паши, вернув себе человеческий фокус, и отключил лицевую подсветку от источника неизвестной подпитки. Эффект был тот же самый — лицо тот же час обрело индивидуальность, и обнаружился вполне осмысленный взгляд. На ноги Петра, в отличие от Пашиных, я взглянуть не успел, внимание моё притянула сама физиономия святого пастыря — она была точь-в-точь такой, как у Павла; оба они теперь были уже совершенно неотличимы один от другого, словно две произвольно сдутые песчинки с их же сандалий. Даже синеватые прожилки на белках, казалось, были точно такими же.

— Вы что, близняшки, что ли? — я не удержался и задал этот не слишком уместный вопрос. К тому же глуповатый, поскольку всё было ясно и так. — Одно-яйцевые? По духу и букве оболочки? Или по крови, напрямую?

— Не только, — согласно махнул головой Павел и вопросительно глянул на брата. Тот задумчиво молчал, видно, прикидывая последствия добровольного признания этого неоспоримого факта. Но всё же отреагировал:

— Мы к тому же ещё и параллельные, как и ты. Только прибыли раньше и теперь на службе. Плюс по два оборота сверху твоего.

— Это как две сержантские лычки против ефрейторской, что ли? — искренне удивился я. Оказывается, имелся ещё и такой расклад, доказующий общность наших положений в этой пустынной части условного неба.

— А крови, кстати, нету никакой, откуда ей взяться, сам подумай, — внезапно отозвался на мои слова

Паша и сплюнул пустотой в песок. — Нет, кое-что имеется, конечно, не всё так уж беспросветно, — он кивнул в сторону плевка и пояснил: — Просто она отсутствует как таковая. Вон, гляди, — он задрал рукав своей хламиды и резким движением полоснул остро отточенным ногтем мизинца по тому месту на запястье, которое обычно выбирает себе безвольное большинство для сведения счётов с неформатными проблемами. Какой-то слабый след всё же на руке у него остался, нечто вроде бескровной царапины, но тут же он затянулся привычно мягким фокусом, словно некто невидимый угодливо затёр его нежнейшей бархатной наждачкой.

— Понял? — с заметной долей обречённости произнёс Паша. — Ничего и никак! А ты говоришь, как жить будем да куда верзать ходить. Извини, конечно, за грубое слово. Тут, брат, кроме гармонии с самим собой, никто ещё покамест ничего такого незаурядного не изобрёл. Или даже просто любого путного. Одни ходят, понимаешь, песком шуршат да пылью умываются, другие вечно молодые травы мнут, наверно, ветры слушают, ангела своего прошлого пытаются за хвост поймать. Думают, стопудово он их не бросил и, если чего, слово замолвит, когда подойдёт срок на Вход определяться. Короче, место в очереди на четвёртый оборот выслуживают. Другие, кто понаглей, так просто напрямую ломятся, ближе ко Входу пристроились, чтоб вроде как экстерном, год за два, как в радиационных войсках с облучением и знанием японского. Считают, если их заметит кто, помимо прикреплённого посланника, да ещё признает заодно какие-нибудь прошлые заслуги, которые по случайности не зачлись, то это ускорит им Вход. — Он, едва сдерживая себя, интенсивно потёр выпирающие через холщовку острые коленки и, не зная, куда лучше пристроить руки, сложил их на шее сзади. Одновременно неодобрительно покачал головой и снова машинально сплюнул в песчаную пыль. — Ну всё как у нас там, честное слово, даже раздражает иногда, хоть и нельзя нам печалиться, тем более что на службе, сам видишь.

Картина, прямо скажем, получалась малорадостной. Общую неприглядность дорисовал и Пётр, внезапно включившийся в разговор. Видно, затянувшееся молчание в ходе этих очистительных разговоров всё же вынудило его излить на вновь прибывшего часть своей застоявшейся душевной оболочки.

Жёстко сплюнув по образу и подобию Павла, таким же пустым и бесследным, он сжал и разжал кулаки, после чего, оглянувшись по сторонам, выдавил из себя с ухмылкой лёгкого презрения:

— А только не в курсе ни те, ни эти, что когда все они запараллелились, то ангелы-то их в тот же день с орбит своих послетали и по другим наблюдательным точкам разобрались, по новым позициям, по конкретному факту новой приписки. И это те, которым повезло ещё, кто ближе к руководству прикрепился, так или иначе. Или кто ловчей остальных оправдаться сумел, что, мол, это не он наследил, а непреодолимая объективность роль свою сыграла, ничего нельзя было поделать, чтобы своего же персонально хранимого от беды оградить. Ведь, и правду сказать, не всё у нас так безоблачно здесь, как под надземкой думать привыкли. Ангел-то ведь не всякий хранителем делается, поначалу стажировку отбудет, пока он ещё ангелоид, на уродах разных тренируется, кого не очень жаль: успеет — не успеет локоток свой подставить в нужный час — как получится, так и будет. Потом уже только, после, как проверку испытательную пройдёт, то уже на обычных смертных направление получает, но на тех, какие, по большому счёту, тоже не первой надобности: маргиналы разные, лохотронщики, домушники, риелторы купли-продажи и аренды недвижимости, первоходки, шантрапа уличная, алиментщики, нарики, хронические должники, художники-концептуалисты, недобросовестные приобретатели, взяточники средней руки, футбольные тренеры и их фанаты, лоббисты трансгенов и ГМО, налоговики, политтехнологи от региона и выше, эксплуататоры гастарбайтерского труда, партийцы-однодневщики, зарвавшиеся рекламодатели, манекенщики синего спектра, паспортистки, воинствующие атеисты, функционеры среднего звена госвещательных телеканалов, гаишники, пошляки и насмешники всех мастей и практически вся наземная ментярня от полкана́ и ниже. И так можно до бесконечности, сам понимаешь. Короче, довольно сволочной спектр среднего класса — какой зажат жизненными обстоятельствами между полными негодяями и условно нормальными остальными. Но не насмерть.

Разоблачительскую эстафету подхватил Павел:

— На них ангелоид набивает себе подкрылки. И если прилично себя заявит, то со временем выслуживает себе статус ангела-хранителя и уже на большую дорогу выходит, при полном параде, встаёт на полноразмерное крыло и пасёт своих подопечных уже на самом законном основании. И вот там уже не расслабишься. Каждый прокол — на контроле у конкретного верхнего, курирующего направление, а их не так и много. Они там нечто вроде Счётной палаты и Госконтроля по обороту жизни и смерти в одном флаконе. А по каким параметрам назначаются, сами не знаем. То ли по национальному признаку хранимых ими же земных людей, то ли по их же возрастным показателям, а может, и половые различия роль играют. Или, вполне допускаем, что больше тянут на себя регионально-административные показатели муниципальных образований и геополитические особенности отдельных территорий, где имел место факт прерывания жизни. Нам, правда, наша посланница ничего об этом не говорила, сколько встречались с ней: скорее всего, просто сама не в курсе. Пришлось нам разные полезные сведения окольными путями добывать, а больше даже самим додумывать. А тебе, видишь, за так передаём, парень, так что зацени.

И вновь в разговор вмешался Пётр, перебив брата:

— А дальше — так. Начудил, скажем, ангел, не успел вовремя подсуетиться как надо — теряет хранительство, без никаких. Назначается после на временные работы, очистительные, наравне со всеми прочими: кто на складах сколько-то потрудится, весёлыми кладовщиками, к примеру, или радостными выдавальщиками. Кто-то, наверно, блаженным сеятелем или благодарным сборщиком урожая пробудет сезон-другой, а их тут двенадцать, как апостолов, прёт там у них всё как на дрожжах, чего ни воткни. Ну а кто половчей, тот на Овал пристроиться норовит, справедливым оператором связи, вновь прибывших по каналам разводить, кому в какую условную кабину попасть, чтобы не пересеклись друг с дружкой после связи, не делились нервозностью насчёт своих параллельных, не заражали сомнительностью остальных прибывших, которые не настолько близко приняли к своей оболочке раздвоение в параллельность. И потом, сам прикинь, ведь всё равно — кто добился связи, тот навряд ли уже к Овалу вернётся, дело сделано, шептанул вниз своё сущностное, и там уж как сами они решат, приёмники их параллельные, с учётом узнанного. А кто не достучался на раз-другой-третий, тот уже так и так чувствует, что бесполезно продолжать, нету с той стороны ихнего параллельного, вечно отсутствует или же редко на месте Прохода оказывается, так что не словишь. И сами отказываются дальше влиять. Такая, брат, картина, у нас получается, не то чтоб совсем азбучная.

Мне стало интересно, захотелось спрашивать и узнавать больше. Ведь, получается, есть ангелы, которые, как и все другие, кто не одарён специальной силой благодати, просто элементарно не справляются с задачей оберечь и предотвратить?

— И что же, выходит, с концами? — спросил я обоих сразу. — Из крылатых защитников в труженики полей и коммуникаций?

— Не обязательно, — не согласился Пётр. — После как поработают, они по новой в ангелоиды-стажировщики идут, но только с другим уже испытательным сроком, длинней прежнего. Но всё это, как ты понимаешь, вся их защитная деятельность, что ангелов, что ангелоидов, относится только к безвременно ушедшим. И там уже надо смотреть: кто, как и зачем покинул, в силу чего. И если на повестке окажется естественный уход, то такой случай даже рассматривать никто не станет, там и так всё ясно — списание оболочки паровозиком и далее по принадлежности: или к нам сюда, в параллель, или сюда же, но уже по обычной схеме, как для всех. — Он развёл руками и сделал сочувственное лицо. — Или, сам уже, наверно, понимаешь, куда — конкретно по главной вертикали и вниз до упора. А упор известно где, да? Но только там свои верхние и свои нижние, или какие там у них ещё другие есть, неважно. Мы их не касаемся, а они нас. Противостоим себе помаленьку, с каких ещё пор, дело ясное, но до серьёзного, до капитальных разборок, как правило, не доходит, каждый свою платформу блюдёт, а на другую покушается скорей формально, чем по существу. Побряцают друг перед другом чем сумеют, звуки какие-нибудь строгие обозначат и опять на время угомонятся, оставят всё как есть до другого раза. Одни, кто наш, в свет к себе вернутся, хоть и неприглядный; другие, кто ихний, в тьму свою обратно унырнут.

— Только мы тебе этого не говорили, лады? — с лёгкой тревогой в голосе пробормотал Павел, всё это время не перебивавший брата. — Про это тут у нас вроде как все в курсе, но обмениваться не принято, ни-ни, сразу «нон грата оболочкой» заделаешься и в одну секунду вылетишь в неизвестность. С любого оборота сымут, и даже сам не поймёшь, как получилось. А опомнишься, уже не здесь будешь, а, скорей всего, там. Даже наверняка, а не скорей... — Он многозначительно поглядел вниз и негромко щёлкнул скрытым под хламидой тумблером, на секунду высветив песчаный наст глазным лучом. — Ни нижний не поможет тебе, ни верхний — никакой. Усёк, парень?

— Чего ж неясного... — Я чуть-чуть угодливо пожал плечами, испытывая на деле чувство признательности за это доверительное отношение ко мне со стороны обоих наставников.

Постепенно структура местных правовых уложений, в отличие от временны́х, географических и сакрального свойства величин, начинала обрастать в разуме моей оболочки таким количеством зримых ограничений и непозволительных допущений, что даже, несмотря на обещанное отсутствие всякой усталости, мне не удалось приостановить лёгкое кружение пространства под моей холщовкой. Отсюда я сделал промежуточный вывод, что самой головы, как таковой, у оболочки нет, что вся оболочка состоит из равнозначащих, отдельно соединённых между собой разумных элементов, напоминающих своим видом конечности и другие внешние органы вполне заурядного человеческого тела. При том, что суммарный разум всей оболочки не есть обычная сумма разумов составляющих её элементов. Она — больше, гибче и разумней. Вероятно, идея высшей справедливости начиналась в этой местности уже с самого малого — с того, из чего изначально состоял каждый параллельный, миновавший горнило Прохода и окончательно лишившийся при выходе из него своей исконной физической сущности. И всё же я решился дополнительно уточнить, на всякий случай.

— А кто вообще решает, кому тут процветать и блаженствовать, а кому бока румянить, а, мужики? Верхние? И от кого этот самый Вход зависит, в принципе, если так уж на это дело глянуть. Мне же надо быть в курсе, поймите правильно: неохота, чтоб тебя взяли вот так просто и скинули с пробега. Вы же приставленные мои, у кого же мне, как не у вас, истины добиваться?

На этот раз отвечать взялся Петро: он не стал юлить, просто сказал как есть, как обитатель, уже на законном основании выслуживший право заменить одно своё местоположение на другое, более респектабельное и перспективное:

— Понимаешь, Гер, если верхних шире брать, то насчёт дел по Входу-Выходу они вообще не в теме, просто никак. Там-то они там, но и не решают ничего практически, не заморачиваются, в принципе. Они только с теми в отношения входят, у кого оборот не ниже определённого. А если конкретно, то шестого, предпоследнего. Ну а с седьмым, самым высокооборотным, вообще труба, с крайним. Тех, кто его высидит и станет верхним — а таких среди нормальных обычных раздва и обчёлся, — так вот только они и имеют шанс проситься к Высшему, к Верховному, один на один, без никого, без посредства любых промежуточных. Нижние, как мы с Пашкой, и серединные, как наша Магда, — это всё мимо, всё не в адрес, всё мелкота пузатая против самого Последнего. Он всему голова и есть, верх вертикали, последний край верхотуры при всей её бескрайности, особенно если требуется убрать кого-то насовсем, вывести с оборота, любого, какой он ни будь. Так мы думаем с Пашкой.

Брат Павел одобрительно кивнул, но успел-таки предварительно сбегать глазами слева направо.

— Высший? — Я задрал голову наверх, где, к моему удивлению, не обнаружил привычного неба, а лишь едва-едва проглядывался сквозь рыхлый бесцветный туман другой такой же, чуть более плотный и также не окрашенный ничем.

— Ну а какой ещё? — привычным движением Пётр пожал плечами под хламидой. — У тебя другой, что ли, есть какой, кроме Верховного? — И продолжил изливать в мой адрес накопившуюся за время службы нематериальную желчь: — А эти все слюни пускают, на досрочность какую-то рассчитывают. Только тут им — не там, тут как-никак система работает, хоть и не без сбоя, конечно, но всё ж больше со справедливостью, чем наоборот. Хотя... как посмотреть... — Он встал и снова сел, не умея, видно, преодолеть в себе необоримое желание выговориться на предмет всех этих несовершенных дел. И продолжил, углубляя ранее начатую тему: — А остальные, понимаешь, с Овала этого не слазят, галдят там круглосуточно как карлы с кларами, типа междугороднего переговорного пункта себе устроили, желают, видите ли, до параллельных своих достучаться, достать их по-любому, чтобы то ли пожалеть, то ли про себя справиться у них же, то ли просто любопытство их одолевает, как они там, бездушные, дальше по жизни пробиваются: лучше стало им после параллельности этой или ещё чумней, чем до неё было. И так часами, часами, без укорота. Ангелоиды эти несчастные еле справляются, но виду не показывают, не положено, держат добродушную мину при плохой игре, еле успевают развести меж собой страждущих оградить своего параллельного. Морока, честно сказать, мало не покажется, по себе знаем!

— И мало того, что выпас себе дармовой устроили, так у них там внизу далеко не всякий в курсе, что вообще остался обездушенным, и к тому же представления не имеет, что он ещё кому-то тут нужен, в принципе, и что здешние добиваются их и нервничают, вместо чтоб созерцать и устремляться в окончательную вечность и блаженство, — плохо скрывая накатившее возмущение, вставил своё слово Павел. — Хотя, с другой стороны, это и понятно: тамошние параллельные откуда знать могут про тутошних? Тем более, сами остались при другой натуре, с какой жить-то, может, и легко, а человеком быть — ещё как у кого выйдет, очень по ситуации. Запросто можно и обычным натуральным уродом заделаться, одним чисто туловищем, без морали и без понятий, — он вздохнул. — Вот мы же с Петькой, как только просекли, что в нашем случае обратная связь не работает, тут же с канала соскочили, другим место уступили и больше не совались туда, сами себя же вычеркнули. А нам-то как никому туда бы маляву бросить, в смысле, проясняющую дело весточку, ты даже не представляешь, как нужно. А то обитаем тут, а что там — не ведаем, кто теперь у нас кому Петро, а кому кто Павлик. — Он горестно вздохнул. — Да и если так уж сказать, то шанса у нас — нуль, наш с братом Петром Проход с той стороны был в таком интересном месте, ты не поверишь — в библиотеке, куда теперь наши с ним параллельные ни ногой, это ж ясно, и сколько б мы к Овалу ни ходили, всё будет впустую. Хотя время от времени порываемся, бывает, конечно, но это больше так, для очистки совести оболочки. — Он снова вздохнул, но обратно ничего из себя не выпустил. — Зато теперь думаем, может, именно за такую нашу самоотверженность и терпение нас против графика досрочно на второй оборот перебросили — спасибо Магде. Хотя тут уже неважно, без разницы. Главное, сведения подала куда надо, наверно, и вовремя, не прохлопала момент. Чего-то ей от нас, видно, отдельное надо. А чего, не поймём пока.

— Слушай, Петь, а как же они за временем следят? — Я вдруг понял, что всё, о чём они сейчас толкуют, не долетает до моего сознания как надо. Наверное, время ещё не пришло вникнуть на полную катушку в суть каждого слова и в каждый их совет, и, отвлекая себя на вторичное, я в то же время упускаю в этих разговорах чрезвычайно важный момент для прояснения моего предстоящего обитания. И потому уточняю, ловя судьбу за хвост, переспрашиваю: — То есть, я хочу понять, что тут у вас вообще со временем происходит, какие дела? Ночь-день — не поймёшь, часы, как я понял, в натуральном виде, в циферблатном, тоже отсутствуют, жрать-пить неохота, до ветру сходить — потребности, как я понял, нет ни у кого вообще: пищеварение то ли отсутствует вовсе, то ли временно не задействовано. Откуда ж отбивка любым делам, от чего считать-то, чем? По наитию, что ли, по указке какой, по сигналу со стороны? Или у вас, нижних, всё уже по-другому против нас, кто ещё никакой вообще?

— Хороший вопрос, Герыч, — с готовностью отозвался Паша, снова вклинившийся в беседу, поскольку опять резко вдруг захотел высказаться. — Мы с Петькой сами, как очнулись после Перехода, мало чего поначалу соображали, мы вообще такими заковыристыми вопросами типа твоего даже не заморачивались. Это тебе с нами ещё повезло, брат, как никому, можно расслабить оболочку и потрындеть, как со своими. А нас-то женщина встречала, серьёзная, не в пример нам с Петькой, обстоятельная как проповедница, из ранних да деловых, не меньше. Красивая. Такие на том старом свете корпорациями руководят или пиар-службами при больших людях. За нас отвечает с первого дня, посланником была тогда, но тоже нижним, как мы теперь. Сейчас уже серединной сделалась. Но нас ведёт, как и вела, не передала по принадлежности. Короче, как только свет глазной убрала, мы её нормально разглядели, от и до. Интересное дело, смотришь — вроде нравится внешне, всё при ней, хоть и не так, чтоб совсем молодая уже, не девочка, короче, ближе скоро к среднему возрасту, но все дела: рост, объём, губки тонкие, формы оболочки под мешком нормальные угадываются. И похожа на кого-то сил нет как, но так оба мы и не вспомнили. А всё равно не хочется. Нет тяги по мужской линии, как отрезало. И не потому, что страх ещё не отпустил, или удивление у нас такое было острое, что перекрыло мужское начало, а просто как бы ушла сама потребность соединять себя с противоположностью, как и не было её никогда. Оно и понятно, с другой стороны, тут-то кому оно надо плодиться да род свой продлять, тут другие задачи у всех — нелюдские, воздушные, душевные, благостные. Да и нечем особенно плодить, если уж на то пошло, — добавил он с долей обречённости в голосе, — по себе не чувствуешь, что ли? — Он неопределённо кивнул на нижнюю часть моей хламиды и осклабился. — А звать Магда.

Или сестра Магда. Кто по вере была до надземки, не в курсе, не обсуждала с нами. Знаем только, что не православная, вроде, по рождению, а в остальном — как все мы, без нации, рода, без любого племени, но с той же благой целью — мироощущать по-новому и пробиваться к Высшему. Крутая бабёнка, оболочка у неё что надо, крепкая.

— И с амбициями, — вставил своё слово Петя, — как все они, об каких и там не мечтай, и тут на кривой козе не подъедешь. Плюс к тому, деятельная и порядок любит. Чую, далеко пойдёт щелка эта, рано не остановится. К тому ж имя у неё правильное, евангелического звучания, тут такие любят, так нам думается с Пашкой, лишний бонус ко всем остальным делам.

— Так со временем-то чего, я не понял? — пропустив мимо ушной оболочки информацию об этой посторонней мне Магде, я всё же не терял ещё надежду хотя бы минимально определить для себя точку отсчёта в этой новой реальности. Насчёт женского вопроса, подумал, — решать буду потом, оставлю на финал адаптационного периода. Может статься, не так уж всё и погано будет по этой части.

— А-а, ты про это, — откликнулся Паша, — с этим тут просто, запоминай, брат. Смотри: ты на первом обороте пока, это значит, всё ещё условно подчиняешься правилу первого дня творения, так тут всем говорят, прямо в ухо получаешь от никого по сути. Отсюда — вывод: всё условно существующее вокруг тебя время состоит из одного только света и тьмы, то бишь без конкретных дней с ночами, без нюансов и без дробей. Ходи себе, перемещайся, думай о своём внутри этих двух величин: о высоком, добром, сердечном, миросозерцай пространство — от тёмной стенки до светлой. Усталости не будет никакой, за это будь спокоен.

О пище тоже можешь не заботиться совершенно — даже в голову не придёт, гарантирую. Тут одной духовки столько окажется, что глаза бы не глядели, если сказать по-простому. Ну а потребность, та самая, какой интересовался, ясное дело, вообще не предвидится. Как говорится: нет прихода — нет и ухода, всё по закону бытия. Как и с женским полом — проехали, ку-ку.

— Ну допустим, — согласился я, слегка напрягшись, чтобы по ходу дела ничего не забыть, — хожу, думаю, от света до тьмы и обратно. Ну и потом чего? Дальше-то как?

— Дальше? — встрял Петя. — А дальше, когда чуток пообвыкнешь, внутренне примешь для себя обновлённую программу бытия и если не сорвёшься по слабости прошлой жизни и не слетишь с очерёдности, то переведёшься на второй оборот, как мы с Пашкой перевелись. Потом встанешь на службу, как мы встали. Нам, кстати, с братаном скоро уж четвёртый оборот нормально светит, это практически дело решённое, уже намекнули. И это вполне серьёзно, друг ты мой, это прямиком путь на Вход, если не осрамимся где-нибудь по старой памяти или не поддадимся попутному искушению вроде излишней болтовни с вновь прибывшими пацанами. — Он подмигнул мне и улыбнулся. — Так нам наша Магдалена сказала, посланница. Она нас курирует, мы — тебя. И так по кругу, до самого верха: что до Входа, что после него — всё расписано, ни одной дырки, ни единого сбоя, как на усиленной зоне. В хорошем, я имею в виду, смысле.

— Погоди, — не врубился я в последние слова поводыря, ответственного за мою прописку на первом обороте, — это где ж ты там хороший смысл нашёл, на усиленном-то режиме? Ты чего, сидел, что ли, в той жизни? Отбывал, может, ненароком?

Я задал этот вопрос, вполне невинный и довольно предсказуемый в смысле ответной реакции, и порадовался собственной шутке: получилось и легко, и воздушно, и с долей милого юмора, неизменно цементирующего компанию малознакомых людей на почве общих пристрастий или схожих бед. Однако такую реакцию посланников на моё глуповатое предположение я предугадать не мог, поскольку была она сколь неожиданной, столь и обескураживающей.

— Обои отбывали, — пасмурно, одновременно за себя и за брата, отозвался Паша, — восьмёру тянули, на усилке́, натурально, на Краснокаменке. А после ещё и пятёру прицепили нам, за ничего, по сути, за фу-фу. От вердикта ихнего вплоть до самого Прохода чалились, да только маранули нас, типа, кореша свои же, гнойняки обои оказались; мы поперворачалу почти что родаки с ними сделались, а после прочухались и резво расканались, за шармак, что эти пидоры косячные учудили, вообще без макитры. А шнопа́ не въехала, на дурняк ихний повелась, на бота́ло хе́рово. Ну мы кипишну́ли, не удержались, прикинули, хватит, мол, дрочить судьбу, колонём уродов, и ваша не пляшет — готов на жопу забожи́ться?! А вышло как в Польше, — последнюю фразу он промурлыкал, прикрыв глаза, — тот прав, у кого хер больше! Не мы их, а они нас маранули заместо Химика того.

— До́ смерти? — ужаснулся я такому непредвиденному развитию беседы в таком неподходящем для этого месте. — До́ смерти, спрашиваю, маранули вас товарищи эти, если я правильно понял из ваших объяснений суть этого ужасного события?

— Если б до смерти, мы б не тебя тут встречали теперь, а блатовали б щас под яблоней, в райской куще, что сразу за Входом с той стороны произрастает, — горько отшутился Петька.

— Или ж радикулит бы теперь себе грели в подполе у этой самой вертикали хе́ровой, — не менее печальным голосом не согласился с братом Павел, — кто ж теперь знает, куда б нам с братухой ещё повезло.

И вновь тему подхватил Пётр:

— У нас, понимаешь, ещё начиная с малолетки, всё не как у людей пошло, даже сюда нормально залететь не вышло, обязательно через параллельные эти, будь они неладны, и хрен после пересечёшься, как говорится, нету такой на свете арифметики, чтоб линии эти перекосячить меж собой, жизни и смерти. Это только говорится так, для припевочки, что параллельные прямые типа не пересекаются. Ну, а если они кривые, а не прямые? И при том же самом параллельные по всей своей кривизне — не думал про такое? — И сам же ответил за меня: — А без вопросов, где хочешь, там и перекрестятся, в любой точке смыкания, что с жизнью, что со смертью, что с той и другой сразу. Стукнутся друг об дружку, поцелуются, местами поменяются и дальше кривыми дорожками разбегутся, навроде как снова в свою прежнюю параллель.

— Видал синусоиду типа сердечного графика? — неожиданно в беседу снова влез архангел Паша, не удержав в себе жажды довести меня до самой сути. Заручившись моим согласным кивком, он продолжил Петрово ученье уже со своей братской стороны: — Вот возьми теперь и в мыслях своих поднеси их одна под другую, но чтоб только они равные были. И сам же увидишь — кривые-то кривые, а всё равно всё у них параллельно, как на кривом параде ровных войск. А потом — р-раз! — одна горбина выше другой сделалась, всё как в жизни. А после — два! — и обратно вернулась. Вот и захерачились одна об другую, а никто не заметил, потому как все только про прямые знают, а про кривые ни хера не думают. Так себе и запомни, парень!

Всё это время Петя думал уже о другом, не менее наболевшем, и, дождавшись финальной точки этой части разговора, продолжил прежнюю больную для себя тему:

— Это ж особая процедура, не для всех — говорю ж, редкий случай. Мочканули б нас как людей, по-людски б приморили, как честно заслуживших, так нет, надо тех от этих отделить, понимаешь, и всей лафе облом закорячить. — Он снова тяжело вздохнул, но не выпустил из себя воздух отдельно, а сразу же продолжил говорить, на выдохе: — Мы ж и теперь там чалимся, не откинулись ещё, но только уже как параллельный Паштет и параллельный Сохатый, нам срок-то ещё накинули, ну что вроде это не те паханские кореша нас на перья поставили, а сами же мы разбиралово затеяли, что они не дали нам как надо Химика попортить, Лиахима этого. Типа они же его и спасли от нас, а не наоборот. Ну а дальше — по совокупности и рецидиву, новый вердикт, несмотря что самих нас потом еле отлепили, так что, как говорится, было до смерти́нки обоим три перди́нки, — уточнил ситуацию Пётр, но тут же снова поправился: — В смысле, не «нам», а «им» — «тем» нам, а не «этим», — и энергично постучал себя кулаком в обтянутую хламидой впалую грудь.

От принудительно принятого сигнала у него ярко вспыхнула подсветка, и, ослеплённый этой внезапной вспышкой, я вздрогнул, зажмурил веки и перекрыл рукой лицо оболочки. Впрочем, брат Пётр быстро вернул себя к исходному состоянию и резким изгибом хребта отключил питание излишнего светового дурмана. Попутно пояснил:

— Не дёргайся, как с первого оборота соскочишь, сразу такую же обретёшь. Сама появится, вместе с выключателем. Она, бывает, нормально помогает, особенно когда тоска придавит. А так — запалишь её и вроде повеселей сделается, не так вакуумно, и вроде как об конце света думать не придётся ни об каком. Выключат естественный — включим искусственный, и всех-то делов.

— А за что вас изначально-то судили, я не понял? — я всё же сделал робкую попытку прояснить ситуацию до конца. — И что за Лиахим такой? — Как-то уже теперь не хотелось взять и свернуть эту тему настолько бездарно, чтобы даже не осведомиться, на кого из двух внешне неотличимых поводырей мне как питомцу первого оборота следует положиться в большей мере.

— Да, в общем, ничего особенного, — равнодушно пожав плечами под хламидой, пробурчал брат Павел. — Чего уж теперь вдаваться во всю эту юридистику, это ж ещё тогда было, до надземки.

— Что было-то, чего?

— Да чего-чего — того и было: по 162-й проходили, — отмахнулся Павел, — часть вторая.

— А это что такое? — наивно поинтересовался я, уже поставив было мысленную точку в деле более углублённого знакомства с моими параллельными учителями. — За какие дела-то?

На этот раз удар решил принять на себя брат Пётр как параллельно равноудалённый от места преступления подельник и близнец. Он мечтательно прикрыл глаза, задрав голову в направлении мутного тумана, и неспешно, отрешённым, как не своим, голосом внятно продекламировал:

— «Разбой, совершенный группой лиц по предварительному сговору, а равно с применением оружия или предметов, используемых в качестве оружия...»

— Короче, тот самый, про который я тебе говорил, усиленный восьмерик плюс моральный штрафной лимон деревом в пользу потерпевшей, — закончил за него признание Паша и добавил: — А мы, Пётр и Павел, — в Краснокаменку. Ну а после этого оттуда — сюда, в параллель, в отрыв с короткого старта, от «тех» нас, от преступников, по большому счёту, от беспредельщиков и христопродавцев.

— Как они там, интересно... Паште-етик наш... Соха-атый... — с нотой мечтательности в голосе чувствительно протянул Петя. — Попробуй, почалься обездушенным, отведай тамошних сарделек, это ж ведь никакого авторитета на хватит, чтоб и зону держать, и не показать, что душа-то — тю-тю, откинулась, высвободилась раньше, чем кончилась сама плоть. А как без ней на зоне вопросы порешать, сам прикинь. Хреново, одно слово!

— Да нормально, Петро, не менжуйся, — отмахнулся Павел, — привычка ж вторая натура, не скурвятся, если что, отобьются по чесноку, всё путём. То есть отобьёмся. Здесь нормально ляму тянем и там не позволим всяким отморозкам на себе ездить. И вообще, как подумаешь про нас с тобой на краснокаменском месте, так сердце и сожмётся, ощущение, скажу я, не из приятных, фантомные боли рядом не стояли: это другое, а то другое... — он потёр бугорком Венеры место расположения виртуальной сердечной мышцы, левей и чуть выше солнечного сплетения, — а сам терпишь и думаешь, только бы оболочка в этом месте не лопнула от перегруза. Порой, бывает, завидуешь этим орлам непараллельным: у них-то, поди, такое невозможно, они-то не двоились, как амёбы дизентерийные, у них всё по правилам — откинулся, отлетел, остальное в прах ушло. Всё просто и ясно, без осложнений и двояких треволнений. Но только всё равно знаю, что, рано или поздно, найдём мы туда тропинку, нащупаем, натопчем. Главное, вызнать верный канальчик для связи через Овал, правильно нарыть его для ответа с той стороны и вовремя шептануть чего-нибудь ценное, чтоб мы сами ж про себя в курсе были. Помнишь, как мы ещё в детстве с тобой договорились, кровью спаялись, что кто первей другого кончится, тот пускай шепнёт второму сверху откуда-нибудь любую весточку, знак какой-никакой подаст, но только заранее оговоренный. Чтоб точно знать, что там ещё чего-то имеется, наверху, нормально потустороннее, кроме того безнадёжного и понятно устроенного, которое располагается снизу.

— М-да-а, как забыть такое... — раздумчиво согласился брат Петя, — я тогда ещё, помню, кроме нашей обоюдно кровавой клятвы загадал отдельную, свою: чтоб ты опередил меня по улёту вознесения, а я бы твою весточку снял и пользовался ею до самого конца, уже при полном бесстрашии от факта смерти физического тела. Теперь, я так думаю, уже можно сказать об этом, теперь уже не стыдно — не на первом мы с тобой обороте, поди.

— Не на первом... — одобрительно согласился Паша, — на первом я бы ещё подумал, идти с тобой на второй или просить у Магды другого нижнего себе в напарники, хоть младшего из посланников, хоть какого, а хоть вообще со стороны, лишь бы не с тобой, братан.

Оба помолчали. Наверное, каждый во время этой недлинной паузы мысленно представил себе картину, как бы он поступил, если б такое откровение имело место ещё на первом обороте.

Я решил прервать затянувшееся молчание и задать актуальный для себя вопрос. Тем более что уже всё больше и больше начинал вникать в суть этого сверхпланового урока изучения кодекса поведения на новом месте.

— А повлиять можно? — озадачил я обоих, закинув в виде новой темы то, что никак не давало мне расслабить собственную оболочку до состояния свободно обтекающей её хламиды. — В том смысле, чтобы чего-нибудь предпринять отсюда, и твоему параллельному реально сделалось лучше? В любом отношении, не в материальном, разумеется, скорее что-нибудь из области душевного свойства, коль уж он остался в этом смысле ни с чем. Или защитить, скажем, как-то, уберечь, упредить любое дурное. Да просто, в конце концов, донести туда, вниз, что это всё не сказки, чтоб знали, что такое хорошо и как бывает плохо. И были вечно настороже. Я вот, к примеру, не был настороже и поэтому такого успел наворотить, что если всё собрать вместе, то даже отсюда неприятно лишний раз об этом вспоминать, если настроиться на волну памяти.

— Так отсюда — особенно, — вздёрнулся Паша, лишний раз, как видно, припомнив нечто из личного прошлого. — Отсюда куда как видней, брат ты мой. А вообще, не вопрос, — с убеждённостью, достойной авторитета, выпущенного под взятый у бюджета невозвратный кредит, добавил он. — Повлиять — как два пальца обверзать, говоря понятным языком воли.

— Это как же, интересно, ты туда теперь повлияешь, Пашуня, — оберегами, что ли? — не согласился архангел-близнец.

— Это какими оберегами? — заинтересовался я. — А тут что, оккультная атрибутика тоже в ходу, как там у нас? То есть как у них, у наших параллельных?

Надо сказать, пацаны эти нравились мне всё больше и больше. Наверняка само небо так удачно распорядилось, чтобы встречать меня отправилась именно эта парочка. Местное небо — в паре, наверное, с этой мутной Магдой, хоть и не православной и без внятного по прошлой жизни статуса. Если так, то и ей пускай будет теперь моя попутная благодарность.

— Какими? — Паша закатал широкий рукав хламиды по самый плечевой сустав и ткнул пальцем в предплечье. — Смотри, Гер, чего видишь?

— Пусто, — пожал плечами я. — Ничего, чистая поверхность по типу кожной оболочки.

— Вот именно! — с победной интонацией произнёс отлетевший зэк и раскатал рукав обратно. — Чистяк, как на шалмане после ментярской зачистки. А раньше тут наколото было «SS», размером с безымянный щипáшц. Означает на бывшем блатном жаргоне «Сохранил Совесть». Она и теперь у меня имеется, моя наколочка, только на параллельном осталась, на Паштете. Думаю, на раз обережёт, если снова грянет гром небесный.

— А у меня — «СЭР», — двинул вперёд плечом Петро. — «Свобода Это Рай». Как знал, наколол с опережением расписания. — Он хмыкнул и типа пошутил: — Знаешь, мы когда с Пашкой в утробе у мамки нашей на одном яйце чалились, я ещё тогда у него поинтересовался, по-братски, — есть ли, мол, жизнь после родов, братишка, как думаешь? — Он кивнул на брата в ожидании одобрения своим словам и, получив в ответ нужный жест, закончил мысль: — А Павло отвечает, что, мол, не знаю, братан, никто после родов, говорят, обратно ещё не возвращался.

Оба они заржали, едва удерживая равновесие, чтобы не завалиться на песок. Отсмеявшись, Пётр резко погрустнел, настроение его так же быстро сменилось, он сумрачно покачал головой и, демонстрируя лёгкую обиду, пробормотал:

— Вот обретаемся тут, обороты себе высиживаем, а про наших вообще не в курсе. Понимаешь, какое дело, — он ткнул меня в плечо, — мы же с Пашкой извелись просто, потому что ну никак не догоним насчёт — когда обездушенным на зоне заделаешься, то чисто зверь станешь, без понятий и справедливости, и в окончательный беспредел метнёшься, в полное отрицалово? Или ж, наоборот, пресмыкать начнёшь да шестерить, так что любой баклан враз тебя опетушит, и будешь после в душняке с дырявой ложкой у параши канифолиться да верзовозку свою кому ни попадя подставлять. Нормально это, скажи?

Я не знал, что на это ответить, и потому промолчал, преданно глядя ему в глаза. Собственно, никакого ответа он от меня и не ждал. Да и сам я уже понял, что такой удобный пацан, как я, — для них обоих лучший вариант выговориться, избавившись от попутного навара, накипевшего за всё время тутошнего обитания. Темы были разные, возникали довольно спонтанно, шли одна за другой практически без перерыва и не обязательно, что по пути следования выстраивались в строгий семантический ряд. Главным во всём этом было для меня — усечь и не прохлопать чего-либо важного, ценного, определяющего моё персональное будущее на этой земле. То есть — в этом надземном пространстве предварительного обитания. Я подумал об этом и сам же удивился собственной мысли; раньше я никогда не мог бы себе представить, что, оказавшись в этих далеко не смертельных условиях выживания, проявлю подобные чудеса выдержки, терпения и послушания в отношении чёрт знает каких посланников, пускай даже имеющих статус третьего оборота.

Тем временем Пётр продолжал изливать наболевшее:

— А вообще, понимаешь, всё тут так стерильно, всё как бы из ничего, всё какое-то нетвёрдое, не пахучее, не земное, что даже, грех сказать, жалкую козюлю в носовой оболочке скатать не из чего. Плююсь вон, и то чисто на рефлексе, одним пустым звуком, вообще без слюны. Но если зайти с другой стороны, то есть и натурально доброе, полезное, да только вот приложить негде, нет этому никакого практического применения. Понимаешь, там мы были разные, совсем: один, скажем, — такой, а другой — вообще ему обратный; так у нас с Павлухой с самого начала пошло, хоть и близнецы, но в какой-то критический момент сбой однояйцевой программы произошёл, то ль на рыбалке, то ли сразу после неё. И пошло-поехало.

А тут, как попали, сразу всё выровнялось. Стали одинаковыми, и не только на саму личность, но и внутри характера каждой оболочки. Ржём себе одним и тем же шуткам, кручинимся, если что, тоже похоже, ненавидим если, то с равной лютостью, хоть и некого, ну и добра желаем всем по-равному, хоть и не часто случай такой выпадает. Если уж на то пошло — всё больше такое по нынешней службе происходит, а не по самой нутрянке.

Он сцедил нечто через зубы в сторону, и на этот раз я уже чётко успел заметить, что и на самом деле никакого следа от плевка нигде не осталось — как не было и самого пролёта любой жидкообразной субстанции в направлении песчаной пыли.

— А вообще, парень, всё более-менее нормальное начинается только после Входа, — сменив тему, Паша перехватил братову повествовательную инициативу. — Там, говорят, и пахнет всяким, и вообще бывает, что так могуче ароматит, что прям святых выноси, никакая «шанель» по силе духа рядом не стояла. А уж про зелёное любое, травное, разное приятное на ощупь оболочкой и остальным, об этом даже говорить не приходится — всего полно, только успевай пробовать и наслаждаться. Желудок, правда, по-любому не заработает, не дождёшься, но зато того, чем напитаешься, хватит не жуя. Деревья, кстати, обильно имеются, семена вокруг себя пускают плодовые. Растёт не хуже бывшего Черноземья: посох ткнёшь — тут же зацветёт и уже заколосится, зуб даю.

— Это вам Магда так про все дела описала? — я решил уточнить картину предстоящего рая серией наводящих вопросов. — А что она, к примеру, про воду говорила, про водоёмы разные, про рыбалку, например? Есть там это всё у них, будет?

— Ну море, это ты уже тут получишь, на третьем обороте, согласно третьему дню творения, если первые два нормально отстоишь, — включился в разговор Пётр. — Мы, правда, с Пашкой так до него покамест и не добрались, но ничего, живы, как видишь, и так не пересохли без мокрого, всё путём.

— А если тебя рыбы интересуют, в любом виде, так это ты добейся сначала перевода на пятый оборот. Рыб-то Высший только на пятый день организовал, раньше ему, наверно, не надо было. Рыбу любишь, что ли? — сочувственно поинтересовался Павел. — Я и сам стал бы, наверно, рыбак, если б только нас с братухой с самого начала в другую реальность не утащило.

— Любил, — вздохнул я, — особенно если «La sauce aigre-douce la Mayonnaise»[1] самому сварганить, а рыба вообще не морозилась никак. Там и надо-то всего ни-

---

[1] Кисло-сладкий майонезный соус *(пер. с франц.)*.

чего: сотку уксусной водички, полтишок сахаревича, треть стакана ананасного джуса, чуток готового кетчупа с кукурузным крахмалом, четыре капли острого табаско, болгарский перец и сладкая луковица — по одной штуке, парочка грунтовых помидоров и буквально ложка воды — все дела.

Внезапно я ощутил сухость во рту. Но пить при этом совершенно не хотелось, как и не хотелось уже вообще ничего земного на протяжении всего этого вневременно́го куска пребывания в надземном пространстве. Даже рыбы этой немороженой.

К моменту беседы о наколках я уже, честно говоря, плохо ориентировался во времени, в самом прямом смысле. Я даже не слишком понимал, хотя и регулярно оглядывался по сторонам в ходе общения с близнецами, задирал глаза вверх и упирал их в пыльный низ, какое сейчас время суток: больше ночь или же скорее день.

В некотором смысле отсутствие какой-либо чёткости в осмыслении времени отчасти напоминало пребывание в казино, при отсутствии там окон, пропускающих свет, и контрольных часов любого типоразмера. Или же походило на мою собственную, в полуподвальном варианте, кухню в «Шиншилле», когда носишься в чаду между сковородками и котлами, подгоняя поваров, и пробуешь оттуда и отсюда, определяя готовность, состав и вкус, не думая о времени как таковом и не чувствуя, что оно есть в природе вообще.

Но в данном случае такой вроде бы природный недостаток работал исключительно на меня, на мою оболочку, на её душевный покой, сводя к равновесному балансу отдельные разрозненные мысли. Угадывает ли их кто-нибудь в месте этого моего предварительного нахождения или же пребывает в абсолютном отрыве от них — было всё ещё неясно. В какой-то момент захотелось даже приказать себе остановить прокручивание в голове всякого, что могло бы не понравиться моим будущим работодателям и их верхним покровителям, включая самых-самых. Кто же они есть, если подойти к вопросу предметно? И чего ждать с той, неведомой мне, стороны? Хороший я для них или плохой? Ведь, как я успел понять, практически у всех параллельных, в силу их особого статуса, слишком сбиты привычные настройки, чтобы структурировать единицу параллельной души просто так, за здорово живёшь, взять на фуфу, разложить на душевые молекулы и вынести привычного расклада скоротечный вердикт.

Одно я знал наверняка — эти двое, Пётр и Павел, ну просто никак не могли рассматриваться мною в качестве любой опасности. Правда, малая степень неопределённости ещё оставалась, но, с учётом узнанного, картина постепенно разглаживалась, и роль моих провожатых, ещё недавно бывших вполне одушевлёнными разбойниками-рецидивистами, по лучшему из миров постепенно скатывалась к устойчивому нулю. Ещё я подметил, что больше они говорили сами о себе, размышляли в общем, неконкретно, поддаваясь рефлексиям, свойственным людям, резко изменившим основные жизненные установки в силу причины, возникшей невзначай. Вероятно, по этим же самым основаниям время от времени они забывали о своей главной, чисто наставнической функции, вменённой им неизвестной мне кураторшей Магдой. И вообще, немного странно, что такую приличную оболочку, как моя, встречают не фигуры воплощения строгости, безвинности и порядка, а эти безыскусные, незатейливо устроенные и явно с сомнительным прошлым братаны.

Между тем мутноватый свет, ровный и нераздражительный для глаз, истекал отовсюду, заполняя собой пространство нашего неспешного общения, равно как и струилась ото всех видимых и невидных точек мягкая ненавязчивая тьма, не уступающая по силе неведомому источнику освещения. Судя по всему, наставники мои не соврали — правило первого дня творения работало уже в полную силу, втянув меня как полноправного обитателя надземки в первый оборот.

Такой лиричный настрой, когда самому тебе не нужно никуда спешить, да к тому же знаешь, что к тебе также никто особенно не стремится, заставил меня попытаться чуть более вдумчиво отнестись к отдельным высказываниям моих учителей, выплывающим то тут, то там в ходе нашей беседы, чтобы сделать попытку постигнуть саму их суть. Более других в эту первую нашу встречу взволновала меня тема «канальчика».

Тоннель?

Коридор?

Проход обратно?

Что он хотел нащупать?!

Не Wi-Fi, надеюсь?

И как в таком случае другие, такие, как я и все прочие, балабонят со своими параллельными круглосуточно, толпясь, как я успел услышать, возле этого самого Овала и не слезая с каналов связи?

Судя по этой случайно брошенной Пашей фразе, связь эта всё же имела место, иначе какого бы хрена он обмолвился об этом вообще, в принципе.

Краткое затишье, возникшее между нами, пока каждый из нас троих, войдя во вкус беседы, думал о своём, личном, самом сокровенном, внезапно оборвалось, когда я неожиданно задал вопрос:

— А в чём суть проблемы-то, ребят? Почему у вас самих, собственно говоря, не получилось выйти на связь с вашими параллельными, если уж вам так это надо? Может, есть то, о чём я не знаю?

— Да ты тут загадку не ищи, парень, лучше не напрягай себе лишний раз оболочку. Тут всё просто, не сложней жменьки лущёных семок, — ухмыльнулся Пётр.

— Тут как кому повезёт, — вступил в дискуссию Павел, поддержав брата. — Вопрос чисто фарта, не больше того. Вот ты, к примеру, как отлетел?

— Вообще-то я не уверен... — начал я, преодолевая собственные сомнения. — Меня неизвестный тип какой-то ножом пырнул, в лыжной шапочке, я только это и успел увидеть. Потом провал... шум вентилятора, чёрное, серое и снова, кажется, чёрное... а потом медленно стало проясняться, потихоньку, но до полного света так и не дошло, как в книжках написано про трубу, сияние и про все остальные сопутствующие дела. Да и вы, я смотрю, не вполне архангелы всё же, а какие-то чуть-чуть другие типажи, попроще. Я извиняюсь, конечно.

— Стоп, стоп, стоп! — остановил меня Пётр. — А ты, случаем, не повар из «Шиншиллы» будешь, не как его... не Герман? Не шефом кухни был там?

— Ну да, — обрадованно подтвердил я. — А вы и это знаете?

— Значит, всё же по новой приходил, — печально покачал головной оболочкой брат Пётр, — выждал время и сделал-таки своё сучье дело, отправил тебя в параллельные. Вот рыбина ненасытная, управы на неё нет, опять убивца своего подогнала, не успокоилась. А туда же, на «Бентли», понимаешь, катается, в бизнес-офисах своих умничает, бабло по белу свету туда-сюда гоняет неустанно, чтоб таких, как мы с Пашкой, в любую секунду на крючок свой поганый зацепить, обмишурить и упаковать на срок.

— Хорошо ещё, что так, — не согласился с печальным настроем брата Павел, — а ведь они могли его и дальше отправить, не в нашу местность, а... — он неопределённо кивнул куда-то влево. Но тут же передумав, кивнул направо. — И пошёл бы ты, брат, как все нормальные идут, сообразно общим правилам жизни и смерти. Туда, — он задрал голову вверх, — или сюда, — скосив зрение оболочки в направлении песчаного наста, он одновременно выдохнул ноздрями порцию пустопорожней субстанции.

— Какая рыбина? — не понял я. — Вы о чём, братья? Какой «Бентли»?

— Жаль, нас тогда уже не было рядом, — с неподдельной сокрушённостью в голосе произнёс Пётр, — а то б мы ему точно не дали б такое совершить, урыли б гада. Не веришь, спроси у жены, если связи с ней добьёшься, хотя вряд ли уже отловишь её теперь в этом бардаке.

— В смысле? — снова не врубился я.

— Да в том и смысле, что у себя на рабочем месте был, где ж ещё-то, зуб даю! Можно сказать, у самого края Прохода находился. Жарил-парил-недовлагал себе потихоньку, а тут... р-раз, и это самое с тобой приключилось. Сам знаешь, какое. Ну ты и завалился, и утянуло тебя, а параллельный Герка твой остался. В коматозке, скорей всего, в параличе, или как там ещё бывает. А ты, видишь, взял и выкарабкался. А Герку твоего увезли-починили-привезли, и теперь он снова трудится, у той же вытяжки вашей, с раструбом этим иерихонским, не меньше. А тебя, видно, так мощно в параллельные засосало, что даже пикнуть не успел, не то чтоб осмотреться там или очухаться. Думаю, ты даже не видал, как Герка твой на пол грохнулся. И ещё один зуб дам, что без дыхания был — чисто как ваш японский карп перед разделкой. Как там у вас блюдо это называлось в «Шиншилле» этой, не помню?

— «Карп Кои Икизукури с сакэ», — живо отреагировал я, дивясь такому знанию нижними деталей моей прошлой профессии. Я как раз в тот день собирался его приготовить. — Вы удивитесь, но карп — истинно царь-рыба, единственное существо на свете, которое не знает страха смерти и героически переносит, когда его режут ножом. Я его сначала очищаю от чешуи, вынимаю жабры и потрошу, оставляя голову. Затем кладу на блюдо и вливаю в рот несколько капель японской рисовой водки, отчего этот несчастный карп начинает судорожно раскрывать рот. В это время, если следовать традиции, все вокруг должны жизнерадостно смеяться и веселиться. А у нас в «Шиншилле» народ чаще бессистемно галдел вокруг этого бедного кои, практически уже неживого. И фоткался на камеры мобил. Но всё же это больше японское, не наше, как ни старайся соединить тех и этих. Ну а потом я делю блюдо поровну на всех присутствующих, и они съедают его в сыром виде, оттеняя вкус лимонным соком. Собственно, всё.

— Знаю, сами фоткались с Петькой у вас на палатях, но только тогда ещё не было аквариума с карпом. Вы тогда только-только открылись, вроде, но нормально ещё не разогнались, больше на неживое упор делали, на размороженное, а натуральное, типа недоношенного детёныша рябчика с фермы свежего убоя, мы, помню, уже после пробовали, когда вы с Еленой дела ваши быстрей погнали, и мы с братаном уже пересели с зарплаты на долю. Хотя сам-то ты не в курсе был, Еленочка твоя тогда верховодила и всем бытовым управляла.

— Так вы что, были у нас, что ли? — изумился я. — И откуда вы мою жену знаете? Я в «Шиншилле» с самого первого дня, но вас, честно говоря, не помню, пацаны. Хоть бей, хоть режь — не запомнил, и всё!

— А-а, ну это, по крайней мере, многое объясняет, — удовлетворённо развёл руками Петро. — Ты, стало быть, так же героически, как и твой карп, перенёс тот удар пером и потому не кончился, а вполне ничего себе оклемался. Заштопали тебя и, как ничего и не было, вернули дальше людям животы радовать. А вот если б ты карася, к примеру, сготовил в сметане, «Crucial a tourner pomade», нормально грохнутого, без сакэ этой мутной, которую японцы твои бодяжат, изгаживая водку тёплой водой, и без ритуалов этих идиотских... или, допустим, нототению какую-нибудь «Dans le propre jus», то бишь в собственном соку замутил, как ты умеешь, сам пробовал не раз, то уверяю тебя, Герман, так бы всё по лёгкой, как есть, не обошлось. Не бывать тебе параллельным, пожил бы ещё сколько-то, а после гнил бы у себя при бабушке с дедом на Востряковском погосте или б в колумбарии скучал. На всё, брат, воля Главного, сам знаешь, у нас как в Политбюро — чистая вертикаль, по отвесу, и никаких тебе перекрёстных горизонталей.

— А вообще-то, крышевали мы «Шиншиллу» вашу, парень, в самый сладкий по жизни промежуток, в упор до той самой ходки, по 162-й, с какой сюда запараллелились, — с выражением мечтательности на лице Паша втянул ноздрями порцию пустынной туманности первого оборота и уточнил, продолжая смаковать слова. — И имели с неё очень даже неплохие лавэ, по первым пятницам, каждый месяц, регулярно, без аннексий и контрибуций: пришёл до обеда, башли в фирменном шиншилловом конвертике принял, улыбочка, приветики туда-обратно, всё уважительно, честь по чести, ну и покушаем заодно, из меню дня, на личный выбор и без излишнего амикошонства.

— И кроме того, сам ты знать нас не мог, Гер, мы ж, по сути, так и не пересеклись ни разу, если уж разговор такой зашёл, сам-то ты больше в подвале своём торчал, от плиты не отлучался вечно, всё наяривал да накручивал, а мы, когда надо, то с самóй общались, с главной, с женой твоей Еленой.

Всё это было более чем странно, все эти вспоминательные разговоры обо мне, о Ленуське, о нашей «Шиншилле». Какая крыша, над кем, с какой целью? Будто была ещё одна, неизвестная мне параллельная жизнь, которая всегда текла сама по себе где-то неподалёку, но так ни разу и не зацепила меня своим краем.

Усталости не было. Как не было и давно уже, казалось, забытого ощущения времени, пространства, света, тьмы и даже этой, усреднённого колера, заменяющей всё перечисленное пустынной мути. Количество впитанной мной информации, от важнейшей для моего же успешного будущего до той, что имела значение лишь за бортом надземки, обескураживало, не давая расслабить оболочку. Не было ничего — так мне стало вдруг казаться. Но были эти двое, я видел их так же, как самого себя, и ощущал одновременно отсутствие вокруг нас троих любой посторонней жизни. И это было в реальности, — хотя и в непривычной, и всё ещё страшащей, однако с ней уже нельзя было не считаться. Но вместо того чтобы угодливо поддержать ностальгический настрой нижних или вместе с ними посмаковать версию своей же облегчённой кончины, я вдруг вспомнил про календарь и тупо спросил:

— А какой сегодня, кстати, день недели? Сколько мы тут с вами прообщались, если от самого начала считать?

— Погоди, парень, мы тут что, зря, что ли, перед тобой всё это время распинались? — искренне удивился Паша. — Сказано ж было, ты на первом обороте сейчас, счётчик пока что не работает для тебя никакой, мы и сами не в курсе, сколько чего прошло и чего тебе и когда ещё будет. Мы с братом Петром сами в первый раз про это задумались, только как на второй перебрались. А как произошло, даже не заметили. Просто в один прекрасный момент оба мы поняли, что стали на чуток главней. И светоблок подключили к нам, личный. Плюс добавок надежды, сам образовался, по ходу общего роста.

— И запомни, Герман, — включился в разговор Петро, соорудив на лице уже вполне серьёзную мину, — сейчас наша главная задача — не навредить тебе и себе же самим. Вот и стараемся, как умеем. Просто малёк сбились с главной линии, временно, это всё из-за случайной общности наших прошлых интересов. Наткнулись — споткнулись, бывает. А вообще, вспомнить дурное и глупое, отрешиться от всего негодного и передумать поновой самое для тебя главное, забыть и забыться — это важная часть ВКПБ. Расшифровывается — «Вечный курс предстоящего блаженства». Мы теперь за тебя в ответе и не будем скрывать, что наша карьера, вся наша дальнейшая служба, как и перемещение с оборота на оборот, всё это в немалой степени будет зависеть и от тебя тоже, от того, насколько грамотно ты будешь нами воспитываться.

— Короче, как при нанайском коммунизме, — вклинился своим словом Павел и хохотнул, — человек человеку хозяин, раб и брат одновременно, но всё ж главнее тот, кто ближе к шаману́, а уж он-то по-любому надо всеми. И никакие буржуйские настроения типа «все равны» тут не прохиляют, не то место.

Пётр откинулся на спину, забросил руки за голову, закинул ногу на ногу и кивнул к брату:

— Споём, Павлуш?

— Да не вопрос! — с энтузиазмом отозвался тот, — а чего бы нам и не спеть? Встреча, можно считать, состоялась, клиент доволен, начальство в предвкушении галки, — посланник Павел выстроил ответно улыбчивую гримасу и пояснил мне уже как окончательно проверенному на деле воспитаннику и обладателю в каком-то смысле родственной оболочки: — Ты прости, Гер, такое не часто в нашей работе случается, чтоб уж настолько всё у нас с новоприбывшим совпало по менталке. Просто параллельно этому вспомнилось многое из хорошего, вот и закручинилось немного. Не знаю, как ты, братан, но лично я так неслабо оттянулся, пока мы с тобой общались, что как будто бабу ромовую поимел, с тройным маком, не слабей. Забытое чувство, ну просто как глоток воздуха с какого-нибудь седьмого оборота. Не скажу, что такое уж оно и приятное, — спохватился он внезапно, прикинув нетипичную картину происходящего, — но что забытое — точняк! А песня наша хоть и не про читинские земли и нашу ИК-10, а за душу всё равно трогает, сам смотри.

И оба они, не сговариваясь, затянули, с выражением полного отчаяния и чувством неподдельной тоски:

Это было весно-ою, в зеленеющем ма-а-е,
Когда тундра просну-у-лась, развернулась ковро-о-м,
Мы бежали с тобо-о-ю, замочив вертуха-а-я,
Мы бежали из зо-о-ны, покати нас шар-о-о-м...
По ту-у-е-ндре, по желе-е-е-е-зной доро-о-о-о-ге,
Где мчится по-о-о-езд Воркута — Ленингра-а-д...

Мои законные учителя Пётр и Павел, они же, до времён надземного обитания, уголовные типы Сохатый и Паштет, лежали на песке, выпевая эти задушевные слова и устремив взоры в безразмерную туманность, затянувшую место нашей встречи и временно подменившую собой небо, солнце и звёзды, которые, если и дальше всё пойдёт по уму, сумеют обозначить своё присутствие не ранее четвёртого оборота, согласно порядку следования разделов Книги Бытия. Я смотрел на близнецов-разбойников, отморозков, переместившихся в эти любопытные края из недавнего живого прошлого, и думал о том, каким удивительным в своей непредсказуемости ракурсом повернулась к ним судьба, враз лишив что одного, что другого шанса продолжить привычную разбойничью жизнь и вменив обоим врачевательную способность сделаться отцами-наставниками в деле укоренения всякой новой оболочки, прибывшей с «того» света на этот. В смысле, с этого на «тот». А ещё прикинул, что, коль скоро всё, что имеет место быть здесь, сейчас и со мной, никем не обрывается, никак не корректируется и даже в самой малой степени не подвергается правке любой здешней инстанцией посерьёзней братьев, то, скорее всего, мне тут понравится. И со временем, если не напорю лишнего, то, вполне вероятно, встану на довольствие, как встали они, начиню свою оболочку меткими, надёжными словами и нужными знаниями и начну перешагивать с оборота на оборот, ища единственно верную тропу к окончательно будущему блаженству...

Тем временем светло-тёмная округа, начинавшаяся у наших ног и уходящая в сторону размытого пыльной пеленой условного горизонта, то заметно высветлялась, добавляя общей бледности цветовой гамме пустынного пространства, то вновь принимала неясные очертания, больше мягкие и беспросветные, нежели совершенно никакие. Видимым теням, которые в этой безысходной мгле отбрасывали на песок голосящие близнецы, неспешно и с чувством отрабатывавшие ласковые куплеты воровского гимна, по большому счёту взяться было неоткуда. Но они были и, очертив отчётливые контуры братских оболочек, уходили ещё дальше, сливаясь с общей размытостью и всё ещё длящейся неопределённостью ландшафта.

И тут я поймал себя на мысли, что оболочка моя, поначалу чутко реагировавшая, казалось, на любое изменение вокруг, — на самоё слово, на отсутствие зримых границ нечитаемого взором пространства и даже на собственное в первые минуты неверие в этот дурной сон, — успокоилась, угомонилась и будто на какое-то время впала в анабиоз, самонастраиваясь на новый порядок событий и вещей. И отчего-то мне стало воздушно и покойно, ещё воздушней, чем на тот момент, когда я, мягко отсоединившись от Прохода с этой уже стороны, остался один на один с надземной пустыней и двумя одиноко маячившими посреди неё фигурами нижних братьев.

Оба они уже не казались мне странными, малопонятными существами, сиганувшими в подходящий момент из окна нестрогой дурки, после чего наспех скроили себе хламиды из подручной мешковины и приняли обличье бродячих дервишей по умолчанию. Да-да, именно таких, которые, попутно своим неясным задачам, выманивают у заплутавшего путника чего-нибудь материальное путём искусно сочинённой басни из накатанного за время принудительной отлёжки потустороннего репертуара.

Теперь все мы были тут своими, во сто крат более близкими и задушевными друг для дружки субстанциями, нежели те, что сближались меж собой в силу случайной их выборки ответственными серединными. Чужие — каждый для своего — скорее были уже для нас те, кто, сделавшись однажды взаимно параллельным, оставался там, внизу, одним коротким выдохом лишившись драгоценной сущности, утянутой в Проход вместе с единственной и невозвратной оболочкой души. И это внезапное открытие, настигнув к финалу воркутинского дуэта мой всё ещё не спящий разум, заставило меня несколько иначе взглянуть на то двусмысленное положение, в котором без малейшей к тому причины оказался я сам, Герман Веневцев. Но только не тутошний Герман, набирающий первые очки слушатель первого оборота, а тот, параллельный, ничего ещё не знающий о чудовищной и невосполнимой утрате, с которой рано или поздно, но непременно столкнёт его тамошняя жизнь. Где с одной стороны будет сам он, Герка, с другой же — зияющая чёрным пустота. Разлом. Дыра. Пропасть. Колодец без дна, воздуха и проблеска воды.

И означать это новое понимание мною ситуации могло теперь лишь одно — нужно как можно скорее достичь Овала, чтобы нащупать канал связи с моим параллельным, пока он, оставшись наедине с собственным туловищем, не натворил непоправимых бед. Без меня. Без моей оболочки. Без нашего двуединства, отнятого у нас и вместе с выхлопом газовой плиты унесённого прочь потоком высокооборотного вентилятора, встроенного в вытяжной шкаф ресторанной кухни.

часть 3
БРАТ ПЁТР

Вообще-то нас с брательником назвали не по апостолам, какие у Бога нашего в основных подсобниках ходили, а просто наш покойный родитель, царствие ему принебесное, когда ему окончательно уже сообщили, что нас будет двойня, нажрался с горя в лоскуты и спьяну загорланил песню про Петропавловск. Но не про тот, который Камчатский, а тот, какой в Северном Казахстане стоит. Туда у него случилась первая ходка, ещё по малолетке, и именно об этом месте на Земле у него остались самые неизгладимые и нежные, как тогдашний возраст, воспоминания. Наверно, ещё и потому, что всего пару дней недотянув первый срок, уже находясь на пределе малолетки, он-таки исхитрился на радостях пописáть своего же кореша, за что и огрёб дополнительную строгую восьмёру. Там же, по соседству. Но только на этот раз батя наш проходил уже по законному взросляку, без всякой скидки на незрелую несмышлёнку и случайную молодую дурь по неосторожности.

Откинувшись, вернулся домой и в тот же, считай, день заделал нас, обманув нашу маму, свою бывшую одноклассницу и соседку по бараку, словами про будущее совместное счастливое житьё со средствами и без любых глупых приключений против закона.

Они прожили в ладу и безбрачии короткий отрезок взаимности между моментом нашего зачатия и известием из женской консультации, что нас будет двое, и оба, вроде бы, пацаны. Тогда он, налившись до бровей, и выкрикнул на радостях про Петра и Павла, имея в виду одновременно и нас с братом, и город своего северного прошлого. После этого дня никто его больше не видал. Наш отец сгинул в пучине других мирских наслаждений, и лишь к моменту нашей первой ходки, тоже по малолетке, стало известно, что его несвежий труп обнаружили год спустя, по весне, когда подтаял слежавшийся за зиму снег и скрюченная отцова рука высунулась из канавы, указуя сломанным перстом в направлении неба. Обнаружение это зафиксировали в соседнем районе, но, так и не сумев выяснить адрес приписки тела, сдали его на социальную захоронку под обезличенную табличку с голым номером.

Мама, дай ей всякого, однако ж, после как он её и зародышей своих покинул, не закручинилась свыше меры, а пошла рожать нас и подымать. А после, когда мы уж нормально подросли и стали правильно вникать в слова, сказала, что, мол, был он хороший, батя наш, но запутанный невзгодами и слабый духом человек, хотя и красивой души, и потому не сумел одолеть в себе ответственности настоящего отцовства и ушёл искать для своей души другого вольного приложения. А имена Петра и Павла она оставила как память об их с отцом непродолжительной, но безграничной любви друг к другу. И не надо ей от него никакой помощи никогда, лишь бы сам он не загнулся где-нибудь от внутренней муки и нехватки ласки от родных наследников его беспутной крови.

Такой наша мать была уже тогда, в самые обиженные годы. Жаль, что так и не сделалась параллельной, не то бы рано или поздно пересеклись бы с ней и, глядишь, вместе б тянули теперь свои накопительные обороты на пути к высшей доле, какую начинают отпускать частями сразу после Входа, который тут, к слову сказать, без промежзоновой калитки. Но она не тут, она там и по-прежнему отбывает пожизненный срок всё в том же бараке, догнивающем свой век без капремонта в подмосковном Перхушкове.

Мы же с Павлухой — тут, но мы же с ним — и там, но не в Перхушкове, а в местах всё ещё от них отделённых подлым законом. Чалимся в колонии строгого режима, в Краснокаменке, куда меня, Петра, или, если по-правильному, Сохатого, и моего брательника, он же Паштет, засунули отбывать приговор суда. Тут же и случилось то, что случилось, я имею в виду историю с Химиком.

Вы не подумайте только, что оба мы, отбывая, загнали себя в тамошний марафет и стали, понимаешь, бодяжить там чего-ничего, вычислив этого химика из числа культурных зэков, и на этом попали под лишнюю статью, добавленную в совокупность к нашей законной 162-й. Ничего подобного, сам-то он химик не по работе, а больше по призванию, по сути своей деятельной натуры, хоть и рукавицы шьёт наравне с другими мужиками — так мы после про него поняли. Умный, сука, и стойкий, не как другие. Глаза за толстыми очками, а видит всех насквозь, самых безбашенных уродов вычисляет на раз и избегает контачить. То ли с иудеев сам, то ль с интеллигентов. Знаем только, что мильярды крутил, от сих до сих, и не желал делиться ими с народом. Короче, зуб на него был у многих, от самых верхних и до последних нижних, что у самого края, и о том, что глаз за ним с воли не спускают, вся братва была в курсе.

Звали его нехорошо, странное имя было, чудно́е — Лиахим Родорхович, чёрт-те что, сплошной кубик-рубик, понимаешь. В общем, считай, с первого дня кликуху ему за это и назначили правильную, чуток перекроив имя, — «Химик». Точнее не скажешь — он ведь, по сути своей, и был таким названием: сперва вошёл в сговор с такими же банкомётами, как сам, потом, употребив для дела временный недогляд народа за природной средой, под угрозой возврата коммуняк истребовал у Высшего долю общенародной залежи, взамен же дал, считай, ничего, к тому же деревянными.

Дальше идём. На изъятый у народа общак этот бывший Лиахим соорудил себе насос, «Кукис», и стал им бешено выкачивать из недр нашей земли чистейшую горючую нефть, хитровански изобретя ей погоняло «скважинная жижа́». А после самой откачки, уже как нормальный честный фраер, он же гнал её по трубам через границу под видом промежуточного отброса. Ну, а уж там оформлял на себя ж самого через покупку при содействии одних подставных дочек, доводящих всё до ума, посредством других, таких же блядских, но только уже с офшорных берегов Папуа—Новой Гвинеи и Каймановых земель. И продавал эту жижу по новой, уже беря за неё цену, какую и остальные головастые очкарики, равномерно раскиданные по всему миру, назначают честным лохам, вынужденным потреблять нефтеуглеводороды, чтобы не замёрзнуть. И имел с этого дела Химик крепкий оборот — не меньше, наверно, шестого, если мерить согласно системы мер и весов надземного обитания. А если коротко, то имел охеренное сокрытие от русского народа его налогов на основе наглого безразмерного хапка.

К тому времени, как вся эта история завернулась, я, можно сказать, стоял на зоне крепко, зайдя туда с воли, будучи уже бригадиром в ОПГ, примыкая всё ещё к числу средней руки авторитетов от правильной чёрной масти, типа серединных, если снова равнять по нашей надземке, но и уверенно идя в сторону верхних, где меня уже вот-вот готовы были принять в сотоварищи. Может, как раз по этой причине смотрящий вызвал на тёрку именно меня.

В тот год нам с Паштетом стукнуло по двадцать восемь, но и ему самому было не так чтобы сильно больше, за сорокашник, хоть смотрящим стоял на Краснокаменке не первый год. Погоняло — Череп. Мордой не русский, больше с Кавказа, но разговором — свой, местный. А звать как, не знали мы оба, слишком высоко от нас стоял и не напрямую. Ходили слухи, что как-то, ещё будучи пацаном, по случайности завалил своего же корешка, с которым не поделил девку. Так вот, самого закопал неизвестно где, чтоб не отыскали. А бо́шку и пальцы, чтоб уж совсем надёжно не опознали тела, коль по случайности на него наткнутся, отделил от него и обжёг в костре. Голову жёг с приглядом, чтобы жаром не разрушить саму кость. А после, отодрав наждачкой, пил из этой черепушки водку, аккуратно выломав от неё затылочную часть, затерев ей острые края дрочильным напильником и приспособив изделие под чашу. При этом не особенно таил, откуда у него такой оригинальный сосуд.

После этого случая Череп резко попёр наверх и уже в скором времени, удивив тамошнего главного своей безбашенной отвагой, вошёл в состав одного из самых лихих криминальных сообществ. Там и начал расти, бойко продвигаясь по бандитской лестнице даже в сравнении с теми, кто порядочно обгонял его и по возрасту, и опытом честной преступной жизни.

Вскоре, не раз и не два употребив для разбойничьих дел свои пронзительно хваткие мозги, он сделался практически вторым номером в иерархическом строе группировки, персоной, наиболее приближённой к главному. Так и продвигалось до тех пор, пока спустя короткое время он неожиданно для всех не сел. И, можно сказать, по дурости, в общем — как ни умён был и как ни умел считать и видеть всякое на три с четвертью хода вперёд. Погорел на самом простом, на элементарном, в таком примитивном и тупом деле прокол совершил, что гораздо сложней оказалось после понять, как же всё это получилось, чем промах этот обидный допустить. А просто сидел в ресторане, закусывал и наставлял одного из своих бригадиров, с какой стороны правильней начать наезд на торговый центр, что недавно отстроили на юге Москвы. Короче, курил «Мальборо», маленькой вилкой не спеша выковыривал из мидий запечённую с сыром мякоть и прихлёбывал это дело светлым пивом. Тот, который слушал и кивал, закончив с мидиями раньше Черепа, вытянул из кармана сигару, демонстративно провёл ею вдоль носа и, продолжая внимать словам старшего, отщелкнул ей кончик сигарной гильотинкой. Раскурить, однако, не довелось. Прежде чем успел сообразить, что же с ним произошло, оказался на полу и, ещё не сообразив прикрыть руками голову и подходяще скрючиться, уже получал страшные удары ногой в лицо, один ужасней другого. Кровь из его разбитого носа брызгала во все стороны, окропляя бордовым скатерть. Он молча терял сознание, но даже не смел сделать попытку подняться на ноги. Того, как к финалу экзекуции в мочку его левого уха вонзилась вилка для мидий, пришпилив её к промежности шеи и скулы, бригадир даже не почувствовал. Тот факт, что в итоге преподанного урока он потерял сознание, которое с большим трудом спустя какое-то время вернулось в его разбитую голову, да и то лишь после того, как вызванная ресторанным персоналом «Скорая» доставила его в Склиф, Черепа и погубил, отодвинув на какое-то время другие планы на ближайшую жизнь.

Но если ж глянуть с другой стороны, соблюдя правила, то ведь мог бы поверженный урод этот ограничиться хотя бы только сраной сигарой, без унижающего достоинство щелчка этими хéровыми кусачками, произведённого в присутствии фаворита пахана. И это, согласитесь, по-любому слишком, откуда ни бери. Это как если б в тот же самый день, когда, к примеру, пахан, прилюдно бросив свою тёлку, ещё б и отмудохал её, как урок за всё хорошее прошлое, то, не дав событию отстояться как надо, ты уже через час тащил бы её же в кровать и драл по полной программе — утешаючи и заручившись лишь её согласием. Incidentium — nugarum?[1] А потому что не трогай закон, это ж азы, они ж вторым параграфом на первой странице свода правил воровского кодекса жирняком пропечатаны для тех, кому словами непонятно.

Короче, ещё раньше, чем медицинская помощь, к месту неприятного факта прибыл ментовской наряд, оперативно вызвоненный важным посетителем, оказавшимся чином из прокуратуры. С ментами скорей всего удалось бы договориться, к тому же, если б к моменту разборки бригадир как-то более-менее очухался, то зуб дам, выдумал бы причину, чтобы принять на себя же всю ответственность за эту досадную не-

---

[1] «Казус — нонсенс» (*пер. с латыни*).

стыковку в действиях. Признал бы, что типа не прав, что оскорбил ненароком женщину друга, или нехорошим словом высказал за чью-то близкую мать — что-то в этом роде. Плюс компенсация заведению за скатерть и нарушенный покой посетителей. А уж только потом, покинув место оскорбления, Череп или прибил бы бригадира, или простил бы его, преподав урок вежливости и соблюдения корпоративно принятых приличий в непростой бандитской иерархии. А просто чтоб всякая нижняя сука не смела впредь и думать про сигары, рубя им кончик, когда верхний выпускает из себя дым обычной сизости.

Так или нет, но только настырный гость раскатал ксиву и коротко скомандовал ментам этим же вечером доложить дежурному по городу о результате, жёстко дав понять, что вопрос о возбуждении уголовного дела берёт под свой личный контроль — так, мол, и передайте следаку в отделе.

В первую же ходку Череп короновался там, где и отбывал, на Воркуте. А откинувшись, вскоре занял место первого номера в своём же бывшем сообществе, заделавшись верхним по Южному округу, столичному, само собой. Там он, осмотревшись, первым делом обзавёлся толковыми советниками, из новой гвардии аморальных умников при дипломах и головах, и с их помощью прокрутил уже по-настоящему серьёзное дело, поставившее его в один ряд с главными криминальными именами Москвы.

Но только в 2004-м, уже не год и не два занимая место в новом кресле, заменившем ему бывший закуток при бане и качалке, он снова загремел по всей форме, но уже как пострадавший от руки не меньшей силы, чем та, которой он к тому времени обладал и сам. И это можно с полным правом считать второй по счёту невезухой Черепа, настигшей его как следствие собственного гонора, необдуманно проявленного при случайных по сути обстоятельствах.

В общем, к 2006-му, оттянув часть срока, Череп шёл на УДО, потому как за всеми делами по зоне приглядывал грамотно, с администрацией по-пустому не затевался, а на воле ждали его очередные большие дела, это было понятно всем. Я же, когда шёл на эту тёрку, не знал, если честно, чего от меня захотят, но шепнули, кто около него отирался, что ему всего двоих надо будет, дело, мол, особое, а тебя выделил, потому что верит, нравишься ты ему, хочет, сказали, приблизить вас с Паштетом к себе, чтоб поднялись нормально на зоне. И на всё такое намекнули между делом.

Не совру, призыв этот, как и будущее доверие такого человека, польстил мне необычайно. Хотя, если откровенно, немного удивило, что и Паштета моего упомянули. Тут я чуток приторможу излагать, чтобы пару слов рассказать о нас вообще, в принципе, как оно шло у нас ещё с самых сопливых лет.

Такое бывает, но не сказать, чтобы часто, когда те, кто вышел парой с одного яйца и на морду неотличим, настолько характером своим с первых же дней разъехались. Павлуха, тот ближе к мамке держался всегда, хотя и слушался меня, если только открою рот. Жался — к ней, а боялся больше меня, не её. С первых лет, ещё со двора нашего барака в Перхушкове не любил никуда ввязываться, если его не трогали. Со мной же вечно всё было наоборот: первым нарывался на конфликт, первым бил и, как водится, последним оставлял спорную территорию, насладившись видом места побоища. Пашка был при мне, это ясно, но присутствовал, как правило, только чтоб держать фасон, блюдя честь фамилии. Делал ухмылку, которой я же его и обучил, сцеживал струйку слюны через дырку во рту и пытался курить повышенно глубокими затяжками, незаметно придавливая кашель и загоняя глазные шары обратно внутрь. Но физически участие принимал лишь когда мне грозила реальная опасность быть подвергнутым любому пацанскому унижению.

Так и шло — меня больше шарахались, его больше жалели, что отирается при мне, вынужденный заодно со мной хавать всю эту раннюю хулиганку. Из-за нашей внешней неотличимости имелось, правда, и некоторое неудобство для тех, кто осмеливался выразить в наш адрес сочувствие или негодование. Зависело от ситуации. Помню, догнал меня во дворе как-то один папашка, культурный, типа из детей шестидесятников, заселённых в наш весёлый барак ещё во времена великой выселки из депрессивного столичного центра. От прошлых своих идеалистических идей он давно отказался, столкнувшись с реалиями ближайшего пригорода, но зато теперь держал голубятню, сплошь турмана́, все как один белые, и все денег стоят. Говорит, спасибо вам, Павлик, за моего сына, что голубь его по молодости своей неразумной на голову вам нагадил, а мой не проследил за географией крылатого полёта, не туда его изначально запустил. И что вы его не брату вашему непредсказуемому за эту оплошность на расправу отдали, а просто говно птичье на себе утёрли и махнули на огорчение рукой. И добавил, что, мол, «homo est amicus», и это, сказал, нормально, так и должно быть впредь. Знал по-латыни, учитель был древней истории в горном техникуме. Ну, я взбесился так, что сильней этого не было до всех моих прежних случаев. Я ему вмазал для начала в дых, а когда он согнулся, то уже локтем отоварил сбоку, попал в самую скулу, и он окончательно рухнул на низкий штакетник.

Короче, всё сошлось в неприятность: скула оказалась слабой и треснула, ему после этого её на специальную скобу поставили, и, пока зарастало, он ел только жидкое через трубку. И туда же пил. Плюс к этому, когда валился, штанину об штакетину пропорол, выходную, потому что догонял меня в тот раз, идя после своего техникума. И ещё я ему высказыванием добавил, а мне после пояснили, что это приравнивается к оскорблению взрослого словами:

— Ты, урод, сучара голубиная, лучше б ты вообще рот свой поганый не отворял, ты не брату моему, ты ж сейчас мне самому на голову насрал своим признанием этого кретинского великодушия со стороны моего незрелого брательника, — и, оттянув оба века, ткнул себе по глазам козой из пальцев. — Гляди и запоминай, мудило, вот здесь вот и есть вся между нами с Пашкой разница, в этом самом месте, так что другой раз зырь сюда повнимательней, когда зенки в нас пялишь.

Мне тогда чуток недотягивало до тринадцати. Короче, вышло, что не «homo est amicus», а наоборот — «homo est hostis», типа не друг, а враг. Но это я уж потом всяким таким заинтересовался, когда на первой ходке, отбывая срок в колонии для малолетних преступников, заимел доступ в тамошнюю читальню. Кстати, уехали оба мы, и я, и Павлуха мой невиновный, его до кучи подтянули, потому как ни свидетели, ни судейские с потерпевшими никак не могли надёжно вычислить, кто из этих двух неотличимых снаружи пацанов с задатками ранних бандитов и в какой момент преступления где находился. Ну, они и поделили исключительно мои преступные выходки на двоих, ровно пополам, так им всем было проще упечь хотя бы одного из нас подальше от родительского гнезда, свитого нашей брошенкой-мамой в перхушковском бараке.

В общем, образовалась «двойная» родственная ходка по малолетке. Нам тогда как раз по четырнадцать сделалось, только-только: самое оно, чтобы теперь уже на законной основе стать не прощёнными кодексом.

А штаны маманя голубятнику за тот раз новые купила, хотя сыну его я всё равно потом тёмную устроил, уже не оставляя после себя никаких следов, — это когда страсти по голубиному помёту окончательно улеглись, скобу у отца его сняли и трубку выдернули назад. Помню, накинул сзади ему на голову чей-то пожилой пиджак, какой висел на просушке, и молотил по нему, пока под пиджаком не улеглось на короткий сон и перестало встречно извиваться. Ну а турманáм, что насрали моему брату на темя, травленной мышьяком крупы сыпанул — ползапаса из того, что мать от мышей барачных держала и залётных крыс.

Ничего, ничего про эти мои дела Пашка не знал. И сам не хотел, да и я со временем перестал посвящать его в эти интересные особенности всех моих ранних возрастных пристрастий. Но один без другого тоже не получалось у нас. Разные-то разные, а только тянуло меня к нему каждую минуту, и от него ко мне, в обратную сторону, такое же было. Будто суровой ниткой от ремня к ремню привязанные ходили. Можно б и порвать, если напружиниться, да не было такой нужды. А так — чуть дёрнешь, потянешь и чувствуешь — вот он, рядом, живой, упругий на тянучку, податливый на братскую близость, ласковый на любую ответность, хоть по духу и не боец, не орёл, не писун против ветра, не спорый на выдумку солдат моего повстанческого подразделения.

Однако ж, хотел братан мой того или нет, но только втиснуться туда же, куда лично я зашёл лёгкой упругой походкой, ему-таки пришлось. А как вы хотели? Сидел кто из вас бок о бок с молодыми и злыми по рождению уркаганами? То-то и оно. Бытует мнение, что хорошего человека никакая тюрьма не испортит, если он по крови своей не убийца или хотя бы не разбойник. Я вам другое на это скажу. Пашка мой был вообще никакой, он любил материн паштет из моркови, потому что на печёнку денег у нас всегда не хватало. И ел морковь эту давленую, заставляя себя поначалу любить то, что имеет, и не думать о том, как заполучить больше. А после, в отличие от меня, просто привыкает и начинает любить уже от себя самого, честно, без любого отвращения и протеста изнутри. У меня же всё наоборот — я сразу, как только вижу что не по мне, начинаю люто отвергать и ненавидеть, заставляя себя жить в другую против Пашкиной сторону: навстречу, встык, в лом. Оттого меня первая же процедура не отвратила и не унизила. Скорей даже вызвала во мне какую-то хорошую и правильную злость, желание выпустить из себя молодую браваду и безголовое непокорство. А и надо-то было всего лишь подставить голову под железную ручную машинку, чтоб тебя, выдирая попутно клоки волос, остригли разом и наголо, и после самому себе ею же выбрить лобок, изрядно порвав себе волосяной покров и там. А дальше отдаёшь её соседу, чтобы он сделал себе то же самое, после чего машинку забирают и снова ею же, нещадно рвя, выглаживают голову очередника до полировочного блеска. Собственно, с неё и началась у Пашки прописка на новом месте.

— Не буду я голову давать, — сообщил он равнодушному мужику из хозобслуги и кивнул на других голых пацанов, какие в очередь обрабатывали себя ниже пупка, — не потому что тупая, а просто противно. Дайте отдельную, без никого чтоб, и помытую.

— А хер тебе не дать? — так же спокойно, как и делал всё остальное, поинтересовался мужик. — Или ж сразу лучше морковку? Хочешь, устроят тебе, сегодня ж, чтоб долго в очереди не стоять.

— В смысле? — не понял я. — Что ещё за морковка?

— Много не пизди, двурылый, — зевнув, безразлично отреагировал тот, имея в виду нашу с братом неотличимую внешность, — а то двойную морковь пропишу вам, мало не станет. Двадцать штук холодненьких для начала и по десятку горячих. Усёк, бакланчик?

Я тогда ещё не научился правильно ориентироваться в границах местной справедливости, не постигнув всех аборигенских раскладов, уж не говоря, что мой безвинный Павлуха вообще слабо себе представлял нашу с ним общую будущность: думал, больше на спорт определят и в насильную учёбу загонят, чтоб без троек. Короче, так скажу я — всё, что ко времени первой изоляции от воли удалось по жизни наворочать, не встало мне ни одной копейкой больше, чем немая укоризна в глазах моего неприкаянного брательника и горькие ночные мамины воздыхания, что в отсутствие отцовского пригляда ей удалось нормально поднять детей только наполовину. Вторая часть, то бишь сам я, невозвратно сорвалась, считай, уже в самом детстве.

В общем, в тот начальный момент, когда уже не было с нами ни матери, ни воли, ангел мой защитный, видно, отлить отлетел или по делам куда отлучился — по-любому, не уберёг нас с братаном от последствий. А они случились, и нормальные, не совру. После того как оттащили меня от этого урода с железной машинкой, которому я вцепился в глотку озябшими пальцами, сразу бить нас не стали. Да и не знал никто, чего и как — все такие же были первоходки, все ещё только прилаживались под новые обстоятельства этой дикой жизни под присмотром тамошних недобрых человеков.

Били нас не те, каких поселили вместе с нами в отряд, — другие. Они, подлое племя, уже порядком натасканные заведёнными в колонии правилами выживания, пришли со стороны, ещё до отбоя объявились. Ни хера не боялись, вели себя как здешнее паучьё, обложившее с ведома главного паука паутиной все тёмные щели и кривые углы исправительного заведения для неокрепшей духом пацанвы. Били натурально, начав не с этой холодной морковки, ещё более-менее терпимой, а сразу с горячей, навалившись сверху, вжав в матрас и притянув руки к кроватному панцирю. Разница в том, что к кончику свитого в косу мокрого полотенца привязывается це́почка, к ней — эмалированная кружка, для тяжести хода и воздушности свиста. Это и есть морковь горячая, без дураков. Без усилительной кружки — та холодная.

Мы тогда одолели себя, удалось, прошли через это испытание. Я — молча, хотя от этой невыносимой боли уже практически терял рассудок; брат — через крик, через жуткий ор и стоны, но так и не испросил пощады, не стал он, видя, как я, сжав зубы, терплю истязание, умолять одновозрастных извергов остановиться, прекратить эти недетские мучения, выхрипев в их бездушные глаза, что хватит, мол, простите, больше не могу.

Жаловаться мы никому не стали, да и не принято такое. Тут — выбор, тоже натуральный: или же лечь под сильных и замереть, укрощая по мере слабости собственную трясучку, или уж шагать напролом, доказывая всякому встречную силу, до конца оголять волю и, круша преграды, рвя задницу и обламывая когти, пробираться к самой верхушке, от нижних, нательных, к верхним, достигая их уже с того, противоположного, края. А им-то уже и ангел не нужен, тем, кто себе самому сразу раб, хозяин и господин в одном лице: бог на короткой верёвочке, равно как и дьявол по определению — кто сильней, тот и будет в нём, обойдя другого, окончательно победен и прав. Обойдённый же отступит на время, но только всё одно не утешится вторым призовым местом, выищет себе местность пониже и сбоку от заметных глазу дорог, там же построится и затаится, жаждя реванша, которому рано или поздно место найдётся всегда: что тут у нас, что там у них. Можно и наоборот — суть не в этой перемене.

Прозревать брат мой Павел стал не сразу. Но мало-помалу прозревал. Нет, окончательно другим против того, каким отделился когда-то от моего яйца, он так и не сделался, но после того нашего случая Павло стал держаться ко мне на порядок ближе, чем было у нас с ним раньше, будто намертво уже припаяла его ко мне судьба — нравилось это ей самой или нет — не в курсе.

Примерно через полгода от того дня, собрав собственную кодлу, я нанёс ответный визит тем уродам, кого привлекли твари из хозобслуги к нашей тогдашней прописке. Пацанов отбирал поштучно все эти месяцы, то приближая к себе кого-то, то на время отдаляя его же, чтоб выстоялся как надо, ощутил уверенность, исходящую от меня, и сам же сделал в мою сторону обратный шаг. Мне необходимо было убедиться в верности пацанов и их бесстрашии, потому как, кроме моего Павлухи, в первое время положиться мне было особенно не на кого. Я готовил не то чтобы бунт, — скорей я обмысливал стремительный переворот, сразу успешный, с мягким, по возможности ненасильственным переходом власти от них к нам. А конкретно — ко мне. Но мы были снизу, они же, по местным понятиям, стояли наверху. И путь от нижних до верхних, если действовать не по уму, а в силу заведённого порядка, должен был пролегать через выжженную пустыню, то бишь с серьёзными потерями с обеих сторон. Как и с прочими суровыми последствиями для новых верхних. Но ползти по-змеиному от нашего низа к их верху, перебираясь с одного оборота на другой, медленно и тягуче, с вечной оглядкой назад и по сторонам — меня уже не устраивало. Один человек во мне намертво сцепился с другим: вторая натура, очнувшись и выйдя наружу, восстала против первой, вздыбилась от несогласия с этой холуйской жизнью под теми, кто блатней и наглей тебя — только потому, что пришёл раньше и занял единственную в этой местности высотку.

Павлуха вяло возражал, но всё ж таки пошёл со всеми: к этому времени он уже окончательно был подо мной, по жизни и по смерти, хотя бесстрашным и мстительным пацаном типа меня, чья будущая судьба уже внятно прорисовывалась без любых очков, он так и не заделался. План мой был простой, но хитроумный. И главным было в нём — заиметь подходящее оружие, потому что решать надо было бескровно, иначе б вышло боком, оба мы это хорошо знали — так же, как в курсе этих дел были и те, другие, верхние, державшие на этом расчёт. Они были старше, опытней и злей, их оружие держалось на их же словах, на их тупых безжалостных кулаках, на их подлых и мучительских примочках. Их было семеро, и они надёжно удерживали малолеток под собой, всю колонию целиком, без вопросов.

Но нас было больше, и мы натерпелись. Кроме того, у нас был я, Пётр. Кличка — Сохатый, там же, на малолетке полученная и перешедшая уже вскоре в пожизненное земное погоняло. Мне всегда нравился этот зверь, что сам с троллейбус, что рога его размером с растопыренную циклопью пятерню, окостеневшую от времени. И без лишних понтов, потому что сильный и неприхотливый по природе.

Разбирать кровати мы начали сразу после отбоя. В каком-то смысле повезло: кровати — не нары, как и взрослях — не молодняк. Нары скреплены насмерть, не оторвать, а эти — ближе к живым делам, спасительным. Короче, всё развинчивалось, разъединялось и вытаскивалось, особенно если поднажать и загодя пролить резьбу отработкой машинного масла. В конце концов к середине ночи в руках у каждого из нас оказалось по перекладине от спальной рамы, или же по вертикальной стойке круглого железа, или по увесистой кроватной ноге квадратного сечения с резинистым упором в самом низу. Это было удобно для дела, это подходило как нельзя лучше, я сразу такое просёк и потому вооружился именно ногой.

Шли тихо, неслышным гуськом, знали, что если чего пойдёт не так, то уже никто не простит и не спасёт: ни эти, типа серединные, злые и безжалостные как черти, ни те, верхние их покровители по малолетней зоне, какие напрямую примыкают к главному. А где главный, там кончается справедливость, там дела не судят, там их решают. И зависит от многого.

Когда мы, скрутив дежурного, проникли в отряд, к старшим, все там спали. Так, наверно, спят ангелы в раю, сразу за Входом, — пуская безвоздушные пузыри, смачно прихрапывая и забив на всякую тишину, потому что уверены, что такую вольность они уж точно себе заработали верной охранной службой.

Первый удар — и даже не удар, а больше короткий резкий тычок резиновым торцом в спящую морду ихнего первого номера — я произвёл лично. Пацаны в это время уже стояли наготове, с занесёнными над остальными уродами деталями разобранных кроватей. Оставалось только по моей команде резко опустить их — так, чтобы удар пришёлся куда-то ниже головы, без заметного глазу следа. А там как само пойдёт. Этот, основной у них, распахнул глаза и в недоумении впёрся взглядом в непонятку. В тот момент, когда ножка кровати соприкоснулась с его мордой, в носу у него слабо хрустнуло — сучьим хрящом каким-то, наверно, я самолично усёк этот сладкий звук. Сама же боль от моего удара, хоть и дикая, но скорей всего докатилась до его сознания уже чуть после, чем он сумел сопоставить в своей голове образ нежданного врага и факт посягательства на территорию его безраздельной прежде власти. Хоть и ошалевший, но меня он узнал, несмотря на темноту. В этот момент непонятно с чего вдруг выскользнула луна, сразу полная, как не бывает вообще — словно шальное ночное облако, опоздавшее к вечерней проверке, наконец одумалось и, ошалев от страха, метнулось в сторону чёрного неба, выпустив на волю лунный круг. И, пройдя через зарешёченную оконную фрамугу, отделявшую нас, малолетних преступников, от всего остального мира, луч этот цвета разбавленной мочи, которую, наверно, пускал сейчас под себя наш заклятый враг, вонзился в эту ненавистную мне рожу, высветив в его глазах шальной страх и ужас перед тем, что сейчас произойдёт. Он уже всё понял и всё знал наперёд, иначе бы не хватал сейчас воздух, как японский карп «Кои Икизукури». Он был уже готов, без кожи и кишок, осталось лишь порвать его на куски и сожрать.

Действовать пацаны начали одновременно со мной, уловив мой короткий кивок. Все удары, что я наносил своему обидчику, приходились на спину, руки, живот, ноги. Я бил изо всех сил, предупредив его негромко, но отчётливо, по слогам, чтобы не вздумал орать, иначе забью до смерти. Тот терпел, извиваясь от боли, но я по глазам его видел, что словам моим он поверил. Это уже была наша победа, ещё до того, как мы остановили избиение. Мы его готовили, и мы его совершили.

Один лишь раз, не сумев вытерпеть мой удар, он выхрипел чего-то из себя, и звук этот показался мне недостаточно приглушённым, излишне опасным для успеха всего дела, а так мы не договаривались. Тогда я прицелился и резким усилием обеих рук воткнул тупой торец ножки ему в живот. Он охнул, дёрнулся и замер, некрасиво развалившись поперёк кровати. На каждого из остальных шестерых уродов приходилось по трое моих бойцов, в это время они обрабатывали их тоже довольно крепко, методично отбивая внутренности со всех сторон и не давая разомкнуть рта. Пашуху я поставил на стрём, пожалел, избавил от участия в этой экзекуции, хотя он, как и все мы, отлично знал, что идём и рискуем не абы как, а в полный рост и за правое дело. Но и другое было вместе с первым — не хотел я раньше времени делать из брата себе подобного, такого, кто раньше всякого разумного срока легко забьёт на самого себя, не ценя как надо собственной жизни. А я мог, всегда это знал, и забить и недооценить, таким уж я родился, вовремя отколов брата от своей дурной плоти. Но сейчас мне достаточно было того, что он был со мной, что дал обет верности, что не отошёл в сторону ни раньше, ни теперь и что хотя и не имеется в нём нужной злости, но есть братское чувство, есть поддержка и готовность разделить со мной судьбу, даже самую непредсказуемую. Я ещё подумал, что жаль, нет на свете нашего кровного отца, пускай даже беглого, он мог бы, если чего, погордиться своими наследниками, если б был с нами знаком и не сдох в подмосковной канаве.

Там ещё другие были, кроме этой уродской семёрки, державшей под собой всю малолетку. Я имею в виду, в отряде у старших. Те смотрели и не ввязывались, каждый в это время про себя прикидывал своё, если только старательно не изображал непробудно спящего. Именно на это я и рассчитывал, что просто будут молча следить глазами и соображать, каким теперь боком всё это для них обернётся: лучше им станет после всего этого, как оно закончится, или каждый из них, вместе или по отдельности, сделается теперь заложником тех и других и дальше станет терпеть уже от двух сторон — или перейдя в покорные сообщники к новой молодой власти, или же оставшись наедине с теми, за кого не хватило решимости пострадать. Короче, всё так и есть, так разрисовано в учебнике земного устройства: суть главных по жизни вещей определяется общим уставом, единым для всех; сама же вещь сутью своей подчиняется кодексу, прописанному для каждого человека в отдельности. И чаще случается так, что кодекс этот не становится частью того устава, и редко кому удаётся решать подходяще для себя, думая в это время обо всех, как не выходит и предпочесть общезначимое личному, на себя же наплевав. Но это если нормально внюхаться в эти дела и по мере душевных сил проявлять к человекам сочувствие.

К этому я был не готов. Потому что, в отличие от моего внешне неотличимого брата, к моменту очередного построения я был уже в законе, хотя и маленьком, действующем лишь в масштабах отдельно взятого учреждения для малолетних преступников, но уже весомо приятном на ощупь. Но ещё раньше, за час до этого, очнувшись ранним утром после ночи, в которой мы с моими корешками низвергли верхних, я уже понимал, что теперь надолго занял открывшуюся в пацанской иерархии вакансию. Я встал на место того, кому сам же ненароком порвал селезёнку и кого этим утром увезли от нас, но после так и не вернули обратно, потому что его неподвижное тело, без признаков, как говорится, и надежд, было обнаружено в отхожем месте намного позже, чем проорали побудку.

Так вот, если по новой освежить разговор о сути вещей и вернуться обратно, к вещам сущностным, то на выходе имеем такое: администрация, так и не добившись ни от одного из воспитанников правды о жестоком ночном погроме, произвела в итоге всех разбирательств вынужденную зачистку, уведя на режимное содержание троих невиновных пацанов из старших. То, что произошло с воспитанником, найденным в коматозке близ очка, пытались выбить из всех наших и не наших: и посулами, и угрозами. Не сработало ни одно, ни второе — страх перед моей кодлой был сильней, никто не захотел пойти на риск и выпустить из себя хоть полслова правды.

После этого события колония для малолеток зажила размеренной, но уже порядком обновлённой жизнью, законы в которой, помимо тех, что совсем уж никак не обойти, устанавливал теперь лично я сам, верхний по зоне, при поддержке моих же тамошних серединных и полном подчинении остальных, прогнутых кто до нижних, кто ещё ниже, вплоть до самых никаких.

Брат Павел, как и раньше, всегда был при мне, но, как я к тому ни стремился, выше серединного подняться он не захотел: при всяком удобном и неудобном случае просто отводил глаза в сторону, делая вид, что занят своими неотложными мыслями. Короче, старался по-любому избежать участия в любых разборках. Недолюбливал, и сильно. Я-то как раз ими упивался, и чем их было больше, чем гнилей и опасней случались темы, тем с большим эффектом мог показать я собственную значимость, мог порешать за справедливость и имел шанс покарать за беспредел без моего ведома. В общем, слова моего ждали и чаще под сомнение не брали. Да и про тот ночной переворот тема ещё не забылась окончательно: помнили и про селезёнку, и про кроватные, если чего, перекладины, и про последний визит к отхожему месту. Как и то в расчёт бралось, самотёком вползая в уши, что если очень надо, то и пацанский возраст серьёзному делу не помеха.

Братан же мой всё больше нажимал по учёбе, не ввязываясь в жизнь сверх уставных правил; личный «кодекс» также оставался без должного с его стороны внимания, хотя и знал Павлуха, что этой своей излишней усидчивостью, туповатым прилежанием и отстранёнкой от управления текущими делами заметно принижает мой устойчивый авторитет. К тому же зачастил в библиотеку, стал как умалишённый книжки читать, до которых прежде голова и руки не доходили. Да и откуда им в нашем бараке взяться было, книжкам этим — наши тамошние книжонки, какие по случайности соседями добывались, разве что гвоздём через корку к стенке прибитыми висели, по правую руку от уборного очка, как дармовая подтирка без лишнего узора. А чуть спустя он на разговорник наткнулся, чтобы с русского на латынь, сразу, и с примерами для мудрости на всю жизнь, когда нужно мысль не просто высказать, а по такой кривой фене донести, чтоб и самому было гордо, и другим не сделалось обидно.

Короче, оформил на себя, типа формуляр, на тумбан к себе устроил, ближе к голове, и стал смотреть в него, шевеля губами. Я ему намекнул, ясное дело, чтоб затыкал гундосить, позора после не оберёшься насчёт такой странной фени. А он мне в ответ говорит, продевши братский намёк мимо ушей:

— Non enim bonum aliud. — И шифрует обратно, оттуда сюда: «Что хорошо для одного, для другого невозможно».

Вот потому и не стал он выше того, чего сам себе же назначил, середина для него — верхний край. Ну, пацаны, видя такое, сначала потихоньку, за спиной, кто со смешливой ухмылкой, кто без ничего, и прозвали его Паштетом: типа хоть и свой, и при братане́ отирается, но всё ж мягкотелый, не орёл, без нужной для дела твёрдости, а страх если и наводит, то лишь из-за похожести мордами. И не боец по духу, а больше просто участник по необходимости.

Сам Павлец и возражать не стал против такой кликухи, принял как должное, как законное, своё. Ну а те после этого и таиться перестали, так всё само собой в обиход и вошло: я — Сохатый, брат — Паштет. А оба мы — сила с волей и сдержанность со справедливостью, делённые хоть и не поровну, но зато на два неотличимых один от другого лика.

Вышли когда — это уже под самые восемнадцать было, хоть иди и голосуй против всех, — первым делом к себе в барак возвратились, в Перхушково — куда ж ещё? Мать наша, как и раньше, жила у себя там на собачьих метрах вечным задротом, так и дальше один за другим года перебирала: мало чего в жизни у неё переменилось, разве что морщин себе избыточно нарастила, пока мы с Паштетом малолетку волокли.

Сели, оттянулись родственным разговором: то-сё, как сама, чего сами думаем теперь, всё такое. А спать, как время подошло, пришлось на полу — диван наш прошлый, раскладной на двоих, окончательно прогнил и рухнул, пока мы там поднимались на дрожжах временного жизненного успеха — мать его после кусками на помойке хоронила, последнюю после нас с братом овеществлённую отцову память. Утро туманное встретило нас первым мужским огорчением, что идти-то, как и спешить, больше некуда.

В обед тоже нормально отметили первый день уже, по сути, ничем не ограниченной свободы. Но особого утешения нам это уже не принесло, потому что обоих внезапно накрыло досадой, что сзади у нас осталось до хрена всякого памятного, хоть местами и паскудного, а вот впереди не маячило вовсе ничего такого, чтобы близко к душе расположилось. Горизонт наших ожиданий не освещался даже тухлым светом от паяльной лампы, которой я всё собирался помучить материного кота, устроив ему допрос с пристрастием, да не успел — тот сдох намного раньше нашей обратки.

Следующую неделю Паштет мой провёл при матери, но больше всё ж один: сунул нос в так и не возвращённый в колонийскую библиотеку латинский разговорник и промолчал с понедельника по пятницу, ожидая, пока я приму решение насчёт нашей будущей сдвоенной судьбы. Я же всё это время посвятил обследованию современного рынка. Начал с вещевого, но уже к началу третьих печальных суток свободы, полностью разочаровавшись в перечне его услуг, резко сменил маркетинговую доминанту. Такими, если заодно сказать, словесными оборотами теперь стало принято обозначать то, что до нашей первой изоляции называлось толкучкой хе́ровой или, если проще, полной жопой.

После этого моего открытия весь попутный перечень дел сферы занятости, если брать его, усредняя от и до, я пропустил вообще как вещь негодную для нас с братом ни по какому, поскольку везде, куда ни кинь взгляд, пришлось бы изрядно нервничать, связавшись не с сутью вещей, а с вещами по сути. Выражаю то же самое словами — чтоб нормально наварить, надо поначалу обзавестись средствами для покупки и доставки вещей, после — хранение и реализация, а уж только потом, когда какая-никакая маржа прилипнет к рукам, тебе отобьют почки менты, если не поставят на счётчик взрослые бандюганы. И всей твоей работы, какую совершал, хватит только, чтоб её оплаченный остаток ушёл на покрытие коммуналки за материн барак.

Держать братский совет с Пашкой я не стал, просто на другой понедельник мы с ним вышли по месту новой службы, в состав лихой бригады одной из городских ОПГ, самыми простыми солдатами, где для начала, встав на довольствие, получили по даровому кастету. Короче, сделались низшими — если квалифицировать по признаку подчинённости верхним, учитывая наличие у тебя мандата, разрешающего, начиная уже со вторника, пристальней, чем раньше, глазеть по сторонам, важничать, придав лицу бесстрашие и суровость, а также принимать участие в боевых операциях по изъятию у народа излишков, наезжая там и сям на отдельных его представителей. Рядом несли службу такие же, как мы, мелкота из бывших неудачников, сплошь и рядом порождаемых улицей: мелкие воры, угонщики тачек, ранее не организованное хулиганьё и гоп-стопники, скрытые наркоманы, решившие упорядочить таким макаром добывание жизненно необходимых доз, и прочие «individua» из «liberum gregem» — «индивидуумы свободной стаи» — так обозвал наше новое дело брат мой Паштет, заступив на должность моего персонального старпома. Надо сказать, в трудоустройстве этом немалую роль сыграло наше былое лидерство на малолетке. И плюс к тому намёк на селезёнку бывшего тамошнего верхнего.

Проверять сведения в кадрах ОПГ не стали, просто один серьёзного вида дядя, типа бригадир, какой беседовал со мной, с перебитым носом и тусклым взглядом, одетый в кожаный пиджак и треники с лампасами, дал понять, что если где-то после не сойдётся, то особо упрекать за это никто не станет, просто уроют за попытку въехать в рай на чужом херу́, поскольку такое не прощается, даже если и нет у тебя ещё права избираться и избирать. Он в тот день пришёл забирать месячную выручку, а я его выследил, угостил закурить и представился по полной форме. Сказал ещё для пущей убедительности, что только откинулся с малолетки и к тому же имею неотличимого брата, так что случись вдруг чего, то алиби будет обеспечено, если всё делать по уму.

Он говорит:

— Это как, в смысле?

Я в ответ вежливо растолковываю, дивясь его недогадливости:

— Ну гляди сам, к примеру, валю типа́ какого-нибудь или, предположим, берём кассу, а я дома позабыл лыжную шапку с глазницами. И ни хера, всё тип-топ, ваши пишут, наших нет.

— Это почему так? — не врубается бригадир. — А где ж наши-то были в это время? Кто валил-то?

Я жму плечами, попутно стремясь засунуть свой снисходительный тон себе же сами знаете куда.

— Были на месте, в том-то и дело. Вместе со мной. А братан мой, Паштет, в это время делал бы себе-мне нормальное алиби. В смысле, для меня. В людном месте и при свидетелях. Допустим, поскользнулся на гнилом банане на глазах у мента, а после отряхнулся и у него же справился, как лучше отыскать травмопункт.

Ну, как Штирлиц сделал с чемоданом радистки Кэт — помнишь?

— И чего? — снова не въезжает кадровик в лампасах. — В чём фишка-то?

— В том, — отвечаю, — что «non apparet — culpa nulla», — и дешифрую: — «Нет доказательств — нет вины», как говорится. Паштет такое из учебника вызнал, ещё в колонии, пока всё, что там плохо лежало на самой поверхности, перегонял с русского в латынь и обратно. Ему придумалось, и он сразу же со мной поделился. Сказал, «praesumptionem innocentiae» — презумпция невиновности. А я вот с тобой теперь делюсь, как нижний с серединным.

Ну, он чешет себе за ухом и говорит мне, но уже с зачатком первой уважухи:

— Далеко пойдёте с Паштетом, чувствую, это ж надо, как изловчились выдурить такое, прям не подкопаешься. — Но тут же озадачивает: — А если догонят, что двое вас на одну морду, чего делать станете, как отпираться тогда? Один же, наоборот, другого паровозиком тогда потянет как сообщник, и выйдет вам групповая статья с предварительным умыслом, а это всегда херовей, чем без неё.

Ну, к этому вопросу я уже и сам был готов, без Паштета: тот, главное дело, правильную основу заложил, верно обозначив самою суть нашей будущей криминалиады и вовремя наметив ментальные, как сам же и сказал, подходы к ней. Дальше я уже самостоятельно развил его идею, мысленно протянув её в нашу будущность на ниве противоправных, но и праведных дел.

— Смотри, — говорю ему уже как окончательно свой, — и вникай, братан. Даже и просекут если, что подмену устроили, всё равно ни за что не докажут, какой, кто, когда и где был один из двух одинаковых нас и чего натурально сотворил. У нас даже отпечатки пальцев одинаковые, как две карты одной и той же страны с той же типографии. И у зубов одна морфология, так Паштет вычитал, не говоря уж про рост, вес и форму ушей. Это я к тому, что если что, то пойди ещё разберись, кто кого лапал и чья рука осталась на месте события. В смысле, палец, отпечаток его потного следа. Или при пожаре, скажем, зубы остались при челюстях, так и тут тоже не факт ещё, чьи и от кого из нас, если один, не дай бог, — того, а другому ответ держать. Какому, господа присяжные? — Я выпустил воздух и продолжил обволакивать дядю преимуществами криминальной жизни сообщества при наличии в ней однояйцевых бонусов: — А дальше мы с Паштетом просто идём в глухую отказку, как дозволяет Конституция, а присяжные пусть себе после яйца шлифуют, вхолостую, потому как при такой нашей двоякости просто пальцем тыкнуть в никого из нас им уже не удастся, больно легко сшибка выйдет, что не может на приговоре не отразиться, а это недопустимо по новому уложению, я сам про это читал. Плюс нормальный заступник, из прирученных и запуганных нами же юридических адвокатов.

Смотрю на него с надеждой, кручу у себя в голове, чего у него на уме, но уже и так вижу — берут, к себе берёт, в свою бригаду: по глазам заметно, по носу, по лампасам этим дурацким, по всем делам чувствуется, что уже и сам прикидывает, как на этом деле подняться, приспособив эту ловкую теорию нашей с братом неподсудности к реальным преступным делам. А ещё думаю, что лучше к этому попасть, чем к другому. Этот, видно, недалёкого ума бандит, без нужной скорости в голове, больше бык, чем волк или орёл, такого свалить проще, чем у кого котелок башки нормально варит. А после его же место занять, если чего. Главное теперь — взять крепкий старт, ввязаться, запустить правильный механизм и стать уже, наконец, нормально признанными людьми.

Что же касается этой нашей близнецовой особенности, то во всей этой истории с Лиахимом, если отмотать и чуток вернуться, тот выбор, который Череп сделал в отношении меня и брата, скорей всего обуславливался мудрёным паханским планом, чтоб и дело сделать, и концы из воды не торчали. Весь прогрессивный мир, без малого, следил, наверно, напрягши интерес, как живётся Химику и как ему отбывается в наших краснокаменских местах строгого режима. И то ещё интересовало планету, когда власть, одумавшись, придёт на выручку к тому, кого сама же засадила, хорошо не просчитав баррели, доллары и последствия. Но об этом я доложу вам после, сперва закончу излагать про то, как мы с Паштетом поднимались над нижними, растя к серединным с опережением графика заслуг.

Первое же дело, которое поручили, было несложным, но ответственным по части исполнения, и потому осуществлять его пришлось больше мне одному, чем обоим нам. Паштет, хоть и однокровный близнец, но самой крови всегда не любил, шарахался от одного её вида, старался избавить себя от любой возможности узреть её на любом живом теле. При этом считал, что всего можно добиться словами, особенно если уложить их в правильную конструкцию.

Говорю:

— Ты что же, рассчитываешь, если замотать в базар твои латинские выкрутасы, то лоханутся и примут за зверя? Ты думаешь, для них кавказский отморозок пугательней своего, что ли? Хотя, если разобраться, вся эта твоя мудрожопая непонятка чем-то и напоминает мусульманский напев, типа Дагестан не дремлет. Но тогда ж не по отдельности втыкать надо, где ты типа́м разным этими смысловыми конструкциями на уши ссышь, да и то не так часто, а уж захерачить так захерачить, напролом, «от начала до конца», как сам же говорил, помнится: «A principio ad finem», ты чего, Павлик?

— Звери ни при чём, — отбился брателло, — просто людей убеждает само звучание, и оно их страшит, оно приводит в замешательство, заставляет дёргаться и совершать поступки, на которые они при общении с заурядными начинающими бандитами типа нас никогда бы не пошли. К тому же мой вариант существования нас в облике бандитов уже сам по себе не предполагает ходить туда, куда неоднократно ступали другие, где кровью и угрозами дело решалось не самым лучшим образом. Тебе же не нужны жертвы как таковые, тебе ведь нужен результат, верно? Как ещё старик Черчилль говаривал: «Nos postulo e bellum et territorio» — «Нам нужны не войны, а территории».

— Допустим, — согласился я, — но как именно ты собираешься внедрять этот свой вариант в действие?

— А пускай они лучше недопоймут, чем проникнутся недобрым словом, — не растерялся Павлуха в ответ на мои сомнения, — сам смотри. Допустим, он классический гомосексуалист, а проще говоря, пидор. И он же вовремя не расплатился с нашей структурой по своим долговым обязательствам. Ты приходишь и говоришь ему, что, мол, гони монету, сучара, не то я тебе щас хобот твой пидорско́й вырву и всю сраку разворочу. А после на счётчик поставлю, без всякого инвалидского послабления — уразумел, падло? — Он печально вздохнул. — И что, ты думаешь, последует дальше? — И сам же ответил: — А дальше твой должник, проникнувшись ужасом этой совершенно уродской и бесчеловечной угрозы, отправляется в правоохранительный орган или срочно подыскивает себе альтернативную крышу; либо же вся эта отвратительная история завершается ещё более бессмысленным его же суицидом. И объясни мне, пожалуйста, где при таком раскладе деньги лежат? — Он присел на край раскатанного на дощатом полу нашей барачной комнатухи полосатого матраса и подвёл промежуточный итог своим рассуждениям: — Я хочу сказать, что никакой из этих вариантов должным образом не разрешает нашей новой задачи: вовлечь, бескровно иметь и не трепать никому нервы.

— Ну хорошо, а как бы ты сам вынул долг? — поинтересовался я у него, не имея представления, о каком бескровном варианте толкует мой однояйцевый брат. — Пидор, он и есть пидор, к тому же должен. Как с ним ещё-то, если не ломать через хобот?

— Как? Смотри, — ответил Паша, — следи за самим ходом вещей, за сущностным наполнением идеи, потому что, где она присутствует, там и сам человек — не просто типа су́ка или с отклонением, а нормально вменяем, как любой живой и чувствующий организм, даже если он и не желает зарабатывать честно, но хочет иметь больше других, вроде тебя, меня и наших с тобой теперешних однокорытников, от серединных и выше. В общем, так: ты приходишь к нему, к этому должнику своего разбойничьего бизнеса, но не пытаешься сразу же запугать, как и приветливости лишней тоже не демонстрируешь, а просто садишься, расслабляешься, предлагаешь закурить, сам закуриваешь и внятно произносишь слова, к примеру, такие: «Друг мой, я долго о намерениях своих распространяться не стану, я просто докурю сейчас эту сигарету, встану и... vestigia tua disperdes omnes simul stare cum familiares planetam. Et recordaberis amator... — Что означает: «...уничтожу все следы твоего пребывания на этой планете заодно с твоими родными и близкими. И не забуду про твоего любовника». — Потом неспешно гасишь сигарету, но не в пепельницу, а об стол рядом с ней и всё с той же маской безразличия на лице. После этого плюёшь ему под ноги, неотрывно глядя в глаза, — как-то так. И всё, он твой вместе с долгом и процентами по нему. Лично для меня успех такой операции очевиден. Главное, чтобы твой оппонент отчётливо понял, что тебе и на самом деле всё, в общем, по барабану, как и вся его ничтожная, жалкая жизнь, «misera misellus vita». Последние слова хорошо бы тоже добавить, просто для форса, и тоже не переводить смысл — сам догадается, зуб даю.

Я задумался. Всё это напоминало лёгкое помешательство моего чудаковатого брата-гуманиста. Однако это было бы так, если бы я его недостаточно знал. А я не только знал, я его кожей чувствовал, сразу и целиком. Мы же с ним из одного яйца, одним миром помазаны, мечены одной судьбой, хотя и разные по нраву, вроде того, что он типа добрый, а я, остаётся думать, злой. Жаль, что так всё повернулось у нас, под самую раздачу подпало, под нечётную ногу, а то вполне могли б и в следаки двинуть, сами бы, глядишь, теперь допросы вели со следствиями, ловча и перекидываясь с одного характера на другой, от угроз и рукоприкладства до сочувствия и посулов мягкого варианта мучений. А вообще с нами просто тем, кто захочет знаться и дружить. Мы похожие, что ни говори: с самого детства не читали одних и тех же книжек, одинаково не желали учить школьные предметы, нам обоим не давали жрать вкусней обычного и даже по праздникам нас не баловали ничем слаще бульона от свеклы; мы равно мечтали съехать с нашего барака и схожим образом жалели нашего отца за то, что он был мёртвый и никогда нас не видал. Нам одинаково никто не покупал игрушек, не бил смертным боем, как соседских детей по бараку, мы видели те же самые сны и нередко в этих снах совершали одни и те же поступки. Хотя не скрою, чтоб — такое, чтоб ноздря в ноздрю, только лет до 11—12 бывало, после чего мы с Павлухой уже чуток определились каждый в своих человеческих пристрастиях и, уже начиная с возраста нормальной хулиганки, более-менее разъехались и в нравах, и чисто поведенчески. Однако такое совершенно не означало, что мы перестали чувствовать друг друга, даже на расстоянии. Бывало, отмудохаю какого-нибудь пацана, не давшего мне закурить или не пожелавшего расстаться с парой монет, и сразу же ощущаю, через всю глубину нашего длиннющего двора, что Пашка на моём месте простил бы его, стопудово, а может, даже и сам бы дал разок-другой дёрнуть. Глазами вижу, в воздухе себе представляю, как он ласково извиняет его, даже не пробуя разогреть в себе злобы за отказ откликнуться добровольным согласием. Ну, а после, сами знаете, — детская комната милиции, к какой стали оба мы приписаны: я — за свои дела, он — за меня, до кучи, на всякий случай, как добавочное семечко той же всхожести. Да и снаружи часто у нас с ним совпадало, а не только изнутри. С ве́лика, помню, навернулись, который я у одного чужака отбил насовсем: каждый из нас с братом только по одному кругу сделал, но успел за это время одну и ту же кочку боднуть, хотя оба мы одинаково её видали. И, главное дело, параллельно заработали по синяку на левой лодыжке и по три царапины на правой коленке — ну хоть прям на выставку ненарочных событий выдвигай, как в Красной книге. Ну и всё такое, через сутки, считай, на третьи случалось, не меньше, а то и дважды на день. В общем, именно эти существенные обстоятельства заставили меня вслушиваться и вникать в его более чем спорные суждения насчёт присутствия человечности в нашей работе.

Однако вернусь к тому, как начинали, к первому серьёзному делу, о которое сперва споткнулись, но после чего у нас было уже всё наоборот. Для начала, как старший из нас двоих по новому труду, решил я в ходе изъятия положенного испробовать братову методику. Дали нам для начала обойти три киоска при вокзале, собрать оброк, но за ничтожностью этого события представить заранее, видно, позабыли. А мы думали, раз идём, то всё уже путём, народ в курсе, мы в шоколаде, братва останется довольна. Подталкиваю Павлухана, чтобы первым с заднего проёма предстал и произнёс волшебные слова страха и упрёка. Сам был рядом, неподалёку от места взимания. Он стукнул, осторожно так, без напора: оттуда высунулся расхристанный мужик под сороковник и кивнул:

— Чего тебе?

Паша плечами пожал и безразлично так говорит ему, стараясь не частить:

— Друг мой, тут такое дело, число сегодня сами знаете какое, так что... honorem scire tempus et turpi aliquo.

Мне он потом отдельно расшифровал, уже после того, как всё закончилось к нашему двойному позору. Сказал: «Пора бы и честь знать, а то некрасиво как-то...»

Мужик туда-сюда глазами зыркнул и даже не стал обижаться на всю эту хрень, озвученную явившимся неведомо откуда хотя и длинномерным, но худощавым и тихоголосым пареньком соплячьего возраста. Ему даже не пришлось сменить выражение лица на встречно равнодушное, потому что таким оно, видно, было у него начиная с первого дня рождения. Он просто коротким движением ноги резко вломил брату в пах, снизу вверх, с ходу обозначив главную ячейку этого места, и тут же захлопнул дверь обратно, не подав всем своим действием и вопросом даже малого намёка на испуг. Бормотнул лишь, да и то довольно беззлобно:

— Ходят тут... наркоманы хéровы...

Братан мой согнулся пополам и всей своей согбённой фигурой медленно повалился на снег. В тот момент, когда он приземлился, лишившись в полёте рукодельной маминой шапки, дожидавшейся его все четыре года колониальной малолетки, я ощутил укол нечеловеческой силы в таком же самом месте, куда был атакован мой униженный двойник по крови и судьбе. Не знаю, чего в этом ощущении было больше, дикой обиды за нашу с Пашкой поверженную смолоду честь или же просто тупой физической боли в паху, отдавшейся рикошетом после мужикова удара в мою недозревшую душу. Знаю только, что, с трудом тогда удержав себя в равновесии, впоследствии я так и не сумел остановить себя, чтобы не ответить ларёчнику. Не стану рассказывать, как и когда я отомстил ему, но сделал это так, что морда у него, поди, до сих пор имеет приветливый глаз, в основном левый, и носит выражение общей усталости от неудавшейся жизни.

Следующую точку сбора подати я уже взял исключительно на себя. Пашка понуро сопровождал меня, постигая искусство противостояния миров, один из которых представлял его отпетый брат-двойник, то есть сам я, другой же предопределялся наличием в нём рабов и холуёв, готовых лечь под меня же, сильного и наглого хозяина будущей жизни. Было ещё, правда, нечто третье, невнятное, слонявшееся где-то посерёдке между первым и вторым: к нему, скорей всего, и примыкал мой пострадавший Павлухан. И я, наверно, обманывал себя, когда, слепо отбросив сомнения, продолжал числить своего братуху в рядах нашей стаи, а не относил его ко всем остальным, кто не имел по жизни нужной храбрости, силы и отваги. В те лихие годы само понятие силы и воли было у меня ошибочным, искривлённым, не отвечающим сути вещей. Но это я понял уже поздней, вплотную столкнувшись с различными ситуациями в ходе наших преступных рабочих вылазок.

Короче, брат молча наблюдал за порядком действий, осуществляемых мною уже по всем правилам, отработанным наукой властвовать и изымать ещё задолго до нашего членства в бандитской корпорации, а не только в угоду разным мудрым незнакомым словам нерусского звучания. Он подмечал детали моих выступлений, стараясь не упустить при этом важного, и тоже вырабатывал для себя кодекс предстоящей жизни, тоже от и до. Что же касается души, какую я только что упомянул, то именно тогда, после этого досадного открытия, я навсегда переменил о ней своё мнение. До этого я искренне полагал, что у нас она одна на двоих, как иногда случается у полных двойнях, общая и неделимая, но теперь я думаю, что заблуждался. Их у нас всё же две, были и остались, и они разные, тоже типа «от и до» — «a et ad», как обозначил бы ситуацию мой брат, использовав в своём дурацком переводе это смехотворное словечко «ад».

Так или иначе, но я быстро рос на этой почве, с которой сам же снимал урожай, успевая поделиться им с братом. С самых нижних мы довольно шустро перебирались к серединным и уже через пяток лет непрерывной противоправной деятельности заслуженно обрели уважение старших не только по бригаде, но и от кой-кого по сообществу. Пашка всегда был при мне, трясь об меня, как моллюск о раковину, и во многом его параллельное продвижение было обусловлено именно этим фактом. Кроме того, никто так и не научился на раз угадывать, кто из нас какой есть и кому обламывается больше по части бандитской репутации. Одёжей мы менялись довольно часто — так, чтобы ничей глаз особо не научился выискивать различия между нами. Иногда, чтобы как-то прикрыть своего недостаточно аморального двойника от сравнительно грязных дел, я подставлял себя под его поручения и нарочито делал эту работу как нельзя старательней, излишне рвя себе жопу, с единственной целью — поднять по мере возможности братские акции, утаив промежуточную правду.

Ещё через пару лет грохнули нашего бригадира, того самого — помните? — учителя первого моего, с перебитым носом и в лампасах, какой запал ещё на единство и борьбу наших противоположностей. И тогда бригадиром, недолго думая, сделали меня, оказав большое доверие. Паштет, само собой, при мне, правой рукой. С его удивительными мыслительными особенностями, нежеланием обзаводиться громким именем в наших кругах и, самое главное, при полном отсутствии всяческих амбиций в делах наживных, материальных, овеществлённых в бабле деревянном и не только в нём, он подходил под новую задачу как никто другой. Сидел у меня на планировании средней руки операций, уйдя из состава прямых бойцов, непосредственного бычья́, где ему по мере продвижения к серединным было всё трудней и трудней поддерживать иллюзию собственной беспощадности и крутизны. Теперь нам дан был реально весомый бонус, и, кроме того, мы с ним стали получать уже вполне отчётливые бабки.

Матери мы взяли однуху, там же, в Перхушкове, но уже со всеми делами, горячей, холодной, ламинатом и керамическим горшком испанской поставки с отдельным крантиком для пуска воды внутрь себя, но сзади. Себе же покамест снимали нормальную двушку неподалёку от штаб-квартиры. А на тех барачных метрах кой-чего держали, оборудовав под дощатым полом тайный схрон. Туда же сносили и честно заработанное, и то, что иногда удавалось отгородить от братвы по результатам всех наших дел. Должен признаться, что в плане личного обогащения мы с братом могли бы стоять серьёзно круче того, как лежали тогдашние фишки, но, к собственному огорчению, я ничего не мог поделать с Паштетом. Хочешь — не хочешь, мне приходилось с ним считаться, в силу одной и той же неделимой крови. Пару раз, если уж на то пошло, я, конечно, сделал попытку осуществить гнилой заход, спустив санкцию проявить мало чем оправданную жестокость в отношении одних козлов и заколбасить, ежели чего, кое-каких вполне приличных, но ненадёжных людей. Так он узнал, обормот латыньский. И об одном случае, и о другом вызнал Паштет мой неприкаянный, хоть никто и словом ему не обмолвился о тех посторонних при его месте делах.

Сказал:

— Ullus parvificentiae supra rationabili citius aut serius conversus in sua visio nocturna. Nec tibi, quia frater meus es. Annon igitur excedit vivere non curo.

И перевёл, типа нараспев:

— Любая низость выше разумной рано или поздно обернётся собственным кошмаром. Я не хочу этого для тебя, потому что ты мне брат. Не смей превышать того, чего потом не сумеешь пережить.

Короче, мирился. Я — с ним, он же, как умел, — с тем, куда его и меня закинула двоякая фортуна, в какую житейскую географию, замешанную на бандитской метафизике.

А ещё через годок пришла команда от Главного, доведённая до нас верхним, что дела наши общие становятся всё больше и больше не лихими и окончательно списаннным паровозом пыхтят к упадку вплоть до полного. Крыши теперь всё больше подминают под себя менты с фээсбэшниками, почти не оставляя братве пространств для новых завоеваний, так что срочно надо укреплять старые крышевые объекты, держа владельцев за самое узкое место на горле и не отпуская никого от себя, кто бы из новых ни посягнул на эти давно прикормленные места. Ну и, по возможности, добавлять другие из неохваченных, пока те не расчухались и не легли под новоявленного конкурента.

Ну, я что, я дал команду пацанам, они и пустились рыскать по городу, прочёсывать каждый угол, отслеживать всякое движение, какой-никакой ремонт, любую отделку, предшествующую доходным начинаниям, от которых баблом за версту в нос шибает. А если конкретней — брать под себя всё подряд, даже если это и невеликий кусман, и расчётная нажива от него не надёжит реальной перспективой ухватить фарт за яйца.

Пока пацаны фильтровали район залегания новых руд, Паштет напоролся на скважину. Сам, случайно. Небольшую, только-только запускаемую, но вроде бы почти готовую, чтобы уже сосать по малости, ожидая со временем добавки. И милая такая сама. Хотя про него только знали, что дело своё уважает и понимает, куда чего добавить, чтобы заглотнуть вместе с пальцами. Это она так про мужа своего пошутила, Еленочка, хозяйка этого ещё не открытого ресторана. Самого его мы так и не видали вплоть до нашей с братом надземки. Сначала просто разминулись, а после она нас лично очень попросила, чтоб он, Герман её, ни ухом ни рылом ни про какую конкретику не ведал. Всё только через неё как основную совладелицу и общего директора заведения. Муж — царь и бог на кухне, кухня — в полуподвале. Вот и пускай будет каждому своё. Ему нельзя нервничать, он натура излишне чувствительная, и всякое смещение настроения непременно скажется на качестве его блюд как шефа. А готовит он так, что ни на кого не похоже, в чём можно будет вскоре убедиться самим, если всё пойдёт по взаимности и плану.

В общем, зашёл он туда, учуяв запах свежей малярки, когда они её и на самом деле практически завершали, последнюю отделку, уже крепя потолочные карнизы. Снизу, как выяснилось, тоже уже, можно сказать, закругляли проект, приступив к монтажу кухонного оборудования. Плюс доканчивали оставшиеся интерьерные дела по всему пространству, от и до.

Паштет первым делом осмотрелся и, восхитившись взятым владельцами замахом, произнёс:

— Deus suscipite infirmos dabo tibi Deus[1].

Шустрая молодуха с непослушной копной торчащих во все стороны курчавых прядей, носящаяся от одного отделочника к другому, успевая по пути передвинуть ногой в безопасную сторону банку грунтовки и ответить на пару звонков мобильной трубы, улыбнулась молодому человеку и заинтересованно переспросила:

— Что, простите? Какой «инфирмос», вы сказали? Вы, наверное, из санэпидемии? Так у нас всё ещё вчерашним числом закрыто, весь инспекционный пере-

---

[1] Бог помогает слабому, вы же помогите Богу (*пер. с латыни.*)

чень, осталось только акт подмахнуть, ваше начальство в курсе, это у нас на среду намечено по плану.

Пространство и правда впечатляло. И больше не самим объёмом, который, как ни посмотри, всё же не был так уж велик, а просто Паштет никогда ещё не видал, чтобы так поразительно нахально, с такой невероятной смелостью те, кто собирался всем этим владеть, напридумывали того, что никак не хотело совмещаться у него в голове и душе одновременно. Тепла во всём, что он видел, особенного не усматривалось. Скорей и сама отделка, и всё пространственное решение будущего ресторана служили несколько иной цели, нежели просто зайти, посидеть, закусить. Тут во всём явно доминировал стиль, среда, гармония, сочетание камня, воздуха и вида на Москва-реку. Высоченные окна, в три света, завершающиеся полукруглыми рамами, выходили на Саввинскую набережную в той её части, где по вечерам отголосок городской жизни был уловим уже едва-едва. Ни мельтешни, ни лишнего шума, ни праздной вечерней толпы, копытящей тротуар в поисках вечерних удовольствий. Впереди — тупик, сзади — город, центр, надобность выезда на этот радиус, особенно с приходом сумерек, довольно низка, даже по московским меркам. Разве что этот протяжённый кусок городской земли, вполне себе широкий, но практически лишённый интереса горожан, больше подошёл бы для ночных гонок, не располагая к тому, чтобы выискать нечто для души.

— То есть скоро открываемся, значит? — поинтересовался мой брат.

— В субботу презентация и открытие, — подтвердила хозяйка, — приходите непременно, с женой, будем рады.

— Понял, — кивнул братан, — будем, ждите.

В тот же день он рассказал мне про своё обнаружение, испросив разрешения не ходить вместе со мной на эту презентацию. Люди больно хорошие, сказал, душевные, сразу видать, так что без меня давай, первым базар заводи, а я уж после, если всё нормально.

Ну короче, я всё там и дожал, один, без никого ходил. Но не в тот их праздничный день, а уже чуть после, когда хозяйские радости немного поулеглись и можно было потолковать без эмоций. Так и сделал. А потом уж и Паштет регулярно стал оттуда дань выстригать, раз в месяц, как кукушка, без сбоя. Я всё это к чему вспоминаю-то. А к тому, что крыша нам эта боком вышла, через неё мы с братухой и оказались на Краснокаменке. Как всё было, об этом как-нибудь после поведаю, подробней, если время останется.

Но вернусь к тому дню, когда к Черепу позвали, разговаривать.

— Ну что, Сохатый, — приветливо обращается он ко мне и кивает присесть на табурет, — готов к труду и обороне?

Я, конечно, ответно реагирую, выказываю уважение улыбчивым лицом, смиренностью жестов, внимательностью слуха. Отзываюсь сразу после вопроса, чтобы не предъявлять пауз сомнения:

— Всегда готов, Череп, я человек надёжный, про меня такое известно, даже странно, что раньше не позвал. А какие дела-то, чем могу, как говорится?

— А дела такие, — говорит он мне задумчиво так, — что пора вам обоим в люди выходить, с брательником, а то ж двое вас, а отдачи обществу только-только с одного натягивается. Сам-то ещё нормально стои́шь, сказали мне, а вот Паштет-твой-Маштет совсем уже размяк, говорят, нет в нём нужной нашему делу боевитости: не орёл, братва сказывала, всё больше книжки-шмижки на уме у него разные, включая на нерусском нашем. Нос свой уткнёт в листовки эти и дрочит голову каждую свободную минуту. Ты ж бригадир, Сохатый, как же ты его отпустил так от себя, вы ж одно племя. Одна кровь, одна морда, у вас же только погоняла разные, а в остальном вы обязаны быть однородные. — Он закуривает и протягивает мне пачку «Мальборо». — Угощайся. — Я с готовностью вытягиваю сигарету и дымлю ею на пару с ним, как равный. А Череп продолжает лекцию-морале: — Но только одинаковые не как он, а как ты, брат, понимаешь?

— Понимаю, — соглашаюсь я, не вполне ещё просекая, к чему ведёт смотрящий, — я-то врубаюсь сам, но Паштет, такое дело, он с самого детства умный какой-то, не в меня, другой он, в принципе. Нет в нём отчаянности, нет боли за нашу профессию. Считать, прикидывать, планировать текущие и перспективные дела — это он нормально надрочился, тут слов нет. Как и наперёд видеть может, интуичить само развитие дела: куда, где, от кого...

— Ну и чего ж он не наинтуичил, чтоб вас за жопу не прихватили по 162-й, часть вторая? — усмехается Череп. — Это чтоб ему с дел ваших понадёжней соскочить? Для него, наверно, лучше кисель тут лагерный хлебать, он у тебя такой, что ли? А ты при нём и слова не скажи, жалеешь, поди, убогого?

Нет, не секу, всё же чувствую, выводит на цель, на свою какую-то, а куда конкретно, не догадываюсь. И тогда сам же предлагаю ему первым карты открыть, имея в виду, что мы с братом люди, на каких в любом хорошем деле можно надёжно положиться. Ну и добавляю сколько-то твёрдости, чтобы не злить, но было заметно. Говорю:

— Ты, Череп, беседуй, зачем звал, со мной можно напрямую, без прелюдий. На меня за всю мою жизнь ещё никто из братвы не обижался, а только наоборот, одни похвальные грамоты от корешей имел и благодарности в приказе по сообществу.

Это я так шучу ещё попутно, разминаю ему решимость, чтобы не передумал вовлечь нас с братом в доброе дело. Ну, вижу, решается, раз так, переходит излагать задачу. И растолковывает. А сидим с ним один на один, остальных всех убрал от нас рукой:

— Есть дело, Сохатый, но доверить могу только своему, такому, который не сдаст после под пыткой. Ты такой, я знаю, уже проверил. Ну и Паштет твой пригодится, для алиби-шмалиби, чтоб уж наверняка сошлось. А после как всё сделаешь как надо, к себе приближу, под личное крыло возьму. А откинусь когда, на своё место обществу отрекомендую, всё равно в законе тут я один, больше никого. Вот и скажи, почему не ты? Авторитет есть, знаю, а там, глядишь, коронуешься, уже совсем человеком станешь. И братану зелёный свет заодно сделаешь, не то он совсем тут книжками своими зачитается, какую-никакую квалификацию и ту потеряет. Глядишь, скоро до чушка́ съедет, тебе это надо?

— Не вопрос, — отвечаю, а сам едва сдерживаю ранее незнакомое мне чувство победителя жизни, — сделаем с Паштетом всё тики-тики. А чего надо-то?

Он нос небритой губой почёсывает в задумчивости, как бы убирая последние сомнения, и говорит:

— Паштет пускай на стрёме будет, но на видном месте, чтобы всякий его мог засечь, включая дубака, а сам ты в это время Химика-этого-Шмимика попишешь чуток, и все дела.

— В смысле, попишешь? — удивляюсь я. — Расписарить его, что ли?

— Ни то, ни другое, — поясняет смотрящий, — а просто вырежь ему глаз, любой, на своё усмотрение... а так, пусть живёт себе дальше, никто на жизнь его не покушается, просто есть мнение у верхних, — он задрал голову в небо, — что Лиахим этот чутка зазнался, живёт себе, понимаешь, не по правилам, никого и ничего не признаёт, а что ему предлагают, то не слушает и отвергает. К тому же воззваний настрочил хе́рову кучу, народ наш мутит, призывает к переделке понятных всем укладов. А сам-то обул этот народ так, что мама не горюй, и налог заодно позабыл внести в казну, которая нас с тобой, между прочим, даже тут греет, на зоне.

Не, я натурально удивляюсь, а не просто так. Уточняюсь:

— А для чего ему без глаза-то быть? Это ж ни то ни сё, это же просто типа ополовинить зрение, он же и с одной зенкой строчить дальше сможет, раз он такой последовательный враг народа. Может, тогда и второй у него до кучи вывинтить?

— Не надо, — не соглашается пахан, — это будет не просто назидательно, а окончательно уничижительно. Международные наблюдатели разволнуются выше нужного градуса. А это никому не надо, ни тебе, ни там. — Он снова глянул в обезличенную высь. — Я дам в помощь двух человечков, проверенных, своих, они сзади навалятся и вырубят, как момент подойдёт, обездвижат Химика, ну а ты ему в это же время операцию изъятия совершишь, усёк? И лучше, если он вообще не врубится, кто её провёл. Ну, а если чего, то пойди докажи, как говорится, кто был тут, а кто там. В смысле, кто из вас Паштет, а кто Сохатый, граждане заседатели.

— Ну ясное дело, — пожимаю плечами. — Non apparet — culpa nulla, — и дешифрую: — «Нет доказательств — нет вины». Пашка мой думал всегда, что я только и способен выучить про людей, кто кому волк. А не знал вот, что и эту его пословицу тайно от него одолел. Просто чисто по делу надо под рукой иметь.

— И ты туда же? — качает головой пахан. — Как братвельник твой, умничать теперь будешь, вместо чтоб идти дело порешать?

— Я ж сказал, не вопрос, Череп. Всё сделаем, как просишь. Когда? — не теряюсь я, уже приятно обмысливая внутри себя многообещающие последствия экзекуции.

— Как в библиотеку намылится, — отвечает, — он туда частый ходок, видно, с цифрой сверяется, когда доносы-свои-шманосы антинародные сочиняет. Короче, будем его пасти, так что будь наготовé, парень, тебе дадут знать.

На том наша с ним встреча и закончилась. Я пошёл сообщать брату, чтобы помаленьку готовил себя к новой жизни наверху, но тоже при мне, как уже при самом верхнем, и выстраивал в голове план ухода от ответственности, используя нашу неотличимую уникальность. Не скрою, затея с самого начала не пришлась мне по душе, а уж о Пашке в этом смысле и думать не хотелось, пока я соображал, как ему лучше дело преподнести. Но сказал как есть, без утайки. И красиво расписал наше удвоенное новым положением будущее. И тут он меня страшно удивил. Честно говоря, в своей предварительной заготовке я накидал для нашего толковúща пару-тройку убедительных мотиваций, но, сочиняя, тут же представлял себе, как одна за другой они будут низвергнуты моим позитивным братом, после чего я заимею его окончательное несогласие и про-

163

сто-напросто лишусь напарника, чтобы прикрыть жопу и с помощью хитроумной придумки уйти от наказания.

Говорит:

— Не вопрос, Петь, сделаем тики-тики. — И еще усилил эти слова, подобрав выражение, стопудово подпадающее под наш случай: — Quid erit quod est inevitabile, или «Чему быть, тому не миновать».

Вот так, сразу и наотмашь. А я-то, дурачок, напридумывал себе всякого, что самому стало противно раньше события. В общем, всё с самого начала пошло по заранее оговоренному плану. И так бы всё и шло до самого конца, до момента лишения Химика половины зрительского восприятия, но вмешались обстоятельства. Химик, как мы и ожидали, в отслеженное нами время зашёл в помещение библиотеки, что своей неказистого вида пристройкой примыкала к хозблоку, и культурно прикрыл за собой дверь. И оказался внутри один. Библиотекаря, из зэков, пахан распорядился загодя оттуда убрать, отвлекши на постороннее дело. Паштет, как тому и следовало быть, маячил на видном месте, привлекая нашим с ним неотличимым видом случайные взгляды дубаков. Мы, я и двое паханских подручных, притираясь к стенке хозблока и стараясь не привлечь ненужного внимания, проскользнули вслед за ним, неслышно прикрыв ту же дверь. Химик стоял у полки с книгами, задумчиво перебирая застеклённым взглядом средний ряд. Глазами своими, отгороженными от лица крупными очками с толстенными стёклами, он уже, наверно, прикидывал на бумаге очередной текст воззвания к народу, для чего теперь, скорей всего, подбирал необходимую справочную литературу, чтобы его подлая ложь сделалась ещё изысканней и неповторимей.

К нам он не обернулся, просто в тот момент такое действие не отвечало никаким его нуждам. Но зато как нельзя лучше оно же работало на нас, обеспечивая возможность крадучись приблизиться сзади и разом накрыть его всей своей человеческой ненавистью, вжав в дощатый пол и осуществив то, за чем мы прокрались в эту библиотеку.

Завалить его на пол удалось нам на удивление легко, и сразу мордой вниз. Двое сподручных тут же отоварили его кистенём по затылку, ниже шеи, и Лиахим натурально обмяк, перестав производить даже слабые попытки дёрнуться. Дальше его следовало перевернуть на спину, сдёрнуть стеклянки и выставить наружу правое моргало. Так было правильней, что не левое — так я решил, потому что у меня самого правый шар глядел малость хуже левого, и, исходя из этого, я разрешил себе хотя бы в этой части пощадить несчастного Химика.

Они вертанули его с живота на спину, и я вытянул из-под штанины нож, какой мне вручили заранее по поручению Главного. Как-то надо было определяться, с чего-то начинать. В этот момент Химик вздрогнул и приоткрыл правый шар, тот самый. Левый, видно, ещё дремал после усыпляющей команды, которая послала в него нервная система спинного ствола. Времени больше не оставалось, иначе другой глаз вот-вот добавился бы к этому и запомнил меня в качестве экзекутора. Я сделал глубокий вдох и поднёс остриё ножа к краю глаза, к месту, откуда размыкались у Химика веки. Оставалось лишь резко нажать, энергично ковырнуть от себя и на себя и секануть остриём по глазной жиле. Двое, которые были со мной, нетерпеливо ждали моих завершающих действий, тревожно поглядывая на дверь. Однако так и не углядели момента, когда она распахнулась, и через дверной проём лёгкой сухопарой птицей пролетел мой безумный брат. И как он же с ходу, всей своей тщедушной плотью обрушился на нас троих, перекрыв раскинутыми во всю ширину руками свободу наших действий. Нож ткнулся в уголок Лиахимова глаза, не нанеся ему, впрочем, особого вреда, а просто чиркнув левое веко по касательной и оставив едва заметную царапину на поверхности щеки.

— Назад, с-суки! — заорал брательник, отшвырнув в сторону ногой перо, вывалившееся от неожиданности у меня из руки. — Все назад, поняли?! Быстро, я сказал!!!

В этот момент он всё равно не был опасен, даже вымётывая из глаз условные искры своего бесстрашия. Но вместе с тем какая-то отчаянность точно присутствовала в нём в секунды этой непонятки: во всём его облике, в том, как, застыв в непривычной для себя стойке, дышал он, раздувая ноздрями воздух и неотрывно глядя в сторону поверженного и бесчувственного Лиахима Родорховича. Он был я, но я не был он, и мы оба это знали. Затем он бросился к окну и дёрнул обе створки сразу, распахнув их до отказа. Посыпались старые ошмётки пересохшей краски, порыв зимнего ветра ворвался в библиотеку и разом смёл со стола листы пустой бумаги. За окном взвыло, и сквозняк, образовавшийся в пространстве между распахнутым настежь окном и так и не затворённой дверью, закрутил бумаги по полу, задирая вверх острыми углами, будто лепя из них по ходу дела образ причудливой лагерной вьюги.

— Ты чего, падло, совсем охерел?! — вдруг резко придя в себя, распахнул рот один из двух моих подельников на час. — Ты это чего творишь, Паштетина?! Сдохнуть сдуру решил? Книжками обчитался, как этот? — и кивнул на Химика.

Другой так же резко совершил отскок в сторону, где валялся отброшенный нож, и, подобрав его, двинулся на моего внезапно сошедшего с ума кровного двойника. Однако Пашка стоял неподвижно, не делая попытки отшарахнуться назад, чтобы уйти от удара ножом, и не призывая меня прийти ему на помощь.

— Э! — произнёс я и преградил тому рукой путь к своему брату. — Погодь. Ты чего, не видишь, у него ж помешательство натуральное, при чём нож-то? Его в больничку надо по «Скорой», а ты на пику хочешь ставить. Давай, завязывай беспредел, хорэ мутить, он же свой. Мой, в смысле, ты чего? Наш!

— Нож отдай, — негромко выговорил Пашка, обращаясь к нему же, и протянул руку: — Дай и пошли отсюда, после базар разбирать будем, а то он сейчас вздрогнет, и всех нас повяжут, это ясно, браты?

— Отдай ему, ладно, — вмешался другой из двоих, — прав он, тёрки после, тебе чего, больше других надо? Есть пахан, пусть решает, мы своё сделали, вся ответка на них, — он кивнул в нашу с братом сторону, — всё, лады?

— Лады, — согласился Паша, — и давай, погнали отсюда.

— Ага, погнали, — тот, другой, принял нож из руки напарника и махнул им в сторону двери, — давай, догоняйте.

Первым с места сдвинулся сам я и, миновав этих двоих, остановился у двери. И оглянулся. За мной последовал брат, но не успел сделать и трёх шагов, потому что в тот момент, как он занёс ногу на второй, нож уже торчал у него в животе, а сам Пашка с внезапно омертвевшим лицом уже валился на Родоха, на Химика этого, на Лиахима. Когда, в какой момент, не разбирая дороги, я кинулся на обоих, не знает, наверно, никто, даже сам я. Этого мне не удалось восстановить в памяти даже после того, как нас с братом выписали из местной больнички, где мы находились под охраной дубаков с зоны, и перевели в санчасть при колонии до момента суда над нами же. И это несмотря что Химик остался жив и здоров, и даже скребу́ха на его щеке затянулась новой кожурой раньше, чем он самоходом добрался до своего восьмого отряда. Также никакой роли не сыграл тот факт, что и сами мы с Пашкой едва выжили после этой истории: у него остался шрам слева от пупка, а меня — справа и чуть выше, после того как лезвие, какое в меня воткнули сразу после того, как выдернули из брата, наделало немало гнусных дел внутри моего живота, нормально цепанув край желудка, хотя и не убив насмерть. Короче, если не смотреть на характер и в суть вещей, то эти чуть неодинаково размещённые по телу пупковые рубцы теперь единственное внешнее различие между нами.

Как я уже сказал, мелких подробностей не запомнил. Но за что получил удар в живот, я знал наверняка — были уверены, суки, что, выгораживая брата, начну их же обвинять, что сами же накосячили, не сумели как надо Химика завалить, так что мне прямо по ходу дела пришлось объяснять им, неумелым уродам, как обездвижить этого Лиахима, и оттого возникли трения, принудившие стороны схватиться за единственный нож.

Другое дело, чем оно всё закончилось, вся эта трихомудия, и кто в ней сделался крайним. Но об этом потом, после, не сейчас...

часть 4
ЕЛЕНА

Первым неладное почуял Парашют. Это произошло в тот день, как я перевезла Герку домой из перхушковского реабилитационного центра. Напрягаться свыше разумного ему всё ещё было не рекомендовано: хотя к тому времени швов у него на животе уже затянулся, и вполне нормально, но оценить «разумность» физических усилий было возможно, только испробовав это вдвоём. Тем более после того, что произошло с моим мужем, у нас ещё ни разу не было близости, которую оба мы так ценили, по-настоящему любя друг друга и всё ещё храня благодарность тому странному вечеру в гостях у Рыбы, которая по совершенной случайности и сама того не желая соединила нас в семью.

Так вот, про кота. Поначалу он просто не отлипал от меня, по ночам чаще всего: то пристроится куда-нибудь под мышкой, а то найдёт себе удобный уголок в ногах, под одеялом; иногда, просто откровенно нарываясь, забирался на живот и затихал там, колыхаясь вместе с моим телом — как бы делал бумажный кораблик, покачиваясь на волнах моих радужных снов.

Они в то время именно такими и были, иначе не опишешь. Бóльшую часть ночи мы с Геркой бешено занимались любовью, оставляя меньшую часть на то, чтобы провалиться в сон и снова галопом нестись по безлюдной пустыне, ища для себя просвет среди дальних сопок. Однако утром, проснувшись, мы вновь не могли оторваться друг от друга, мучая один другого в любовной пытке и всё ещё продолжая не верить тому, что мы вместе.

И так продолжалось до тех пор, пока не начались проблемы. А они начались. Но раньше, чем перейти к деталям, следует, наверное, немного рассказать о тех событиях, которые предшествовали всему этому аду, который мы с Геркой сами же на себя навлекли, наплевав в какой-то момент на рассудок.

Началось с того, что после нашей первой ночи каждый из нас отправился утром по своим новым делам. Я — отказываться от продолжения сотрудничества с Музой Палной, Герка — в агентство по продаже недвижимости, чтобы они там потихоньку начали подбирать покупателя на квартиру в Плотниковом переулке. Той же самой ночью, с которой всё у нас началось, мы, прикинув предстоящий бюджет, сообща решили, что денег потребуется не меньше полумиллиона, в долларах, разумеется, на раскрутку дела и полное обустройство помещения под будущий семейный бизнес. Лично я не могла дать в бюджет ничего, кроме собственных идей и преданности нашему делу, и я это понимала так же отчётливо, как и знала то, что втравливаю Германа в авантюру, которая без моих безумных наводок вряд ли когда-нибудь пришла бы ему в голову, даже несмотря на то что он, как мне сразу же стало ясно, просто абсолютная находка для любого ресторатора с головой. А что до материальных средств, то единственным накоплением к прожитым тридцати годам стала моя еврейская мама, которую мне же самой больше приходилось обслуживать, нежели извлекать из родительницы облегчающие жизнь блага, даже несмотря на её превосходную физическую кондицию. Хватило того, как она назвала меня при рождении, выискав столь неуклюжее имя, что мне же потом пришлось укрывать его от нормальных людей, кому в этом смысле повезло куда больше моего. В общем, вся надежда на средства была связана исключительно с Геркой и его чу́дной квартирой в самом центре Москвы.

С Рыбой у нас на первый раз разговор вышел никакой. Я просто поставила её в известность, что с Германом у меня ничего не вышло, он даже не стал меня слушать, нёс какую-то заурядную рекламную пургу и твёрдо сообщил, что ни в каких идиотских начинаниях лично он участвовать не собирается. После этого он просто высадил меня у стоянки такси и невежливо дал по газам, позабыв проститься. Тогда я подумала, что, возможно, такой версией событий посодействую тому, чтобы совершенно отбить у неё желание впредь искать Германа с целью вовлечь его в дело. Однако я ошиблась. Я просто недоучла её характер. Раззадоренная рыбина, к тому же хищная, как никакая другая, будучи оскорблённой до самого пузыря, оказалась вполне способной совершить поистине ужасные дела. И хорошо, что на самом первом этапе они впрямую не коснулись нас с Геркой, упав по другому нехорошему адресу. Что же касается моих персональных планов дальнейшего сотрудничества с ней, то они якобы просто изменились в одночасье в связи с семейными проблемами. Маму приплела, всё такое — в общем, соскочила этим же днём, уйдя от неё насовсем.

Выслушав, Муза Пална коротко распорядилась не отдавать мне остаток зарплаты как работнику, не справившемуся с заданием, и сухо кивнула на дверь. Не зная, радоваться такому обстоятельству или по инерции оставаться в нейтральном расположении духа, я решила махнуть в «Дисконт», что на Саввинской набережной, чтобы на последние деньги и для выравнивания настроения сделать чего-нибудь приятное себе, а заодно — Герке. Что-нибудь из нижнего белья, как заведено у милых и фигуристых девушек, желающих прибиться по жизни к правильному человеку, который сможет регулярно лицезреть подобные обновки, уже имея реальную возможность наслаждаться, сравнивать и улыбчиво произносить разные обманные и ласковые слова. Там, по соседству с малозаметным торговым центром, я и обнаружила наполовину разгромленную новыми временами бывшую ткацкую фабрику, выходящую фасадом своего крайнего корпуса непосредственно на набережную. Зияющие чёрными проёмами, огромные, в три света, незастеклённые окна понуро таращились на Москву-реку. Они будто ожидали того безысходного часа, когда остатки непотребного фабричного имущества кто-нибудь из последних обитателей этого забытого богом и людьми сооружения просто вышвырнет через оконные проёмы в реку и уничтожит остаточные иллюзии насчёт любого возвращения к жизни этой обшарпанной по фасаду краснокирпичной мертвечины.

Я стояла, приоткрыв рот, и смотрела на фабричный корпус, сглатывая слюну, впитывая глазами всю эту нечеловеческую красоту. Боже, как всё это было восхитительно; я поймала себя на мысли, что уже сочиняю в голове картину будущей красоты, фантазирую, перебирая варианты, ловлю эту редкую добычу за перья радужного хвоста, и мысли мои были в тот момент одна сумасшедшей другой. О Господи, сочетание старого кирпича с новой столяркой из настоящего дерева — закажем отдельно, по моим эскизам, никаких пластиковых стеклопакетов, к чёрту! Вход — арочный, что сохранит общий стиль. Стиль? Стиль — «Сохо», старый «Челси», культурная промзона, но только уже изрядно очеловеченная, обогретая духом новых времён, ещё не успевших полностью отречься от старых свежими взглядами на самою вещь, на суть её, на то, что вышло не из-под машины, а из-под рук мастера и сразу же зажило собственной жизнью, не дожидаясь тонкой доводки. Итак: грубая фактура, сочетание малосочетаемого, где тусклая нержавейка поддерживает очищенный от накипи и грязи кирпич, обильное стекло конкурирует со старым трещиноватым деревом, изразцы — со штукатуркой, персидские напольные ковры — с нарочито примитивным однотонным половым кафелем. И никакого глянца и лака, нигде — всё исключительно матовое, приглушённое, сдержанное, седое, изначально близкое к самому человеку. В общем, ничего случайного и хамского, и права была Рыба — территория «для своих», но только не «тех», а этих, «наших» — кому будет тут хорошо вместе с нами, кому в голову не придёт обрывать крылья у ангела, чтобы сварить их в мутной похлёбке, — достаточно просто делать то, что умеет и любит сам Герка, и здесь он сможет довести свои умения до новых возможностей.

В тот день, несмотря на данное Герману обещание, я вернулась к себе в Апрелевку, хотя он и настаивал на возвращении в Плотников переулок. Сказал, завтра, мол, за вещами съездим, заберём всё, что нужно, и сразу назад. Не мог, видно, никак успокоиться, не хотел расставаться, не насытился мной, я это остро чувствовала: постоянно звонил, интересовался, как там и чего у меня с Рыбой и что та думает по поводу этих скорбных для её придумки дел. В общем, звонил до тех пор, пока у меня на мобильнике не села батарейка. Но то, что я себе нафантазировала, эта идея настолько меня завела, что я на какое-то время утратила контроль над ситуацией. Всё думала, считала, прикидывала. Надо сказать, складывались цифры намного успешней, чем вычитались, и в этом состояла главная загвоздка. Средств, даже при самой успешной продаже Геркиного жилья, вряд ли бы хватило, чтобы поднять такую махину. Да и кто даст-то, в принципе, организовать там ресторан, кто пустит под аренду помещение, чтобы разместить в нём нашу «Шиншиллу», не имевшую пока за собой ничего, кроме названия, будь оно неладно.

Очнулась в электричке, когда уже поздно было поворачивать обратно. Сентябрь, в особенности если был он сухой и безветренный, обычно вызывал у меня приступ тупой человеческой радости, самой нехитрой, обычной — той, которую, наверное, придумал для себя человек, чтобы одним махом отдалить всё остальное, разное, дав себе паузу откинуться на спину, прикрыть глаза и не ощущать на протяжении этих коротких минут ничего, кроме прилива тёплой волны где-то посерёдке своей утомившейся души, нашедшей приют в промежутке между животом и головой. Вообще, что с са́мой душой, что с мужиками, которые все эти годы вились вокруг моей короткой юбки, у меня было не очень. Первая, сколько я себя помню, всегда держала меня за шкирку, вжавшись изнутри оболочкой в грудь и тормозя всякое моё девичье начинание по линии женщина — мужчина. Казалось, и сама себе ничего, всё при мне, от и до, и даже мой основной природный недостаток в виде дурацких кудрей, жёстко торчащих витыми шампурами во все стороны, никогда не останавливал мужиков от того, чтобы не предпринять очередной попытки заговорить со мной на улице, заманить в темноту, где им светит, или подставить подножку, чтобы прихватить уже в полёте. Видела всё это, конечно, однако всегда старалась точно расставить акценты. Пару раз, однако, всё же обожглась. Первый раз такой ожог вылился в потерю девственности, но не это оказалось самым неприятным. Просто дядька тот, нестарый ещё, что заморочил мне голову, за день до того, что между нами произошло, якобы оборонял Белый дом от танковой атаки ельцинских демократов и лишь по случайности не был арестован этой подлой властью, заново одолевшей кучку патриотов. Это и сработало на его быструю задачу. Мне было девятнадцать, и я была маленькой курчавой дурой при еврейской апрелевской маме, которой при всём желании никак не удавалось одной рукой дотянуться до Москвы, чтобы контролировать моё целомудрие, а другой одновременно решать возрастные женские проблемы, чтобы после недавней смерти моего отца не остаться окончательно невостребованной.

Я тогда училась дизайну и каждый день моталась в Москву и обратно. Иногда, правда, дела складывались так, что приходилось оставаться в городе, у московских подруг или в общежитии. Там он меня и обработал, дядька этот. Пришёл замывать раны, нанесённые ему революцией, — так он объяснил, сидя в комнате у своей племянницы, моей тогдашней подруги по учёбе. Задрал носок, вытянул ногу и издал короткий стон. После этого племянница, ничего толком не объяснив, незаметно исчезла, а у её родственного гостя случайно обнаружилась бутылка коньяку — за победу над бандой Ельцина. Не буду рассказывать, как всё было дальше, скажу лишь, что больше его так никогда и не видала. И вообще, как потом пояснила подруга, дядя этот был ей не по крови, не напрямую, а просто жил когда-то по соседству с их семьёй в Пскове, иногда делясь с её отцом пивом, когда оказывался с ним на одной дворовой скамейке; но к ней самой подбирался теперь уже всякий раз, когда попадал в столицу по делам шофёрской службы. А исчезла — в этом она призналась мне лишь спустя три года — просто потому, что завидовала моим успехам в учёбе, поскольку я, как никто другой, способна была увидеть вдруг красоту в самой непритязательной штуковине, которую могла соединить, к примеру, с куском ткани или ещё с каким-нибудь самым незатейливым предметом. В результате мне удавалось, сама не знаю как, превратить случайные, по сути, вещи в законченный образец декорационного дизайнерского решения. Ну, а плюс к девичьему своему отмщению за мои превосходства, моя неверная подруга избежала заодно и приставаний по отношению к себе, от которых её саму давно тошнило. И потому ей было проще поддержать героическую версию надоедливого гостя, вручив ему меня в качестве утешительного приза, и свалить от двойного греха подальше.

Причиной моего второго женского разочарования по мужской части стал хотя и непродолжительный, но всё же роман. Наверное, эти короткие отношения, что случились, можно назвать и так, даже если человек, который честно сумел добиться того, чтобы я соединила с ним своё тело, оказался давно и безнадёжно женат. Сволочи! Хотя должна сказать, что лучшие слова в своей жизни я получила как раз от несвободных мужчин. Правда, это было уже потом, спустя годы, но именно они были со мной нежней, участливей, гораздо выше всех незанятых мужиков ценили во мне женщину и восторгались особенностями моего тела, включая дурацкую копну неповоротливых жгутов на голове, делающих меня похожей на чуму.

Это я уже перешла к остаткам воспоминаний, несмотря что далеко не девочка: ведь на самом деле у меня их не так уж много. И вообще, имея кучу претензий к себе самой на фоне своих женских неудач, я чаще шарахалась от любых новых знакомств, чем шла им навстречу. И, странное дело, никто из тех, кто, до момента моей встречи с Германом, обхаживал меня, не сделал даже намёка, что готов забрать меня в свою жизнь. И думаю, по этой причине у меня в серьёзном смысле либо вообще ничего не начиналось, либо заканчивалось сразу же, как только намерения той стороны прояснялись, имея уже на самом старте слишком высокую чёткость изображения.

Иными словами, комплекс неудачницы, что, по большому счёту, я сама же в себе развила, всячески тормозил мою готовность стать возлюбленной вообще, в принципе. Все одиннадцать лет, начиная с того дня, когда я так бездарно утратила невинность, и вплоть до нашей с Германом первой ночи на Плотниковом, я методично становилась тряпкой, всё больше и больше опуская руки и уже окончательно переставая надеяться на своего единственного мужчину. Со временем мне стало ещё и казаться, что этот неприветливый мир вообще сделан не для меня, что мужчины и женщины в нём, такие разные по своей человеческой природе, внезапно сделались одинаковыми, чем-то похожими всякий на другого, в чём-то вообще не отличимыми, а порой — просто на одно лицо, независимо от возраста и пола. Наверное, во мне уже тогда пытались мирно ужиться два человека, две женские натуры: та, что реально была мной, и та, кем я мечтала, но не умела стать. Думаю, именно благодаря этой своей особенности, а скорей безумной слабости я так и не научилась сопротивляться маме, не отпускавшей меня своими назойливыми заботами, отрабатывавшей на мне, как на бездушном манекене, приёмы подавления во мне личности и просто нормальной свободной женщины. Чаще это случалось у неё в промежутках между очередным припадком родительского обожания и внеочередным приступом материнского эгоизма. Одно время, набравшись случайно подоспевшей решимости, я пыталась противостоять этому ужасающему неудобству, но вскоре просто махнула рукой. Не справилась, мама оказалась и настырней, и элементарно сильней меня. Да и побороть материнский эгоизм, как мне это потом разложил Герка, нереально: это как бороться с аппетитом — бесполезно. А в этом он знаток, интуит, с этим не поспоришь, умеет, что ни говори, возбудить интерес к этой части бытия.

Что самое любопытное, чего я так и не сумела постичь, — как даже в бесспорно однобокой ситуации мама исхитрялась выступать в роли извечной жертвы, загоняя меня в неизбывное чувство вины. И всякий раз, вновь добившись моего дочернего унижения, бросала утешительный леденец в виде разрешения провести с ней выходные — с тем, чтобы я лишний раз не утомила себя поездкой в город.

К чему это я? А к тому, что так и не научилась говорить «нет». От мужиков просто тихо уползала в сторону, предпочитая избавить себя от взаимных прощальных слов или бессмысленных выяснений отношений. Итог, знала я, всё равно будет один — в очередной раз меня ткнут мордой в дерьмо, использовав по мужской потребности, но пообещав по ходу дела совершенно иную жизнь, в которой не будет больше ежевечерней апрелевской мамы, как и не останется места для моих ночных слёз, изливаемых в синтепоновую подушку, о которых, впрочем, никто никогда не догадывался.

Дошло до того, что от коротких юбок, с помощью которых я довольно долго демонстрировала свои красивые, как мне казалось, ноги, я отказалась за полной их непродуктивностью. Всё как раз было строго наоборот, к такому заключению я пришла уже на излёте мечтаний о своём женском будущем. Ноги — мешали. Мои длинные конечности, притягивая к себе неотрывные мужские взгляды, принуждали их видеть лицо уже в несколько ином ракурсе, остаточным зрением, не безошибочным, сбитым с нужного прицела. И осознавая это, я уже не была уверена, что слова, которые произношу, если и долетают до головы, то становятся важными для тех, кому адресованы. Таким образом, взаимное оглупление начиналось уже на раннем этапе, и это не могло привести ни к чему хорошему. Господи, спасибо тебе, что, идя в гости к Рыбе, я уже и думать забыла о всех своих бывших мини. Уже потом, помню, Герка смешно рассказывал мне, как увидал меня, всю целиком, лишь после того, как вволю насладился гуляющим сам по себе подвижным кончиком моего носа. После этого взгляд его на какое-то время приковала к себе моя идиотская афрокопна, с которой я так и не смогла сладить, чтобы выглядеть более-менее прилично. И только к самому финалу визуального знакомства ему удалось разом охватить меня глазами, после чего он пришёл уже совсем в полное замешательство. Сказал ещё, что нёс потом всякую хрень исключительно от смущения — «чушь, потребную для этих людей, но недостойную тебя, хотя ты не смутилась, а вместо этого ломовейшее название для этой идиотской похлёбки изобрела — «Рогатый ангел». Именно в тот момент я и съехал крышей окончательно, влюбился, как пацан, оттого меня и потом ещё тащило неостановимо, чтобы уж если не мытьём тебя завоевать, так хотя б этим одноразовым ка́таньем...»

Рыба, в этом надо отдать ей должное, нашла меня сама. Это случилось месяца за три до того знакового вечера в пентхаусе на Остоженке. Я как раз заканчивала последние оформительские дела по суши-бару, что открывался там же, у неё в переулке. Она проезжала мимо и решила сунуть нос. У неё вообще нюх, и это тоже нельзя не признать: как будто в тело её вращён некий добавочный орган, который отсутствует у нормальных людей, но это никак не связано с носом. Тут всё гораздо сложней, и, скорей всего, это как-то соединяется с талантом делать деньги и одновременно подавлять людскую волю. А это уже значит, что так или иначе работает дух, сама натура, при том, что душа, вероятно, надёжно отключена, и контакт с ней происходит у таких могучих дам лишь в известные минуты женской слабости. Если они вообще случаются — я не про «минуты», я про слабость. Знаете, меня всегда ужасно интересовало, как подобные Музе Палне женщины, уже нарастившие немалый опыт хозяев жизни, ведут себя в постели с мужиками. И кем при этом мужчина должен быть? Допущенным по необходимости? Таким же хозяином? Обезличенным наймитом? Или просто иметь инструмент, надёжно отметающий смысл перебирать прочие варианты? И такое его наличие вполне не уймёт Рыбью амбицию? И что там вообще с любовью, если вернуть этому слову изначальный резон: это у них как, каким способом происходит — кто сверху и что взамен?

Сначала охранник всё осмотрел внутри, только после этого зашла она сама. Зыркнула глазами от угла до угла и всё, кажется, поняла. Я имею в виду, про меня. И сделала предложение, уже насчёт своей будущей сети не для всех. А я даже зарплатой не поинтересовалась, согласилась: хотя бы уже потому, что не умею отказывать людям, вы и сами уже более-менее в курсе относительно этого, к сожалению, присущего мне качества.

За пару дней до нашей встречи с Герой я практически завершила дизайн-проект первой по счёту «точки не для всех», место для которой Рыба пробила в Кривоколенном переулке, недалеко от «Петровича». Сказала, изобразив на лице неприятную ухмылку:

— Пусть узнают теперь господа дерьмократы, чем их подвальный винегрет отличается от мяса игуаны на рёбрышках. Глядишь, перебегут как миленькие, деньги-то у них какие-никакие водятся, только они признаваться в этом не хотят. Они же меченые, я их всех за версту чую, вижу, как у них бабло в глазах отражается, как в ушах резинкой щёлкает, аж эхом по карману отдаётся. Вот и злятся на нас, и бесятся по разным подвалам, но только не за то, что мы такие, а что сами они таковыми стать не сумели, не дотукали головой своей слабой, как жизнь себе же переменить, чтоб с нормальными и сильными вровень сделаться. А лично я вот своих пристрастий не скрываю, жизнь короткая штука, и хочется успеть объяснить всем «этим», что они не правы, что только с нами можно по-настоящему делать дело и продвигать страну вперёд, без оглядки на прошлое и на любую инородную нашему народу мораль.

Помню, я тогда же решилась уточнить кое-что для себя и поинтересовалась:

— А «вы» — это кто, Муза Павловна? «С нами» — это с кем конкретно?

Не смутилась вопросу моему ничуть, хотя и ответила довольно неопределённо, без каких-либо имён вообще:

— Мы — это верхние люди, те, кто смотрит на окружающий мир сверху вниз и одним взглядом умеет охватить всю панораму сразу. Но мы такие не потому, что выше стоим или дороже стоим, а из-за того, что в нас есть реальная нужда. И такая надобность не обязательно только у нашего с тобой народа, она есть у всякого живого человека, вообще. Просто не все, кто понимает, любят в этом признаваться, даже если с этим и согласны. А кто не въезжает, тому и знать про нас не надо, им и так хорошо. Наша же цель — вбить в их тупые головы, что им хорошо именно с нами, а не с любыми паршивыми другими. Вот, собственно, и весь расклад. Ну а заведения типа моей сети — одна из тропинок к единству верхних, к укреплению их сообщества, к отделению от всякого ненужного балласта: это вроде депутатского значка, когда прицепишь к пиджаку, и сразу всем про всё понятно по всему маршруту — и чего вообще надо, в принципе, и где деньги лежат. — Тут она бросила на меня испытующий взгляд, прикидывая, наверное, насколько глубоко зашла она в своих откровениях. Но тут же исправилась, имея в виду свои же последние слова: — В хорошем смысле, разумеется, лежат, не в прямом.

— Я поняла, — вежливо ответила я, выслушав Рыбу, — но объясните мне, пожалуйста, Муза Павловна, для чего же непременно игуану убивать и к тому же отделять от неё рёбрышки, чтобы накормить членов такого симпатичного единства, которое думает о народе и желает ему добра? И сколько потребуется таких игуан, чтобы удовлетворить всю вашу сеть?

— Нашу, милочка, — поправила она меня, — нашу сеть. Ты в этом тоже пока ещё участвуешь, так что не слишком отделяй себя от нас. Я же тебя не просто так среди прочих выделила, ты мне сразу подошла, как только я поняла, какой у тебя точный глаз и невысокий жизненный запрос, — и улыбнулась. — Шучу.

— Извините, — пробормотала я, — оговорилась. Но просто интересно, на чём строится сам концепт?

— Ну, это совсем не так сложно, как тебе представляется, — пожала плечами Рыба, — кое-что я тебе уже пояснила. Но что-то, конечно, могу и добавить к сказанному. Игуана у нас кто?

— Не знаю, — растерялась я, — кажется, земноводное.

— Неверно, — ухмыльнулась Рыба, — пресмыкающееся. Хотя и земноводное с лёгкостью можно отнести к этому же классу. И любое другое существо заодно. И самого человека, по крайней мере многих из них. Как и наоборот.

— «Из нас», вы, наверное, хотели сказать, — деликатно поправила я её, — а не «из них».

— Снова неверно, моя дорогая, — покачала головой Рыба и снисходительно похлопала меня по плечу, — как раз «из них», и никак по-другому. Потому что не важно, человек ты или животное, главное — что у тебя с хребтом. И коль его у тебя нет, то ты по-любому беспозвоночный, даже если и не принадлежишь к нужному отряду, классу или даже царству. Так доходчиво?

В этот момент я уже решила для себя, что лучше перестать вникать в эту странную теорию, а перейти к делам текущим. И озадачила свою работодательницу вопросом:

— Более-менее ясно, Муза Павловна, но только я всё же хотела бы знать окончательное решение по концепту сети, не то мне придётся всё перекраивать под новую задачу. Вы когда планируете определиться уже совсем?

Именно тогда она и сообщила мне о встрече, наказав непременно присутствовать на ней с тем, чтобы сформулировать собственные вопросы, потому что будет представитель рекламщиков, какой-то Герман Веневцев, опытный, как его охарактеризовали, и чрезвычайно креативный сотрудник, возможно, он предложит варианты концептуального решения, после чего нам уже придётся дорабатывать проект сообща, сложив воедино все части и узлы.

Что было дальше? А дальше, как уже было сказано, мы расстались, и я ушла от неё, так и не получив остаток гонорара. Каждый из нас остался при своём: она — со своими многочисленными бизнесами не для всех, я — с Германом Веневцевым, который через месяц с небольшим стал моим законным мужем.

Так вот, про набережную, про нашу с Геркой «Шиншиллу». В успех дела, скажу откровенно, я не верила ни единой минуты. Просто заклинилось случайно и осело в голове, что если бы такое могло быть, то оно бы и стало самым желанным для нас обоих. У меня ведь, по большому счёту и если отмотать назад, никогда ничего по жизни не складывалось нормально: или мне элементарно недоставало воли, когда я не умела постоять за свои идеи, или меня опережали другие, обходя внаглую и просто спихивая с дистанции на обочину, или в дела мои вмешивалась мама, и тогда любое начинание обязательно обращалось в прах уже с самого начала. Она даже обои заставила меня поменять в её спальне дважды, после чего взяла паузу; а выйдя из спальни, распорядилась вновь отыскать в продаже те самые, что мы с ней поклеили одиннадцать лет назад, но только новые. И вернуть спальне привычный вид. А главное в этой истории даже не то, что моя неспокойная мама вообще потребовала этого, а то, что, не став затеваться с родительницей и затратив на это дикие усилия, я, как последняя дура, всё же пошла навстречу этому её безумному требованию и на последнем дыхании выполнила-таки материнский указ.

Герке я рассказала всё не сразу, сначала дала себе пару дней на то, чтобы, уняв в себе дрожь, провести с ним, по крайней мере, пару-тройку успокоительных медовых суток. Что мы и сделали, не вылезая всё это время из постели: днём — говоря, говоря, говоря... А ночью — несясь, несясь, несясь через пыльную бессветную пустыню всё тем же галопом в направлении всё тех же недостижимо отдалённых лысых холмов.

Заявление на регистрацию брака мы подали на третьи сутки, и тем же днём он перевёз мои вещи к себе на Плотников. Пожитки забирали в мамино отсутствие, уложившись за те пару часов, которые она обычно оставляет себе для полуденного променада на ланч в местной пиццерии. Это мы, посовещавшись, сделали на всякий случай, чтобы избежать падучей сцены как результата отъединения меня от мамы уже навечно. Я позвонила ей ближе к вечеру, сообщив, что срочно улетаю в командировку, есть заказ на ресторан, дизайн интерьера, и что там, в Пскове, обещали неплохо заплатить. Только таким образом я смогла бы избавить себя от истерики с её стороны, что мать остаётся брошенной своей легкомысленной полиамурной дочерью совершенно безо всякого пригляда и хоронить её придётся за государственный счёт в общую могилу с бомжами рядом со скотомогильником.

В общем, правду о замужестве я решила выдавать частями, по мере привыкания её к мысли о том, что дочь вполне уже созрела и какой-никакой постоянный мужчина рано или поздно должен появиться в их общем доме, раз подходящей замены Леночкиному отцу так и не нашлось.

А потом всё ему рассказала, Герке. Как наткнулась на сумасшедший фабричный корпус красного кирпича с окнами на реку, как сочинила у себя в голове проект будущего ресторана для всех, для нормальных, таких, как мы сами. Про то, что не знаю теперь, как мне со всем этим поступить, потому что, кроме как родить фантазию, я не способна больше ни на какое серьёзное дело. Сказала и заревела, уткнувшись ему в плечо, жалкой, безработной и всё ещё незамужней дурой.

А ещё через пятнадцать минут мы с ним любовались видом Москвы-реки уже изнутри этого обшарпанного помещения с высоченными оконными проёмами с остатком битых стёкол.

Через две недели Герка перевёл новому владельцу территории бывшей фабрики арендную плату за первый месяц. Об этом он быстро договорился, найдя того через своё же бывшее агентство. Хозяин оказался понятливым, тем более что окончательных планов на территорию и строения ещё не имел. Он выделил под будущее заведение лишь часть здания, фасадом и главным входом выходящую на набережную, но зато те самые обалденные окна оказались на нашей площади. Правда, совсем не оставалось места для кухни, но мы решили, что оборудуем её внизу, в полуподвальном пространстве, откуда официанты будут носить блюда наверх. «Как из огненной преисподней... — усмехнулся Герка и обнял меня. — С пылу, с жару — клиенту в небеса!»

На том и остановились. А перевод первой арендной платы мы сделали из аванса, что получили от покупателя Геркиной квартиры. Он возник почти сразу же, как только риелторы опубликовали нас в сети. Зашёл, осмотрелся и представился:

— Витёк.

Оказался владельцем угольного разреза, из Кузбасса, в прошлом бригадир на шагающем экскаваторе, бугор, который неожиданно для самого себя в начале девяностых сделался народным кандидатом в руководители разреза, как результат протеста угольщиков против тогдашнего хамоватого директора из бывших партийцев, и внезапно избрался, по дурке, снизу, на волне общей нелюбви рабочего коллектива к наглым и сытым начальникам, какие окопались наверху. Однако в делах новый бугор освоился быстрей любого готового верхнего. Пошептавшись с кем-то из старой гвардии, бо́льшую часть добытого уголька стал заворачивать на сторону от ранее проложенных маршрутов, ссыпать её в японские танкеры; выручка же напрямую утекала в места типа Тринидад и Тобаго, совершая попутно головоломный путь от Нижней Вольты до Верхней, где и размещался окончательный адрес директорской офшорки. Оттуда и поступил аванс, адресованный на имя Германа Веневцева неким обезличенным владельцем, которого по всем документам представлял теперь на самых законных основаниях верхний экскаваторщик из бывших нижних.

Покупая, Витёк справился, что, мол, точно это Арбат, а не Жуко́вка, а то ему сказали, что и тут и там надо брать, чтоб ортогонально городу дышать вторым воздухом по нерабочим дням. А уходя, закинул на всякий случай, чтоб уж проставить галку и по моей части, что нет ли у меня заодно другого помещения на этом Арбате, побольше, типа под банк, а то, сказали, личный банк в столице заиметь теперь считается нормальным и по приколу. А у кого банка нету, то пошли такие неудачники в жопу, и лично ему, Витьку, с ними не по пути. Смешной оказался Витёк этот и прикинут был уже совсем не по-кузбасски, хотя въевшаяся под ногти угольная пыль так окончательно и не вывелась.

В итоге оказалось, что денег за сотню родительских метров на Старом Арбате мы получим больше ожидаемых, но всё же определённо меньше, чем требуется для полного обустройства бизнеса. Опять же непонятно было, сколько средств конкретно придётся заслать в различные инстанции на подключение к сетям, на закупку оборудования, отделку, за лицензию на алкоголь, на все попутные непредсказуемости, на чёрта, дьявола и остальные добрые дела. Сами же знаете не хуже нашего — где деньги, там и чёрт.

Всё делали вместе, но только я больше занималась самим проектом, изводя Герку по любым мелочам, требуя от него вникать во все детали моих дизайнерских решений. Сам же он суетился, решая в основном практические дела. Он же взял на себя и деликатные вопросы: кому, сколько, каким путём: я даже не могла себе представить в страшном сне, что сумею когда-нибудь предложить живому человеку взять деньги из моих рук и при этом смогу выдержать его укоризненный и насмешливый взгляд.

Кроме того, следовало уже теперь обдумать концепцию — для кого наше заведение в принципе, какая будет еда, что за цены и откуда брать персонал. Оба мы не знали про это практически ничего, кроме того лишь, что мой муж замечательно чувствует еду, обожает готовить, разбирается в оттенках вкусов и любит экспериментировать с продуктами. Кстати, мужем Герман сделался тоже по плану, день в день, хотя мы с ним это дело и замотали, не стали отмечать, не до того было. «Шиншилла» оказалась важней пустой формальности, нам, честно говоря, обоим уже было всё равно, мы и так знали, что созданы друг для друга и будем любить один другого вечно, пока смерть не разлучит нас. Или, в крайнем случае, полное банкротство.

К моменту регистрации брака кузбасский угольщик уже завёз жену и детей к нам на Плотников, отложив ремонт на год, и укатил обратно на карьер, чтобы не останавливать оборот средств и не обижать вынужденной паузой японских братанов. Мы же сняли для себя крохотную смежную двушку в Матвеевском, пытаясь сэкономить на собственной аренде, чтобы каждый сбережённый рубль дополнительно пустить в дело. Часть мебели с Плотникова раздали по знакомым, что-то продали, остаток же разместился в Матвеевке, на пустых съёмных метрах. В Апрелевку мы забросили лишь залежи постельного белья и вещи долгого хранения. Тогда же я и познакомила маму с Германом, ненавидя и ругая себя за собственный страх, но так и не признавшись, что он мой муж; просто сообщила, что теперь мы живём вместе и со временем собираемся узаконить наши отношения. И снова я смалодушничала, вынесла за скобки часть важной правды, жалея маму, но почему-то не саму себя. Наверное, потому, что я была так неимоверно счастлива, порхая лёгкой птахой в самой гуще таких приятных и уже окончательно семейных забот. Господи, спасибо тебе, что в тот момент, когда мой муж затормозил у остоженского светофора, ты дал мне храбрости разыграть из себя бесстрашную стерву, благополучно совратившую его в ту счастливую для нас обоих ночь. Я даже готова отныне терпеть маму, уже не пережимая себе глотку и не так досадуя, что любое её слово, каждое сделанное ею в мою сторону движение, всякий раз сопровождаемое повышенной раздражительностью, совершаются с целью ещё глубже загнать меня в безнадёжный угол и беспрепятственно посылать туда дальнейшие команды.

Герман, надо это признать, вёл себя героически: работал как ненормальный, подменяя собой то плотника, то штукатура, а уж опустить себя до положения разнорабочего просто не упускал даже крохотного шанса. Одновременно контролировал все покупки, от материалов до оборудования, которое вскоре начали завозить и размещать под открытым небом, поскольку других возможностей для хранения пока не просматривалось. Таким образом, ко всему прочему Герка добавил ещё и опыт ночного сторожа, охраняющего собственное светлое будущее. А в часы, свободные от неотменимых дел, носился по городу: вынюхивал, выпытывал, выспрашивал, искал тех, кто мог быть знаком с рестораторами, пробовал выйти на них и сам, восстановив в памяти свой короткий опыт службы маркетологом ещё в канадском Торонто. Как правило, нарывался на отказ: не было тех, кто готов был делиться нажитыми знаниями, практически каждый не единожды сам раздолбал себе об это дело колени. И так было до тех пор, пока не удалось обрасти запасом нужных сведений, обрести телесную выносливость или заручиться чьей-то могучей поддержкой со стороны. Ну а кто-то просто не сумел спасти голову, вообще, и далеко не в метафизическом смысле.

Кроме того, это ведь ещё и лотерея, казино, собачьи бега: сколько вариантов, столько и способов их решить, как и путей отхода, обхода и невозврата. Какой, к чертям собачьим, бизнес-план в стране, где ещё недавно нечего было жрать, но в которой всего через десяток паскудных лет зажрались так, что жрать стало уже немодным. Потому и приходится в этом деле крутиться и рисковать только подлинным энтузиастам, а Гера у меня как раз такой. Поэтому и говорит всякий раз, хватаясь за сердце, что только, мол, отцу не вздумай рассказать, когда он позвонит, что квартиры больше нет, он там с ума сойдёт, если узнает, что продана. И ради чего. А телефонный номер, если что, нам якобы просто недавно поменяли, и все дела.

Кстати, если уж зашёл разговор, на этот случай у него имеется проверенный рецепт. Смотрите сами — зацените, как говорит он, когда у него хорошее настроение. Итак, сбиваем один яичный желток с одной чайной ложкой сахарного песка, добавляем десять граммов вишневого ликера, сорок граммов коньяку и две столовые ложки рома. Пьём одним глотком. И это — что-то, скажу я вам, невероятно успокаивает, просто чудо как остужает нервы. Мы сразу после того, как выпили махом по одному глотку, упали в постель и успокаивали друг друга почти до самых первых петухов, которые у нас в Матвеевском начинаются сразу, как заканчивается наша панельная девятиэтажка. Правда, у нас тогда не было ни рома, ни яиц, но Герка заменил желток двумя столовыми ложками водки безо льда, а вместо рома добавил в эту чудную смесь полстакана лимонного ликёра, тем более что всё равно вишнёвого у нас тоже не было. Он гений, это абсолютно точно, хотя я люблю его не только за это.

Ближе к Новому году мы приступили к возведению бельэтажа, где я запланировала кофейную зону, отдельно от общего зала, целиком устланную неброскими персами с откровенными следами вековой потёртости. Внизу — нижние посетители, наверху — верхние, те, кто желает общаться чуть поодаль. Там и меню станет несколько иным, десерты будут представлены в более широком ассортименте, специально сочинённом для верхних: так мы с Геркой решили, чтобы сразу обозначить для гостей зоны их личного предпочтения. И широкая деревянная лестница к верхним гостям, где несущую функцию перил будут выполнять не балясины, а специально изготовленные панели из привозного матового стекла итальянского призводства, а уже по ним я пущу неожиданный для всех кованый поручень. Вместо классических ступеней уложу сливные уличные решётки, чугунные, встык, одна к другой, отдраенные до светло-серого колера в тон стеклу. И свет у меня будет мягко струиться из-под латунных полусферических абажуров, в которых найдётся место синеватым витражным вставкам. И едва слышно будет играть музыка: рок, классика, «Битлз»... тут же их заменит токката и фуга ре минор для органа, после них — струнный квартет, который вназапно сменится симфоджазовым трио, и уже оно, незаметно накачав зал энергетикой едва уловимого безумия, вдруг сорвётся в сумасшедшее соло Джона Маклафлина Маховишну или, как по мановению волшебной палочки, вернётся к тихому благостному «Yesterday». И пусть эта музыка в нашем с Геркой пространстве будет разной по звучанию и стилю, но единой в своей органике и своём волшебстве, пускай звуки её и сама мелодика удивительным образом сочетаются с камнем, деревом, тканью, металлом, стеклом.

А может, всё будет и не так, а совсем в другом порядке, или даже её не будет совсем, нашей музыки, но мне хочется, чтобы было именно так, а не иначе, и я знаю, что Герка тоже этого захочет, потому что знает, что мне это будет приятно, а настаивать на своём я так и не научилась, даже став любимой женой любимого человека.

Не стану далее утомлять вас описанием того, как мы с Геркой вламывали вплоть до самой весны, с каждым часом приближаясь к тому заветному дню, когда откроемся и первый посетитель уже сможет пройти внутрь, бросив удивлённый взгляд на странное слово над головой — «Шиншилла», такое же загадочное, как и сам этот милый, никем не виданный в нашей местности пушистый зверёк.

А открытие подпало под 8 марта, хотя оба мы, что сама я, что Гера мой, день этот как женский совсем не признаём, считаем его надуманным и издевательским. Однако решили, что так оно будет правильней, больше шансов собрать толпу, тем более что практически всё им выпадет на халяву, кроме крепких напитков. Герка подогнал многочисленных журналистов, использовав старые связи по рекламному агентству, я обзвонила интерьерные журналы, наобещав достойный материал для репортажа. Да и на самом деле, без всяких прикрас, то, как всё у нас получилось, радовало невероятно. Из того, что задумала, получилось почти всё, разве что не удалось пока ещё полностью укомплектовать состав персонала. Прежде всего это касалось поваров, найти или переманить которых оказалось делом весьма затруднительным. Денег, каких им хотелось, обещать мы пока не могли, сами ещё не имели представления, насколько рентабельно пойдёт наше дело, да и, честно говоря, последние средства ушли на закупку продуктов для начала работы и на этот презентационный разгул. Оттого в начальный период становления «Шиншиллы» моему мужу приходилось работать даже не за двоих. Однако он успевал везде: сам был шефом, сам — поваром, если надо, чистил овощи, выносил мусор, параллельно сочиняя меню на завтра. Я, как могла, всякий раз пыталась оградить его от ненужных дел, но, призна́юсь, порой он смотрел на меня так, что просто заставлял сжиматься в комок от жалости и любви к нему одновременно. А ещё нам пришлось продать его любимый малоезженый «Ниссан», чтобы не показать нашего окончательного семейного обнищания, и все дни до открытия Герка передвигался по городу на метро, но не брезгуя при этом прокатиться и на раздолбанной гастарбайтерской тачиле.

А прошло всё просто замечательно. Верней сказать, прошло бы, если бы не случилась одна большая неприятность. А она случилась, и именно с неё всё дальнейшее и началось. Всё это ужасное и не объяснимое ни для кого. И в тот же самый роковой день мой ласковый Парашют перебрался с моей половины на Геркину, после чего уже начал откровенно сторониться меня при всяком удобном и неудобном случае.

События те развернулись столь стремительно, что поначалу моя слабая голова просто не успевала переваривать факты, последовавшие сразу вслед за этим. А они были таковы. Герка весь этот чумовой вечер 8 марта провёл наверху, ни разу не спустившись на кухню: ему нужно было обойти гостей, с каждым выпить, сказать слова, выдать бонус на будущее и заручиться, по меньшей мере, обнадёживающим ответным кивком. Я же моталась туда-сюда, из полуподвала в зал, хотя и прекрасно понимала — несмотря на то что все дальнейшие заботы, не связанные с кухней, завтра же лягут исключительно на меня, сегодня присутствие Германа гораздо нужней наверху, чем внизу.

Только около полуночи, уже совершенно измотанная, я наконец заметила в зале её, ту самую жгучую тётку, которая сидела по левую сторону от меня в гостях у Рыбы. Очередные многокаратники в ушах её снова присутствовали, но были уже не прозрачными, а обладали насыщенным васильковым оттенком, скорее всего, свойственным дорогущим сапфирам. Они имели почти шарообразную форму и, словно недостижимая звезда, отловленная домашним телескопом, испускали мягкий бархатистый блеск. Она заметила мой взгляд, и в этот момент я вспомнила её имя — Венера. Кажется, Милосова, работает у того самого Гамлета, заведуя его «Низом». Конкурентка, в общем.

Она приблизилась и чокнулась своим фужером о мой, изобразив широченную улыбку всем лицом.

— Красиво, — вежливо улыбнулась я в ответ гостье, указав глазами на её уши. — Великолепно на вас смотрятся.

— Кашмирские сапфиры, — явно удовлетворённая моей оценкой, согласилась она, — из Гималаев вывезены, там давно уже высокогорные шахты закрыты, так что теперь это редкость, спасибо, что отметили. А вообще, этот камень дарует тайную власть человека над другими людьми. Ещё он укрепляет в человеке дух, но это относится к сильным людям, к тому же только к тем, кто помогает другим, — и ухмыльнулась как-то нехорошо, — а тем, кто работает только на себя, сапфир ничего не дает. — И уставилась мне глаза в глаза: Елена, кажется?

— Елена, — кивнула я, — Веневцева. Недавно была Грановской, если помните, — и указала фужером в ту сторону зала, где Герман разговаривал с людьми. Венера, проследив за моим движением, сделала удивлённое лицо:

— Оп-па, сюрприз! То есть хотите сказать, вы и Герман теперь супруги?

— Именно так, — подтвердила я, обведя рукой пространство, — и это первый наш с ним совместный ребёнок.

— Приятно слышать, — покачала головой Венера, то ли разделяя мою невольную гордость за сделанное нами, то ли просто из дежурной вежливости. — А можно мне всё тут осмотреть, так сказать, в целях насладиться вашим дизайнерским искусством? — и кивнула в сторону уходящей в полуподвал лестницы. — Туда, например, в виде исключения? — И двинулась, не дождавшись моего согласия. Мне оставалось лишь сопроводить её, что и пришлось сделать вынужденным порядком.

Внизу оказались лишь двое из персонала, остальные едва успевали крутиться наверху. Венера хмыкнула и коротко бросила им, не поднимая голоса, но так, что они тут же, отложив дела, вопросительно уставились на меня:

— Вышли отсюда, быстренько, оба!

— В каком смысле? — искренне не поняла я и посмотрела на эту странную Милосову. — Зачем вышли, куда вышли?

— Послушай, милочка, — отозвалась она, после чего протянула руку, взялась толстыми пальцами за мой подбородок, слегка его прищемила и потянула на себя. — Пусть твои люди выйдут на пять минут, мне больше не понадобится, успею сказать, чего тебе надо услышать.

Мало чего соображая, я невольно сделала шаг по направлению к ней. Отчего-то в горле у меня в этот момент всё сразу сжалось и ссохлось, и слова, какие, наверное, требовалось произнести в ответ на это откровенное бесчинство, так и не пробрались наружу. Я смогла лишь выдавить из себя:

— Выйдите, пожалуйста, я вас потом позову.

Она вела себя явно как хозяйка положения, я же, находясь у себя дома, снова оставалась робкой и виноватой дурой, какой я была всегда, даже общаясь с собственной матерью.

Оба выскочили за дверь, и мы остались с ней один на один.

— Думаешь, соскочила, сучка? — с ухмылкой, не предвещавшей ничего хорошего, спросила она и, надавив на мой всё ещё прихваченный двумя пальцами подбородок, начала оттеснять меня к стене, туда, где находился кухонный вытяжной шкаф. Я попыталась приоткрыть рот, чтобы выдавить пару любых начальных звуков, но пальцы её даже этого не позволили мне сделать, ещё крепче расплющив мой подбородок. Я даже вскрикнула от резкой боли. — Думаешь, раз ты сумела нашего человека перехватить, в постель свою засунуть, заставить его квартиру продать и всё такое, чтобы развести на эту вашу богадельню, то на этом всё кончилось? Так, что ли, считаешь? Типа облапошила повара, а заодно и нас с Гамлетом? Я уж не говорю о Рыбе, подруге нашей общей. Ей, между прочим, такое тоже навряд ли понравится. Мы не привыкли к такому кидняку, моя хорошая, когда говорят одно, обещают хер знает чего на райских крыльях всяких и сушёных лягушках, понимаешь, а на деле выходит вон чего. Нет, милочка, ничего для тебя не закончилось, а только всё начинается!

Всё было совершенно не так, и я понимала, что Венера и сама знает, что несёт полную ахинею. Однако это было неважно, главным было то, что угроза, исходившая от неё, была самой настоящей, такой, с которой прежде мне никогда ещё в жизни не доводилось сталкиваться. Но в первую минуту, как только сообразила, о чём речь, я подумала о Герке. А Милосова, словно угадав своим звериным чутьём мои мысли, подлила масла в огонь:

— Мужика твоего мы заберём, это даже к гадалке не ходи. И будет он работать на нас, в моём «Низу», так

Гамлет сказал, а его слово закон, сама знаешь, наверно, если не полная дура. — Стопроцентно я могла знать лишь о том, что прозвучало в конце её фразы, и была с этим безусловно согласна. Что же насчёт дальнейшей судьбы моего мужа, то я даже представить себе не могла подобного расклада вещей, я просто не понимала головой, что так можно, что так вообще бывает на свете. Однако я тут же в это поверила, вспомнив дважды перебитый нос владельца «Ереван-плазы» и его тогдашние комментарии, вбрасываемые им в ходе обсуждения будущего проекта. Я медленно, грубовато подталкиваемая Венерой, продолжала вместе с ней продвигаться к тупиковой стене, и так длилось до тех пор, пока я не уткнулась спиной в прохладный кафель возле шкафа. — Ну а сама ты, — к финалу этого короткого путешествия заключила Венера, — хочешь, оставляй лично для себя фабрику этих ваших хренóвых грёз, а хочешь — сворачивай, навару от неё без нашего выдумщика всё равно у тебя больше не будет никакого. В общем, так: даю неделю, чтобы всё спокойненько раскинуть своей головой и сказать Герману правильные слова. Не скажешь, не явится ко мне в «Низ», — ничего этого тоже не останется у вас, так и знай, девочка моя. — Окинув жгучими сверчками глаз пространство вокруг, она, наконец, отпустила мой успевший за это время изрядно посинеть подбородок. — Короче, можешь звать своих, я ушла. — И, развернувшись мясистыми телесами, деловой походкой направилась к лестнице, ведущей наверх. Перешагнув пару ступенек, задержалась, обернулась: — Одна неделя, не забудь. Дальше — пустыня...

В этот момент до меня, наконец, долетело, добралось, достучалось — всё, нет у нас больше ничего, нам негде будет жить, нечего есть и не на что дальше рассчитывать. Они пришли и забрали всё, что у нас было и что ещё будет, разом, походя, без малейшего усилия со своей подлой стороны. Внезапно мне сделалось так страшно и так одиноко, будто я осталась совершенно одна на этой новой кухне с тускло поблескивающими плоскостями матовой нержавейки, в которых отражались бесчисленные глянцевые поварёшки. Я безвольно откинулась плечами на торец кухонного шкафа и начала медленно оседать по нему вниз, к полу, зацепив, пока сползала, рукой выключатель вытяжного вентилятора. Тот должным образом произвёл щелчок и встал на крайнее положение. В то же мгновение мотор взревел и, энергично набирая обороты, за пару-тройку секунд достиг положенных ему максимальных оборотов. В это время я уже сидела на каменном полу, переваривая в голове услышанное и окончательно понимая, что у меня никогда не хватит решимости рассказать Герману о том, что только что произошло здесь и со мной. С нами. С нашим, по сути, не рождённым ещё ребёнком. Вентилятор гудел надо мной, ревя всё громче и громче, перегоняя из одной реальности в другую свои невидные глазу воздушные пустоты... лопасти его вращались с нечеловеческой скоростью, создавая своим вращением безумную втягивающую силу... я слышала звуки этой гибельной ревущей пустоты... я ощущала, как вынимает, вытягивает, как извлекает она по частям мою раненую душу, мою последнюю надежду, как и наши с Геркой красивые, ещё совсем недавно казавшиеся такими досягаемо близкими мечты... и как она же, заглотив до дна, втягивает её в себя, в свою непостижимую чёрную глубину, в конце которой едва-едва виднеется слабый просвет...

Но, как ни странно, одновременно с этими необъяснимыми для моего разума вещами я чувствовала, что мне становится легче... что внутренность мою, внезапно лишившуюся удушающего страха, освобождённую от неподъёмного груза, приковавшего моё тело к полу, постепенно отпускает... что в эти же короткие секунды она начинает медленно разжиматься, снимая горловой спазм, давая новую свободу суставам, голосу и всему остальному, чем ещё мгновение назад я не могла даже шевельнуть, не говоря уже о том, чтобы подумать о чём-нибудь для меня спасительном...

Мы вернулись домой лишь в середине ночи, нужно было привести всё в порядок и приготовиться к первому дню нормальной работы. О, если бы теперь это звучало именно так!

О том, что случилось, я ничего Герке не сказала, хотя ещё какое-то время назад, случись такое, первым делом, рыдая, понеслась бы к нему и стала бы, наверное, биться перед ним в истерике не хуже, чем это делала мама передо мной.

— Всё прошло отлично, — поздравила я мужа, сама не отчётливо понимая, откуда взялись эти совершенно не свойственные мне уверенность и наплевательское отношение к суровым фактам жизни, — без сучка без задоринки. По-моему, народ остался доволен, как сам думаешь?

— Похоже, так и есть, — задумчиво ответил Герман, — поглядим, как пойдёт дальше. Завтра у меня в разделе «Шеф-повар рекомендует» суп из морских гадов, «à soupe de reptiles marins», но только я хочу заправить его не густыми сливками, а жидкими, чтобы не так оттягивали собой добавку белого вина, плюс сыпану чуток зиры, а мидии бухну вместе с полустворками, не отделяя. Возьму крупные, новозеландские, у них сумасшедший перламутр на стенках, создаёт впечатление абсолютной уникальности еды в твоей тарелке, хотя сто́ят они сами по себе вполне приемлемо.

Я прильнула к нему и уже через секунду оказалась сверху. Спустя ещё пару мгновений мы уже галопировали вместе, энергичными рывками рассекая туманность, и всё ближе и ближе становились к нам раскинувшиеся по краю пустыни недостижимые и таинственные лысые холмы...

В шикарном Рыбином офисе я появилась уже на следующее утро, без приглашения: села, ногу на ногу, развернула журнал «AD» и, вяло перелистывая его, стала ждать её появления. Мне нужно было поговорить с ней, и ждать дело не могло. Я уже знала, чего хочу вообще, в принципе, и чего делать не стану, как бы события ни обернулись. Мне, разумеется, не было хорошо, но мне уже не было и безнадёжно плохо. Мне было нормально — так, как должен ощущать себя по жизни уверенный и серьёзный деловой человек.

Она явилась к одиннадцати и, кивнув секретарше, сразу же прошла к себе, едва взглянув в мою сторону. Я отшвырнула журнал и без приглашения зашла следом, ногой толкнув дверь от себя. Секретаршу молча отвела рукой и строго на неё поглядела. Зайдя, бухнулась в кресло напротив и, не дав ей возможности прийти в себя от изумления, произнесла холодным голосом:

— Значит, так, Муза Пална, послушайте и дайте себе труд не перебивать меня, пока я не изложу, на кой чёрт мне понадобилось тащиться к вам сюда через весь город. — Это была абсолютная правда, добираться на Гоголевский бульвар от нашей Матвеевки было мне не с руки, но расставить знаки препинания в нужных местах было теперь просто жизненно необходимо — типа, жизнь или смерть. — Вы, я так полагаю, в курсе, что вчера во время открытия нашего семейного ресторана ваша подруга... эта, как её, Венера Милосова, заявилась, хотя никто её не приглашал, и стала в ультимативной форме угрожать моему мужу Герману Веневцеву и мне, что если он не перейдёт к ним в этот чёртов «Низ», то обоим нам грозят неприятности вплоть до лишения нас законной собственности. — Я посмотрела на неё уничижительным взглядом и завершила слова вопросом: — Это как понимать?

— Чего? — нахмурилась Рыба, скорее всего, плохо соображая, что вообще происходит и как эта дрянь осмелилась после всего, что имело место быть, переступить порог её высокого кабинета. — Какой ещё ресторан? Кто пришёл, зачем? Тебе вообще чего тут надо, Грановская?

— Короче так, — я встала и отчётливо проговорила: — Слушайте меня, повторять я больше не стану. Ресторан называется «Шиншилла», и если с любой стороны в отношении себя мы ощутим определённое неудобство, расплачиваться за это придётся лично вам, госпожа Рыбина, хотя и не знаю точно, вы тому причина или ваши друзья из этой идиотской «Ереван-плазы». Судя по всему, вы все одним миром мазаны, так что моё предупреждение относится к вам обоим, так им и передайте.

Честно говоря, поначалу я собралась позвонить только одной Венере и послать её куда подальше, но не решилась попросить у Герки её визитку, не хотелось втравливать ещё и собственного мужа в эти пакости. Для таких дел у него была я.

— Ах ты с-с... — начала было Рыба, но я не дала ей закончить фразу, остановив её резким жестом выставленной прямо перед собой ладони. И сообщила, прощаясь:

— Всё, я ушла. И больше мы не желаем о вас слышать, обо всех, это понятно? Иначе — война, в которой победить вам навряд ли удастся, так себе это и пометьте, уважаемая!

Я вышла от Музы Рыбиной, не прикрыв за собой дверь, и пусть она думает теперь что угодно. Лично мне о том, что это за война такая, о какой сама же я упомянула, кого с кем и с помощью какого оружия, — думать не хотелось вообще. Главное, что я выговорилась, мне было однозначно хорошо, я выпустила из себя годами копившиеся внутри моей оболочки залежи замшелого страха, тонны нерешительности, кучи пугливых сомнений и соглашательских всякого рода и племени настроений. В одночасье, сама себе не отдавая отчёта в этом, я сделалась перевёртышем. Осталось разве что проверить себя на стыд. Но это соображение я решила пока отбросить, перенести на потом, потому что сейчас мне нужно было спешить к Герке, в нашу с ним «Шиншиллу», и прямо с колёс включаться в бешеную работу. Тогда я ещё даже предположить не могла, насколько существенную роль в нашей с Геркой жизни сыграл этот мой непродуманный визит к боярыне Рыбе. Как и не догадывалась о том, что предприняла эта женщина сразу после того, как я покинула её офис. Просто Муза Павловна, крепко сперва подумав, приняла единственно правильное для себя решение — отодвинуть расчёты с нами на потом, осуществив их в то время, когда ситуация утрясётся, бизнес, запущенный нами, начнёт приносить ощутимые плоды, а её ближайшие друзья-соперники уже будут находиться так далеко от места возможной конкуренции, что уже никак сюда не дотянутся. Негодование, охватившее Музу Рыбину в результате того, что ей совершенно случайно довелось от меня узнать, было столь велико, что уже к вечеру ей потребовалось немедленно удовлетворить свою душевную потребность и отомстить Гамлету вместе со всей его полууголовной кликой из этого «Низа». Падёт Гамлет, развалится и сам предмет старого спора. Венера эта, как обычное безвкусное чудовище, скорей всего, просто продолжит трясти голыми сиськами своего уродского балета перед всё той же ничтожной публикой, которой, по большому счёту, абсолютно всё равно, чего ей подадут жрать. Ашот, придя обратно к власти, наверняка даже заморачиваться не станет насчёт какой-то там переделки в сторону «не для всех», у него ни ума не хватит, ни нужного для этого высокого чутья. Он и сейчас сидит не высовываясь, следит себе потихоньку за малой частью совместного имущества и по большей части ведёт себя как пришибленный, которому заодно разрешили пожить и дальше, а не как нормальный долевик. А с другой стороны, куда рыпнешься? Гамлет этот, сам ещё недавно по всем официальным сводкам уголовный элемент, пахан, лидер организованного преступного сообщества, ни с того, понимаешь, ни с сего наезжает на этого несчастного Ашотика, мажоритарного совладельца крупнейшего в Москве торгово-развлекательного центра, несмотря что одного с ним роду-племени, что уже само по себе против правил, насмерть его запугивает и фактически осуществляет рейдерский захват готового миллиардного добра. А уже подавив волю окончательно, не ликвидирует его, как это принято в нормальном бандитском кругу, а поступает вполне расчётливо и хитро́, оставив его же при себе и кинув кость в виде назначения распорядителем верха всего заведения, фактически поменявшего владельца. К тому же ёрничает ещё, играясь и панибратствуя. Говорит тому, вызвав в кабинет, а сам ухмыляется:

— Здоров, армяшка, как сам-то?

Ашот криво улыбается, но, подобострастничая, вторит своему верхнему, и так, чтобы не задеть:

— Здравствуйте, армян, сам нормально. А ваше какое?

И оба лыбятся, но по-разному, само собой, первый — неприкрыто, второй — с нужной делу угодливостью и за зарплату, но, по сути, уже без доли в общем деле.

Надо же, и этот человек, Айвазов, да ещё с его ужасной кличкой, когда-то ведь вызывал у неё приязнь, испросив тет-а-тет полный комплект юридической поддержки, потребной для организации успешного захвата огромной собственности в самой дорогой столице мира. Всё совершенно дала ему, всех, кого надо, отовсюду: людей из инстанций, консультантов, юристов, нотариуса своего же слила́, продажного, как газонефтяная облигация, правильных людей из органов подкинула, от ментовских до самых фискальных, парочку фээсбэшников туда же воткнула для прикрытия и охранения законности при осуществлении дела, к тому же свела с теми, кто контролирует уже тех, советующих, и знает прямые выходы на самый верх, чуть уже не к Главному, Высшему. Короче, всё у всех получилось тогда в этой дьявольской цепочке, ну как в доминошном ряду: все фишки свалились куда надо, толкая одна другую под ребро и сами при этом укладываясь в строго отведённое тычком место. А наверху, после всех дел и оплаты услуг, — Гамлет Айвазов, он же Череп. И всего-то за одноразовую материальную благодарность по итогам прибылей первого года житья под его новым верхом. О доле как таковой речи вообще не шло, будто и не Рыбина заслуга в том, что всё тогда прошло у него без одной малой заминки. Какое-то время, правда, лёгкая досада не давала всё же угомониться нутру, но со временем и она истаяла, уступив место деловым и дружеским связям на основе взаимной выгоды. Однако тот оказался неблагодарным, первей её самой вызнав про эту «Шиншиллу» и заслав туда свою чёртову бабу, Венеру эту мутную.

Вероятней всего, так или около того размышляла Муза, затевая действия, нацеленные на скорейшую компенсацию личной обиды. И скорей всего, это «с-с...» относилось в момент произнесения не ко мне, а больше к ней, Венере Милосовой, сумевшей вместе со своим уголовным боссом столь резво обойти на повороте такую многоопытную и милейшую во всех отношениях бизнес-леди. И для них это было плохо. Очень. Потому что это же стало для Рыбы делом чести. В то же время Муза Павловна прекрасно осознавала, что, даже имея при себе этого чудаковатого повара из креативщиков, ей навряд ли удастся построить новую бизнес-империю, о какой забота её была лишь на словах. Скорей, её мучило нечто изнутри, то самое, что начиналось от самых кишок и далее пищеводом устремлялось наверх, однако, упершись в гортань, никак не могло забраться выше и достигнуть самой головы, проникнуть в ту её часть, которую научился обживать талант. Это был её тайный недостаток, приоткрывающий формы, которым с точностью не соответствовал ни один размер из необходимых — тот, о каком лишь мечталось. Герка же, возникнув в Рыбиной жизни, можно сказать, случайно, стал бы, как она себе сразу придумала, средством перескочить неподъёмный прежде рубеж, реализатором безумных идей, толкачом, проводником, сталкером, компенсатором уязвлённого самолюбия, чёрт знает кем ещё. Он ей сразу понравился — лёгкостью своей какой-то, быстротой реакции, порывистым умом, нахальством этим весёлым с долей милого безрассудства. Она даже решила, что, возможно, переспит с ним тем же вечером, оставив ночевать и допустив до себя, но в последний момент передумала, всё же передав его под мою опеку и предпочтя неопределённо короткой забаве гораздо более далеко идущую цель, нежели разовый перепих с неравным ей по жизни и деньгам шустрым рекламщиком. Если уж на то пошло, даже Гамлет при всей его матёрой дикости и психологии преступника-рецидивиста был ей по жизни много ближе и ровней. Впоследствии я поделилась своими тогдашними соображениями с Геркой, на что он самым искренним образом вытаращил глаза и спросил:

— А что, разве с такими бабами спят?

— Ты это сейчас о ней как о женщине или о бизнесменше? — уточняю я для себя, просто из интереса, без всякого постороннего смысла, честно. А он мне так же честно и говорит, совершенно не уходя от моего вопроса, который, казалось, вполне может привести мужчину в замешательство, вынудив прикинуть и так, и по-другому. Получилось довольно затейливо. Сказал:

— Я просто хотел сказать, если женщина, внешне отвратительная, обладает властью и мерзким характером, то финансовой состоятельностью эта её отвратительность лишь дополнительно усугубляется. Иными словами, и то и другое в отдельности уже само по себе не позволяет рассматривать её как женщину даже в случае затяжной войны, в которой выжили бы только мужики, а она осталась в неприкосновенности. Но при сочетании того и другого вероятность соития с ней равносильна нулю со знаком минус, что, в общем, можно приравнять к долгой и мучительной смерти мужской части населения от тоски по женской.

Вы поняли? Я-то поняла, а потому в очередной раз поверила своему мужу и успокоилась.

Ну а если конкретно, то разговор, который состоялся между Музой Павловной и Ашотиком в отсутствие водителя, произошёл в её машине, в «Бентли»; он был тайный, короткий и чрезвычайно плодотворный. Многого Рыба не хотела, предлагая бывшему хозяину вернуть утраченную власть путём перераспределения владений назад в его пользу, причём полностью. Для исполнения такой обратной операции она предложила ему ровно тех самых людей, какие некогда успешно отлучили от трона и самого Ашота, так что все гарантии предстоящего успеха были, как говорится, налицо. Нужные документы, истинные и состряпанные, но от этого не менее убойные, вполне себе сохранены, подлоги также покоятся в надёжных местах в ожидании своего часа, остальные фальшаки, как и всё прочее сопутствующее делу фуфло, легко изымаются из ранее недосягаемых мест и без заминки кладутся на суровый стол правосудия. Что же в итоге?

В итоге Ашот получает трон. Он же, при полной оплате услуг всех вовлечённых в дело сподвижников, оказывает Рыбе единовременную материальную благодарность по итогам прибылей первого года житья под его новым старым верхом. Но только теперь уже двойную против прежней. Оп-па! Сказала неверное слово и взялась за рот, тревожась, что тот въедет в роковую ошибку, озвученную по неосторожности. Однако не въехал, просто уточнил для себя ожидаемую цифру. И они ударили по рукам. Вылезая из «Бентли», поинтересовался:

— А тебе самой для чего это, Муза?

— Для справедливости, — задумчиво отозвалась та, ничуть не смутившись вопросу, — не могу видеть, как маешься на своём жалком проценте, а ведь раньше имел их в разы больше ста.

На тестовый закидон Ашот вновь не отреагировал как надо, чем подтвердил правильность принятого в отношении его и Гамлета решения. Рыба была спокойна. Тем более что следующим по счёту вновь должен был стать он, бедный Йорик, но только хлебнуть из его черепушки придётся уже не Черепу, а совсем другим людям. И не сразу, а через время, потому что нельзя дважды войти в одну и ту же жидкость, не пересидев сколько-то у её края, — лишь бы не повывели за время, пока сама живая, правильных людей. И ещё не было б войны с Китаем.

Через четыре с половиной месяца Гамлет, он же Череп, согласно решению беспристрастного суда по уголовным делам последней инстанции, отбыл этапом в колонию строгого режима в город Краснокаменск, что под Читой, где, используя непререкаемый авторитет, вскоре подмял под себя местных сидельцев и сделался смотрящим по зоне. О факте суда и последующего убытия авторитетного человека написали все главные газеты города, не говоря уж о Сети, расплескавшей выгодную инфу так и сяк.

Ашот, побыв какое-то время в тени, вновь воссел на утраченное когда-то место. А присев, первым делом спустил команду в «Низ», к Венере, отвалить от «Шиншиллы», потому как в эту сторону всё ещё имеет свой интерес ихняя общая благодетельница, Муза Рыбина. Сама же Рыба, посредничавшая в этой сделке, через год с небольшим честно получила обещанное и даже несколько больше того, на что рассчитывала. Однако особой радости это ей не принесло, полученная цифра не сделала её состоятельней настолько, чтобы вынудить расстаться с красивой иллюзией насчёт своего специального предназначения на этой земле. Не остались забытыми финансовым вниманием победителей и прочие участники операции по восстановлению девственной чести — правильные хлопцы из всех примыкающих к сделке госорганов.

В 2006-м, уже полным весом обретя нужное доверие администрации, Череп получил весьма интересное предложение, от результативности которого зависело его условно-досрочное освобождение, УДО. Предложение было сверхсекретным, если не сказать, смертельно тайным. Делали его двое: начальник зоны и кум. И это могло стать путём к вершине от промежуточного краснокаменского верха, который был отвратительным низом вне границ колючки, до того высокого и правильного, выше какого забраться можно, лишь расставшись с тем.

Я же, встряхнувшись после визита к Музе Рыбиной, вернулась в тот день в «Шиншиллу» и занялась текущими делами. На мне лежали все закупки по спискам мужа, внешние контакты, контроль за персоналом, необходимые расчёты и утряска любых проблем, не связанных с готовкой и меню. Начиная с того дня, когда мы открылись, я для себя окончательно решила больше не привлекать Германа к решению любых вопросов вне его прямой компетенции.

Так, по сути, вышло и с этим мальчиком, хотя, как выяснилось потом, их было двое: совершенно не отличимых один от другого, но таких разных по характеру. К моему непритворному удивлению, оба были профессиональными бандитами и представляли довольно известную в Москве группировку. По крайней мере, именно так сообщил Пётр. Сначала, правда, пришёл один Павлик, который у них же Паштет, с тихим голосом, вежливой улыбкой, мягкими манерами и удивительной особенностью поддерживать свои предложения краткими вставками из латыни. Перевода я, само собой, у него не спрашивала, делая вид, что всё понятно и так, хотя, не скрою, всё же кольнуло меня нечто изнутри, намекая на моё же человеческое несовершенство.

Через неделю-другую подгрёб и второй близнец, Петя, который был уже Сохатым, старший из двоих по их бандитскому делу, именно такое у меня сложилось впечатление. С ними обоими знакомить Германа я решительно не захотела, сама вступила в переговоры и сама же в дальнейшем поддерживала наши двусторонние отношения до того дня, пока они в силу одной неприятной истории не испарились с нашего горизонта бесследно.

Сев за стол переговоров, мы всё решили быстро и по-деловому, чем остались удовлетворены обе стороны. Те — что не пришлось стращать эту миловидную молодую женщину больше нужного, как и тем, что точка прибыли оказалась ещё не захвачена такими же преступными орлами, как сами они. Я же — из-за того, что в тех или иных боевых пацанах у нашего бизнеса уже имелась нужда вполне предметного свойства, учитывая недавнее неприятное событие у вентилятора. С этого дня ребята встали ко мне на зарплату, но имея при этом в виду в самом ближайшем будущем снимать уже конкретную долю, калькулируя охранительный бюджет от того момента, когда дела наши лягут на устойчивый и крепкий плюс. С этого же момента они брались защищать мой бизнес от посягательств с любой стороны, всячески способствуя своей бандитской отзывчивостью его процветанию и дальнейшему развитию. И скажу прямо, пока шли эти разговоры, пока мы вырабатывали условия на сейчас и наперёд, пока они заочно представляли тех, кто стоит за ними, и объясняли, чего нам следует ожидать в случае, не предусмотренном этим договором, я вела себя как вполне нормальная, ушлая и по-деловому милая сука, давно привыкшая к подобным отношениям с людьми, пришедшими со стороны не только за тем, чтобы узнать, как пройти в библиотеку. Но что оказалось ещё более странным, нежели это новое, взявшееся во мне неведомо откуда качество, взросшее и окрепшее внутри моей женской оболочки буквально за считаные часы, — это то, что сама я нисколько такой метаморфозе ни удивилась. Как и не было чувства, что снизошла на меня чья-то внеплановая защитная благодать под видом ангела или беса. Просто всё теперь стало так, как стало и как не было прежде, только и всего. И, пожалуй, по большому счёту, я этой перемены вовсе не заметила, или если и обнаружила что-то краем глаза, то не придала особенного значения. Да и некогда было заниматься всякой пустой ерундой в текучке новой жизни.

Маму, кстати, я построила в те же самые дни — сразу, как почувствовала, что завершилось формирование моей обновлённой женской сути. И сделала это, можно сказать, одним махом, в промежутке между двумя соседними делами. Просто довольно строго поговорила с ней по телефону, дав понять, что лучшие её времена закончились и начались другие, нормальные, обычные, принятые, как водится, между родителями и их выросшими и законно окольцованными детьми. Так что теперь ей лучше перестать ныть, претендуя на избыточную дочернюю опеку, и заняться каким-нибудь продуктивным делом, поскольку, по любым подсчётам, она не достигла ещё даже самого раннего пенсионного возраста, при том, что сил и здоровья сумела припасти гораздо больше, чем извела их на моё воспитание, понукание и вечное недовольство всем и всеми. Короче, старое пальто изношено, подкладка вытерлась, воротник облез, пора отдать его бедным, даже перелицевать уже не получится, времена не те, да и нравы поменялись.

Не скрою, мама моя была в шоке, услышав от меня вместо полноценной увещевательной беседы короткий упругий текст относительно моих новых взглядов на существо старых вещей. К тому же из-за недостатка времени я озвучила его скороговоркой. Но всё же что-то там, с её апрелевской стороны, щёлкнуло — я это явно услыхала, хотя в то же время слух мой не зафиксировал начальных признаков дежурной маминой истерики. Она, видно, взяла раздумчивую паузу, но не для того, чтобы призвать прежнюю волю и начать икать от гнева, а просто затем, чтобы собраться с мыслями и постараться взглянуть на привычное с непривычного ракурса. В любом случае, я решила вернуться к этому прерванному полёту позднее, когда пикировать придётся уже на бреющем, садясь на остатки перелопаченных моей дорогой мамочкой иллюзий.

В тот же день, ещё через час, найдя минутку, я добила её сообщением, что давно и глубоко замужем, за Германом, уже официально, о чём ставлю её в известность, потому что сейчас я об этом вспомнила, а, закрутившись с делами, потом вполне могу забыть ей это сказать. Так что пусть теперь будет в курсе насчёт моего устойчивого семейного статуса. А если чего-то понадобится, но не по разделу пустой чепухи, а строго по делу, то пускай звонит вечером, днём могу не ответить, слишком загружена делами поважнее, чем выслушивать очередные стенания, уже доставшие до самых печёнок.

В общем, стали жить в унисон новым заботам, скоростям и надеждам. Я ощущала себя так, словно разом крутанула неповоротливую ручку огромного многопрофильного комбайна, и он завёлся с первого же оборота, почихав для начала синим, после чего быстро успокоился, обвык и, набрав нужную тягу, плавно тронулся в путь, расчищая себе дорогу для вспашки, посадки и сбора обильного урожая.

Это было счастливое время. Народ, узнав о нас, потянулся в «Шиншиллу» тонкой струйкой, и уже вскоре этот ручеёк, хотя и не так стремительно, как нам с Геркой мечталось, стал явно крепнуть и утолщаться, вовлекая в себя всё новых и новых ценителей многообразных и мало на чьи похожих гастрономических умений моего мужа. Он и уставал, конечно, но всякий раз в конце работы, если я была рядом, притягивал к своим губам мою дурацкую копну, целовал пружинистые, так и сяк перекрученные прутья волос и шептал на ухо, то играя со мной, то лишний раз демонстрируя нашу с ним удивительную близость:

— Главное для нас — не стать законченными профессионалами, умельцами, умниками, иначе всё провалим, так и запиши себе, моя хорошая. Чуть-чуть лёгкой дури, пару ложек отсебятинки плюс немного милого раздолбайства — на самом кончике ножа — ну и догадка, свойственная всяким разным недоучкам, как же без неё-то...

Герка дорвался, если честно. Всякий день для него становился пропащим, если за предшествующие сутки ему не удавалось изобрести чего-нибудь абсолютно нового, ранее не пробованного им же самим и при этом не требующего затоварки новыми продуктами. Главное — уметь неожиданно сочетать одно с другим, помня в это время не о долготе жизни, а лишь о её широте и единственности, и явственно осознавать, что гости «Шиншиллы» приходят сюда не просто сытно пожрать, а что это всегда ещё красивая игра, милая забава, беспроигрышное развлечение, спектакль вкуса, ярмарка любопытства, конкурс фантазий, где в жюри и гость, и автор блюда одновременно. Это желание добрать из недобранного, сделать приятное любимому человеку, оставить на его губах следы этих нереальных запахов, привкусов, ароматов... и уже потом, через время, вспоминать изысканную нежность той еды или нарочито грубоватую её фактуру, рисуя мысленно перед глазами сам вид того, что лежит в тарелке, что каждый раз ты ожидаешь, не зная, чего и ждать... И пореже думать о раздельном питании, притоках энергии и её же оттоках, о ритмах природы, уважении к ферментным ограничениям, совместимости пользы и вреда и всех прочих не видных глазу внутренних балансах твоего организма в момент, когда ты наслаждаешься едой. Как высказался на эту тему Паштет, «Virum bonum et ad bonum stomachum», пояснив, что, покушав у нас в самый первый раз, перекроил известную мысль сзаду наперёд, так что получился обратный, но зато очень приятный смысл, отвечающий сути вещей, — «Что хорошо для человека, то хорошо и для его живота». Я же ответила просто, без всякой латинской замысловатости, сказав, что сегодня он гость, ему можно всё, он уникален и неповторим, как любой нормальный ценитель неповторимого Геркиного таланта, и мы сегодня — с ним. Точка. И, разумеется, соусы, соусы, соусы...

В общем, я замучилась придумывать названия новым блюдам, изо дня в день по новой перекраивая меню. Пожалуй, это было единственным, что слегка напрягало меня в отношениях с мужем. В остальном наша общая лодка рассекала и дальше, унося его и меня от берегов прошлой жизни, омываемых туманами всё более и более расплывчатого континента. И всё ближе и ближе виделся нам край новой земли, к которому неостановимо нёс эту лодку парус нашей надежды.

Года через два позвонила знакомая риелторша, та самая, что привела к нам кузбасского угольщика, Витька, ставшего добросовестным приобретателем Геркиного родительского гнезда на Плотниковом. Она же, если помните, подобрала для нас и смежную двушку в Матвеевке. А история, в общем, короткая — прознав про «Шиншиллу», просто решила справиться, так, на всякий пожарный, не хотим ли вернуться в родные пенаты, потому что Витёк этот недавно обзавёлся двумя столичными банками и, уже с год как живя в районе Золотой Мили, считает теперь западло терпеть эту нашу бывшую хату в качестве даже временного укрытия для своей несовершеннолетней дочки. Уже не по чину, сказал, в принципе, даже если и не особо светить. Иными словами, готов отдать квартиру обратно не дороже взятого, учитывая, что оба мы тогда пришлись ему по вкусу: не хамели, хорошо и застенчиво улыбались и поддакивали со всей искренностью, в отличие от других владельцев столичного жилья, излишне гордящихся своими квадратными метрами в центре Москвы.

Мы с Геркой прикинули, свели дебет с кредитом, накинули процент на рост собственного рейтинга, сминусовали потери на случайность вроде внеочередного приобретения аквариума на 600 литров с кислородным дутьём и подсветкой (Гера опасался, правда, что не потянем, но я настояла и сама же заказала, с доставкой из Италии) и решились: больно уж сама эта мысль грела нас невозможно как. Всё равно, если без полных неожиданностей, на выходе получалось, что Плотников можно брать, если найти посильный заём, который вполне можно вернуть в пределах года. Рассчитаемся — остальное пойдёт уже в чистый плюс, и хорошо бы так оно и шло до конца жизни. В общем, спорить я с ним не стала, просто посмотрела на него так, что он сразу передумал и сказал, что да, конечно, нужно вернуться туда, где всё у нас с тобой началось, Ленуська моя дорогая.

И снова это был сентябрь, так нами обоими любимый: сухой, вполне себе тёплый и всё ещё достаточно светлый по вечерам, когда, несмотря на дикие заботы, хочется, как в детстве, оказаться в подмосковном лесу и, шурша осыпавшимися листьями, бродить по осенним опушкам, вдыхать нереальные ароматы прелой земли, дурачась, выкрикивать имена друг друга, чтобы услышать, как отзовутся они гулким эхом, отразившемся от красно-жёлтой, ещё не окончательно опавшей листвы, и тайно мечтать о том, чтобы первым напороться на запоздалый культурный гриб или хотя бы кучку крепких ворсинистых опят.

Однако на деле такая мечта была уже вряд ли достижима: паровозик наш, не теряя скорости, всё ещё пыхтел, катясь даже без малых остановок, короткие же перерывы в движении целиком уходили на заправку топливом и водой...

А когда всё закончилось и мы перебрались обратно на Арбат, Витёк, распробовавший по этому поводу половину шиншилльского меню и немало поудивлявшись, посоветовал организовать доставку еды на дом, по заказам, обязавшись сделаться первым постоянным клиентом нашей кухни, потому что в жизни своей не жрал такой вкусной по качеству и дешёвой не по виду хавки. Даже ихний губернатор, сказал, в страшном сне таковского не пробовал, не то что сам он, обычный угольный банкир, хоть и с японскими корнями.

Мы снова подумали и согласились, что это вполне разумно, хотя придумано и не нами, но, в любом случае, доставка еды из «Шиншиллы» уже через месяц заработала в полную силу.

И так, скорее с бо́льшим, нежели меньшим успехом, тянулось вплоть до того момента, пока не было совершено покушение на жизнь моего мужа Германа Веневцева...

часть 5

БРАТ ПАВЕЛ

Да, в тот день я оттянулся по-нормальному, ничего не скажешь. Самого не видал, Германа этого, Елена просила, чтоб он вообще про нас с Петькой был не в курсе: сказала, не надо ему лишнего знать и беспокоиться, что вы не такие, может, а совсем другие и что можете нас обидеть как-то или задеть, а это прежде всего для дела нехорошо. Сама-то я прекрасно понимаю, что мы теперь с вами как два берега у одной реки, но он может с этим не согласиться, потому что он принципиальный и к тому же художник, с обострённым чувством противления любому злу, даже невзирая на всю полезность нашему делу вашей охранительной опеки. Ну мы с братом прикинули и согласились: решили не беспокоить мужа и шеф-повара своим положением в его бизнес-иерархии, тем более что и нужды такой особенно не было. Договор наш и так исполнялся регулярно, без сбоев, а что до выражения Елены насчёт любого зла, то лично я считаю, что это была просто оговорка по учёному мужу, психиатру из прошлых веков Зигмунду Фрейду, и больше ничего. Как говорится, «Ferendum et populo, pervenire pro vobis» — «Будь терпимей, и люди к тебе потянутся».

Так вот, про тот самый день. Покушал я тогда у них в самый первый раз, уже почитав заранее все эти хитромудрые названия, что сочиняла хозяйка, доверяя своему же чутью художника-планёра всего этого помещения. И получалось у неё так, что лучше не назовёшь. Взял, помню, «foie soufflé au miel et au romarin» — суфле из печени цыплёнка с мёдом, лимоном и розмарином. Это что-то незабываемое, честно скажу. Само по себе лёгкое, воздушное, как надутое изнутри углекислым газом, и сползает в гортань практически самостоятельно, без любого усилия зубами. Замечу, что ни сам я, ни брат мой Пётр никогда в нашем деле не касались такого раньше, ни языком, ни чем-либо другим чувствительным, так что можно сказать, повезло нам с этой «Шиншиллой». Сразу же, когда условия определяли с ней, сама первая и предложила нам, Елена эта кудрявоголовая, по ежемесячным пятницам, когда забираем своё, покушать дневного меню, на выбор, включая десерты. Но, сказала, без алкогольного листа. И железно — ни разу даже криво не взглянула после, когда заказывали под себя. Наоборот, глазами делала, что всё нормально, мужики, давайте, рубайте на здоровье, контракт наш типа в силе. А на второе брали мы сладкое, и тоже не слишком хамея. Муж её придумывал всякие мудрёные составы, под разную нужду. В тот раз взяли по порции «Мичуринс пай», это такой пирог с яблок, но в нём так до хрена корицы и мелко порубленных апельсиновых очисток, что просто можно им обожраться, натурально, и запах у него не слабей, чем у тех марципанов, которые мы с Петькой воровали, помню, из школьного перхушковского буфета.

Обычно за десертами мы переходили наверх, где у них балкон для кофейных дел и разговоров. Получалось, и там побыли, в главном зале с низким видом на реку, и тут посидели, ближе к потолку и верхнему обзору набережной и самой реки. А после не платили, просто брали конверт и покидали, как отбывшие культурный раут завсегдатаи, но с бонусом — за ту силу и страх, которые мы собой представляли.

Так было можно, так укладывалось в моей голове, так внутри меня сопротивлялось не очень, потому что не было даже самой маленькой крови: ни нам от кого-то, ни кому-то от нас. Полностью отсутствовало также любое насилие в любую сторону, которое я ненавижу с малого детства, хотя Петька у меня не такой, а по характеру своему совершенно мне обратный. Короче, мир, неразделимо стоявший между нами и Еленочкой, был такой тихий и благостный, будто изначально приглаженный нашей доброй взаимностью и пониманием с полуслова исконной сути человеческих укладов. При том, что сама она сделана была стопудово неслабо. Могла выказать любую суровую решительность в адрес всякого из её людей, какие на них работали от кухонного подвала и до газона перед главным проёмом под вывеской «Шиншилла». Если что-то не сходилось у неё или имелась любая затыка, то холодела на глазах, твердела лицом и плечьми, а голосом, наоборот, тишала, и это было опасней для тех, кто вызвал на себя её напасть, чем если бы просто крикнула б на них иль понукнула в их же сторону. Мы что, наше дело сторона, но только Петька, как я подметил, подглядывая одним глазом за тем, как Елена управляется со своим хозяйством, слишком уж часто причмокивал углом рта и чуть заметно поводил головой, молча, проявляя этими малозаметными жестами тихое восхищение от увиденного. Молодец была. Слов нет, сильная хозяйка своему мужу и правильный командир всему ихнему делу. Петька сказал, что много, наверно, училась искусству управлять людьми и подгонять их под свою волю. Типа диплом, всё такое и с красным отличием на выходе из образовательного учреждения. А я думаю, что не так. Думаю, родилась такой и с самого начала предпочла для себя ту натуру, чтобы всегда быть сверху. Такую, которую не заимел, к примеру, я, но зато какую ухватил для себя в ранние годы мой однокровный брат. И я знаю наверняка, где бы он был теперь, если б не я. Он был бы там, где он есть, но только с другим напарником по точке этой конкретной дани и по всему остальному бандитству. В курсе я также, что было бы и со мной, коли не было б его у меня, Петра моего. Был бы, наверно, каким-нибудь завалящим латынянином, учил бы латинской словесности детей с синдромом Дауна в ближайшей к нашему перхушковскому бараку спецшколе. И продолжал бы жить вместе с мамой, спя на том же дощатом полу, где она постелила нам в ночь после колонии-малолетки. Как нашлось бы на этот случай в словаре-разговорнике, прихваченным с малолетки ветром моих перемен, «Aliquam virtute boni, quae malum superare» — «Спасибо доброй силе за то, что не даёт одолеть себя злой».

Скажу вам, что слова, которые беру оттуда, как и все остальные междометия, в целиковые фразы я складываю сам, так что не обессудьте, кто наткнётся на ту или иную мою неверность. Знаю лишь, что жить с ними и бандитствовать для меня гораздо приятней и легче, чем без ничего, потому что эти загадочные сочетания звуков и слов, выпущенные из моей серёдки, попутно вытаскивают наружу зачатки светлого и доброго рассудка, которого, как ни крутись, я в себе по-другому никак обнаружить не умею. Иногда мне кажется, что нас с братом, ещё когда мы сидели внутри нашей матери, нарочно не стали перемешивать, чтобы на выходе получилось равно для каждого хорошего и плохого. Но оставили как не надо — одно, собрав в комок, подвинули ко мне, а что осталось пошло Петру. Мне — получше, подобрей, помягче — я это понимаю, хотя и не признаю того перед ним. Ему же, несмотря на досадную природную ошибку, от этого неравно отмежёванного остатка сделалось только удобней и невесомей. И в целом живётся намного уверенней и цельней, чем мне. Я же, тупо подгребя под себя, что плохо лежало в хорошем месте, не стал от этого счастливей: просто я немного больше вижу вокруг против братова зрения — из чего что сделано и как против этого вовремя сказать. Вот и всё, если уж так подойти, а больше ничего.

Но вместе с тем была у меня ещё одна версия того, как сложилось наше братское неравенство, виной которому стал простой пескарь размером с половину пацанской ладошки. Было нам тогда года по четыре, мы тогда сбежали со двора нашего барака и оказались у речушки, что протекала по краю Перхушкова. Ширины в ней было метра три, не больше. Я на другой бережок по мосткам перебрался, а Петька тут остался, на этом. И стали пескарей ловить по мелким тинистым запрудкам. Баламутили воду ногами и палкой, и когда перепуганная этой внезапной баламутью рыбёшка оказывалась у поверхности воды, то оба мы, каждый со своей стороны, пытались дотянуться и схватить её рукой. Удалось, однако, это не брату, а мне, да и то всего один раз, сколько бы я больше ни пытался повторить свой приём. Но зато бился этот пескарик не в его руке, а в моей, что вызывало у меня страшную гордость, самую первую в жизни, как и ощущение личной победы над равным по силе и ловкости одинаковым со мной браткой.

— Дай посмотреть, — попросил Петька и протянул руку. Тогда я осторожно, чтобы не причинить рыбке вреда, отдал её ему. Он поболтал пескарика в мутной воде, чуток продлив его муки, подул в приоткрывшиеся жаберки и сказал:

— Это мой пескарь, а не твой.

— Это как, — не понял я, — почему твой?

— Он приплыл к тебе с моей стороны речки, от моего берега. И ты его нечестно поймал.

В тот момент я ещё не понимал, что именно так он и считает — подумал, шутит по-братски. И засмеялся, не веря ему:

— Ты что, дурак, Петь, как это твой берег, ты его чего, купил, что ли? И как же ты увидал-то под водой, кто где у них плавал, они ж одинаковые все, на одно лицо.

— Мы с тобой тоже одинаковые, — ответил он мне тогда, — а только я увидел её под водой, а ты не смог. И значит, рыба эта теперь моя, а не твоя.

— Отдай, — твёрдо сказал я, уже постепенно начиная верить его словам, — и больше так не делай, я маме скажу про тебя.

— На! — крикнул он и одним коротким движением пальцев скрутил пескарю голову, практически оторвав её от остального рыбкиного тела. И, размахнувшись, зашвырнул его на середину речки. — Понял теперь, чья была рыбка? — Он молча смотрел, как на глаза мои наворачиваются слёзы отчаянья, не произнося никаких утешительных братских слов, а когда рыдания мои немного поутихли, добил словами, но уже другими, подлыми и бесчестными: — И не вздумай маме про это говорить, а то я первей тебя сам скажу ей, что ты её замучил и бросил умирать без воды, понял?

Я вспомнил эту короткую зарисовку из нашей общей жизни уже гораздо поздней: в те времена Петька уже вовсю командирствовал во дворе нашего барака, и от него шарахались не только ребята одного с нами возраста, но и те, кто был старше. Я и потом не раз вспоминал ту детскую, почти смешную историю и совсем не обижался, потому что в те времена мой миролюбивый характер уже полностью был порабощён превосходством моего близнеца, как и весь я целиком уже бесповоротно находился под его братским влиянием. Но была и затыка, схоронившаяся в глубине моей мальчишечьей нутрянки, — то, что случилось между нами, сделав наши отношения окончательно необратимыми, нравилось уже и мне самому, хотя в открытую я себе в этом не признавался. Просто, не прикладывая к тому ни малейшего усилия со своей стороны, я чувствовал эту постоянную, приятную для себя защиту от внешнего мира, с самого раннего детства так или иначе покушавшегося на мой и Петькин человеческий покой.

А однажды он меня избил, натурально, и было больно. Уже потом, когда губа затянулась новой кожицей и окончательно заросла вместе с обидой, я подумал, что ведь мы совершенно одинаковые по силе, потому что имеем равные по форме мышцы, тот же самый рост, вес и скорость реакции, и если бы я счёл для себя возможным напружинить волю как надо и ответить своим ударом на его первый удар, то, наверно, был бы избит не так, а по-другому. И даже возможно, что не моя, а его братская губа затягивалась бы новой кожей, и его, а не мои пацанские сопли были бы размазаны по щекам, и не он мне, а я ему, жалеючи, утирал бы их после своим кулаком.

Но было так, как стало. Дело было незадолго перед колонией. Мерялись пиписьками, какая быстрей оживёт и окрепнет, если подёргать. И чья окажется длинней, если прикинуть на глаз. До этого мы с ним мерили сжатые кулаки, правые, но Петька постоянно свой недожимал, нечестно делая его объёмней, и потому считался победителем. Я, в общем, не возражал, так как понимал, что отсутствует некий объективный критерий. Тут же дело было другим, тут просто невозможно было никуда загнать невидимый воздух и выиграть на фу-фу. Дёргали по десять раз, так договорились. Получилось, что у меня отвердение произошло быстрей и чётче, чем у него, и это было видно невооружённым глазом. Но Петька подумал и сказал, что это не отвердение предмета, а просто его временное ожесточение, и дело тут не в сиюминутной упругости, а в самом характере приготовления к боевой стойке. То есть пускай и медленней, как у него, но зато верней по факту будущей стойкости. При том, что длина у нас оказалась почти равной, плюс-минус крохи, как оба мы и предполагали. Я, помню, с гипотезой такой не согласился и, чтобы доказать превосходство хотя бы в длине этой малой части, несколько раз подпрыгнул, проверяя своё хозяйство на неизменность устойчивости по отношению ко внешним возмутителям среды. Он тут же совершил ряд проверочных прыжков, как и я. И вконец оконфузился. Теперь я стоял перед братом со спущенными штанами и гордо задранным пацанским достоинством. Он тоже стоял передо мной без ничего, и эта пустота не прикрывала его полного поражения.

— Ты сволочь и псих, — медленно проговорил он, глядя мне в глаза, и, натянув штаны, крепко затянул пояс ремнём, — ты всё продумал заранее и поэтому теперь делаешь вид, будто бы всё было по правилам. А правила не ты устанавливаешь, Павлюхан. Правила устанавливает тот, кто должен выиграть. А ты не должен, ты слабей, и за это на вот, получи от меня горячую.

Он подошёл и, не дав мне натянуть штаны, изо всех сил саданул меня кулаком в губу. Брызнула кровь, часть её попала на голый живот и ноги выше неприкрытых колен, и это сделало мой позор ещё ужасней. Но не потому, что я едва удержался на ногах и так и не ответил, а оттого, что мой напруженный хвостик всё ещё продолжал стоять упругим торчком, будто не было вообще никакого удара от моего проигравшего брата.

— Видишь, — Петька ткнул пальцем в мою письку, — понял, что так не бывает, козлина? Это только у психов такое, а не у нормальных. — Он приблизился ко мне и, пока я размазывал слёзы, положил мне руку на плечо: — В общем, держись ко мне ближе, Паха, и тогда всё будет нормалёк, уяснил?

Я неопределённо мотнул головой, как бы признав тем самым полное поражение, и тут же мой непослушный кончик обмяк и принял исходное положение. Брат удовлетворённо хмыкнул и почесал прочь, дав мне возможность успокоиться и прийти в себя. Я тогда пришёл в себя, раз и навсегда, и подобное противостояние между нами сделалось последним. С того момента всё в нашей жизни окончательно повернулось ко мне задом, чтобы, как в той сказке про Бабу-ягу, предстать лицевым фасадом к Петьке, оставив мне довольствоваться тем, что точно не понадобится моему равноудалённому от закона брату.

Со временем к такому положению дел я привык, и оно даже пришлось мне по душе. За нас обоих всё теперь решал исключительно брат мой Пётр, оставляя моей голове свободу от терзаний, если для них случалось место. Он делил прибыли на братские доли, он же руководил и дальнейшей наживой на основе безропотного подчинения одного брата другому. У кого есть равный близнец, безосновательно сделавшийся старшим, тот меня поймёт. Это как если бы мы с ним пробивались через пустыню какую-нибудь, Гоби там или Сахару, и братан мой скинул бы вдруг с верблюда груз, забросил бы его себе на плечи, а вместо поклажи, не спросивши, усадил бы меж горбов меня, и таким порядком мы двигались бы дальше, до тех пор пока не увидится край пустыного песка. Да, я имел меньше прав и сам же не хотел иметь большего, но вместе с тем, зажатый меж этих горбов, я находился выше брата, и потому более или менее благополучные для нас края я умел замечать раньше его, о чём всякий раз деликатно сообщал ему со своей принудительной верхотуры. Я лучше видел, я быстрей считывал ситуацию, я надёжней предугадывал последствия. Ведь когда мы с ним шли наниматься в бандиты, в самый первый раз, на рынке, я заранее подсказал Петьке, какие слова нужно произнести в свою защиту — для поднятия духа и включения общего разума. Сказал, мы же, если по-хорошему, то неуловимы, как безголовый всадник. Только у того головы вообще не было никакой, а у нас две на одного, что в принципе одно и то же, братан. Презумпция невиновности, часть нулевая: если не уверен — не суди ближнего своего на любые срока. Или, если свериться с первоисточником, то как-то так, думаю, прозвучит, не хуже, чем: «Praesumptionem innocentiae, nulla parte — dubium non aliquando iudica proximo tuo».

Мне это впервые в голову пришло, когда Петька на уроке нахамил учительнице по зоологии. Та его — к доске, он вышел — молчит, ни хрена не знает, само собой, а она ждёт, исподлобья так смотрит на него, хочет слов про рыб каких-то подводных от него добиться, типа какой у них подвид и всё такое. Ну а Петька тоже человек, он и сказал ей, что, мол, да вы и сами глядите на меня как рыба из заливного, у вас глаза как холодец, мутные какие-то и неживые, а зрачков вообще нету, как у нормальных людей, одна ненависть во взгляде и больше ничего.

Ну, само собой, скандал-мандал: к директору после уроков, всё такое. А он сдуру и говорит, что, мол, почём вы знаете, что это я так сказал про неё, а не брат? Мы с ним штанами утром поменялись, у него голова поэтому заболела, и он не вышел к доске. Или наоборот, не помню, то ли он, то ли кто из нас про холодец этот придумал.

Короче, он-то сказал и забыл, а я — нет, и потому спустя несколько лет после той незначительной истории уже нормально развил для себя эту любопытную и довольно удобную для жизни двойственность в совершенно отдельный предмет — в дело нашей с ним общей судьбы, не замутнённой даже самой малой внешней несхожестью.

А вообще Петька ко мне прислушивался, хотя и делал вид, что ему всё по барабану. И обоих нас такое устраивало как нельзя лучше: никто ничем не ущемлялся, потому что каждый изначально сидел на своём месте как пришпиленный и уже не дёргался от такого неравенства. Разве что за мать иногда мы всё же могли сцепиться. Та никого из нас своим отношением не выделяла, хотя то неравноправное положение, в каком я очутился по милости Петра, постигла ещё раньше, чем об этом догадался я сам. Она бы, может, и любила нас сильней получившегося, и заботы уделила бы больше против той, к чему способны были её слабые силы и возможности, но мы же сами и не́ дали ей осуществить и одно, и другое. В отличие от меня, у Петьки в его отношении к матери с самого раннего детства сквозило неприкрытое чувство мести — за нашу подлую нищету, за этот полусгнивший барак и отдельно, до кучи, за отца, которого она не сумела приворотить к себе как надо, а заодно спасти от смерти, оставив нас без наставника. Я же в отношении мамы вёл себя стократ умеренней и всякий раз как умел тормозил Петьку против любых, тайных и открытых, бранных слов в её адрес. Брат взвивался и начинал кипятиться, тыкая мне в морду факты нашей незавидной совместной биографии. Я же, на словах соглашаясь с той частью его обвинений, какой противиться было невозможно, оставлял в её оправдание другую — нашу же с братом природную вольницу, дурную внутреннюю стихию, выгнавшую нас во двор барака и за его пределы ещё раньше того, чем мы научились осознавать и анализировать собственные поступки, плохо понимая, где лежит граница между промежуточно добрым и окончательно злым. Как сбился этот подлый фокус и все возможные настройки в самые первые годы барачной нашей жизни, так и вышли мы в большой мир с искажёнными на порядок, не меньше, представлениями о его красоте и законах его устройства.

В колонию нас, помню, отправляли в сентябре, и потому я его люто ненавижу до сих пор, этот мерзкий месяц, хотя тут, где я теперь обретаюсь полной оболочкой, это не имеет ровно никакого значения. Тут главное перебраться дальше, несмотря ни на какую погоду, которой, кстати, просто нет здесь вообще: что вам листопад, что камнепад, что мокрое, что цветастое — по барабану. Оборот решает всё, жажда и красота — ничего! Так вот, про сентябрь, сами посудите: уже и не лето — не разухабишься по теплу, не купнёшься поутру, не подставишься под ожог, чтоб потом горело и приятно отставало кожной лохмо́той. Но ещё и не зима — ни хрустящей снежной тропки, ни валенка без затей и шнурков. Зато впереди — хляби и дожди, которые ты ждёшь со дня на день, готовясь терпеть у себя за шиворотом мокрое, ветреное и гиблое. Между прочим, и у Петьки, насколько я знаю, имеется похожее чувство к сентябрю. И даже то, что мы вернулись в Перхушково после отбытия в том же несчастливом месяце, не сделало его приятней для души, а лишь усугубило наше обоюдонеравнодушное к нему отношение — в тот момент, когда мать постелила нам на досках.

Не стану изображать отдельным параграфом, как мы с братом оттянули все те четыре колонийских года. Скажу лишь две важные вещи, которые оказали существенное влияние на становление всей моей последующей человеческой личности. Их было две: первая — неглавная и вторая — та, что лично для меня стала главней, несмотря на отсутствие всякой выгоды в плане материальной жизни. Первое — это то, что ощутил я всей своей донадземной оболочкой: что значит натурально верховодить, являясь верхним среди остальных. Или первым при верхнем, при брате моём, при Сохатом. Именно тогда я всё ему простил из того чёрного списка, какой к тому времени против него накопила моя душа. Понял — неделимы и навсегда, чего бы он ни натворил против любых моих нравственных установок. Он — крыло, он — таран, он — защита. Я — извечно второй, ведомый, хвостовой. Петька это хорошо понимал уже тогда и потому не настаивал, чтобы я, как он, в нужные для дела моменты проявлял безудержность и беспощадность. Жалел. И если хотите, даже чуток оберегал, чтобы не поломать мне устойчивость кармы. Я о ней в тамошней библиотеке вычитал и рассказал ему, поделился, что, мол, как аукнется, так и отзовётся после, чего бы кто ни учудил, хоть голыми руками. И перевёл это крылатое выражение в латынь. Ко времени этого разговора я уже был частый гость в библиотеке, куда меня пускали без ограничений из-за хорошей учёбы. Там и обнаружилась та истёртая книжонка «Краткий словарь-разговорник с русского на латынь и обратно». Издан в 20-х годах, напечатан типографией Казанского университета, в котором по оказии дела учился когда-то сам Ленин, верховный вождь прошлых времён. Её и взял на вооружение. Петька кровать ломал на железяки, а я, когда неверных увечили, на стрёме стоял, сам никого не бил и селезёнку никому не портил. Вы не поверите, их молотили, а я, посматривая по сторонам, вчитывался в эти затейливые выражения, ничем не похожие на русские. В ту ночь перед нашей победой и соорудил я ту самую фразу, которую после донёс до братана, ставшего наутро верхним почти на все четыре года нашей обоюдовременной несвободы: «A backfire, et responde post»[1].

И пошло-поехало, уже на автомате, будто какая-то посторонняя сила меня туда невольно затягивала, в этот причудливый язык, в чёткие, рубленые и простые на первый взгляд слова, смыслы которых так верно и так неповторимо укладывались в моём незрелом сознании, хотя и не добавляли знаний. Всё ограничивалось лишь игрой моего дурного воображения и представлениями о параллельных мирах и материях, где жили и сочиняли свои рассудительные вирши эти загадочные латиняне.

Потом, через годы, а именно в самый сладкий промежуток моего «золотого века», между первым ознакомительным визитом в «Шиншиллу» и этапом

---

[1] Как аукнется, так после и отвечать (*пер. с латыни*).

в Краснокаменку в 2006-м по 162-й, часть вторая, я по случайности напоролся на трактовку — откуда он взялся вообще, в принципе, этот язык благородных господ и верных рабов. Стал читать, но тут же бросил, потому что уже с самого начала вычитывалось типа такого: «Латинский язык (lingua latina), или латынь, — язык латино-фалискской подгруппы италийских языков индоевропейской языковой семьи. Этот язык вместе с оскским и умбрским языками составлял италийскую ветвь индоевропейской семьи языков. В процессе исторического развития он вытеснил другие языки и со временем занял господствующее положение в западном Средиземноморье. Появление латыни как языка относят к середине II тыс. до н. э. В начале I тыс. до н. э. на латинском языке говорило население небольшой области Лаций (лат. Latium), расположенной на западе средней части Апеннинского полуострова, по нижнему течению Тибра. Племя, населявшее Лаций, называлось латинами (лат. Latini). Однако на сегодняшний день это мёртвый язык...»

Дальше я читать не стал. Не из-за лени — просто стало невыносимо противно после этих необдуманных слов насчёт полной омертвелости моего любимого детища. Да, найден он был мною, можно сказать, больше по недоразумению, типа наткнулся и вмазался всем лицом, но зато по обнаружении принят был всем моим сердцем. Из полезного же в том, что прочитал, я почерпнул для себя лишь то, что этот чудесный язык в основном вытеснял и господствовал. И что не латиняне были они, а латины. Всё!

Теперь смотрите, как у нас было дальше. Я на него не просто завёлся, а очень. Стал ощущать как бы изнутри, щупать за всякое, от краёв до сердцевины. Любое сущностное выражение тут же старался мысленно переложить с родного уже туда, ближе к латинскому звучанию, к аналогу сути, выраженной проще и твёрже, чем умеем это делать мы, носители славянских наречий. Будто сам же я в такие минуты и чеканил законы бытия: ртом, голосом, всей гортанью. И глаза. Тут крайне важно держать их полуприкрытыми, как у патрициев, для пущей значимости сказанного. И тихим говором изъяснять, не спеша — будто катится с горы квадратное колесо, не медленно и не быстро, а равномерно, и каждый угол его по пути ненадолго врезается в почву. Пускай даже и каменистую — всё одно она поддаётся и пропускает слово в себя. Казалось бы, самое простое, самое примитивное, а сравните.

У нас: «Поздравляю вас с днём рождения!»

У них: «Конгратулор тиби де натали туо!»

И так далее, по всему набору слов, фраз и остальных звуковых наслаждений. Каково?

А порой они мне снились ещё, эти славные латины, во всей своей первозданной древности. У них были курчавые бороды с лёгкой сединой, их прекрасные женщины смущённо улыбались, наслаждаясь тем, как ловко орудуют с парусами и канатами их проворные благородные мужья. Дети их, свесив ноги за борт, счастливо улыбались отцам и матерям, никогда не бывавшим в местах отвратительных, непригодных для радостной жизни и удалённых от их плодородных земель на расстояние дальше самого громкого крика. Они плыли на своих лодках меж берегов могучего Тибра, они пели свои прекрасные латинские песни и исполняли свои невообразимые латинские танцы, которые в их далёкие времена не считались грязными, за которые их принято держать теперь.

Короче, просто натурально подсел я на эту странность, в какой в приличном месте и признаться-то неудобно. Зато она же часто помогала решать рабочие темы. Бывало, вставишь между тёрок парафраз какой-нибудь, без перевода, на одном лишь чувстве и речитативе, и напоследок туманно закатишь глаза. И молчишь, ждёшь любой ответки. Если возникала ожидаемая — вежливо прощались и ставили на график. Нет — я отстранялся, в дело вступал брат мой Пётр и уже ставил непослушных на принудительный счётчик. Следует отдать ему должное — всякий раз он для начала запускал меня, вымеряя мою способность воздействовать на людей исключительно приёмами мирного языкознания. Думаю, он мне не завидовал, поскольку и сам в каком-то смысле обладал интересной особенностью: из всех ставших нам со временем привычных выражений запомнить сумел лишь «Homo homini lupus est» — «Человек человеку волк». Эта крылатая фраза, которую он явно выделял среди других, вскоре сделалась его личным нравственным кодом. И его мой суровый брат уже не забывал втиснуть в разговор, даже когда нужды в этом не было совсем. То ли пугал для поддержания формы, то ли просто немного шутковал, чтобы и правда не прослыть зверем. И что вы думаете: срабатывало, как безосколочная граната близкого радиуса действия: люди чаще шли навстречу, чем уклонялись от несения долгового креста.

В итоге скажу, что эта моя неодолимая тяга к латыни и латинам была тем тайным знаком, что, в отличие от всего остального, неприкрыто плавающего в проруби будто напоказ, резко отличал меня от Сохатого, моего однокровного братухи.

Вернусь, однако, обратно. В общем, после того как мы колонию прошли, малолетку эту хренову, первую школу жестокой жизни, одной на двоих, то, считай, сразу же в дело вписались, в мужское, взрослое, без никаких, и всё той же нераздельной братской парой.

Ну, а после...

А после вся эта история случилась, по 162-й, часть вторая. Плюс Герман Еленочкин, слава Богу, что оклемался после всех этих дел.

Началось с того, что Елена вызвонила нас и попросила прибыть по-срочному. Сказала, дело нехорошее, а значит, требуется наше прямое участие. Разговор, который состоялся между ней и одной высокопоставленной бизнес-дамой, она передала нам вкратце, сделав акценты лишь на суть и избегнув пустых подробностей. Разве что намекнула на то, что была некогда связана с ней по работе, однако финансовые интересы не пересекались, да и не могли никоим образом пересечься в силу их абсолютно разных положений в обществе и делах.

— А сама ты не при делах, выходит? — спросил Петька, потому что нужно было чего-то спросить, просто для затравки и поддержания бандитского фасона.

— Абсолютно, — спокойно отреагировала Елена, — ничем ей не обязана, так что можно действовать с совершенно чистой совестью, ребята.

Сам же разговор, состоявшийся между ними — тот, что мы услышали от Елены, — был такой, передаю его конспективно. Но до этого Еленина гостья зашла в «Шиншиллу», днём, поднялась на антресоль, присела на наш любимый с Петькой разговорный диван для кофепития и выгодного обзора речной красоты и, сделав заказ, попросила официанта пригласить директора. Елена и пришла, имея обыкновение уважать желание гостя.

Гостья:

— Узнаёшь?

Елена:

— Узнаю, Муза Пална, какими судьбами?

Гостья:

— Не хочу отнимать время ни у тебя, ни у себя, Грановская. Есть разговор, так что сосредоточься, пожалуйста, и послушай.

Елена:

— Я Веневцева, и вам это известно.

Гостья:

— Мне хорошо известно, что время, которое мы когда-то дали вам, давно истекло, так что пришел срок платить по долгам, Грановская. Всякий обман должен быть компенсирован. Или же наказан. Выбирать тебе, моя дорогая.

Елена:

— Что вы этим хотите сказать?

Гостья:

— Хочу просто напомнить, что затея твоего Германа так и не превратилась в бизнес-план, хотя так мило и начиналась. Думаю, я не могу с этим согласиться.

Елена:

— Что, так плохи дела, Муза Пална?

Гостья:

— Это ни при чём, Грановская. Просто мой принцип не прощать предателей и негодяев типа вас с Германом. Отсюда вывод.

Елена:

— И какой же?

Гостья:

— Вывод такой. Даю тебе двое суток для того, чтобы Герман твой, которого ты сбила с толку, покинул это убогое место и переместился туда, где ему надлежит быть. И ждать я не намерена.

Елена:

— Помню, одна похожая попытка уже была, только плохо закончилась. Хотите дубль?

Гостья:

— Да, неважно у них получилось, ну ничего, в другой раз не будут действовать через голову.

Елена:

— Так это вы его на зону упекли, выходит? Гамлета вашего. Пожалуй, я вас и на самом деле недооценила, Муза Палка. А он в курсе, сам-то?

Гостья:

— Двое суток, запомни. Дальше будет плохо. Или совсем плохо, я ещё не решила.

Елена:

— Стало быть, не в курсе. Ну, а если исправить оплошность и ввести его в курс дела — это, с вашей точки зрения, имеет смысл, как сами-то думаете?

Гостья:

— Пасть захлопни, сучка. И помни, двое суток и ни минутой позже. Сама, если хочешь, можешь ещё какое-то время помучиться тут, дело твоё, я пока возражать не стану. А Герман — мой. Это всё. Время пошло.

Такой рассказ. Елена закончила его на непривычно низкой ноте и спросила нас обоих:

— Вы понимаете, что это довольно серьёзно? Я её знаю, эту рыбину, и думаю, угроза её не пустая. И я хочу, чтобы вы понимали, что без Германа всё рухнет в один день. И эта точка для вас закончится, как и не было, согласны?

— Так ты чего, хочешь, чтоб мы её грохнули, что ли? — хмыкнув, озадачился мой брат. — Или типа встречно прищучили?

— Чего бы вы хотели в идеале, Елена? — этим мягко сложенным вопросом я попытался несколько скомпенсировать братову прямоту и его же недалёкость, если иметь в виду предстоящие всем нам решительные дела.

— Прежде всего, я хочу, чтобы мой муж ничего об этом не узнал, иначе он не сможет спокойно работать, и мы с вами будем иметь на выходе ровно то самое, чего добивается от нас эта баба, — ответила Елена, чуть подумав. — Ей ведь важно не только создать для себя очередное прибыльное дело, для неё ещё само по себе имеет огромное значение оказаться сверху в любом своём начинании, не чувствуя себя обойдённой чёрт знает кем без имени и судьбы. Ей кажется, она придумала нечто, что может добавить ей статуса в собственных глазах, а на деле получается, что с ней просто поиграли и с лёгкостью пренебрегли её милостями. И этого Рыба не простит, так уж она сделана.

— Так чего, валим её или не валим, я не понял? — Мой брат никак не мог угомониться насчёт того, чтобы проявить уже наконец свою бандитскую отвагу не только путём переговорного процесса. Надо сказать, порой я подмечал в нём некоторую избыточную кровожадность, но каждый раз находил этой его малопонятной тяге те или иные объяснения. Не могу, конечно, со всей смелостью заявить, что Петька мой специально нарывался на что-то необычное с целью хотя бы минимально скомпенсировать свои нереализованные геройские мечты. Однако время от времени некий внутренний позыв, поселившийся в нём в момент, который я связывал с нашими общими барачными годами, всё же искал выхода наружу, и с этим невозможно было спорить. Вероятно, в своём деле Петька, как и эта непонятная Рыба, рвался наверх, к какому-то одному ему известному свету, луч которого никак не удавалось засечь его пытливому взгляду. Понимаешь, говорил он мне в минуты житейской тоски, мы живём с тобой в мире, где практически не бывает солнца, а небо почти круглый год имеет цвет земли. Получается, внизу земля и сверху она же, то бишь вроде как в могиле постоянно находишься, в гробу, зажатый меж дырявым днищем и гнилой крышкой. Херня ж полная, согласись, братан!

Я чаще отмахивался, уводя разговор в очередное необязательное дуркó, но странное чувство неизменно подсказывало мне, что рано или поздно мой неразумный брат натворит того, что станет помехой в жизни не только самому ему, но и нам обоим. Мне ведь за все наши совместные годы так и не удалось чувствительно отделить себя от него, несмотря на полное понимание мною наших различий в устройстве сердца, души и головы.

— Нет, не валим, — строго отреагировала она, чуть нахмурив брови, — просто разговариваем и выжидаем. Через двое суток я хочу, чтобы вы оба были здесь практически постоянно, под рукой, потому что, начиная с этого момента, всё возможно.

— Не вопрос, — ответили мы, не сговариваясь. — Стволы при себе иметь?

— Иметь, — ни секунды не раздумывая, подтвердила Елена. — Я слишком люблю своего мужа, и наше с вами дело — не подвергнуть его любому риску. А к ментуре я сами знаете как отношусь: слупят денег и не дадут результата, всё как всегда.

— А кто за этой рыбиной стоит, знаешь хотя бы? — спросил её Петька. — Ну типа там как мы кто-то, или менты, допустим, или спецконтора какая.

— Не знаю, — жёстко ответила Елена, — но что кто-то имеется, это факт. Неспроста у неё все эти жизненные блага, ничего просто так не бывает, тем более она пока не лужковская жена.

— И в итоге? — поинтересовался я. — К чему всё же больше склоняемся: насильственно решаем или сперва говорим?

— Значит, делаем так, пацаны, — после минутной паузы Елена продолжила крутить вариант, — для начала вам нужно потолковать с Ашотом из «Ереван-плазы».

— Это из которой Черепа, что ли, турнули? — недоверчиво покачал головой мой брат, в очередной раз удивив меня знанием тёмной стороны жизни. — Это серьёзное место, там, кажись, армяне у руля. А для чего нам этот армян-то?

— Не знаю, о каком Черепе речь, раньше там Гамлет всеми делами заправлял, а теперь его зам, Ашот. Встретитесь, представитесь, скажете, мол, есть у вас сведения, что это Рыба его органам сдала и всё организовала документально — Муза Павловна Рыбина, если конкретно. И что пускай они там сделают соответствующие выводы. Думаю, они с ней по-своему разберутся, а нам именно это и надо. Глядишь, за новой заботой Муза отвалит от нас. А там поглядим. Кстати, можете чуток лавэ заиметь за полезную инфу, от Ашотика этого. У него там целый «Низ» имеется, ресторан при «Плазе», так что не обеднеет. И Венере Милосовой заодно приветики от меня передайте, она у него там внизу верхней трудится.

В общем, прикинули мы тогда порядок действий и в тот же день двинули к армянам, ещё не понимая, чего там у них ждать и от кого.

Получилось довольно мило. Ашота нашли быстро, у него там офис нормальный, наверху и с видом, и запустили нас сразу же, как отрекомендовались. Чай-кофе, все дела — без вопросов.

Ашот послушал, покивал, и видим, реально благодарный за слова наши — глазами, ртом, снова глазами. Сказал, если всё так окажется, как излагаем, то будет нам благодарность от ихнего сообщества, лично нам двоим. Добавил ещё, что надо дружить, а он, Ашот, дружить умеет мало как кто. И обещал Венере этой тоже приветы наши передать по линии «Шиншиллы» для укрепления всё той же будущей дружбы. В общем, как-то так.

Мы, два идиота, само собой, не знали и знать не могли, в какую историю ввязываемся. Думали — как лучше для себя и для Елены, которую натурально уважали, без балды. Наверно, именно из-за этого излишнего уважения брат мой Пётр, хоть и план одно время такой имел, так и не решился закинуть в её сторону насчёт реально переспать. Тем более что с мужем её Германом мы так и не познакомились, и это обстоятельство, как говорится, «освобождало стороны от угрызения и стыда», что тождественно следующему, всё из той же удивительной культуры, знающей про всё на свете — «Pars ignominiae fraudisque subsidio».

В других наших точках дани, не совру, мало кто имел наглость отказать в таком несложном одолжении, если сильно попросить попутно делам и правильно объяснить. Пару раз и мне обламывалось, правда, лишь с братовой подачи — сам не смел, робел, тушевался и потому чаще платил за подобное, чем случалось по взаимности и доброй воле. Петька об таком вообще не заморачивался, его объяснения каждый раз сводились к тому, что такая, мол, служба, братан, ничего не попишешь, иначе просто за людей держать перестанут, самих трахать начнут во все дыры, только успевай уворачиваться.

Так вот, снова про двух идиотов, про нас. Кто бы мог подумать, включая Еленочку, что как только покинем его армянские владения, Ашот наберёт эту Рыбу и вывалит ей всё как есть. В этом и была суть нашего общего промаха: следовало сперва проверить их связи, пробить на совместные дела и вызнать контакты. А уж только после этого идти и открывать свой поганый рот. Ну, Елена ладно — искренне, допустим, заблуждалась. Думала, раз друзья они были и подельники, то врагами не были никогда. Один армян сгорел, другой — остался с мыслью отмстить за всю диаспору. А вышло, что как-раз и были, к тому же страшными, типа один против всех и все против одного, как королевские мушкетёры в книгах французского классика-отца, которые извечно противостояли каждый всякому и подсиживали друг друга, хотя и пили заодно, и гуляли, и клялись как последние черти в вечной дружбе друг другу, а также кубку, клинку и лучшим красавицам.

Но об этом мы узнали уже гораздо поздней, на краснокаменской зоне, от Черепа, который, к нашему удивлению, оказался тем самым до поры до времени неизвестным нам Гамлетом и держал всю зону, смотрящий был, в законе. Он же, узнав про такое, пообещал оба черепа обеих мам, Рыбиной и Ашотовой, от внутренностей освободить, бок о бок в одно совместное очко поместить и пользовать по нужде. Очень злой был, вы бы видели его. Но всё это он говорил, правда, до того ещё, как утратил власть и сделался никем. Впрочем, об этом ещё скажу.

Короче. Два дня выжидали, как Еленочка и просила. Но, если честно, практически уже были уверены, что по линии этой опаски — отбой. Что сработал наш упреждающий визит, и Рыбе теперь не до этой кухонной ерунды — себя бы спасти после того, что стало известно горячим армянским пацанам про её неблаговидные поступки и дела.

И был потом день третий. Сидим, по сторонам сечём, ищем любой подвох с любого края. Стволы наготове, сами сверху, на десертных антресолях, для обзора вниз и по бокам, включая набережную. Нам — покушать, кофе, всё такое, приносят как по расписанию, начиная с момента явления Германа в стенах заведения и до самого финала его работы.

А потом был день четвёртый. И ниоткуда ничего. Елена приходит, улыбается нам, говорит, снимаем засаду, пацаны, всё было пустое, всё бла-бла, пришла, подурковала, излилась желчью и отвалила. Она такая, Рыба, ей главное в напряжении держать, а что до дела, так, видно, тысячу раз подумает ещё, стерва.

Ну мы с братом тоже в ответ поулыбались, покушали в последний раз от Германа и его кухни и двинули к себе, до первой пятницы другого месяца.

А назавтра, ближе к бизнес-ланчу, — звонит. Голос резкий, порывистый, на срыв. Кричит, немедленно приезжайте, на Германа покушение было!

Мы, само собой, дела побросали, стволы под ремень, кинулись на набережную. Хотите верьте, хотите нет, но лично я будто крик собственной сестры услыхал, так всего меня болью невероятной от этого крика прошибло. Она ведь на самом деле дико любила Германа своего, как ненормальная. Хотя и строгая, и деловая, и сдержанная в обращении. Я ещё подумал, что если Петька хотя бы раз не так на неё поглядит в женском смысле её натуры, то в этом случае я уже непременно вмешаюсь и не позволю ему даже мечтать в её святую сторону, вот так.

В общем, принеслись мы в тот страшный день, она нас на улице встретила, чтобы в машине разговаривать, такая уж была упёртая, никак не хотела мужа своего в дела эти втаскивать, ни по какому. Глаза уже сухие, хотя видно, что недавно ещё были мокрые, но остались уже одни только стянутые вокруг самых уголков мелкие морщинки. Держится. И говорит:

— Вот что, Петя и Паша, менты пускай сами по себе работают, я им не собираюсь ничего объяснять, не верю и не хочу никакого их участия в этом деле. А с остальным сами разберёмся, тем более что знаем, где и концы искать, и начала.

Петька осторожно так интересуется, с непривычной раньше деликатностью:

— Лен, а что такое вообще, как произошло-то?

Она головой покачала, волосы непослушные поправила, лоб растёрла себе туда-сюда и отвечает брату моему:

— Наверное, пасли его. Он сегодня раньше приехал, без меня. Кроме него, всего один человек внизу был, Костя, бармен наш, прибирался, он на двух ставках у нас, остальные не подошли ещё.

— И чего? — спросил я, дрожа от волнения. — Кто ж на него покушался, когда, как?

— Он прошёл почти сразу вслед за ним, — сказала она так, будто была тому свидетелем, — осмотрелся и прошмыгнул вниз. Герман в это время у плиты находился, у вытяжного шкафа. Думаю, включал его, чтобы протянуть помещение, он каждый раз с этого начинал.

— А второй где был, бармен этот? — участливо спросил Петька, чтобы как-то обозначить своё неподдельное внимание к печальному событию.

— Костя в это время в подсобку отлучился, — пояснила Елена, — но потом вспомнил, что забыл Германа о мусоре спросить, отделять пластик от пищевых отходов или не надо, а то Герман вечно недовольство проявляет, если они всё в кучу валят. В общем, он вернулся и увидал, как небольшого роста мужик в лыжной шапочке с прорезями для глаз быстро спускается в наш подвал и по пути достаёт нож такой специальный, явно не поварской, и к Герману с ним, крадучись, чтобы шаги не были слышны. А Герка спиной к нему, уже достаёт из рефрижератора рыбу. Он и заорал, мол, Герман Григорич, Герман Григорич, чего с мусором-то делать?! Говорит, почуял что-то нехорошее, от спины вроде как сигнал принял, будто ошпарило его сначала, вдоль всего хребта и тут же холодом окатило туда же. А закричал, говорит, так, на всякий случай. И был страшно перепуган, кстати говоря. И недаром, получается. Человек этот в секунду развернулся и так же быстро пошёл по лестнице наверх. Практически побежал. И исчез. А Герман даже понять ничего не успел — когда он на крик этот обернулся, то никого уже не было. Такая история, ребятки.

— То есть Костю вашего как пособника исключаем? — на всякий случай спросил я, чтобы уже окончательно оставить в качестве подозреваемой фигуры одну лишь Рыбу.

— За него отвечаю, забудь, — коротко отреагировала Елена, и я лишний раз подивился её холодному и здравому уму. — Он с нами с первого дня, студент-заочник, маленький ребёнок у него, два языка, и вообще это невозможно, ручаюсь.

Наверное, если бы всего несколько часов назад собирались пырнуть мою жену, которая к тому же была б любимой, а не просто, то навряд ли бы я сейчас смог так спокойно рассуждать о том, кто, куда и зачем. Я, скорее всего, просто бился бы в истерике и мечтал о

246

смерти: своей или негодяйской. И вообще, если определиться в понятиях, подогнав их под момент, то «Ni amicitias vitam amicus tuus moriens», или: «Если не дружишь с жизнью, то лучшим другом становится смерть». Так сказал один латин, но какой, я этого так и не узнал, потому что фамилия латинского мудреца перешла на другую страницу и, когда я переводил в собственность этот разговорник, принадлежавший ранее малолетней колонии, то нужная страница уже была кем-то выдрана, и я предполагаю для чего. Но к тому времени фамилия уже не играла роли, Петька и так был верхним, а я — при нём и потому не задумывался ни об какой смерти вообще.

— Тогда какой будет порядок действий? — осведомился брат Пётр, хорошо понимая, что лучше Елены это ему никто не подскажет.

— Нужно ехать разговаривать, — не задумываясь, ответила та, — брать её надо неожиданно, лучше в машине, потому что, насколько мне известно, по городу она теперь передвигается без телохранителей, за ненадобностью. Адрес офиса нам известен. Водителю — мешок на голову, в голову — ствол, и пусть сидит, ждёт. А вообще, лучше их развести, если получится, и там уже по обстоятельствам.

— И чего хотим? — деликатно спрашиваю я. — В том смысле, на что рассчитываем, затевая этот разговор? И о чём, в принципе? Она ж будет всё отрицать, это же ясно как «divina die».

— Как что? — не поняла Елена.

— Как Божий день, — отмахнулся я, — не важно. Главное, как я понимаю, расколоть и... И? — Я вопросительно посмотрел на неё.

— И мочкануть, чего ж ещё-то! — удивлённо пожал плечами Пётр. — Или, по крайней мере, выставить счёт, так, чтоб у ней жабры от удивления повылазили.

— Не то и не другое, — задумчиво, но с нужной строгостью в голосе прокомментировала наши братские выступления Елена. — Это бессмысленно. Как сказал Черчилль, нам нужны не войны, а территории.

— В смысле, забираем бизнес? — Петька заметно оживился и потёр рукой об руку. — Но это я должен со своими верхними перетереть, тут сам я не могу решать, уже следующий уровень, думаю.

— Получается, завалить — твой, а завладеть — уже не наш? — искренне возмутился я. — Что за херня такая? Выходит, жизнь человеческая дешевле бабок, так, что ли?

В тот момент я и на самом деле немало разозлился на брата. И вовсе не потому, что он как бы решил соскочить с этого во всех отношениях многообещающего дела и в результате на глазах Елены терял нашу с ним самостоятельность. А просто внезапно мне стало жутко обидно, что мы с ним докатились до такого, что сидим тут с этой привлекательной и чрезвычайно умной женщиной, верной женой и превосходной хозяйкой, и вместо того чтобы сыпать комплиментами и говорить за полнокровную жизнь, вынуждены хитрить, выдуривать и взвешивать на одних и тех же весах абсолютно несовместные вещи.

— Не надо никого валить, ребятки, — успокоила обоих нас Елена, тут же засекшая прелюдию скандала, — я хочу поступить иначе. Вы скажете, что наш с ней разговор записан на плёнку, в котором присутствует явная угроза здоровью и жизни моего мужа, однако мы не станем давать делу ход, исходя из того, что покушение стало неудачным. Вместо этого мы объявляем обоюдный мир, снимаем взаимные претензии и прощаем друг другу всё, что накопилось за годы этого необъявленого противостояния. Судя по всему, наш армянский план не сработал, и я даже не исключаю того, что он же сработал против нас. Но это у меня пока что на уровне ощущений. — Она встала и посмотрела на часы: — Я сейчас иду к Герману, а вы завтра с утра начинайте пасти Рыбу у её офиса. Пока это всё.

Нет, всё же какая она, да? Каждое слово на месте, каждая мысль укладывается в своё гнездо вообще без подгона и притирки, входит как зубок в шестерёнку: гладко, точно, без лишних содроганий. Подумал тут же — смог бы так? Забыть о мести, наплевать на эту нечеловеческую обиду, выкинуть из головы всю злость и отчаянье ради своего ненаглядного мужа и во имя продолжения любимого дела. Простить такое и первым после всего, что было, протянуть руку мира. На это способен только сверхсильный человек, такой, каким была она, наша Еленочка.

Знаете, даже мой невозмутимый однокровник Пётр натурально прибалдел, глядючи на то, с какой выдержкой она вела себя в те тяжеленные для неё дни и ночи. Сказал:

— Мудаки мы с тобой, Павлуха, вот на ком бы жениться надо, а не на... — Тут он задумался, потому что вопрос этот ранее никогда братом Петром не поднимался и потому был девственно нов для его не полностью сформировавшегося сознания. Тем не менее именно он, а не я предложил использовать в этот раз ту самую схему действий, которую мы изобрели задолго до времён реального бандитства, — один при деле, другой обеспечивает бесспорное алиби. В общем, уже с раннего утра, проверив на всякий случай оружие, Петька сидел в бандитской засаде неподалёку от входа в Рыбий офис и сёк за происходящим в оба глаза. Я же, зайдя в проходную, справился о наличии Музы Павловны Рыбиной и получил разрешение ожидать её внизу. Замечу, что, пожалуй, не было минуты, когда бы я не пребывал под надзором охранителей входа в офисный центр. К тому же ещё я выбрал себе и место под самой камерой, куда и присел, распахнув журнал и укрепив тем самым статус носителя безукоризненного алиби.

Однако так хорошо продуманная история обернулась для нас весьма и весьма неожиданным боком. Поначалу всё шло по плану. Петька, дождавшись, пока подъедет Рыбий «Бентли», точно подгадал момент, и в момент, когда Муза Павловна отомкнула заднюю дверь, сунул ей туда навстречу ствол и затолкал обратно. Сам же, кивнув водителю, коротко распорядился:

— Трогай.

Тот послушно нажал на педаль, и они выехали с офисной парковки.

— Здесь! — приказал Петька, и водила припарковался. — Слушай сюда, сука, — голосом, не допускающим возражений, произнёс мой брат, — весь базар твой в «Шиншилле» записан на плёнку, так что...

Она не дала ему закончить фразу. Плавным движением руки Муза Рыбина отсоединила серьги от своих ушей и протянула их Петьке:

— Возьмите, пожалуйста, молодой человек, без проблем. — Заметив на физиономии моего брата лёгкое замешательство, она сама же опустила их в оттопыренный Петькин карман, чем добавила ситуации общей непонятки.

— Значит так, дамочка, — Петька воткнул ствол ей в лоб, одновременно сделав знак водиле сидеть и не рыпаться: — Слушай и вникай, повторять не стану...

Именно на этих его словах разом распахнулись все четыре двери в салон, и крепкие пацаны в камуфляжном одеянии одним коротким рывком сдёрнули моего брата с тёплой, ароматно пахнущей кожи заднего сиденья этого чёртова «Бентли». А вытащив на воздух, кинули лицом в грязь, прижав сверху для пущего покоя парой равнодушных рифлёных подмёток. Одновременно, заломив руки, щёлкнули браслетами сзади.

— Свидетели? — бросила в их сторону Рыба.

— Обижаете, Муза Пална, — не растерялся ихний старший, — двое, тут они, рядышком.

— Где твой брат? — обратилась она к Петьке. — Поди, алиби для тебя где-нибудь высиживает? — И сама же ответила: — Точно, высиживает, — и кивнула своим: — Ну-ка, пускай проверят в холле, стопудово сидит там идиот этот, под камерой где-нибудь. Если так, давайте его сюда. И не забудьте запись стереть, — и глянула на часы. — На всё даю пять минут, а то у меня ещё две встречи сегодня, первая через полчаса. И ментов подтяните. И побыстрее!

Через полчаса всё было закончено, вся эта и на самом деле идиотская братская эпопея. Когда подгребли менты, она просто молча указала пальцем на Петькин карман и пояснила:

— Там!

Мент нацепил резиновую перчатку, вытянул из братова кармана Рыбьи серьги и бережно опустил их в полиэтиленовый пакетик. В другой, подцепив пальцем за контур спусковой скобы и приподняв, он так же бережно упаковал Петькин «макаров». Через несколько минут подвезли и меня и так же бросили мордой в асфальт. Муза победно осмотрела финальную картину и усмехнулась:

— Неужели ваша Грановская на самом деле думает, что я настолько дура? Вас, кретинов, мои люди вели, начиная с того самого дня, когда мы с ней объяснились. Каждый ваш дурной шаг был понятен и убог, как и сами вы оба, два одинаковых придурка. Ну ничего, будет ещё время поумнеть, я всё же надеюсь.

Мы лежали в полной неподвижности, и каждый в это время думал о своём. Я — о том, что теперь Еленочка останется без всякой защиты с нашей стороны и что мы с братом настолько бездарно прокололись, что, наверное, поделом нам такой огорчительный расклад. Но вместе с тем больше всего меня тревожила мысль о том, успел ли Петька сообщить Рыбе про несуществующую запись её беседы с Еленой. По крайней мере, оставалась бы надежда, что наезды эти не продолжатся.

Петька же, отбросив несвойственные его организму рефлексии, в мыслях своих сосредоточился на главном — уйдёт ли на зону вместе с хорошей статьёй типа вооружённого грабежа малява насчёт того, как позорно лоханулись авторитетные пацаны, не сумев переиграть какую-то там случайную фраерскую бабу. Позор — он всегда позор, включая и в душевном плане. Но вот только на зоне он имеет свойство учетверяться и иметь последствия.

Потом уже, на этапе, пока нас трясли до Краснокаменска, брат мой Пётр признался, что изведал второй по силе страх перед лицом позора, сравнимый лишь с тем, который он испытал, когда мы в детстве мерялись письками и он не победил.

Не стану утомлять вас описанием следствия и суда — чисто классика: есть пострадавшая, имеются свидетели разбойных действий, подтверждённых неоспоримыми фактами, добытыми следствием. И есть приговор —

строгая восьмёра плюс дважды по пол-лимона деревом в пользу потерпевшей для покрытия её же моральных и нравственных страданий, причинённых группой из двух одинаковых лиц. Одно скажу, частично расслабить серёдку мне удалось лишь после того, как наш адвокат подтвердил, что передал Елене мои слова насчёт того, что с версией о наличии записи разговора Петька успел-таки Рыбу ознакомить. Так что я этапировался к месту отбывания уже с более-менее лёгким сердцем. Об одном жалел — так и не успели мы с Германом познакомиться, с кулинарным кудесником и гастрономщиком от Бога.

Ну, а дальше стали мы с братом чалиться. Не скажу, что сразу место себе под солнцем завоевали, сперва пришлось отжить целую историю, какая у других заняла бы вечность. Но только не у нас с Петром.

Дальше, пожалуй, пойду конспектом, скороходно.

Короче, всё и было, как я примерно себе насочинял, пока длился наш этап — от момента истины и до занятия мною шконки. Петька сразу же, как представился, в орлы стал пробиваться, круги вокруг сильных давать, байки колонийские выдавать из прошлой жизни, как и про подвиги, что за ним на сообществе числились, вспоминать и озвучивать. В общем, стал работать на укрепление имиджа, как нынче принято об этом изъяснять. А только зона такое дело, что выше собственной жопы всё одно не прыгнешь. Тут главное, место не ниже своего занять, а уж про остальное — думай. Хотите знать про меня, так вот, доношу вам — мне чужого и было не надо, и теперь не стану за это задницу рвать. Я ведь по всей своей жизни не такому радуюсь, а другому. Вот, например, обнаружилась библиотекушка на зоне, невидной пристроечкой к хозблоку приделанная. Это была радость. Я с первой оказией в неё проник и стал лихорадочно перебирать этот незнакомый мне фонд. И что вы думаете, как знал, что моё маленькое счастье помнит меня и вечно думает обо мне! Нашёлся учебничек один, где и про латынь сказано кой-чего, да и другие почеркушки кой-какие полезные обнаружились. Принял его в руки, к сердцу прижал и даже чуток намок глазами. Понял, не останусь один, есть теперь во что душу окунуть, в какое дело чувство втиснуть тайно от других.

С Петькой было радостью поделился, так он отмахнулся просто, если не послал куда дальше: говорит, мудило ты, нам с тобой нужно в люди пробиваться, заявить себя как можно скорей и нормально укрепиться на этом месте. А ты тут со своими писульками мне всю малину обсираешь, подумают люди добрые, мордами обознавшись, что это не ты, а я, понимаешь, с книжками этими суечусь, как дуркнутый, вместо чтоб характер ставить и пробиваться к верхним. Усёк, братан? Так что ты с этим давай полегче, полегче и не на́ людях чтоб.

Так и стали тянуть срок. Но вот что странно, не успев как надо определиться, вдруг обращаем на себя внимание главного. Череп, погоняло — смотрящий, тот самый, известный по всяким громким делам. Ну, он с Петром моим базар поимел, и типа договорились. Петька возвращается довольный, глаз горит, и сам вроде как разогнулся в прямой ход против прежнего, сутулость наша с ним общая немного убралась, даже стало заметно на вид. А у меня пока осталась.

В общем, излагает всё как есть: про Химика-Родорховича этого несчастного, обманщика целой эпохи, про нашу с ним задачу, про будущие перспективы после этой одноразовой услуги. А сам, вижу, уже корону примеряет, снаружи не видно, но я-то чувствую, мне ж для этого даже напрягать себя не нужно, одной всё же крови с ним, хоть мыслями бываем сильно разные.

Ну выбора нет, это ясно. А только жалко его до слёз, Химика. Ходит больше одиноко, глаза умные, нос тонкий, зато очки толстые, будто прямо из лица растут, словно как родился с ними, так и живёт. Говорит негромко, по слухам, в отряде у себя постоянно пишет чего-то. А с другой стороны, чего ж не писать, если такое внимание к нему со стороны всего прогрессивного человечества приковано. Брат его помоями обливает, с чужих, правда, слов, а мне он совершенно другим рисуется. Не знаю, что там у него со скважинной жижой вышло, какая канитель, но только при такой личности сами у себя обычно не воруют, как про него пацаны рассказывали.

А цель — глаз, это мне Петька донёс в последний момент. Хотя и не хотел, кажется, впускать в существо тайны. Моя задача — общее внимание на себя мордой оттягивать, дубль два, против той первой пробы, которая для нас обоих позором завершилась и сроком. Смотрю на него, когда вижу, и понимаю, что борюсь сам с собой, что не наверняка знаю, какой во мне кто и кого одолеет из-за протеста внутренней души. Но вскоре всё сошлось, призвал Петька стоять где надо и ждать, пока отзовут. Всё. А сами они пошли вслед Лиахиму, гуськом, трое: Петька и два остальных, каких Череп назначил подчищать, если чего. Как вошли они внутрь библиотеки, в самую святую для меня зону в этой местности, так и защемило у меня внутри, по всем сразу направлениям тела и совести. Я, помню, даже не успел в собственных ощущениях хорошо разобраться, а просто в один миг сделался непокорным горным орлом и ринулся вниз, вслед за ними троими, будто сорвался с обзорной вершины и дальше уже летел, не видя воздуха, не слыша зова раненой земли, не понимая, кто есть друг и где мой враг. Ворвался в библиотеку эту чёртову, увидал, как собираются друганы мои уродовать бесчувственного Химика, и с ходу заорал истошным голосом:

— Назад, с-суки! — потом я отшвырнул в сторону ногой перо, вывалившееся от неожиданности из братовой руки, и снова заорал что есть сил: — Все назад, поняли?! Быстро, я сказал!!!

Потом, помню ещё, кинулся к окну и дёрнул обе створки сразу, распахнув их до отказа. Посыпались какие-то ошмётки пересохшей краски, зимний ветер ворвался в нашу с Лиахимом библиотеку и разом смёл со стола листы пустой бумаги. За окном взвыло, и сквозняк, образовавшийся в пространстве между распахнутым настежь окном и незатворённой дверью, закрутил их по полу, задирая вверх острыми углами, будто лепя из них по ходу дела образ причудливой лагерной вьюги.

Ну, а дальше так: мы с Петькой получили каждый по ножевому удару, один — слева от моего пупка, другой — справа от его. И эти двое отвалили, потому что поняли, что дело зашло слишком далеко, почувствовали опасность от меня и брата, от всей этой ситуации, которую я им так непредсказуемо обломал. На выходе что-то угрожающе прошипели в наш адрес, но я хорошо не услышал, мне надо было осмотреть Петра и Лиахима, чтобы убедиться, что и братан цел, и что этот самый не пострадал в очередной раз после того бесчестного суда, где обобрал самого себя, утаив больше, чем высосал. Да и мне самому хорошо было бы не сдохнуть, а то кровища хлестала так, будто нас послали не глаз из человека вынуть, а весь библиотечный пол кровавым суриком покрыть.

Дальше — горбольничка и местная санчасть. После — суд, само собой. И что вы думаете? Правильно, каждый из нас получил весомый прибавок в виде пятерика: статья плюс рецидив. Короче, не они, а мы с братаном крайними оказались: те же, выбив у нас из рук финку, просто защищали честь и достоинство, своё и Лиахимово, на которого с тревогой смотрит мир, вот так. И всё же скажу, что пострадал я в каком-то смысле не зря. Не удалось нашим лагерным дело замять, как ни пытались, вышло всё ж наружу, по всем средствам доставки новостей объяву сделали, что на Химика покушение было, но по счастливой случайности тому удалось избежать серьёзных потерь здоровья. А что случайность эта — я сам и есть, об этом ни гугу.

Но что-то произошло, это точно. Однако выяснилось такое, лишь когда наши с Петькой пупочные ранения стали затягиваться уже намертво. А реально началось, когда перевели нас в санчасть, сюда же, на зону. И этому так и не нашлось никакого моего объяснения. Сначала Петька спросил меня о моей книжице, что оставалась заныканой у шконки. Хочу, говорит, покопаться в ней малёк, карму себе почистить этой твоей латынью, а то чего-то нехорошо мне, братан, неспокойно на душе, муторно. Ну, я санитару дал понять, что надо бы это сделать, и строгий глаз ему вдогонку соорудил, для себя же непривычный. Ну, он просёк враз, что надо посодействовать, и быстро сделал, чего просили. Притащил и говорит:

— Прошу, пожалуйста, Сохатый, если чего, обращайся, всегда помощь окажу и хлопцам передам, чтоб навещали. — И улыбается, как не делал раньше со мной, а больше с Петькой. Говорю:

— Какой я тебе на хрен, Сохатый, ты чего, баклан, чердаком уехал? Я ж Паштет натуральный, проснись!

А он, вместо чтоб согласиться, только лыбится и ответно кивает, типа шучу я, а он шутку мою нормально заценил.

Короче, непонятка началась. А Петька учебничек распахнул и унырнул в него, надолго. Всё губами своими шевелил, всякую хрень там, видать, отыскивал для себя облегчительную. А на другой день говорит вдруг ни с того ни с сего:

— Ne hostibus amicos sed potius novis!

— В смысле? — переспрашиваю. — Чего тебе, Петухан?

Он переводит:

— Не ищи себе врагов, а лучше ищи новых друзей.

Смотрю я на него и вдруг вижу, что не Петька передо мной, а я же сам, Павлик, Паштет, слабый и покорный брат мой меньший. И уже вообще мало чего понимаю. А одновременно чувствую, как нарастает внутри меня какая-то непривычная мне отвага. Как вскипает и бурлит в венах незнакомое ранее бандитское непокорство, как просится наружу мужское упрямство моё, как стальной пружиной заворачивается в серёдке моей вольная лихость и тяга сделать обратно тому, чего все они от меня хотят, вообще, в принципе. И страха нет. И чувство опасности, что неизживно теплилось во мне, вмиг исчезло куда-то, растворилось, утекло, растаяло. Я глазами пару раз хлопнул для порядка, осмотрелся по новой и внезапно увидал себя другим, чужим, обновлённым. А после на Петра посмотрел и обомлел просто. Лежит он, жалкий, книжицу мою в руках перелистывает, чему-то своему тайному сокрушается, а лицо озарённое, доброе, без любой человеческой злобы ни на кого. Не его лицо, тоже обоим нам чужое. Чудеса, пацаны, в натуре говорю я вам!

А потом был суд. Да, собственно, и не суд, а так, хохма сплошная: просто свозили нас в Краснокаменск, в зал под конвоем завели, новый приговор зачитали, что прокурор испросил, да и отпустили с богом восвояси срок добивать плюс пять сверху на раскрутку по совокупности. А как в отряд вернули, говорю Петьке, давай, мол, наколки соорудим себе, а то неприлично, ходим тут как пришлые, нам не по чину уже. Он говорит, как скажешь, братишка, я не против. Ну и накололи: я «SS» себе на плече — «Сохранил совесть», он, по моему выбору, опять же, — «СЭР» — «Свобода — это рай».

И началась новая житуха, братья мои. Что вы думаете, сделал я первым делом, восстановив здоровье обратно? Правильно, собрался навестить Черепа, разбор с ним иметь с предъявой за канитель, и класть я хотел, что не я, а он зону держит, по барабану, ничего уже, чувствую, не страшусь. И главное — вообще никак не удивляюсь этому своему открытию.

А только не довелось мне на этом этапе тёрку с Черепом устроить, раньше самого меня в штаб дёрнули, кум позвал, да негромко так, через пупка одного, чтоб без соглядатаев всё прошло.

— Ну что, — говорит, — Сохатый, как оно вообще, что на душе-то делается, говори без утая.

Я, конечно, удивляюсь: и тому, что вообще дёрнул фигуру мою незаметную, и что при этом тоже за Сохатого держит вместо Паштета. Что за кумовская мутка вообще? Но жму покамест плечами, скрытничаю. Говорю:

— Я в норме, начальник, чего звал?

Кум, вижу, тоже слегка накипь свою поджимает, но, видно, неволя в нём пуще охоты силится. И закидывает, глядя в промежность меж глаз:

— Такой вопрос, Сохатый, дело есть одно, хорошее для тебя, доброе и всем нам нужное. — Молчу, слушаю с вопросительным уклоном. А он, видно, не очень знает, как приступить, чтоб в обратку после не съехать, но продолжает, испытывая меня на терпение и любопытство: — Знаю, пострадали вы с братом, но так сами ж тому виной, верно? — и смотрит. — Не пояснять? — Мотаю встречно, не надо, мол. Он и говорит: — Но только теперь всё обратно повернулось с Химиком этим, с Родорховичем хéровым, трогать его больше не положено, глаз теперь за нами всеми ото всех сторон света имеется, так что нужно тему эту по-другому закрывать, усекаешь? — Снова мотаю, но уже наоборот, что, мол, не усекаю, начальник. Он и говорит тогда: — Ты был исполнитель, я в курсе, а зачинщик всего — Череп, он же Гамлет Айвазов, смотрящий. Вот его и надо убрать с нашего общего горизонта. Сам пойми, Сохатый, след такой никому нам не нужен. Да и тебе самому спокойнее, ты ж понимаешь, что он тебя с Паштетом после всех этих ваших нехороших дел теперь вниманием своим не оставит, согласен? Или уроет, или ж опетушит и опустит совместной братской парой. В обиженку-то неохота поди?

Звучало более чем разумно, иного и не скажешь. Быстро кручу в голове, интересуюсь:

— А мой-то здесь где резон, начальник? Твой — вот он, на ладоньке, а мне так и так рога мочить. А после мокрухи этой одна дорога на «Белую лебёдушку», и чего?

— Ну, это не твоя печаль, — отвечает кум, — сделаешь всё по уму — огорчить не дадим, не сомневайся, хозяин тоже в деле. Резку по-любому тебе придумаем, хоть и рецидив. И братанá своего малахольного заодно паровозиком прихватишь. Оно и нам лучше, и вам.

Ну и, как водится, буду должник. — И снова смотрит насквозь: — Лады?

Спрашиваю:

— А сам ты меня после... не того, начальник? Вопрос закрою — перестану быть нужным. Где гарантия жизни и свободы мне на этой земле?

— Гарантию сам себе выбирай, — отвечает он не моргая. — Иль со мной, иль с Гамлетом, вот и прикидывай, Сохатый, при ком тебе канифолить дольше останется.

— Ладно, тогда мне нужна слепая ночь, — говорю, — скажу заранее, чтоб никого в отряде, иначе облом. Сделаешь?

— Не вопрос, — отвечает кум, снова не моргнув. — Готовь реквизит и всё такое. А в чём нехватка обнаружится, поможем, не дрейфь. Ну, и с народом отработай, слова скажи про светлое завтра, заручись помощниками, сроку дня три, думаю, хватит. Дальше — труба. Свободен!

Такой был у нас с ним базар. В смысле, у него с Сохатым. Хотя Сохатый сам по себе знать ничего не знал, близнячик мой неприкаянный, потому как теперь вся братская диспозиция поменялась уже с ног на голову, и кто был никем в паре с тухлым самоучителем дурного языка, тот стал всем. И — наоборот. Только безголовый этот разговорник остался при том, кому был теперь нужней. Такая, браты мои, мерихлюндия.

Трое отпущенных суток только-только хватило, чтобы провести разъяснительную работу промеж местных серединных. С каждым потолковал отдельно, со всей строгой внимательностью и правильными глазами. Сказал, власть на зоне меняется, друганы, верхних будем сбрасывать, а вас — ставить на их насиженные авторитетные места. Действовать станем бодро, но жёстко. Ну а насчёт орудия подавления личности подсказал мой братка, Сохатый, которого теперь никто уже за него не держал. Для зоны он сделался Паштетом, как и для меня и для него же самого. Всё произошло тик-так, на основе мирного обмена одной братской натуры на другую, включая характер, темперамент, любовь и ненависть, терпимость и веру, надежды на обустройство несовершенного мира, изобретательность, чутьё, харизму, тягу к латыни и, само собой, оригинальное погоняло.

Так вот, говорит, чего нам велосипед изобретать, нужно просто разобрать железные шконки, как на малолетке, и в слепую ночь заявиться к ним в отряд. Начать с углового, остальных — под железный прицел и сразу же переключаться на Черепа. Но только, сказал, прошу тебя, без увечий, чисто пугнуть и мягко скинуть с пьедестала. У нас же с тобой в этом смысле имеется добрый опыт, для чего нам лишнего городить и другое зло вокруг себя насаждать?

И снова прозвучало разумней некуда. Кроме одного — версии насчёт финала экзекуции. Впрочем, эту часть я с братухой обсуждать не стал — мотнул согласной головой и двинулся в народ.

А когда истекли третьи сутки и едва засветлились четвёртые, мы уже неслышным гуськом втекали в их отряд. Скручивать и затыкать пасть по пути никому не пришлось, в эту ночь нам честно служила власть, убрав все мыслимые препятствия на пути своих подлых завоеваний. Зайдя внутрь, мы рассыпались невидной цепочкой, опоясав все подходы и отходы к барским углам, где размещались верхние. У окна, задёрнутый цветастой занавеской, размещался сам он, Гамлет, Верховный. Он похрапывал у себя на двойном матрасе, издавая мягкие звуки, резонирующие с его большой черепной коробкой. Но для начала мы взяли углового, который даже пикнуть не успел никаким вообще звуком. Его просто вжали в подушку и навалились сверху, перекрыв любое движение организму. Последующий короткий стон был тут же пресечён мощным ударом локтевого сгиба в левую почку, и дальше в этом углу уже была нормальная тишина.

Затем разом разбудили основную свору, их было штук семь, кто при Черепе капитально отирался, все блатные, все авторитетные зэки со стажем, но каждый со своей гнильцой, как выяснилось уже потом. Те прохлопались зенками, но, засекши нацеленные в них кроватные штыки, тут же увяли и замерли. В эту тревожную минуту им лихорадило только внутренность, наружность же оставалась тихой и неподвижной. Чего они при этом думали, мне было по барабану, слишком высока была ставка, отступать было некуда, за нами щитом стояла вся оставшаяся жизнь, перед нами серой пропастью висела роковая неизвестность.

Я резким движением отдёрнул занавеску, что скрывала за собой Гамлета, и воткнул ему в лицо световой луч от фонарика из кумовского реквизита. Остальные мои подручные, кто тоже имел при себе хозяйские фонари, сделали то же самое, каждый ослепив своего врага напротив. Все же прочие, кто оказался разбуженным нашим воинственным нашествием, выжидали. Именно таким планировал ход событий мой дальновидный брательник: всё равным образом напоминало историю захвата власти в малолетней колонии. И теперь мне казалось, что те же самые пацаны просто выросли и ушли сюда, на взросляк, и всё вернулось на круги своя. Они ждали молча, не предпринимая попытки встать ни на какую сторону. Так было и будет всегда, подумал я в ту минуту: одни будут действовать и рисковать, другие —

выжидать, чтобы присоединиться к победителю и сделаться его малой послушной частью.

Гамлет тряхнул головой и уставился на меня.

— Кто? — глухо спросил он. — Чо надо, падло?

Я выдернул из шкар заточку и поднёс её к его небритому горлу.

— Это я, Сохатый, и я пришёл забрать у тебя власть. И не я падло, а ты, Череп, и я это тебе сейчас продемонстрирую. — Не оборачиваясь, я негромко обратился к народу, тамошнему, отрядскому, кто вольно наблюдал за расправой и позором ихнего верховного: — Обиженные имеются? — Никто не отозвался. Я повторил вопрос, добавив голосу естественной суровости: — Я сказал, кто обиженный, ко мне, быстро. Или будет совсем нехорошо.

Откуда-то послышалось движение, хмырь у самого входа оторвался от матраса и суетливой походкой приблизился ко мне.

— Погоняло? — строго спросил я, не оборачиваясь.

— Гуня, — отозвался петушок.

— Целуй его в губы, Гуня, — негромко приказал я хмырю, — живенько.

Возникла пауза. Смертная, в натуре, без бэ. Воздух, что наполнял собой помещение отряда, внезапно словно загустел и сделался вязким. Ночь за зарешёченным окном, хотя и сентябрьская, ещё не чёрная и не слишком глубокая, тоже, казалось, остановилась в своём поступательном движении в сторону лагерного утра и сделалась мёртвой и непроходимой для любых видов жизни. Я ненавидел этот сентябрь с самого детства. И не только потому, что кончалось лето и надо было снова двигать в опостылевшую школу, чтобы набивать себе голову всякой очередной ненужной хернёй. Просто именно в этот месяц я ежегодно терял надежды на скорое освобождение от сдавливающих мою вольную душу тисков. До весны, до лета, до следующей тёплой воли снова было так далеко, что вся моя свободолюбивая внутренность сопротивлялась этой перемене, не желая терпеть столько для того, чтобы вновь ввергнуть себя в состояние беззаботной и не подвластной никаким учителям другой свободы.

— Ты труп, — негромко произнёс Череп, — ты даже сам ещё не понимаешь, какой из тебя получится красивый труп, — добавил он, свесив босые ноги с кровати и уперев их в дощатый пол. — Я самолично сперва лезгинку на твоей тушке спляшу, а после разберу на запчасти и отдам собакам. Но сперва ты узнаешь, что такое больно, Сохатый, очень больно, так больно, что пожалеешь, что мама родила тебя на эту землю.

— Соси его в губу, Гуня, — пропустив мимо ушей слова Гамлета, кивнул я хмырю. — Считаю до двух. Раз... — Двое моих людей резко выдались вперёд, заломили Черепу руки и швырнули его на спину, придавив грудь коленями. Третий грубо обхватил голову руками и тоже накрепко прижал её к матрасу, придав Черепу полную неподвижность. — Два...

Хмырь подступил к смотрящему, оглянулся назад, ища последней выручки из возможных, но всё же нагнулся и осторожно коснулся губами его губ. Гамлет взревел и начал биться в истерике, ревя и брыкаясь, как умалишённый. Он уже знал, что это конец, чего бы он ни говорил, кого бы ни пугал и как бы бешено ни вращал белками своих армянских маслин.

Я обернулся и дал отмашку. В этот же момент заработали кроватные стойки и перекладины. Опускаясь и вновь взмывая над шконками семерых приговорённых, они беспощадно молотили их тела, круша на своём пути всё, что попадало под железный удар: рёбра, животы, ноги, головы, спины. Те извивались, но отступать было некуда, как негде было и укрыться от нещадно обрушивающихся на них страшных ударов. Им оставалось лишь, прикрывая жизненно важные органы, ждать финала экзекуции, моля Всевышнего, чтобы эти новые не поубивали их до смерти.

— Пшёл, — коротко кивнул я хмырю, и тот исчез со скоростью ночной кометы. — Ну всё, Череп, время твоё истекло, будем прощаться, — с этими словами я вновь поднёс заточку к горлу своей будущей жертвы и стал медленно ввинчивать её вовнутрь мягкого промежутка между нижней скулой и кадыком. Я вдавливал и ждал. Гамлет, скрученный моими людьми, молчал, даже не пытаясь произнести слóва. Свет от фонарика продолжал бить в его бешеные глаза, он сопел носом, ноздри его широко раздувались, и оттуда выбрасывалось на постель что-то мокрое. Он едва слышно бормотал что-то про себя на своём дикарском языке, но не просил пощады. Именно это меня и разозлило до такой степени, что я решил сократить время смерти моего врага. Мне оставалось лишь резко вжать заточку, так, чтобы она вышла с другой стороны. На этом всё уже было бы закончено, совсем. Пальцы мои судорожно сжали рукоять, я невольно напряг бицепс и... в этот момент сзади на меня обрушился братан, мой Петька, Сохатый, ненароком ставший Паштетом. Он обхватил мои руки своими сухими сильнющими граблями, сцепив их замком, и изо всех сил прижал их к моему туловищу.

— Нет, нет, не надо, брат, нельзя, отпусти его, это неправильно, убивать человека не надо, его надо только наказать, лишить жизни не в нашей с тобой власти, пойми ж ты меня, Павлик, услышь!

Люди мои, что накрепко придавили Черепа к кровати, на миг ослабили усилия, изумлённые тем, что видели их глаза и слышали уши. Павлик? Какой Павлик, что за Павлик ещё такой, что за дела, понимаешь, кто тут вообще кто, бля?!

Воспользовавшись секундным замешательством, Гамлет предпринял неимоверное усилие, и в какой-то момент ему удалось вывернуться из-под моих пацанов. Он даже сумел вскочить на ноги и теперь уже отбивался стоя, бешено озираясь по сторонам в поисках любого подходящего орудия защиты и возмездия. Однако я тут же вырвал кроватную ногу из рук моего гладиатора, направил её торцом в сторону беснующегося Гамлета и со всей силы воткнул этот разящий торец в паханский живот. Конец железной ноги вместе с круглой резинистой опорой вошёл куда-то вглубь, но куда именно, видеть я не мог, было слишком темно. Однако после моего мощного тычка Гамлет охнул и рухнул на пол, не успев даже обхватить живот руками. Он лежал, замерши в неудобной позе, и не дышал. Я осветил его тело фонариком: на губах его образовался внушительного размера воздушный пузырь, который подержался пару секунд, после чего лопнул, то ли унося собой вместе с последним воздухом бывшую жизнь моего врага, то ли, наоборот, впуская её обратно сквозь едва заметную щель меж сомкнутых губ его. Разбираться я не стал.

— Отнесите этого зашкварка к параше, — сказал я никому и всем сразу, — и оставьте там, у очка. Утром найдут кому надо. — И обернулся к отрядовским зэкам: — Никто ничего не видал, ясно? Все спали. А кто не спал, тот ничего во тьме не разобрал.

Ответом было согласное молчание. Кто-то подхватил обмякшее тело Черепа и потащил его в сторону туалета. Я проводил его взглядом. Я был спокоен. По нашему с кумом плану никто никого не мог встретить на своём пути этой слепой сентябрьской ночью. Одна жизнь, считай, позорно закончилась, другие нормально продолжались, и это вполне соответствовало закону возникновения и исчезновения материи. Как, наверно, сказал бы мой благоразумный и жизнелюбивый брат — «Undenam mare incipit littus» — «Где кончается море, начинается берег».

Утром я проснулся смотрящим, сходняка не требовалось, как не нуждался я и в ничьём ещё благословении на место верхнего. Я и так был однозначно сильнейший, и все это знали. Ближайшие конкуренты, включая тех наших с братаном двоих обидчиков в библиотеке, были повержены прошлой ночью, остальные же безоговорочно признали моё лидерство. А на отсутствие короны я плевал, честно. Мне важней было разобраться с самим собой и урезонить моего непослушного близнячка, который своей неплановой жалостью, по сути, чуть не обгадил мне мою долгожданную малину.

Гамлета, как и планировалось, обнаружили утром, ещё до побудки. Он продолжал оставаться без сознания, и его увезли по «Скорой» в краснокаменскую больничку, где уложили под нож хирурга. Оказалось, у него разорвана селезёнка, вот почему и местным лепилам, и ихним медбраткам пришлось изрядно потрудиться. Само собой, вопрос о его возвращении на зону больше не стоял — теперь он больше стоял уже насчёт доживать ли ему вообще, в принципе, или не доживать. Хотя, если смотреть шире, то был он уже по-любому не жилец, даже коли б и остался ещё на сколько-то конопатить небо инвалидской спецзоны. Зэк Гамлет Айвазов, он же вор в законе прошлого созыва и бывший смотрящий зоны Череп, произведённым над ним актом возмездия отныне обрёл для себя пожизненный статус опущенного чушка, до какого любой нормальный блатарь побрезгует прикоснуться до конца его и своих дней.

И всё ж кум, признав меня в качестве нового смотрящего, остался мною недоволен. Сказал, работу ты сделал нечисто, наполовину, потому что пока ещё Гамлет дохлым не сделался, а теперь поздно уже, не вернут его сюда. Так что смотри, если чего, ты — следующий. Ну, я как мог успокоил начальника, пояснив, что от пожизненно опущенного ждать никакой неприятности не следует, как бы оно ни повернулось. Это как нет его вообще — мусор, пустая порода, жмых, опилки, мякина, помёт.

Короче, остались мы с Петькой моим жить и отбывать как сложилось. Но только всё одно после всей этой истории продолжал я считать кума своим должником, как хотите.

часть 6
МАГДА

Я была, как мне показалось, совершенно нагой, а она нет. Так я ощутила своё тело в тот момент, когда, в последний раз вздрогнув, уже окончательно пришла в себя после Перехода. Она находилась от меня не то чтобы близко, но и не особенно далеко, если исходить из земных измерений. Кроме того, это странное освещение, в котором больше присутствовал то ли естественный рассеянный свет, то ли некий туманный сумрак неизвестной природы, удивительным образом отдаляло предметы от глаз и в то же время делало их ближе. Это ощущалось уже не разумом, чем-то иным. В эти первые минуты нового сознания разум, казалось, напрочь оставил мою голову, или что там крепилось теперь на её месте, и мягко сполз вниз, ближе к центру моего тела, или что там располагалось теперь вместо него, и без остатка растворился в моей новообретённой серёдке.

Она была лысой, настолько, что её недурной формы череп отражал своей поверхностью даже этот невыразительный свет, идущий из непонятного источника. На ней была какая-то малосимпатичная накидка, типа бесформенной хламиды из мешковины, которая скрывала практически все её формы. Однако всё же было заметно по тому, как хламида, спадая с плеч, оконтуривала формы, что это — женщина, и не старуха, что она не в девчоночьих годах и что под одеянием имеется нечто вполне себе ничего, а не просто бесформенное или совсем пустое.

Я протянула вперёд руки и покрутила перед собой кистями. Чувство, которое я испытывала, было довольно странным, хотя никакого испуга от увиденного тоже не ощущалось. Казалось, всё было на месте: имелись конечности, наличествовал торс, грудь не сделалась дурней, оставив за собой прежнее право на визуальную упругость. Однако что-то было не так. И я догадывалась, что. Я не была больше женщиной, в натуральном смысле слова, и уже абсолютно чётко это осознавала. Кожный покров, в который я до боли всматривалась теми местами, где полагалось быть зрению, был тоже не вполне кожей. Скорей, это было нечто размытое, но шелковистое и податливое на ощупь. Да и сама рука, которой я потрогала себя, тоже, если уж на то пошло, не являлась ею в понятном смысле, она больше напоминала собою длань, ту самую, загадочную, картинную, писанную мастером древней кисти, время от времени воображаемую каждым, кто не успел ещё посетить этих призрачных мест.

Я потёрла ладонью о ладонь и ничего не ощутила, кроме отсутствия температуры привычной жизни. Её не было вообще, никакой, ни горячего, ни холодного градуса ни по одной шкале. Я не ощущала какого-либо теплового воздействия на субстанцию, которой стала. Прохлады как таковой тоже не было. Кроме того, отсутствовало и всякое движение воздуха вокруг: не было ветра, солнца, влаги, лёгкости и тяжести в суставах. Не было, вероятно, и самих суставов, просто за ненадобностью: всё происходило само собой, подчиняясь укладам явно неземным и оттого совершенно для меня неведомым. Единственной субстанцией, чьё прикосновение я ощущала на себе, был мельчайший, как пыль, песок пустыни, раскинувшейся вокруг меня. Самих границ её не было видно из-за явной недостаточности всё того же света. Но в том, что простиралась она бескрайне, уходя своими пыльными песками вширь, сомнений не было. Зрелище как таковое отсутствовало вовсе. Но в этом и заключалось его же величие — в понимании того, что оно есть, но находится за гранью твоих жалких возможностей и твоего представления о великой картине миросоздания.

Было так тихо, что мне казалось, я слышу, как одна мёртвая пустынная песчинка трётся о другую, тоже неживую, несмотря на то что обе пребывают в вечном покое и неподвижности. Я сделала шаг, замерла и прислушалась. Тишина, намертво сковавшая всё обозримое пространство вокруг меня, не сдвинулась всё с той же застывшей точки, потому что, сделав шаг по пыльной поверхности пустыни, я никакого нового звука не издала. Я поняла. Я была оболочка, видимость, невоплощённая суть, начинка разума, обмывка бывшей плоти. И я не была человек. Помню, страх... жуткий страх, стянувший горло узлом... потом... рёв вентилятора, вытяжка нашей кухни, труба... чёрное... серое... снова чёрное и уже совершенно белое... Проход. И вот я в этой то ли Гоби, то ли Сахаре, причём явно не монгольской, китайской или североафриканской, стою потусторонней заоблачной дурой, оставившей мужа, маму, Парашюта и «Шиншиллу», и жду того, кто объяснит мне, что делать дальше и для чего я здесь. Я не хочу сказать, конечно же, что персонально в отношении меня некой властной незнакомой мне силой допущена такая бессмысленная несправедливость, но в то же время есть вещи, с которыми трудно расстаться вот так сразу, даже несмотря на то что точно знаешь — это не случайно, и ты обречена с этим смириться.

Странное дело, я даже не успела задуматься ещё о самом, казалось бы, первостепенном — жива я или мертва? Если нет меня там, то в какой же момент я кончилась как живая человеческая единица? Я ведь почти уверена, что у меня была душа, как и у всякого хорошего человека на земле, а я никогда не была плохой, мой внутренний голос всегда подсказывал мне это и не врал, я это точно знаю. И если нет у тебя специальных причин отворачиваться от него, затыкая себе уши, чтобы не впускать в свою душу правду о себе самой, то нужно ему доверять. Именно так и было у меня с Геркой, когда я, услышав нужный сигнал, доверилась ему и в результате сама же, по сути, затащила в постель своего будущего мужа.

А если так, то почему я не видела себя в момент расставания с жизнью так, как этому надлежит быть, чтобы облегчить Переход и приготовиться к постижению уже другой своей сути? А если я есть, и я всё ещё там, то кто я здесь? И что означают эти пыльные пески, и почему я больше не ощущаю своей родинки, которую я вчера, носясь как сумасшедшая, пока мы с Геркой готовились к открытию нашей «Шиншиллы», натёрла резинкой трусов у себя сбоку, ближе к спине?

Я скосила глаза на это место и на самом деле не обнаружила её вообще, эту натёртость. Потом я, уже на автомате, опустила глаза вниз и так же, как и родинку, не увидала у себя «там» ни единой волосинки. Честно говоря, я и раньше их в этом месте не имела, регулярно, со всей тщательностью выбривая лобок, чтобы тайно от мамы блюсти новомодный девичий тренд нулевых. Но появился в моей жизни Герка, обнаружил эдакую игривую вольность и распорядился потакание подобной глуповатой моде просто взять и отменить. Сказал, Ленуська, как прирождённый кулинар и гастроном-естествоиспытатель я не признаю любую ненатуральность. Это всё равно что в обязательном порядке выбривать догола кожуру кокосового ореха, перед тем как употребить его молочный сок. Оно тебе надо? Кстати, вспомнилось — просто потрясающе делал присыпку для риса, Герка мой, на основе кокоса. Кажется, я ещё назвала её «Ciel sur la Terre poudre de riz»[1], точнее не скажу. В общем, брал граммов 200 тёртой мякоти ореха или его же сушёной стружки, три штучки чили или четыре, если надо поострей, пару луковиц, вроде бы, пару же зубков чеснока, 30 чищеных миндальных орешков и масло, растительное. Но — внимание! — сказал, подойдёт лишь то, которое не горит при высокотемпературной жарке: странно, что я такую деталь запомнила, может, и не к добру, учитывая то, куда я попала или ещё могу попасть. В общем, так: измельчаем всё, жарим до золотистой корочки, всыпаем кокос и доводим до нужной консистенции — приятного хруста!

Ну и наконец, поскольку на зеркало рассчитывать не приходится, как и на стопроцентно тактильные ощущения, я запустила обе руки в шевелюру, в эти дурацкие свои непослушные шампуры, образующие неутихающий взрыв на моей бестолковой голове, и обнаружила там ровно то, что имелось и в низу моего живота, вернее, чего там не было и в помине — совершенно голое место повышенной шелковистости. Честно говоря, никогда не думала, что череп мой имеет столь несовершенную форму. Раньше, до надземки,

---

[1] Божественная присыпка для земного риса (*пер. с франц.*).

мне всегда казалось, что шар мой идеален, что лишь эти идиотские волосы не позволяют мне при его безупречной конфигурации носить стрижку типа «а ля тифозная» — один строгий сантиметр от поверхности головы плюс отдельно недокошенная гелевая слюнька, стянутая в самом кончике и фривольно приспущенная на лоб против носа. Боже, где это всё, пускай и несостоявшееся?

Тем временем полуразмытая облачность в виде мягкого контура женской фигуры, обретя фокус пожёстче, позволявший рассмотреть очертания и даже некоторые детали незнакомки уже в укрупнённом варианте, приблизилась и, не доступив нескольких неслышных шагов, остановилась. Теперь обе мы молчали, изучая друг друга зрением своих оболочек. Поначалу мне всего лишь почудилось... но уже через пару мгновений я догадалась, что картина, представшая передо мной, отчегото не кажется мне такой уж незнакомой, что в какомто далёком и основательно утерянном прошлом мне уже приходилось видеть это, но только в ином исполнении: мелкие, близко посаженные глаза, толстые с частыми перетяжками пальчики, губы, собранные пышным бантом, тугие бровные валики. Теперь же всё это словно лишилось прошлой избыточности, обретя свежий облик и недурные пропорции вполне молодой наружности. Череп, брови, веки — всё это было лишено растительности, как, впрочем, и все остальные открытые части тела стоящей передо мной женщины-оболочки. Вероятно, я узнала бы её ещё раньше, если бы не этот внушительного размера лысый шар. И, тем не менее, я узнала. И неожиданно для самой себя произнесла первой:

— Венера, если не ошибаюсь? Госпожа Милосова, верно?

Реакция женской фигуры на мои слова явно отличалась от той, какую она, наверное, предполагала проявить, идя на встречу со мной, поскольку лицо её внезапно вытянулось от удивления, и мне показалось, что слова мои, невольно произнесённые, вызвали некоторый сбой в отлаженной системе отношений между новоявленными гостями этой пыльной пустыни и местными поселенцами, встречающими их на выходе из Прохода. Однако она быстро вернула лицу исходное выражение и ответствовала с нужной расстановкой и достоинством.

— Сестра Венера, — поправила она меня, но, секунду поразмышляв, согласилась и на мой вариант, — хотя можно и просто, без сестры. Только странно, что тебе знакомо это имя. Мне казалось, нас ничего с тобой в той жизни не связывало, и когда я параллелилась, то даже представления не имела о твоём существовании. — Она дёрнула спиной, и откуда-то из-под её глаз вдруг заструился свет. Она подвигала головой оболочки так и сяк, направляя этот искусственно образованный свет в мою сторону, и подала мне сложенную в несколько слоёв одежду: — Накинь, так положено.

Я развернула протянутое и одним коротким нырком забралась в эту холщовку, такую же примерно, что была и на ней. А она продолжила:

— Честно говоря, удивила ты меня, Магда, даже не знаю, с чего теперь начинать.

— Магда? — теперь уже очередь удивляться пришла и мне. — Почему вы меня так назвали? Откуда вы вообще знаете это имя? Вообще-то я Елена по паспорту.

Моим последним словам Венера уже ничуть не смутилась: видно, время смущений уже успело истечь, и с помощью включённой глазной подсветки любое замешательство окончательно растаяло в её объёмной оболочке. Я же, наоборот, уже совершенно не понимала, как себя вести, не говоря уже о том, что у меня имелась к ней тысяча вопросов. Но пока я понимала лишь одно — она здесь не случайно, и мы находимся с ней в разных весовых категориях, хотя обе и не весим ничего, кроме заполняющего каждую из нас объёма некой неслучайной пустоты и самогó оболочкового контура.

— Не знаю я, — она пожала плечами под хламидой. — Мне наказано было встретить и взять под крыло, вплоть до второго оборота, об остальном я не в курсе. Сама я, кстати, почти что серединная, хоть и с третьего оборота, так что придётся потерпеть, если что. У нас тут строго, есть закон, есть порядок, есть устав. Всё расписано и определено задолго до сегодня, так что никто толком не знает, когда всё началось, если считать от начала, в смысле, вообще от начала всех начал. А определяться будем с первоочередного, с введения в курс малых постижений и ознакомления с уставом ВКПБ — вечного курса предстоящего блаженства. Но это уже когда чуть-чуть освоишься и уяснишь себе первые уроки постижения.

— Какого постижения? — не поняла я. — Это что у вас тут, подготовительные курсы, типа как у нас там? И кто учителя?

— Покамест я твои учителя, — ответила Венера с лёгким вызовом, — ну, а после поглядим ещё, как станешь набирать. Тут никакие левые дела не прохиляют, здесь или же надо, или же не надо. Если что — сразу слетишь обратно, от первого оборота и вниз по главной вертикали, сама, наверно, понимаешь, в направлении куда.

Я не понимала. Как не могла взять в толк, что вообще происходит, куда я попала, где святые ангелы с архангелами и кто есть тот тайный распорядитель, которому я обязана своей встречей с этой отвратительной Венерой Милосовой. Кроме того, я хотела бы определённо знать, мёртвая она, проводница моя в мир светлых теней, или условно живая, как и я, попавшая сюда явно по недоразумению. И где сейчас Герка, и как закончилась презентация «Шиншиллы», и здорова ли мама, и где я сегодня проснусь, поскольку, скорее всего, просто напилась с наших радостей, как последняя уродка, и эти непредсказуемые для моего слабого здоровья алкогольные последствия завели меня в такие дебри, что хоть срывай с себя эту вполне реалистичную на вид хламиду и требуй виртуального билета обратно.

Это было удивительное чувство, шатко балансирующее на границе двух противоположных сознаний, укоренившихся в одном и том же объёме. То, прошлое, остаточное, но уже навек утраченное, оставленное в старых пределах, вероятно, всё ещё не желало покидать своего прежнего вместилища и всячески тормозило переключение на новое, возникшее и занявшее положенное ему место сразу после Перехода. Вместе с тем я не могла не понимать и того, что, как бы я ни уговаривала себя проснуться и вернуть всё отнятое у меня этим дурным сном, этого уже никогда не произойдёт, как не будет больше в моём обитании Германа, мамы и Парашюта.

Наверное, Венера что-то почувствовала, поскольку пауза с моей стороны несколько затянулась, и при намечающемся раскладе событий она решила вернуть себе изначальное превосходство.

— Может, вопросы имеются? — поинтересовалась Милосова, придав голосу своей оболочки ноту лёгкого менторства. — Ты думай, думай пока, я же ведь не вечно опекать тебя буду, Магда. Вспоминай, какие, может, дела остались у тебя несделанные там, потому что есть возможности кой-какие, можно об этом отдельно поговорить, если что. Овал, там, канал, всё такое. Это всё в плане, хотя тут у нас каждому своя канарейка, как говорится, так что как кому повезёт. Лично я, например, чётко пролетела, так и не вышла на связь со своей параллельной, не достучалась, не дооралась до неё. А с другой стороны, это и ясно — больше ведь не так бывает, как тебе надо, а как получится по течению земных дел. Мой-то случай вообще особый, потому что ни преступник, ни жертва не любят на место преступления возвращаться, их туда после, кто б чего про это ни рассуждал, никакими коврижками не затянешь. Хотя и надо было б мне услышаться со мной же, просто позарез как надо, — предупредить там, на дальнейшее образумить, и вообще. Ну, и самое главное хотя бы про себя вызнать, основное — чего там со мной сделалось и чем всё оно закончилось: совсем плохо всё или, может, хотя бы никак, терпимо? А то пребываю себе тут, понимаешь, при полном параде, нос в шоколаде, вся себе в мечтах да надеждах на последний оборот, на вечное блаженство после Входа, а там об меня, может, ноги сейчас вытирают и всё ещё пользуют как последнюю... — она сокрушённо покачала лысым шаром. — Если, конечно, есть ещё об кого вытирать и пользовать. Господи Боже сила небесная, это что же со мной стало-то, а? Неприятно ведь думать про такое, согласись.

Казалось, уйдя на какое-то время в прострацию на почве личных воспоминаний, Венера просто забыла обо мне вообще. Наверное, она была у местного начальства не на самом лучшем счету, коль скоро разрешила себе такую вольность отрешиться от реального сакрального долга и бросить меня вместе с моей оболочкой додумывать варианты выхода из местного тупика. Впрочем, окончательные выводы я сделать пока не смела, поскольку сама всё ещё пребывала в полушоке от случившегося со мной сразу после того, как я грохнулась на пол перед вытяжным шкафом, втянулась воздушным потоком в раструб и вслед за этим незаметно для самой себя прошла Проход Перехода. Стоп! Нужно было выяснять дальше, нельзя было тормозиться даже на малую единицу отсутствующего в этой местности времени.

— Какой параллельной? — искренне не поняла я и в недоумении уставилась на Венеру, плохо понимая, о чём она. — Какие ноги, кто вытирает?

— А-а, да, ты же не в курсе ещё, — опомнилась та и тут же придала лицевой оболочке выражение наставнической благостности. — Тогда слушай сюда, просвящаю, это у нас тоже в программе первого оборота.

— Какого оборота, в каком смысле? Кто куда кого оборачивать должен? Вы о чём?

— Ясно... — Венера вздохнула, выпустив из ротовой полости имитацию воздушного потока. — Давай, запоминай. Их семь всего, оборотов, и задача твоя достичь вышнего, последнего, того, где Верховный располагается. Он и определит тебе будущее, либо окончательно прекрасное, либо из оставшихся, по факту. А начинают прибывшие с нижних, правда, многим и этого не перепадает, потому что неправильно заявляют себя с самого начала и соскакивают уже на первом обороте. Теперь ясней?

Всё это продолжало напоминать маленький сумасшедший дом на двоих в китайском предместье внутренней Монголии. И действительно, сумрачный туман так и не рассеялся, пыльный наст, недвижимо накрывший собой безбрежную песчаную твердь, при полном отсутствии ветра основательно спёкся в несимпатичную бесцветную корку. Но главное, не хотелось ни есть, ни пить, ни спать. Более того, я поймала себя на мысли, что не понимаю, как в этом удивительном пространстве, взявшемся ниоткуда, работает само время и где его границы, как они отсчитываются, кем? И как тут, собственно говоря, и чем в этой дикой местности, необъятно раскинувшейся сразу же после Перехода во всех направлениях мироздания, определяется всё остальное, начиная от продолжительности любого события и до попадания в очередную нереальность? Что за дела-то такие, в конце концов?

— Нет, не ясней, — ответила я, понимая, что никакой это не подвох, а просто полное неумение владеть способами донесения информации. Помнится, и тогда, в гостях у Рыбы, Венера эта, управительница армянского «Низа» с довеском в виде голого балета, мало чего понимала, судя по тогдашним разговорам, в бизнес-планах, а всё больше глядела Гамлету в рот, ища любой благосклонности. — Ничего не ясно вообще. Прежде всего, я хотела бы знать, как я здесь оказалась и почему. И что означает для меня всё это, — я развернулась полной оболочкой и панорамировала обеими руками окружающее пространство. — И кто меня убил, если убил? И где моя душа, если я — это не она? И почему вы, Венера, пришли ко мне в «Шиншиллу» и стали меня запугивать, после чего я не могу вспомнить ни одной минуты из своей последующей жизни на земле? — Я посмотрела на неё со всей не присущей мне суровостью и добила список последним вопросом на этот условный час: — И как вы узнали моё первое имя?

— Может, присядем? — вместо ответа Венера опустилась на песчаный наст и раздумчиво покачала лысой оболочкой головного шара. Свет под её глазами отчаянно замигал, видно, перебои с подачей местной энергии были тут делом нормальным, судя по тому, что этот факт её особенно не обеспокоил. Она просто, как делала это раньше, дёрнулась всей спиной, и подсветка погасла вообще, издав слабый отключающий хруст в районе позвоночника. Сев на поверхность пустыни, для начала Милосова прикинула что-то про себя, это было заметно по тому, как она молча помогала руками своему мыслительному процессу. В итоге отозвалась очередным сообщением: — Знаешь, а ведь ты меня озадачила, Магда, — этими словами она явно подтверждала тот факт, что признаёт правомочность моих не слишком приятных для себя вопросов. — Я ведь встречала-то вас, если честно, не так уж часто. Мне только недавно доверили взять под себя новоприбывшего и вести его дальше, до смены оборота, если что. А посланницей назначили так вообще только-только, так что, можно сказать, мы теперь с тобой каждый осваиваем новое для себя пространство, каждый своё.

— А если ближе к делу? — с непривычной моему характеру настырностью я всё пробовала принудить её включиться в полноценный диалог, потому что мне и в самом деле было чрезвычайно важно хотя бы через раз получать от неё более-менее вразумительные ответы на свои вопросы. То, что она дама с недалёкими возможностями, но зато и с хваткой недоброго зверя, мне уже было известно. Правда, это было там, мы же с ней были здесь, и это обстоятельство уже невозможно было не принять в расчёт.

— А если ближе, то клянусь, первый раз в жизни вижу тебя, честно, что в той, что в этой. — Она сказала это так, что мне просто пришлось поверить в её слова. И снова ощущение было более чем странным, если не сказать абсурдным или даже абсолютно диким. Сами понятия, которыми, находясь в этой малопонятной надземке, нам приходилось оперировать, все эти «в жизни», «честно» и «клянусь», будто с издёвкой выпущенные в этот пустынный вакуум встретившей меня посланницей, на деле были совершенно незаменимы, потому что попадали, как я чувствовала, ровно в масть, не оставляя повода усомниться в искренности этой отвратительной в прошлом тётки с каратниками в ушных мочках.

— Хорошо, но с какого времени ты здесь обретаешься? — Я вдруг решила выяснить эту важную подробность и, несмотря на нашу разницу в этих загадочных оборотах, незаметно для себя перешла с ней на «ты». — Я имею в виду, если считать от тех времён, от земных, от понятных.

— Ну, если так уж поточнее обозначить, то помню себя с точки, когда меня душили, потом насиловали в очередь, а после... после — всё, провал, дальше пустое всё, чисто беспамятное, — снова пару раз сокрушённо качнув сверху вниз лысым шаром, протянула Венера, — но, судя по твоим словам, я там ещё вполне себе живая и даже при делах... Вот не знаю теперь, радоваться за себя или же лучше огорчаться.

— Тебя что, действительно изнасиловали? — переменив свой настрой, участливо спросила я эту несчастную в прошлом женщину-оболочку, назначенную мне в поводыри. — Кто же посмел это сделать, как это вообще могло произойти? Ты же, насколько я помню, была чрезвычайно успешной бизнесменшей, заведовала каким-то там топлес-балетом в клубе «Низ», в «Ереван-плазе», у некого Гамлета Айвазова. Там ещё Ашот с вами работал, кажется, наверху, торговлей заведовал, бутиками разными и остальными делами, тоже под Гамлетом ходил, если не ошибаюсь. Вы же с ним ещё Германа моего к себе переманить собирались, как же ты не помнишь всего этого? И как все мы тогда у Рыбы в пентхаусе на Остоженке познакомились, у Музы Палны, тоже забыла?

Венера молча смотрела на меня, замерши всей хламидой, скрывавшей оболочку её нового разума и обновлённого духа, и ничего не могла с собой поделать. Я видела, как силилась она сполохами прошлой памяти восстановить картинки навсегда стёртых её воображением земных чудес, и поняла вдруг, что сделать это ей уже не удастся. Что-то такое, чего я ещё совсем недавно не могла осознать, стало медленно затекать под мою хламиду, растя и набухая там как вполне земные дрожжи. Кстати, Герман никогда не рекомендовал покупные дрожжи, говорил, они содержат слишком много неэффективных примесей, затормаживающих процесс вызревания. Он предпочитал готовить их сам: они бывают из пива, из картошки, из сухого или свежего хмеля, солода, изюма и ржаного хлеба. Вы бы предпочли какие? Он больше любил из картошки, потому что она, как правило, всегда, в отличие от пива или изюма, была у нас под рукой. Итак, две картофелины натрите на мелкой тёрке, добавьте одну чайную ложку соли, одну столовую ложку песка и одну столовую ложку воды. Размешайте, оставьте на полдня, и ваши дрожжи готовы. Просто, правда? Кстати, вместо дрожжей в тесто можно добавить ложку рома или коньяку, это даст примерно такой же эффект, как и дрожжи, и изменит вкус теста в правильную сторону.

— Рыбу никакую не знаю, на Остоженке сроду не была, а Гамлет с его друзьями меня как раз и насиловал, этого не забуду никогда, — тихо произнесла Венера, прервав, наконец, молчание. — Сначала — сам он, после — на круг пустил, под друзей своих, а в конце — снова сам, ну и подушил заодно, ему так было надо, наверно, для пущего удовольствия. Я только помню, что синее-синее внутри глаз у меня стояло, чуть не доходя до чёрного... И я уже стала, тоже помню, в глубину какую-то валиться, падать, где нету никакого дна, но они меня в этот момент, голую, за четыре конечности — и на лоджию, на воздух, там и отдышалась. А он пальцем у меня перед носом поводил, увидал, что оклёмываюсь, и внятно так говорит, отчётливо, по слогам, что, мол, если скажу кому, то руки мне самолично обломает, и стану я Венерой уже не по рождению, а по судьбе. Так и сказал, в точности передаю. Ну а дальше... дальше — сквозняк, из окна — в двери, мимо меня и надо мной. И полетела, понеслась как чума. Потом — Проход, Переход, и сюда, в поле это из песка и тумана. — Она посмотрела на меня задумчиво: — Вот и говорю, чего там с моей параллельной сделалось? С одной стороны, теперь уже без разницы, а с другой — тоскую, беспокоюсь за неё.

— То есть, получается, она про тебя не в курсе? — в волнении спросила я, начиная постепенно улавливать суть этих удивительных трансформаций.

— Тамошняя параллельная, что ли? — уточнила для себя Венера.

— Ну да, она самая. Я же говорю тебе, она в полном порядке теперь, сама была тому свидетелем. В каждом ухе карат по пять, не меньше. Плюс всё остальное в том же духе.

— Само собой, не в курсе, — пожала плечами Милосова, — как и твоя про тебя тутошнюю, как и любой про любого своего параллельного, если смотреть оттуда сюда. А если наоборот, то знать-то мы знаем про своих тамошних, что они остались и живые, а вот поделать в ту сторону ничего уже не можем. Разве что с Овалом повезёт, но это мало кому удавалось, как я знаю. — Она снова раздумчиво покачала головой: — Стало быть, живая я там и даже к делам подключённая, кто бы мог подумать... Это значит, жалость в нём взыграла в последний момент, в Гамлете. Выходит, к своим делам он меня притянул, над балетом поставил и «Низ» в подчинение отдал, так получается?

— Получается так, — я ответно развела руками, совсем уже плохо понимая, как мне теперь следует вести себя с этой двуликой Венерой. С одной стороны, она, неприкаянная эта Милосова, ни в чём вроде бы не виновата. С другой — во всём. И главное, — в том, что именно по её недоброй воле я очутилась в этих пустынных краях, пролетев невозвратным маршрутом «Шинишилла» — полуподвал — Сахара-Гоби, без остановок. Одно разве что теперь утешение — достигнуть вечного блаженства, чтобы... что? Чтобы иметь бизнес-ланч в райском саду и уминать в три горла́ тамошний «all inclusive», на который тебе выдадут бесплатный бонус сразу после Входа? Только вот Германа моего со мной здесь нет, некому оценить будет местную райскую кухню.

— Ну что ж, спасибо, как говорится, и на этом. — Она потянулась всем корпусом, будто под её хламидой имелось то, чего можно было себе отсидеть, и немного повеселела. При этом я заметила, что лицо её, вернув себе выражение лёгкой, но необременительной надменности, заметно разгладилось: оболочковые складки, что ещё недавно, когда речь зашла о Гамлете, были стянуты ближе к глазам, разогнались теперь по дальним краям, а глубоко всаженные в душевую плоть глаза, казалось, тоже немного выдались наружу и зримо, по-доброму округлились. — Я ведь тогда, считай, совсем девчонка ещё была, только танцевать начинала, Ивановский институт культуры закончила по специальности «режиссер массовых зрелищ» с отличием, ну и хореографией увлекалась, сама ставила чего-то и сама же исполняла. Дурой была, гордой, думала, всё у меня впереди, вся мировая слава моей будет, и вообще. В Москву дёрнулась, в «Ереван-плазу» эту по случайности попала, балет ихний смотреть, не знала, что голые в нём все. Там он меня и склеил, Гамлет. И в тот же вечер к себе уволок, с друзьями. А к утру, после как все попользовались мной и подушили, уже тут очнулась, на песках этих, прямо с лоджии по утреннему сквозняку и отлетела. — Она махнула рукой, — так и не пожила нормально хоть сколько-то, чтобы успеть сделать чего-нибудь такое... — Она на секунду задумалась: — Чтоб сюда не стыдно было потом хотя бы. — Внезапно она подскочила с пыльного наста: — Слушай, а как я выгляжу вообще? Ты ж меня, говоришь, не так давно видала? Ну и какая я, скажи, не толстая хотя бы? А то мама у меня полнушка была, все мамы по нашей линии рано или поздно такими делаются. А я гордилась, что худюська, хотя она предупреждала, чтоб особо не надеялась. А я верила всё равно. Так чего там, а?

— Ну, ты там сейчас вроде бы в полном порядке, — уклончиво ответила я, так, чтобы ответ мой прозвучал не слишком конкретно, — руководишь балетом, клубом, ну и при других делах всяких...

— А по фигуре, по фигуре-то?

— По фигуре, я бы сказала, средняя, — снова стараясь не вдаваться в подробности, отозвалась я, — средненормальная, но с хорошими камнями, отличные кольца, на каждом пальце по неслабому брюлю, всё в стиль, в бренд, в тренд, ну и так далее. — Я старалась по возможности обойти щекотливую тему, понимая, что покушаться на полную правду в этом особом случае и неправильно, и недальновидно.

— То есть всё же не суперстройная? — с заметным расстройством в голосе уточнила Венера. — Мужчины пройдут без ничего или обернутся?

— Скажем так, — решилась я, сконструировав вполне приемлемый для нас обеих финальный вариант, — не супер, но просто стройная и чрезвычайно привлекательная женщина. Явно с серьёзными деньгами, связями и понятным будущим.

Я и правда уже не знала, как должна теперь относиться к этой своей посланнице: как к той самой прошлой суке или уже как к жертве чудовищной по своей жестокости истории, приведшей нас обеих сами знаете к какому результату.

— Ну и слава Богу, — обрадовалась она, мысленно переварив лысым шаром мой вердикт, — пускай хотя бы ей там будет нормально, мне-то самой уже недолго осталось, вот переберусь на четвёртый оборот, так и поминай как звали, до Входа рукой подать останется. Всё остальное — это уже с обратной стороны от него будет: конец пустыне, конец темноте этой беспросветной, конец безвременью этому надоедному! Общаться хочу как ненормальная, а то у нас тут, пока кто какой оборот высиживает, так каждый сам по себе, — если по случайности только не пересекёшься с каким-нибудь таким же очередником с оборота на оборот и лясы не поточишь по старой памяти.

— Постой, — я вдруг вспомнила, что не выяснила для себя нечто важное, — а саму-то тебя кто встречал тут после Перехода?

— Саму-то? — она улыбнулась, будто на какое-то мгновение вернула себя в недавнее, но уже новейшее прошлое. — Саму меня ждал Алексей Петрович, Мересьев. Слыхала про такого?

— Это лётчик, кажется, был такой? — с неуверенностью в голосе переспросила я. — Который без ноги остался, а потом снова воевать полетел?

— Точно! — обрадовалась Венера моей осведомлённости. — Он 18 суток полз и практически уже кончился, замёрз и всё такое. А потом поел шишек и на деревню выполз. А там его уже наши крестьяне оживили. И он выздоровел во всех отношениях, кроме двух ног, которые от него отняли. Я про него, помню, детский фильм видала, ещё когда в Иванове росла. — Она поднялась и снова села на песок, — Нет, ты поняла, подруга? Сам он и по сию пору тут, а параллельный его до конца войны на «ястребках» летал, безногим, а после войны большим человеком сделался: героем, генералом и начальником всех ветеранов-отставников.

— Здóрово, — со всей возможной искренностью отреагировала я, — но только почему начальником он не с той стороны от Входа находится, а всё ещё тут обретается? Не заслужил, что ли?

— Этого никто не знает, Магдочка, — нахмурилась Венера, — это всё очень и очень индивидуально. Может, слово не такое где вставил или не так чего-нибудь учудил. Тут нет-нет, да сорвёшься на чём-нибудь, когда, бывает, совсем уж подожмёт, — тут она вздрогнула и, быстро зыркнув зрением туда-сюда, прижала ладонь ко рту оболочки, как бы извиняясь перед неведомой силой за ненароком выпущенные нелицеприятные слова касательно местных пустынных уложений. — Знаешь, он ведь только от меня и узнал, что снова в авиацию потом вернулся, что фашиста дальше бил уже без двух ног и что героем Советского Союза заделался. Может, когда узнал, то возгордился излишне и стал тут местным верхним права какие-никакие качать, даже пускай и безадресно? И с Овалом у него, рассказывал, ничего не вышло. Нет канала, нет ответа с той стороны, да и какой в глухом лесу канал, сам же сказал мне, где он там своего параллельного отыщет? Такие дела, сестрёнка.

Кое-что начинало проясняться. Однако в физическом смысле яснее от этого не становилось. Всё то же отсутствие любого неба над оболочкой головы, всё так же туманно, полутемно и практически незримо продолжало оставаться вокруг нас всё, что так или иначе могло ухватить наше зрение; будто не было и в помине этого протяжённого общения, будто не имелось в этой надземной природе движения звёзд, звуков ветра, шелеста растений, дней, ночей и того, что зажато между ними, как, впрочем, не наблюдалось и чьего-либо вообще существования, кроме омертвевших пустынных пылинок, спресованных условным временем, не имеющим понятных промежутков и различимых границ. Повсюду царствовала вопиющая пустота, размываемая по краям видимости ненавязчиво мягким фокусом, и всепоглощающее безграничье любой условной материи.

— Ну хорошо, допустим, — согласилась я с такой версией относительно героического Венериного посланника, — а тогда кто его самого встречал? И где он теперь, этот его посланник?

— Ну, это ты слишком уж глубоко забралась, Магдуля, — удивилась моему вопросу Венера, — так далеко тут никто не смотрит. Просто я по случайности знаю, что вроде бы Ленин его ждал после Перехода, Владимир Ульяныч, вроде бы.

— Это что, серьёзно? — изумилась я. — И Ленин тут? Он что, тоже параллельный?

— А чего такого-то? — отреагировала она уже в довольно резкой форме. Видно, то ли моя непонятливость, то ли моя же дотошность уже начинала утомлять её оболочку. — Он чего, не как все, что ли? Его ж в 18-м, кажись, на заводе Михельсона недогрохнули, разве сама не в курсе по истории ихней партии? Фаня Каплан пальнула из отравленного ствола трижды, так его потом еле откачали. Рука была, горло и одно лёгкое. Но жить осталась. И, кстати, вскоре потерял всю власть. Сталин отобрал, потому что Ульяныч натуру упустил, отлетела прямо с завода и сюда. Тоже ветрило был неслабый в тот роковой для него день. И после события стал он мягкотелый, не орёл и не боец. И враги воспользовались — всё как у всех: не хуже, не лучше.

— И тоже ещё не прошёл Вход? — на всякий случай решила уточнить я и на этот раз. — Как это может быть? Если не он, то кто же?

— Говорю же, нету таких, кто в курсе: может, прошёл, а может, не прошёл, никому такое знать не дано. Главное, сама старайся, об других другие без тебя позаботятся, тут на этом всё построено. И запомни, это тоже на первом обороте надо уже знать: оболочка оболочке не товарищ, как гусыня борову. За исключением только если — посланник и прибывший. А как отработали — всё, ку-ку, наши пляшут — ваших нет, рассстались без признаков взаимности, усекла, подруга? Так что всё на этом, Гитлер — капут!

— Может, и он здесь? — я уже не смогла удержаться от улыбки, уж больно всё это смахивало на затянувшийся перформанс, если бы не являлось безусловной реалией в абсолютно нереальном пространстве.

— А где ж ещё? — совершенно не удивилась Венера и добавила так же невозмутимо: — Мне это ещё по секрету Мересьев рассказал, у него вообще такая оболочка была, что закачаешься, открытая и своя, стопудово. Так вот, он — мне, а ему — Ленин. Ну а Ленин, сама понимаешь, врать не будет, и не знать не может, всё ж мировая фигура, не мы с тобой.

— И что сказал?

— Сказал, Гитлер тоже в 18-м году, как и сам он, под раздачу попал: только наш-то на Михельсоне, а этот газу химического глотанул, под Ла Монтенью, вроде, какой-то, и от этого временно зрение потерял, при взрыве ядовитого снаряда траванулся. А после выздоровел в лазарете, в прусском, и выписался уже окончательно здоровым и сильным художником и человеком. Но сразу вскоре после этого стал нелюдем и фашистом. Я ж говорю, всё как у всех происходит, по-одинаковому: беда — выживание — отлёт. И как следствие — две новые параллельные единицы, земная и надземная. Дальше — каждому своё воздастся, не помню вот только, кто же это из больших людей так ёмко эту мысль выразил.

— А ещё про кого-нибудь рассказывал? — перестав улыбаться, спросила я, заметно волнуясь. Невероятно, но даже того, что я услышала, хватило, чтобы повергнуть меня в состояние, близкое к отчаянью. Причём просто тупо не верить я уже не могла: разве что геройлётчик от делать нечего насочинял этих басен и сам же в них поверил. Что до Венеры, то у неё явно не хватило бы ни ума, ни фантазии разыграть передо мной весь этот офигический за гранью мыслимого эпос даже в этих необитаемых местах.

— Ну а как же? — с готовностью подхватила она уже начинающую потихоньку увядать тему. — Гитлера этого встречал Наполеон Бонапарт, французский император, но отлетел он не в те свои победные года, а задолго до этого, в 1796-м, лихорадка его почти до смерти тогда изъела, он весь пожелтел и иссох, чуть дуба не дал, но потом одолел всё же эту неприятность.

Ну и результат тоже, как говорится, налицо — кто был и кто стал, сама знаешь. — Она махнула рукой в неопределённую даль. — Да чего там говорить, все они тут, кто мало-мальски выжил, после как помереть собирался. Смотри, — она стала загибать пальцы оболочки, задрав глаза в сторону, где предполагалось наличие неба: — Солженицын после рака в 54-м кем стал? Правильно, нобелевской знаменитостью. Рейган американский пулю схлопотал в 80-м от бандитского маньяка, и чего? А того — на другой срок пошёл и нашу же с тобой родину империей зла обозначил без страха и упрёка. Рузвельт ихний же в 21-м году полиомиелит себе заработал, обездвижился, но после напасть эту превозмог и тройным президентом через время заделался, всю свою огромную Америку от войны обезопасил и нам ещё тушёнкой сколько помогал, джипами и вторым фронтом. Ну и дальше по списочку, смотри: Фидель, сколько его травили и покушались — и где покушатели, а где он? До сих пор у себя параллелит, всей Кубой правит какой уж год, сделал всем им вместо знойной дыры Остров свободы, а был ведь молодой никчёмный партизан — и только. Дальше идём. Лаки Лучано, слыхала про такого? Из простых пацанов, итальянских, дворовых. А после, как подстрелили и выжил, большим мафиозником сделался, главным по контрабанде спиртосодержащих жидкостей. Из наших если брать, то — Пугачиха тоже здесь, стопудово, она сюда как нельзя кстати подходит, у неё с кровью, если в курсе, беда была, заразу ей туда по ошибке занесли, но тоже выдюжила и после, как выжила, петь остановилась, зато вместо песен бизнес завернула ой-ой-ой какой — и картошечка чипсами, и ботинки, и всё такое, к тому ж по мальчуганам пошла, будто так и надо: вот где вторая натура так вторая, ничего не скажешь, а ты говоришь!.. Ну ещё кого? — она на мгновение задумалась, но тут же бодро подпрыгнула на песке: — О, Янукович! Тоже наш параллельный, хоть и хохол! Он ещё пацаном в 17 лет у людей шапки с голов сдирал. Сорвёт — и ходу. И сел. А там его, говорят, на зоне, чуть вообще не прикончили. Но он ничего, перетерпел и сюда, в нашу параллель. А там у себя — в президентах теперь ходит, всех маму сделал, вот так. Потому что тоже душевой перевёртыш, как и мы с тобой, Магдусик, только на своём уровне краха и успеха. — Она выдохнула, сложив губы трубочкой: так, словно могла выдуть изо рта нормальный отработанный дыханием воздух, а не пустой и бесшумный поток, сложенный из ничего. — Ну, а про Ельцина вообще молчу, сама ж, наверно, прикидываешь, что, кроме как тут, негде ему больше обретаться после, как шунты в него врезали. То-то он сразу же с власти соскочил, в подполье ушёл, с внуками нянькаться стал. Теперь он — сам по себе, Россия — сама по себе, без него. Ну и вместо себя тоже знаешь какого чекиста на трон поселил. Был бы прежний, разве б пошёл на такое? А теперь мы имеем, чего имеем: была Россия — стала голодная злая росомаха, жратвы кругом полно, а укусить не за что, сами всё ж и поразбирали, а ты как хочешь, так и голодуй, — она снова огорчительно подышала пустотой и продолжила вербальную экскурсию: — Правду сказать, не в курсе я, каким потоком его оттуда сдёрнуло. Предположу, что ультрафиолетовым облучателем, бактерицидным, он в каждой операционной в обязательном наличии, а уж в Кремлёвке так стопудово имеется, да не один, наверно... — Глаза её были хорошо мне теперь видны и без подсветки, в минуты душевного подъёма, как сейчас, они и сами становились миниатюрными излучателями, и я подумала, что наверняка далеко не всё, что я успела ухватить своей оболочкой за столь малую протяжённость от начала обитания, подлежит разумному объяснению даже по этим надземным меркам. А Венера, не утратив запала, продолжала накаливать обстановку: — Представляешь, ведь никто из них, кто тут параллелит, скорей всего, даже понятия не имеет ни про то, как его же параллельный выглядит, ни кем по жизни сделался. Нет канала — нет Прохода — нет инфы. Ну, они потыркаются-потыркаются и плюют, и дальше кто куда, по ситуации. — Она обнадёживающе кивнула мне: — Сама-то будешь пробовать? Есть вариант, чтоб отловить своего параллельного? Место, где случилось-то, подходящее? Бываешь там, если чего?

Вот оно, как же я это сразу не догадалась! Мы, я помню, в тот день спустились с Венерой в наш полуподвал, в ресторанную кухню, так она захотела: правда, это была не эта Венера, а та, её параллельная. Дальше... Помню, на мне ещё было платье для коктейля, чёрное, на двух тонких лямках, плечи, разумеется, полностью открыты; именно на них пришёлся тот ледяной ожог, когда, припёртая Венерой к стене, я прикоснулась спиной к тёплому кафелю. Дальше был разговор между мной и моей незваной гостьей, и неожиданно я начала вдруг сползать по стене... А затем... Затем почему-то включился вытяжной вентилятор. Потом... потом я ощутила Переход, сверху, снизу, отовсюду от себя... чёрное, серое, снова чёрное и уже окончательно прояснившееся, хотя и не белое, не сияющее и даже не просто светлое... И оказалась в этой надземной пустыне, голая и без волос. Это значит... это значит, что канал связи со своим параллельным начинается именно там. Но это же означает, что там он и заканчивается, если считать Проходом эту сторону Перехода, этот загадочный Овал, о котором постоянно твердит Венера. О чём это говорит? Насколько я теперь понимаю, нужно, чтобы, по крайней мере, совпали две вещи: я, вернее сказать, моя оболочка, находилась возле этого непонятного Овала в то же самое время, когда моя параллельная будет на той стороне Перехода, у самого Прохода, в непосредственной близости от включённой на полный оборот вытяжки — кажется, это седьмое положение тумблера. И как такого достичь, спрашивается? Если бы ещё, допустим, речь шла о Герке, не дай Бог, — ну просто представим себе такое, чисто умозрительно, — в этом случае всё было бы гораздо проще: он и так проводит в том довольно незначительном по размерам пространстве практически всё своё время, начиная с бизнес-ланча и вплоть до закрытия заведения, это ведь основное место его работы на кухне. Оттуда он руководит процессом, там же устраивает нагоняи нерадивым поварам, там же размещается его рабочая поверхность, где он создаёт свои кулинарные чудеса, которым я потом присваиваю разные интересные названия. Там же располагается и его любимое полукресло, в котором он в редкие минуты передыха пересиживает накопившуюся усталость. По крайней мере, теперь становится ясно, отчего ни истребительщик этот наш, что в лесу приземлился, ни Ульянов-Ленин, которого на Михельсоне подбили, ну просто совершенно никак не могли оказаться там же во второй раз, оттого, наверное, и прекратили, каждый в своё время, попытки докричаться до своих параллельных. А скорее всего, даже и не начинали. Думаю, и с остальными нашими похоже получилось.

— Скажи мне, а где этот ваш Овал находится, — не ответив на её вопрос, я задала ей свой, встречный, — ну, через который каждый вновь прибывший параллельный первым делом испытывает канал связи?

Она махнула рукой в неопределённом направлении света. Точней сказать, — серой туманности, выходящей за границы любой видимости.

— Он там, в той стороне, — и обозначила рукой панораму округи во всю её ширь, — куда пойдёшь, подруга, там он и будет. Главное, назначить цель и уже не отпускать её всей своей оболочкой. И тогда само всё получится, выведет на магистраль и доведёт. Ну, а там тоже искать не придётся, канал тебя сам же и отыщет, и к себе приманит, а только как уж это самое получается, доподлинно никто не знает, кроме тех, кому по местному уложению знать положено. Или кто сам этим же всем и рулит. Но они за Входом, просто так не спросишь, пока не пересечёшь входную черту.

— А где он, Вход?

Венера хмыкнула:

— Да тоже никто не подскажет, даже и не надейся, я сама не в курсе, знаю только то, что мне в ушные оболочки нашёптывает неясно кто, но про свои дальнейшие дела узнать могу только от этого потайного источника. Вот пообыкнешься, введу тебя в устав уже получше, в уложение, во все прочие дела, перескочишь на другой оборот, тогда и тебе в уши поддувать станут, только успевай переваривать. Но ты, я смотрю, ещё недостаточно окрепла, хотя в некотором отношении опережаешь, не скрою. Я, к примеру, когда Алексей Петрович принял меня под крыло, вообще дура дурой была, реветь пыталась поначалу как ненормальная, а только нечем было уже, поздно: ни слёз, ни морщин, ни соплей. Просто каждый по-своему Переход переносит, ну как примерно дайвинг или невесомость при воздушной яме. Я — совсем, видно, никак, хотя и не ныряла, но зато и не блевала тоже — какая есть, такой, может, и останусь, не пройду в верхние, не одолею, так я чувствую.

— То есть ты хочешь сказать, что тебе нашептал кто-то, чтобы ты меня встретила?

Она отмахнулась:

— Да нет, ты чего? Тебя мне мой проводник поручил, я ж говорю, лётчик мой, Мересьев, он же дал понять, что дальше уже сама буду, без него, исключительно через уши и остальные знаки внимания, о которых я и сама пока без понятия. А уж ему кто поручение на меня дал, это я не в курсе. Может, верхние так стараются, а может, график есть специальный, типа когда кому кого встретить и поучить. Тайна, как всё тут про всё и всех. Ну, а после попрощались мы с ним уже типа навечно, хотя и нету тут ни у кого ни «здравствуй», ни «прощай», ни «навечно», ни «временно». Любого можно ждать от любого, даже если ничего и не обещал. Или наоборот, наобещал с три короба, а всё в пустоту ухнуло. Запомни, только ты сама и твоё личное мироздание, какое нужно научиться видеть шире раньшего и созерцать пуще прежнего. Плюс совершенствуй в себе надежду, это, пожалуй, ещё важней, чем всё остальное, за хорошую крепкую надежду быстрей обороты дают и звания очередные присваивают, от нижних до верхних: как-то так или типа того, Магдуль. — Она довольно улыбнулась. — Это мы сейчас с тобой, считай, половину начального курса прошли уже, с опережением. Ты, смотрю я, понятливая, не как я, и это хорошо для нас обеих: ближе к гармонии стоим ещё на чуть-чуть, а значит, ещё на полшишечки углубились в направлении к вечному блаженству, чего и требовалось доказать.

— Я поняла-а, — протянула я, пребывая в этот момент уже в очередном раздумье, — но как я узнаю, какое время там сейчас у моего параллельного, когда я, допустим, приду к Овалу, чтобы выйти с ним на связь? Вот если, скажем, попаду на место не с 12 до нуля, то мне там и делать нечего, не будет просто никого у Прохода с той стороны, нерабочее время.

— Ну, на это тебе никто не ответит, даже не пытайся, подруга, — Венера потёрла виртуальный нос кулаком оболочки и, разжав, упокоила его обратно на колене под холщовкой. — Тыкайся наобум. Или напролом, не знаю, как тебе сподручнее. Да — да, нет — не судьба, или жди другого раза. Хотя это по-своему и неплохо, пока ждёшь, чего-ничего, а узнаешь от таких же неприкаянных, если пересечёшься по случаю. Они там, бывает, скапливаются, как пчёлы, так что верхним порой тяжеленько приходится, чтобы развести их, не пересекши меж собой. Но имей в виду, там никому ни до кого дела нет, всякий ищет себе канал, а на другого начхать, потому что туда больше списанные идут и доведённые, чем нормальные, каким до их параллельных просто парараллельно самим.

— Ходила сама-то?

— Я пошла разок, если честно, дошла, нашла, всё такое, с каналом почти определилась, он даже начал уже приманивать меня к себе, вбирать. Но в последний момент я же и передумала пробовать, просто чисто по здравому смыслу. Решила, ну никак моя параллельная не сможет больше на той лоджии оказаться у Гамлета, с какого вообще перепугу? Её там насиловали, издевались, всё такое, а она снова, что ли, туда попрётся, на то же самое гиблое место, приключений на свою задницу искать? Короче, развернулась и обратно в туманность к себе двинула, лучше, думаю, лишний раз посозерцаю и наберу стажа на другой оборот, чем свою же надежду вхолостую мучить и за так распылять. Мне тут жить ещё, в смысле, обитать, а она, та Венера прошлая, сама уж пускай думает теперь, как ей лучше. Тем более, говоришь, пребывает там в полном порядке, так что по-любому, если чего, окажется не на лоджии, а в месте куда как поприличней.

Надо признать, что в этих её словах, во многом бесхитростных и на удивление прямых, содержался вполне объяснимый резон. Я даже поймала себя на том, что уже какое-то время отношусь к Венере Милосовой не как к той, бывшей, причинившей мне столь сокрушительный вред, а как совсем к другой, перелицованной наново во всех смыслах, ставшей, как и я, жертвой и перевёртышем, обречённым лишь на светлую надежду и больше ни на что. Вместе с тем я не могла не оценить того, насколько искренне и старательно она исполняет свой наставнический долг по отношению ко мне — своей ученице по надземному пространству.

К моменту этой части нашей беседы всё услышанное уже складывалось для меня в некую систему и потихоньку сигналило в разум моей оболочки, что пора бы встряхнуться и заняться актуальными текущими делами. И прежде всего навестить этот таинственный Овал, ознакомиться с его устройством и попробовать приложиться слухом к тому месту, которое определяет канал персональной связи с кухней моей бывшей «Шиншиллы». До вечного блаженства, подумалось мне, путь по-любому предстоит не короткий, так что успею ещё поучиться местному уму-разуму, как и поизучать в свободное от первостепенных задач время способы созерцания альтернативных мирозданий. И пока ещё местные руководители надёжно не отсекли от меня моё земное прошлое, пока есть надежда освежить старое, не погрузившись в новое другой головой, я совершу своё апостольское путешествие к Овалу, чтобы либо поставить точку, либо зарядить себя ожиданием близкого и понятного чуда. Но в любом случае, вероятно, следовало поставить об этом в известность Венеру.

— Наверное, я скоро пойду, ты не возражаешь? — спросила я её.

Как ни странно, она поняла и решению моему не очень удивилась. Спросила лишь на всякий случай:

— Сама-то как, нормально?

— Да я в порядке, не беспокойся. Только два вопроса: куда идти и как мы снова встретимся потом?

Казалось, Милосова уже была к этому готова, потому что сразу и по-деловому отреагировала:

— Смотри, идёшь сначала прямо, всё равно куда, тут в какую сторону себя ни двинь, всё одно выйдешь куда задумал. Если, конечно, не успел напортачить чего и соскочить с вышнего оборота к нижнему.

— Штрафная санкция, что ли? — не поняла я. — Ты хочешь сказать, кто-то меня пасёт тут, кроме тебя, и если что, опустит ближе к началу? Отдаление от вечного блаженства, как временная мера?

— Кому временная, а кому навсегда, — неуверенно ответила Венера, — не дай Бог, конечно, врагу такого не пожелаешь. Но только сама представь, зависнешь где-то в промежутке между двумя соседними оборотами, ни туда ни сюда — и чего? И никто ж не придёт на выручку, здесь такое не разрешено, будешь метаться и мучить себя же сама до тех пор, пока не одумаешься и вновь не обретёшь чистую и светлую надежду на Вход, без никаких грязных попутных мыслей.

— Это тебе тоже Мересьев подсказал такое? — мне стало вдруг интересно и одновременно немного страшно. Страх шёл не изнутри оболочки, а откуда-то снаружи, со стороны, направленность которой никак и ничем не определялась. Словно при полном отсутствии ветра и всякого движения этой безрадостной пустынной среды нечто самотёком вползало в мою оболочку, вынуждая наше с ней сознание испытывать то или иное чувство. Я напрягла себя, как умела, всей оставшейся сущностью, которой могла ещё как-то минимально управлять, и страх этот заметно ослаб, отступил, будто часть его тут же вытекла наружу, не оставив после себя видимого следа. И это было маленькое, но открытие.

— Да ты чего, окстись! — негодующе отозвалась Венера. — При чём он-то? Он такой же, как мы, только герой и со стажем. А что не прошёл пока Вход, то на это, значит, есть причины. Я к нему не лезу с откровениями, и он не обязан. Я ж говорю, тут каждому своя канарейка.

— А кто тогда?

— Так снова нашептали в ухо и тебе нашепчут, когда будет надо. Тут ничего просто так не делают, никакой анархии, всё у них расписано, всё по ранжиру, всё по негнущейся вертикали душевной власти.

— И во главе? — я пристально упёрла зрение в её оболочку.

— Во главе Верховный, кто ж ещё! Высший разум, он и посылает кого куда: тех к этим, этих к нам, а нас уже к вам. И так по кругу, во веки веков, вплоть до самого конца света!

— Он и тут возможен, хочешь сказать? — изумилась я. — Тогда зачем же в отрыв этот уходить, в принципе, раз и тут надежда наша не обретает вечный покой?

— Знаешь, думаю, чтобы просто не расслаблялись, — покачав головой, задумчиво ответила Милосова, — я поначалу тоже, как и ты, этим озадачивалась, когда выяснилось, что и тут, оказывается, всё имеет свой конец. А потом ещё чуток поразмышляла и решила — врут! — Тут она испуганно прикрыла рот и, не вставая с места, произвела визуальный оборот на 360 градусов, после чего, энергично потянувшись хребтом, щёлкнула скрытым выключателем и отключила подсветку.

Стало темней, хотя то, что нужно было для обитания и общения, вполне можно было узреть с помощью общего светло-тёмного фона естественного происхождения.

— Ты давай с этим поосторожней, Магдусик, — уже вполне миролюбиво продолжила она, убедившись, что какая-либо зримая засада отсутствует, — мы с тобой попали туда, куда мало кому вообще приходится попадать. Тут всё не как... — она последовательно посмотрела вверх и вниз, — не как принято для нормальных, обычных, каких большинство. Все ж думают, раз помер, то дальше либо вниз, либо вверх, и третьего никакого не дано. Если отбросить, конечно, тех, кому вся эта тематика вообще до лампады. Те дальше собственной золы даже не заморачиваются. — Она развела руками и назидательно подбила итог сказанному: — Но зато мы с тобой теперь чётко в курсе, что можно и не так, а вот эдак: и тут успеть, и там, если параллельно. Другое дело, помешать этому, само собой, невозможно, но зато если дозвониться до своего, о чём я постоянно тебе толкую, то, может, чего и сдвинется у твоего параллельного. По крайней мере, тебе тут за самою же себя спокойней будет и веселей — знать, что вы теперь повязаны общей единой параллельностью. А там глядишь, и подправить чего-то можно, в самом же себе, обратным хватом, если всё удачно сложится.

Это было именно то, что я уже и сама начинала медленно нащупывать, думая прежде всего о Германе, но и не забывая о себе. Кто бы мог подумать, что та самая Венера Милосова, профессиональная дрянь, сучка с брильянтами в ушах и проститутским балетом в ереванском «Низу», будет когда-нибудь выступать передо мной в роли надземной матери Терезы, увещевая мой слух благодатью и формируя, в силу своих возможностей, мой же кратчайший путь в край вечного блаженства. Венера, словно ощутив то, что я сейчас думаю именно о ней, подбоченилась всей оболочкой и продолжила прерванный урок:

— И запомни, если кто станет про ангелов тебе разных напевать, про демонов там, про ангелоидов, про грехи наши тяжкие, про благодати прошлые, туда и обратно, — не верь! Коль сюда зашла, значит, остальное побоку, всё списано, прахом улетело, чистый нуль остался, без ничего. С него ты и стартуешь. И вперёд. Больше надежды — ближе твой личный Вход. Меньше — сиди и не рыпайся, обретай и пестуй, пока не оценят, вот так, подруга. — Неожиданно она удивлённо хмыкнула: — Это я даже перебрала малость. Такое, чего я тебе говорю сейчас, только на втором обороте знать положено. А мы с тобой ещё только-только первый осваиваем.

— Последний вопрос на сегодня, Венерочка, — неожиданно для себя я обратилась к ней столь непривычно ласково: — Кто тебе сказал, что я Магдалена, конкретно? И что именно ты должна меня встречать?

Вопросу моему она, в общем, не удивилась, отреагировав довольно буднично:

— Ну, я же говорила тебе, Магдусь, не знаю. Просто не-зна-ю! То ли отдельно вслух, то ли сразу целиком во всю оболочку входит наказ определённый, типа быть у Прохода, будет такая-то, взять под крыло. Дальше само собой всё, по ходу дела. Ну, ты и идёшь туда, ноги сами выводят, потому что есть приказ, и ты подчиняешься. Хламида сама образовывается, одна холщовка — один прибывший. И, если честно, ты у меня первая, долго они меня выдерживали, видно, в чём-то я у них сомнения вызывала. А после взяли и определились.

— Может, потому, что знакомы были с тобой? — спросила я, думая над тем, что услышала. — По крайней мере, я с тобой, но уже после твоего Перехода.

— Может, и так, конечно, — согласилась Венера, — а может, и по-другому. Лично мне по барабану, хотя, если так уж брать, то по мне лучше баба, чем мужик, а то не знаю каждый раз, как дело обернётся. Вдруг у него чего-нибудь там против уложения воспрянет, пока в себя не пришёл ещё и голоту свою не укрыл. А мне, знаешь, того опыта хватило во как! — резким движением ладони она пересекла себе линию шеи. — С Гамлетом и его уродами-друганами.

— Ну, знаешь, не каждый мужик Гамлет, — взяла я под сомнение подобный вывод, решив не согласиться, — тем более в этой надземке. Что ж, получается, на таких, как он, и здесь управы не найдётся?

Она отмахнулась, явно не желая поддерживать тему:

— Да он здесь никогда и не окажется, ты чего? Он скорей сюда сам сотню-другую народу отправит: кому глаз вынет за долги, кому башку прошибёт, а кто по его милости самолично решит, что лучше ему к нам в надземку, чем вечно дёргаться там и под ним ходить. Урод настоящий, вообще без дисконта. — Она произнесла эти слова, после чего явно решила поменять тему. Наверняка любое упоминание этого человека всё ещё саднило какую-то важную часть её оболочки. — Так вот и говорю, — продолжила она, — ты же вроде бы сказать собиралась, почему Магдой заделалась.

— Тут нет секрета, — пожала я плечами, — это всё моя еврейская мама. Она вычитала где-то, типа краткого толкования Талмуда, что прозвание «Магдалена» может происходить от выражения «magadella», в переводе с иврита это означает «завивающая волосы». А я родилась с такой дурацкой копной на голове, абсолютно неуправляемой, что уже тогда было ясно, что с волосами у меня будут проблемы. А мама моя, как никто, ненавидит всякие проблемы, к тому же предпочитает, чтобы они решались без её участия. Вот и назвала Магдаленой: подумала, имя это отведёт в сторону любую неприятность, всё же известно, кто была главная мироносица и, считай, святая. А я это имя с самого детства не полюбила, хотя, надо сказать, кое-что и сошлось в описании. Например, обещан успех в живописи, скульптуре, дизайне, явно выраженное чувство прекрасного. Я и правда дизайнером стала и, думаю, неплохим, извини. Ну, потом ещё сердце доброе, а воля слабая, совсем. Нюня, короче. И это, кажется, сошлось. А есть и другая часть, в том же пояснении, но там уже совсем полная хрень, вообще не про меня. Пишут, аналитический тип мышления, развитая память, интуиция, в работе может выйти за рамки дозволенного, мечтает овладеть и состоянием мужчины, и волей, а не только его душой, плюс к тому готова рисковать, если надо, идти на блеф. И всё такое, ты представляешь? Где я и где то, что обо мне написано? Короче, я его в 16 лет поменяла, имя это, вместе с паспортом, на Елену. Мама, когда через четыре года узнала об этом, дикий скандал мне закатила, с припадками и всё такое, но было уже поздно обратно отыгрывать. Магда ушла, Лена осталась, — я вопросительно посмотрела на свою наставницу, — вот и спрашиваю поэтому — откуда кто узнал? Даже Герман не в курсе, мой законный муж.

Я сказала и тут же поймала себя на мысли, что думаю здесь и сейчас ровно так, будто никуда не отлетала. Как будто мы просто зашли с Геркой на очередные 3D и нацепили на нос очки. Свет ушёл вместе с моим мужем, я же осталась наедине с этим фантасмагорическим сюжетом, но уже не как зритель, а как полноценный участник драматического действия. Вот только комической эта драма окажется или больше трагедийной, это мне ещё только предстояло выяснить. И время пошло.

— Ну вот и думай, подруга, время есть, — ухмыльнулась Венера, — а только, наверно, неспроста это всё, чего-то им от нас надо ото всех, не просто же так всё у них слажено меж собой да приглажено, верно?

— Пошла я, Венера, — кивнула я ей и поднялась с запылённого песчаного наста, который, как ни странно, несмотря на всю очевидную жёсткость своей поверхности, никоим образом не доставлял моей оболочке какого-либо неудобства.

— С богом, — ответила она мне, — смотри там, не переусердствуй, не то в себе же сама заплутаешь и сойдёшь с нормального пробега. А понадоблюсь, просто подумай в мою сторону и иди на мысль обо мне. Но не к холмам больше держись, а на туманность себя направляй, напрямки, ближе сюда, к полутьме, чтобы не сильно отклоняться, усекла?

— Угу, — кивнула я ей в ответ и пошла туда, куда в этот момент было направлено зрение моей оболочки.

Сначала стало не то чтобы ещё темней, чем было до этого, но некоторая дополнительная неясность в ощущении себя в пространстве всё же присутствовала. Туманность, казалось, сделалась несколько гуще, будто уплотнилась сама среда, сжимавшая отовсюду мою оболочку. Свет, и так полутёмный и практически непроницаемый для глаз, сделался вовсе неясным, размыв и отбросив на непонятное расстояние любую точку вдали, которую я избирала для себя в качестве промежуточного ориентира. Страха при этом я не испытывала: было скорей чувствительное неудобство, первое, по большому счёту, начиная от момента, когда я пришла в себя после Перехода. И я поняла — ведь, по сути, в первый раз за всё то время, которое разум моей оболочки так и не мог постичь за отсутствием точки отсчёта и сравнения, я осталась наедине сама с собой. Венера была где-то там, сзади, впереди не маячил даже слабый лучик любого просвета; двигалась я больше по наитию, наобум, нежели следуя внятному маршруту, и оттого чувства мои, то ли уже обновлённые, сменившиеся, то ли остатки прежних, во время этих первых самостоятельно предпринятых мною шагов искали себе любого выхода — такого, где бы им стало удобно, привычно или, по крайней мере, объяснимо.

Я шла и уговаривала себя не останавливаться. Отчего-то мне стало казаться вдруг, что любой тормоз в любых делах, осуществляемых мною в этой извечно тенистой местности, будет для меня хуже, чем любое движение в произвольно избранном направлении. Главное — не задумываться, крутилось у меня в голове, не поддаваться панике и не жалеть себя, иначе собьются все твои настройки, и ты пропадёшь. Венера говорила, что каждый тут за себя и всем до всех — до лампочки, так, кажется, и поэтому я должна полагаться исключительно на своё чутьё и женскую интуицию, если я ещё, конечно, могу считать себя женщиной.

В этих охранительных раздумьях я продолжала перемещаться в том же направлении, какое взяла с самого начала. Впрочем, возможно, мне лишь казалось, что условная прямая, вдоль которой я продолжала движение в никуда, оставалась такой и дальше. В то же время я отчётливо понимала, что никакая прямота или кривизна тут не имеют даже малого значения. Надежда — вот единственный компас и ориентир, вручённый тебе теми, кто верховодил всеми местными делами. Только вот на что? Ответа у меня не было.

И тут меня посетила идея, насколько неожиданная сама по себе, настолько и плодотворная, как выяснилось уже потом. Наверное, в этот момент во мне сработало не до конца ещё убитое Переходом чутьё дизайнера. Помню, в той жизни я, раскидывая варианты, частенько смещала предметы друг относительно друга с тем, чтобы найти верное решение. И так длилось до тех пор, пока глаз мой не фиксировал единственно возможную позицию соотношения их в пространстве или на бумаге. И лишь тогда композиция становилась законченной, она начинала смотреться и работать уже на тебя. До этого же не она, а ты работала на неё. В этом была суть. Так вот: надо было всего лишь поруководить собственной надеждой, поупражняться в её разновидностях, подвигать её туда-сюда, пробуя варианты на глаз, на внутренний слух, на скорость перемещения в этом постном и безысходном тумане, в котором не содержалось даже малейших признаков привычной влаги.

Я остановилась и сказала себе: «Ленка, теперь ты здесь, в этом чужом для тебя пространстве, но это ещё ничего не значит, потому что ты всё ещё способна чувствовать, думать и перемещаться. У тебя есть твоя оболочка, а у неё есть конечности и органы чувств, пускай и не те, какими они были раньше, но зато всё ещё позволяющие использовать их по прямому назначению. Сейчас ты идёшь к Овалу, и там тебя будет ждать Герка, с той стороны Прохода, или даже сама ты ждёшь себя в том же самом месте, откуда начался для тебя Переход. У тебя есть цель, и ты должна её достичь».

Не знаю точно, какую цель при этом я имела в виду, вогнав себя в этот гипнотический раж, но только туман вдруг заметно ослаб, густота его спала, темнота явно отодвинулась, уступив дорогу начинающемуся просвету, и я снова пошла вперёд, уже начиная различать впереди себя неясные очертания чего-то отдалённо знакомого. То ли это были слабые возвышенности, непривычные глазу для столь пустынных территорий, то ли просто некую причудливую игру света и тьмы затеял с моим уже успевшим притупиться зрением этот необычно волнистый горизонт. В любом случае, что-то изменилось, и от этого моей оболочке стало почти хорошо.

Дальше пошло ещё веселей. Через какое-то время ходьбы, так же не определяемое разумом, я достигла края последней туманности и вошла в зону полного света. Песок, точней сказать, слежавшаяся пыль, что всё это время была у меня под ногами, плавно перешла в довольно мягкую, без намёков на любую растительность, почву неизвестного мне состава, и уже по ней я продолжила своё движение в сторону холмов. Да, это были именно они, холмы, возвышенности, чем-то напоминающие наши дальневосточные сопки, но только совершенно лысые: будто насыпана была не земля, а разложена огромными порциями грунтового колера филейная мякоть, которую Герка называл «взрывной говядиной», потому что зашивал внутрь её чернослив, и тот взбухал в духовке, приподнимая куски изнутри и делая их похожими на земные возвышения в миниатюре. Дальше же...

А дальше я узнала эти места: по ним мы с Геркой, теряя рассудок, неслись когда-то вскачь, и наш скакун вышибал своими копытами взрывчики песчаной пыли, в ту самую первую нашу ночь в Плотниковом переулке...

Я придала скорости своему перемещению и вновь подумала о хорошем, добавив в эту мысль ещё пуще прежнего надежды, явно сверх той меры, которой требовало моё промежуточное положение. Мне было уже всё равно, о чём конкретно хорошем и приятном размышлять, главное было — проверить себя на эту мысль. И вновь сработало: конечности мои будто приподняли мою же оболочку над грунтом и ещё энергичней повлекли за собой в сторону холмистых образований.

И вот уже полная панорама раскинулась передо мной. Теперь я и сама уже стояла на небольшой возвышенности, куда взобралась не случайно: хотелось ещё раз увидеть то, что виделось мне с крупа скакуна, тогда ещё, в нашем с Геркой общем сне. Я и увидела, и даже больше. Холмы, вытянувшись в двойную цепь, как бы образовывали собой ущелье, по центру которого тянулась вполне заметная глазу тропа, явно натоптанная и ведущая к последнему холму, замыкавшему этот гористый строй. Чистая декорация, подумалось мне, жаль, нельзя сфоткать и разместить в Сети, народ бы умер просто, кто понимает, разумеется, в какой-никакой красоте. Быть может, это было именно так. А возможно, и по-другому. Не исключаю, что очарование этого сказочного места настолько поразило меня из-за того, что я провела часть времени своего первого оборота в местах совершенно иных, так непохожих на эту внезапно открывшуюся моему зрению пастораль. Венерка, с её правдорубным устройством головной оболочки, наверняка сказала бы, что заманивают, не верь, вот только не ответила бы, кто. И была бы, скорее всего, права. И снова я поймала себя на мысли, что думаю о ней лучше, чем в самом начале, когда меня ещё не отпускала от себя прежняя память о том, чем я была связана в той жизни с этой почти незнакомой мне, вульгарной и малоприятной в целом женщиной.

Подул ветер — оказывается, здесь есть ветер! Тогда отчего же нас загоняют в полутёмное туманное стойло и выдерживают там, вынуждая перебираться с оборота на оборот, набирая по пути обязательную выслугу и отгораживая себя от любого нарушения устава местного обитания, во имя чего? Внезапно ветер прекратился, я обнаружила возникшие изменения ландшафта. Теперь тропа, что прежде была пустой, таковой уже не являлась. По ней, медленно перетаптываясь одна за другой, продвигались вперёд оболочки. Их было огромное множество, женские и мужские, вперемешку, все они были почти неотличимы друг от друга — по крайней мере, так мне казалось, поскольку все они были обращены ко мне спиной. По мере своего продвижения цепочка эта становилась всё объёмнее и шире: в неё вливались и другие, бравшие начало от боковых пространств, что образовывались промеж левой и правой холмистой гряды. Никто не толпился и не произносил громких звуков, — слух мой едва-едва улавливал нечто равномерно гудящее, сливающееся в единый монотонный шум, будто одновременно негромко переговаривались вполголоса сотни, если не тысячи приглушённых голосовых источников. Всё это множество очередников втекало в самый последний холм, центральный, вход в который был выполнен в виде невысокой фронтальной арки, имевшей, скорее всего, естественное происхождение, обвитой по краям сухими лианами с белёсыми сушёными ростками по всей высоте.

«Получается, есть растительность, хоть и сухая, — подумала я, — или была когда-то. Почему же никто не сажает здесь семена? Неужели всё у них утрачено? Или нам чего-то недоговаривают?»

Я спустилась со своего пригорка и бодрым шагом двинулась по направлению к центральной колонне этого шествия, прикинув, что наверняка выиграю против тех, которые втекают в неё с боковых ответвлений. По моим расчётам, боковые были малолюднее, зато продвигались не так скоро, как основной поток. Подумала об этом и тут же сообразила, что не зря. Выходит, и здесь, в этой непредсказуемой надземке, ровно так же, как и в нашем суровом поднебесье, кое в чём возможен расчёт: хотя бы в этом малом деле, даже если оно и не приведёт к искомому результату. На какое-то время твоя оболочка всё равно переиграет другую, и этого было уже не отнять. Получается, вся эта сакральная конфигурация вполне могла быть подвержена моей же персональной ревизии, что — уверена — никак не входило изначально ни в мои, ни, тем более, в хозяйские планы. И это был первый петушок, неуверенный пока ещё, но вполне реальный, если о таком вообще уместно рассуждать на территории чужого, не подвластного тебе разума.

Достигнув хвоста цепи, я осмотрелась и заняла очередь с края. Передо мной были две спины. Очередь, чтобы не обратиться в вытянутую бесконечность, продвигалась парами, что как минимум вдвое укорачивало её визуальную протяжённость. Вскоре слева от меня возникла ещё одна оболочка, которая деликатно держалась от меня на дистанции личного пространства. Я повернула голову и сухо кивнула ей. Она ответила тем же. Дальше мы просто синхронно продвигались очередной парой, не делая попытки завязать какое-либо общение. Но на всякий случай я вновь покосилась на новообретённого соседа. Это был лысый, невысокого росточка дядька, средних по земным меркам лет, в сандалиях, похожих на мои, но с подмёткой потолще, из чего я сделала вывод, что не всё в этих краях так уж унифицировано и подогнано под жёсткие стандарты. А если хорошенько прикинуть и всмотреться в остальных параллельных, то нет сомнений, что обнаружится ещё масса интересных подробностей. И решилась спросить первой:

— Вы с какого оборота, прости?..

— С восемнадцатого! — грубо оборвал меня дядька и отвернулся. Затем обернулся и добавил, дав уже недвусмысленно понять, что эти его слова будут последними, обращёнными ко мне: — Unë nuk flas gjuhën tuaj egra![1]

— Извините, — пробормотала я, уязвлённая нежеланием его вступить в диалог с женщиной. И тоже отвернулась, делая вид, что разглядываю боковые красоты.

Так и продвигалась, молча обозревая округу и выискивая для себя новые краски внутри этого незнакомого моей оболочке региона обитания. Но очередной вывод для себя, тем не менее, я приплюсовала-таки к ранее сделанным. Похоже, в том, о чём говорила Венера, и на самом деле присутствует элемент самой неподдельной правды жизни. Или правды обитания, как угодно. Каждый за себя, и никого не мутит чужое горе.

По земным прикидкам, до арки Овала оставалось не так уж далеко. Или не столь уж и долго — в зависимости от того, какое событие наступит раньше. Оно и наступило, хотя по тем же меркам не прошло и полутора-двух земных часов. Просто всё оставшееся время я тупо считала про себя от нуля и вверх, и так продолжалось до того момента, когда меня втянуло скопившейся у входа оболочковой толпой внутрь арки. В Овал. В святая святых переговорного процесса с собственным па-

---

[1] Я вообще не говорю на вашем диком языке (*пер. с албанского*).

раллельным. С самим собой, если сказать совсем уж понятно. Так вот, если считать примерно по разу в секунду, на основе прежней ритмики и темперамента, то время ожидания в очереди составило у меня около 6300 разосекунд. И это стало ещё одним маленьким открытием — местные явно не предусмотрели эту возможность параллельных задавать временны́е характеристики. Иными словами, если что, то просто начинай считать несбивчиво, а потом набранное тобой дели на 60 и так далее и переводи в понятные категории. Если кому надо, разумеется.

Там, внутри, каждый уже крутился как умел, выискивая себе место ближе к виртуальной рубке. Как осуществлялся сам процесс, знать могли лишь те, кто уже хотя бы единожды осуществил попытку связаться со своими параллельными. Они стояли поодаль, спокойно ожидая, пока всё произойдёт само собой. Или же в очередной раз не произойдёт. Оболочки мирно беседовали, негромко переговаривались, но ни до спора, ни до того, чтобы повысить голос, дело не доходило. Все знали, что такое поведение ни к чему не приведёт, а лишь отдалит вечное блаженство, о котором каждый тут был надёжно в курсе. Этот предбанник и служил, по сути, единственным местом пересечения посторонних параллельных, если даже не критически чуждых друг другу обитателей территории надежды.

Если и были какие-то новости, то ознакомиться с ними имелась возможность лишь в этих арочных стенах. Скажем — кто недавно отлетел из людей известных, кем был встречен и почему до сих пор не явился к Овалу, чтоб хотя бы краем зрения народ поглазел на него и оценил, как он выглядит, обретя для себя новое местоположение и избавившись от остаточного земного груза. Другие любопытствовали насчёт всякого прочего: например, кому и с какой попытки удалось достучаться до своего параллельного, судя по тому, что он вот уже который раз не объявляется у Овала. Это оттого, что он уже решительно забил на искомое или, наоборот, достиг его и угомонился? Третьих больше остального интересовала тема карьерного роста, кто с какого оборота сумел перепрыгнуть на какой, поскольку ходят слухи, что и такое бывает, когда некоторые наиболее удачливые, типа счастливчики, начиная с нижних, возьмут вдруг да и скаканут, невзирая на уложение и устав, прямиком через оборот или даже два, обогнав остальных, какие совсем не хуже и тоже могли бы сделать так, и с не меньшим удовольствием и благодарностью. Отдельно обсуждались исторические персонажи, каковые стопроцентно присутствовали, но, опасаясь эпохальной известности, метались между жаждой прийти к Овалу и заморокой от неизменного узнавания и непредсказуемой реакции. Говорят, Ильич всё же пробегал как-то, но очень мимоходом. Дождался часа пик и прошмыгнул внутрь, пытаясь смешаться с толпой оболочек. Однако кто-то всё же его засёк, из бывших партийных оболочковых, всё ещё неравнодушных и с патриотическим стажем, и заорал во всю глотку, едва не надорвав себе часть оболочки в месте выхода крика:

— Ленин! Ленин! Смотрите же, параллельные народы!!! Это же наш Ильич!

На том всё и закончилось. И сам он исчез, вождь развенчанный и многострадальный, и мученика того, столь возбуждённого встречей со святейшим, больше никто в очереди не видал. И узнать о его судьбе было совершенно не у кого.

Всё это я краем слуха подобрала, уже находясь внутри Овала и ожидая своего часа на связь и канал. Оболочки заметно меняли состав: это означало, что какие-то убывали на связь, удачную или нет, никто ничего ни про кого достоверно не знал; другие же текущим порядком заполняли помещение, подменяя собой убывших. Соответственно, менялись и сами разговоры. Через какие двери или проёмы убывали те, кто прошёл попытку, с этой стороны арки тоже не было известно никому — непосредственный выход из Овала просто-напросто отсутствовал, никакой живой цепочки из оболочек с задней стороны холма не обнаруживалось. Судя по всему, по завершении попытки кандидата на связь сразу же вбрасывали в его отделённую от этого места туманность, чтобы лишний раз не дать ему возможности насладить себя красотой непривычного пейзажа и расслабить себе оболочку до непозволительных величин. Впрочем, мне это ещё только предстояло испытать.

Именно в тот момент, когда я, уже чуть пообвыкнув, с интересом вглядывалась в лица окружавших меня параллельных и, максимально напрягши слух, пыталась выловить любое полезное слово, всё разом завершилось. Стало темно и абсолютно бесшумно. Было ощущение, что тебя с маху окунули в чёрный вакуум и не ознакомили с его границами. Под сандалиями было нечто твёрдо-мягкое, больше я ничего не ощущала. Кроме разве что... Внезапно я услышала голоса, их было два. И один из них принадлежал моему мужу, Герману Веневцеву. Я машинально задрала край рукава оболочки, чтобы засечь время, глянув на часы. И тут же чертыхнулась, придя в себя. Что-то мешало сосредоточиться, нечто билось и колошматилось изнутри, но это было не сердце, которого просто не могло быть ни по какому. Это же, бьющееся во мне и мечущееся, не могло быть и душой, поскольку душа была сама я, целиком. Наверное, это пульсировала во мне надежда, которую некто Главный и Большой очень ждал от меня, но, должна признаться, подобное умозаключение посетило меня гораздо поздней. Сейчас же, замерев, в полной темноте и невесомости, словно в обесцвеченном мультфильме родом из далёкого сказочного детства, я впитывала в себя звуки родного голоса, принадлежавшего самому близкому мне человеку на земле. На той, не на этой. Я слушала и дрожала всей своей оболочкой.

— Ле-ен! — крикнул Герка. — Не забудь ещё пять кило бараньих рёбрышек заказать, и творог рыночный кончился, останемся без чизкейка на завтра. И смотри, чтоб баранина не калмыцкой была, они её морозят, мне сказали, а потом за охлаждёнку выдают. Да, и рыба на подходе, сибас и форель! Осетрина есть пока, не надо!

— О Боже, Боже, Боже!!!

И Ленка отозвалась — я то есть, — скорей всего, она находилась где-то в районе лестницы в наш полуподвал, я слышала сама же себя, свой собственный голос, правда, с растворённой в нём, чуть более жёсткой, нежели обычно, и непривычной моему уху новой ноткой:

— О'кей, Гер, поняла. Буду к шести, если что, и не забудь, у нас сегодня стол на двадцать рыл, в восемь, средний класс, так что особенно не упирайся, всё равно не оценят!

Всё это время я слышала глухой равномерный гул, и тут же догадалась, что именно так гудит наш вытяжной шкаф на крайних оборотах работы вентилятора. И это было уже неплохо — понятно, по какой причине. Герка же, мой Герка, отреагировал так, как от него единственно и можно было ждать:

— Ленуська, прекрати, пожалуйста, нести херню, ты же знаешь, я этих шуток твоих не признаю!

— Шучу, родной! — крикнула я и пропала.

И только тут меня торкнуло, что я, чёрт бы меня побрал, в каком бы обиталище ни обреталась, не использовала свой возможный шанс быть мною же услышанной. Но всё же заорала во всю силу горловой оболочки:

— Ле-е-ен! Ле-е-енка!! Это я!!! Вернись! Встань ближе к вытяжке-е!! К Герке, к Герке подойди-и!! Ты слышишь меня, Ле-е-енка-а-а!!! Я зде-е-есь! Я ту-у-ут!!!

Вытяжка вдруг умолкла, но через пару-тройку секунд вновь загудела. И я догадалась, вся картина тут же нарисовалась в моём воображении. Герка услышал что-то, что показалось ему странным, и на какое-то время просто выключил вентилятор, чтобы проверить свои ощущения. Затем, ничего не обнаружив, вновь воткнул тумблер на крайнее положение. Это было — ничего, пусто, дыра от свежеиспечённого десертного бублика с маком, изюмом, орехами и пудрой, которые нередко заказывал наш постоянный клиент Витёк на вынос, для своей прыщавой дочки. Но дырка эта была, и она никуда не девалась, просто в этот раз её уже нельзя было потрогать, теперь я это знала точно. Кроме того, всё это означало ещё и другое, не менее для меня важное. И прежде всего — что звук проходит, в принципе, что человеческое ухо способно его засечь. Другое дело, что обратная связь, похоже, возможна лишь со своим параллельным, это к гадалке не ходи, и так ясно. А моей параллельной, Ленке Веневцевой, если уж на то пошло, не́ хрена делать около вытяжки, это не её рабочее место, в том смысле, что никогда я туда лишний раз не казала и носа, и так вечно было некогда, то одно, то другое: там же со всеми делами отлично управлялся мой муж, шеф-повар, истинный хозяин и распорядитель всех дел по нашему полуподвалу.

Хотелось плакать, но я уже отлично понимала, что нет резона даже начинать: слёз всё равно из оболочки не выдавишь, только нервы себе истреплешь. Впрочем, о нервах как о таковых тоже говорить не приходится, их как не было, так и нет, из ничего и будет ничего: пустота, иллюзия, вакуум, пшик!

Как только я успела об этом подумать, едва-едва зацепив краем мысли, в тот же миг тьма, заполнявшая эту невидимую изнутри рубку, куда-то делась, ушла, и взамен ей тут же образовался гораздо более привычный зрению тёмно-светлый колер, присущий моей домашней туманности. Твёрдо-мягкое под ногами вновь обратилось в хрустящий наст из веками слежавшейся пыли, а воздух, ещё надавно овевавший полы моей хламиды, разом перетёк в пустотную субстанцию, собранную из ничего. И снова не было границ видимости, поскольку зрение моё, как и прежде, упиралось в седоватую муть, и что было за ней, что начиналось или заканчивалось вне её неодолимых рубежей, сказать бы я опять не взялась.

Я двинулась, как и прежде, прямо, не думая, куда иду и на кого выйду. Однако чуда не произошло, ничто не изменилось в этом странноватом мире. Вскоре впереди забрезжил слабенький свет, и я пошла прямо на него, не испытывая никаких ожиданий. Я и так знала, что это работает подсветка глаз моей наперсницы Венеры Милосовой. Да и на кого ещё могла я так безутешно напороться в этой забытой Богом местности.

— Поздравляю, подруга! — этими словами она встретила меня, сидя на пыльном песке.

— С чем? — не поняла я, не выказав в ответ ни особой радости, ни любого иного ясного чувства. Конечно, и то хорошо, что у меня хотя бы была она: это, по крайней мере, лучше, чем вообще ничего. Но в сравнении с тем, через что я недавно прошла, радость от этой встречи всё равно была несравнимо меньше, чем можно было бы рассчитывать.

— Как это? — удивилась Венера. — Мне шепнули, ты уже на третьем обороте, сразу скаканула, через собственную голову! — Лицо её выражало намёк на ответное удовольствие из-за этой удивительной новости, но самих глаз рассмотреть было невозможно из-за включённых подсветок. Кроме того, лёгкую оторопь от случившегося некоторым образом выдавал и её голос, который так и не сумел противостоять чувству лёгкой, но необоримой зависти.

— А разве так возможно? — удивилась я, не зная, как мне теперь правильно себя вести: то ли откровенно радоваться, то ли проявить сдержанность в присутствии равной. И потом, чему радоваться, тому, что тебя так и не услышали? И наверняка никогда больше не услышат?

— Ну-ка тряхони спиной, вот так, — она дёрнулась всем телом под холщовкой, так, чтобы основной напор пришёлся на виртуальный позвоночник.

— Зачем? — не поняла я.

— Для проверки, — пояснила Венера, — запалится или откажет?

Я вытянула спину кошкой; так частенько делал наш с Геркой Парашют, особенно когда у него было хорошее настроение и он ластился к моему мужу, ежедневно таскавшему для него не утилизированные ещё остатки еды из «Шиншиллы». Что-то хрустнуло, и лицо моё осветилось снизу двумя скрытыми от глаз источниками освещения.

— Ну вот, — разочарованно произнесла моя проводница в мир надземных грёз, — так я и думала, что правильно тебя поздравила, по делу. Не обманули меня в ухо, получается. — И пристально впёрла глаза мне в оболочку: — Интересно вот только, за какие такие коврижки одни тут, понимаешь, годами горбатятся, а другим сразу выпадает всё и через две головы. Тебя, если на человеческий ранжир перевести, сразу с рядовых где-то в серёдку промеж старлея и капитана на погон втиснули. Я-то своё хотя бы послужила, а ты — не слабо?

— Через одну, — поправила я свою подругу, — не обижайся, Венер, просто они, наверное, решили, что ты меня раньше срока подготовила, нашла такие полезные слова, что мне удалось разогнаться быстрей, чем кто-либо ожидал, даже я сама. И если хочешь, скажу честно, как на духу, — сама чувствую, что не заслужила пока третьего оборота, вполне было бы достаточно ограничиться вторым. Просто они хотят, видно, поскорей освободить тебя от моего ученического периода и занять чем-то более значительным. Не думала про такое?

Предложенная версия сработала, как я того и ждала. Всё же приходится согласиться, что она сделала для меня немало хорошего, ведь могли же и прислать того, скажем, дядьку из очереди, который стал бы вдалбливать мне уроки жизни и смерти на своём непонятном языке, преодолевая в себе неприкрытую неприязнь к моей особе. Или ещё как-то, о чём я пока даже не могу судить за неимением опыта.

— Короче, если чего, обращайся, Магдусь. — Венера вновь обрела надлежащий внутриутробный покой и перешла от чувства краткой ненависти к продолжению прежней долгоиграющей дружбы. — Кстати, просили передать, что тебе скоро встречать предстоит вновь прибывающих. Это значит, решили, что готова, — она неопределённо пожала плечами под накидкой, — да, собственно, я и сама так считаю, ты уже почти всё про всё поняла, закон тутошний признаёшь, к Овалу сгоняла, да и с народом, судя по всему, пообщалась тамошним. Чего ж теперь ваньку валять да лыко тянуть, правильно? Чего там вообще говорят-то, какие дела, не слыхала?

— Знаешь... — Вместо ответа на дежурный вопрос я решила посвятить эту единственную близкую мне оболочку в суть своего странного предположения, — мне кажется, сегодня, когда я шла туда, в Овал, и потом ещё, когда уже сам канал этот нащупывала, я очень сильно надеялась на удачу... хотя это ничем толком не закончилось. И мне кажется ещё, что от нас ждут надежды... и... и смирения. И чем они будут сильней, тем активней нас же будут стимулировать... как-то так. А почему, не понимаю. Просто так причудилось вдруг... Нет у тебя похожего ощущения?

— У меня только ощущение и есть, что на хрен мы тут никому не нужны, а голову нам мутят по-всякому, чтоб положенного не отдать, понимаешь, о чём я? — И, не дождавшись моей реакции, сама же ответила: — У них тут всё, как у нас и там было, особенно при коммунистах. Смотри, голову нам морочат, типа «трудись над собой, созерцай до упора, мироощущай как можно больше», чтобы совершенства добиться самого что ни на есть крайнего. Звания дают, от нижнего до последнего сверху, даже страшно подумать, до какого. Про Вход долдонят каждый кому ни попадя, что, типа, до него... вот это тебе пока, а уж после него... вон то самое... где и травы выше головы растут всякие толщиной с банан, и яблоки райские без костей с мичуринскую голову размером каждое, и без любого ограничения, как на «всё включено», и печенья-варенья тебе от пуза, и рыбалка, и охота, и купаться не запрещено. Ну, ты понимаешь... — Я кивнула, хотя и произвела для этого над собой некоторое усилие. А она продолжила: — Так вот. А после, когда поверишь и зарядишься мечтой, они потихоньку обратный ход дадут, что вроде рано пока, надо бы обождать, не достигла ещё твоя карма, или как там её, нужного расцвета, не созрела всей полнотой оболочки, а туда, к чему стремишься, надо прийти обновлённым, с чистыми помыслами и разумом, незамутнёнными остатками прошлых... — она пожевала губами, подбирая подходящее слово, но, так и не подобрав, закончила мысль короче: — Ну в общем, того, где и чего накосячила, типа этого... А сами сосут, чую я, сосут, просто ужас как сосут из тебя твоё же. С каждым новым оборотом, казалось, ты должна сил душевных набираться, а ты всё больше тощаешь и упадничаешь, а то, что это неправильно, — так даже и помышлять о таком не смей. Поняла? — Она посмотрела на меня с обидой, будто не они, эти непонятные существа, а я отнимала недоданное ей. А итог своим словам подбила она следующим печальным выводом: — И чего только сосут, не пойму... чисто вампиры... У меня и взять-то нечего, всё там осталось... — и мотнула головой куда-то вниз и вбок.

— Надежду... — ответила я и присела к ней поближе, — судя по всему, они на самом деле надежду из параллельных высасывают, я не шучу...

И обе мы замолчали, каждая по-своему переваривая то, на что обе мы, не сговариваясь, натолкнулись.

часть 7
ГЕРМАН

В тот раз, когда вскоре после нашей первой встречи, состоящей из знакомства, долгих ностальгических излияний и заключительного аккорда в виде блатного гимна, я ненадолго расстался с братьями, то, уже оставшись в полном одиночестве, позволил себе немного поразмышлять. Так и сказал обоим им, не притворяясь и не скрытничая, — что, мол, пацаны, хочу побыть один, посидеть в этой вашей туманности и подумать над тем, куда я вляпался, хорошо?

Мне и на самом деле хотелось привести в порядок голову своей оболочки, пораскинуть ближайшие планы и отделить первостепенные дела от вторичных и просто бросовых за их полной уже ненадобностью.

Что Павел, что Пётр к просьбе моей отнеслись с благосклонностью и совершенным пониманием. Каждый из них мою просьбу прокомментировал по-своему. Паша сказал:

— Не вопрос, братан, но только помни, что в этом деле главное — не заблудиться, потому когда у тебя две головы, типа старая и вроде новая, то это уже не лучше, чем одна, как всегда там у нас говорили, — и кивнул неопределённо, но явно в сторону от надземки, — а намного хуже и тяжелей. Потому что легче сбиться и натворить неправедных дел. Теперешняя голова станет тебе одно подсказывать, а старая всё ещё будет продолжать об другом заботу проявлять, по старинке, по недомыслию прошлого обитания. Вот и получится раздрай. И чем разум твой умней и ушлей, тем трудней ему перестроиться. Потому что так тут устроено, что прошлое не сразу отшибается, а только потом, через время. И у каждого — в порядке своей личной заторможенности. А кто-то даже и рад, что удалось так по лёгкой оттуда сюда дёрнуть, в особенности кто там напорол всякого. Я уж не говорю, нагрешил. Тут такие слова вообще лучше не употреблять, не приветствуется. У параллельных — своё: выражения, принципы, надежды, словарь местного уклада и прочее. А у остальных, кто не сюда, а куда ему положено улетит или канет, — там ихнее: тоже термины накатанные, но уже свои, про грехи там, вечные муки, благодати, прощения, отпущения, крещения, опущения... — тут он схватился рукой за рот и ойкнул: — Нет, это не отсюда, это уже совсем из другой увертюры, виноват, братан, заболтался чуток. — И сразу же назидательно пояснил: — Видишь, как вышло, даже сам я уже, казалось, какой-никакой служебный опыт имею и стаж, а всё туда же окунаюсь всей башкой — в прошлое, в памятное, в отработанное всем моим невозвратным существом. — Он похлопал меня по плечу оболочки, но прикосновения его руки я, кажется, не ощутил совсем, он же продолжил вещать о насущном: — Вот я и говорю, ты, парень, лучше тамошнее из себя изыдь, наплюй и отрешись, как и не было его вовсе, и с новыми силами за тутошнее принимайся: изучай, совершенствуй в себе, устремляйся от предыдущего оборота к последующему. И помышляй строго о блаженстве, какого ухватишь за хвост, если правильно себя с первого дня поставишь. Они оценят, не сомневайся, здешние верхние, и если что, Высшему доложат своему, Верховному. Ну а дальше — Вход, как я тебе говорил. И всё, что за Входом, ясное дело, от и до.

Братскую эстафету подхватил Пётр и дополнил Павловы рекомендации такими словами:

— Ты, конечно, побудь пока один, если желаешь, помозгуй, потри сам с собой, прикинь туда-сюда про всякое, но имей в виду, что мы всегда рядом. Захочешь увидеть, просто подумай про нас и иди напрямую, куда идётся. И наткнёшься. Больше дороги всё равно не будет никуда, кроме как на нас. Главное, не грузи оболочку другими раздумьями ума, иначе свернёшь с курса и заплутаешь. Павлуха верно тебе про это объяснил, даже я бы лучше не сказал про все эти дела.

— А чего это ты меня вдруг опускаешь так, братан? — неожиданно взвился Павел. — Имеешь, может, чего, так и скажи!

Пётр обернулся к близнецу и уставился на него мутным зрением:

— Ну, ты тоже давай не зарывайся, брателло. А то, понимаешь, решил, что ты теперь основной тут по воспитательной части, а я на вторых ролях, по остаточному принципу? — Внезапно он насупился. — А этого не хочешь, Павлуша? — и резким движением произвёл неприличный жест, вдарив кулаком левой руки по локтевому сгибу правой.

— Оп-па! — Павел аж подскочил на месте и тоже взвился уже, и не на шутку. Видно было, что мир и покой, предшествовавшие нашей встрече, зиждились для обоих лишь на безысходности взаимного положения, в которое занесло однокровников по явному недоразумению судьбы. Теперь они стояли один против другого, высвечивая себя лицевой подсветкой, каждый своей, запущенной на полную силу, отчего лица их в этой пустынной полутьме приобрели особо зловещие выражения. И куда делась вся их изначальная благостность и расположенность ко мне и меж собой. Также было ясно, что сумятицу и раскол в братское единение внёс именно я, очутившись в ненужное время в ненужном месте. Моя новоприбывшая персона, как я успел понять, сыграла роль катализатора, поддавшего вредного пару в братское противостояние, о котором я до поры до времени не догадывался. — А ты чего, хочешь сказать, что имеешь больше прав, что ли? — угрожающим голосом произнёс Павел и медленно двинулся на близнеца. — Ты чего, решил, что ухватил Высшего за яйца, что ли? Смотри, мы это быстро поправим, если что, тут такое не проканает, братушка, не то место — понял или как?

— Да ты сам... — в ответ на этот неприятный заход начал было Петро, но в этот момент я решил вмешаться и влез с мирной инициативой.

— Стоп! — крикнул я и встал между ними, разведя руки в стороны. — Стоп, стоп, стоп!!! — Братья тормознули и уставились на меня, часто моргая веками. В этот момент я буквально мог наблюдать за тем, как медленно возвращаются в оболочку своих голов каждый из малоотличимых братских разумов. Наконец процесс завершился. Это я понял по тому, как оба они синхронно перестали моргать и приняли прежний вполне миролюбивый вид.

— Извини, Герыч, — первым произнёс брат Павел и понуро опустил виноватый головной шар, — это всё от усталости, от того, что сидим и ждём себе у моря погоды, а она никак не начнётся.

— И моря этого нет обещанного, вообще никакого ни хера, одни только сказки рассказывают, а помочиться, так на-ка, выкуси, — добавил Петя и опустился на пыльный наст. — А по небу, если уж на то пошло, скучаем, сил просто нет никаких, и чтоб цвета оно было нормального, а не как вся эта непроглядность — чтоб как трусы нашего детства, из синего сатина, какие на верёвке у барака сушились в Перхушкове.

— Искупаться, он хотел сказать, — извинился за брата Паша, — помочиться по-любому не получится, даже не мечтай: и нечем, и не заведено тут, в принципе. Нет самой переработки потребления и обратной отдачи, сам же видишь. А ты, Гер, интересуешься, есть тут масло сливочное или нету, — он вздохнул пустым и таким же пустым выдохнул обратно, — какое тут на хер масло, всё масло ихнее, наверно, за Входом заскладировано, а поди ещё линию эту пересеки, понимаешь, замучаешься оборачиваться с первого по пятый, братан, такие дела. А про небо вообще молчу.

В этот раз, надо сказать, разговоры братьев уже не несли в себе прежнего оптимизма. Причина, как мне показалось, состояла в том, что они уже окончательно ко мне привыкли и перестали выдавать в мой ученический адрес действительное за желаемое. Всё как-то неожиданно резко поменялось, буквально в один разительный миг, но такой расклад всё же подходил мне больше, чем та невнятица, какой они кормили меня сразу по прибытии. Думаю, мне просто повезло, что так сложились обстоятельства, приведшие когда-то в «Шиншиллу» этих странных пацанов, которым по необъяснимым причинам довелось познакомиться с Ленуськой. Уж не знаю, чего их там соединило, но только этот отработанный факт сейчас явно играл мне на руку.

— А чего вы не поделите, ребятки? — спросил я, обращаясь к обоим и желая как-то укрепить примирение. — Вы же одна плоть и кровь были всегда, да и тут только разве что оболочки разные. Но это ведь, если не ошибаюсь, чистая формальность, верно?

— Так-то оно так, — согласился Петро, — но только понимаешь, Гер, там, до надземки, мы были сильно разные, хоть и одинаковые, сечёшь? — Он вопросительно уставился на меня.

— Допустим, секу, — я неопределённо пожал плечами под хламидой, — и чего?

— А того, — влез Павло, — тут, как прибыли, взяли и усреднились, сделались такими, как изначально быть должно, когда с одного и того же яйца образуешься. Всё пополам, и мы — тоже, типа если тому столько, то и этому так же, одному дадено раз, то другому надо столько же додать. А у нас сбой имелся, с первых лет как пошло, так и поехало.

— Но мы привыкли и нормально въехали в это дело. И даже оценили, — перебил брата Пётр, — и каждый в чужой монастырь не думал даже лазить. К примеру, если он разговаривает, то я сразу — в торец, без никаких. А если, допустим, я — в торец, то он даже базар не начнёт, потому как это уже будет неосмысленно. Так и жили, и всех всё устраивало.

— А тут приходится всё по новой переигрывать. Несмотря на то что местный уклад и так над тобой висит как включённый счётчик, так ещё и свои проблемы разбирать приходится, кто кому кого главней и хули раньше молчал, — поддал со своей стороны огня Павел.

— Это называется фрейдистская компенсаторика, вещь вполне понятная, так что не огорчайтесь, пацаны, — вмешался я в прения сторон, — это, поверьте, не самое страшное по сравнению с тем, что мы с вами ещё не до конца понимаем, куда нас занесло. Тут никакой Зигмунд не справится, тут, боюсь, история поглавней.

— Это какой Зигмунд? — подозрительно справился Петя. — Мы, когда в самый первый раз, помню, Овал с Пашкой посещали, то, кажись, суетился там один. Маленький такой, сухонький, старичок совсем. Хвост от очереди спрашивал, только мы не поняли сначала — он с бокового отростка вклинивался, а мы его для порядка взад попросили, как все. Он ручку протянул свою благодарно, узенькую такую, почти сушёную, и говорит: «Зигмунд», и, кажется, слово второе добавил, твоё, то самое.

— Фрейд?

— Во-во! — ухмыльнулся Паша, — он самый, Фройд! Мы ему: тебе, мол, кого, дядя? А он лопочет типа «зи мир эрлабен звишхен ихнен стехен?»[1], или как-то похоже на это. Я запомнил более-менее, у меня просто опыт есть, с латынью, а она ко всему близко стоит.

— Фантастика... — пробормотал я, — неужели и он здесь?

— Ды ты чего, братан, все они тут, кто мало-мальски живучий, все как один! — воскликнули оба, произнеся это одновременно и почти слово в слово.

— Но он ведь умер в 1939-м, чего же он тогда не в верхних ходит и не с той стороны от Входа сидит, а у Овала хороводит? — не понял я. — Он-то как никто заслужил, я по нему специальный курс брал в университете, ещё когда в Торонто жил, в «Ryerson University». Он, между прочим, важнейшую вещь для всех нас сформулировал. Сказать какую?

— Давай, — согласились оба, — другой раз хотя бы в курсе будешь, кому очередь занимать.

— Так вот, он сказал: «Большинство людей в действительности не хотят свободы, потому что это пред-

---

[1] Вы мне позволите между вами встать? (*Пер. с нем.*)

полагает ответственность, а она большинство людей страшит». Точка. — Я последовательно посмотрел на обоих. — И как вам?

— Нормально, — чуть подумав, выдал Павел, — сказано как высечено.

— Больше наколото, чем высечено, — не согласился Пётр, — и правильно страшит, потому что свобода — это рай, а в него поди ещё проникни, по себе знаем, — он горестно вдохнул и выпустил обратно порцию пустоты, — а даже и проникнешь если, то неизвестно, какой ещё былью сказочка окажется. Но всё равно призывно, ничего против такого особенно и не скажешь, мощный старец, наш человек, хоть и юркий как ящерка. Послушаешь такого и понимаешь, что есть чем после таких слов себе оболочку грузить. Так он помер-то, как все, или подранок был, как мы, я не понял?

Но я уже понял, я вспомнил.

— Подранок, — с убеждённостью пояснил я обоим поводырям. — Он ещё задолго до смерти чудовищно страдал от рака гортани, а умер путём эвтаназии, через укол, сам об этом просил. Стало быть, когда начал об этом думать, тогда она уже от него и отлетела, душа, не вынесла этого мучительства — всё сходится. Наш он, здешний, параллельный.

— Надо б, может, снова нам туда наведать? — Паша вопросительно глянул на Петра. — Давно ж не проведывали. Вдруг на чего-нибудь своё же интересное напоремся?

— Вы пока подумайте, братья, — напутственно сказал я им и поднялся, — а я схожу, ладно? Хотя бы узнаю, что это за Овал такой и с чем его кушают. Как дорогу-то найти и как обратно потом?

— Да как всегда, — отмахнулся Петя, — думаешь об нём, и вперёд, через тьму и мрак.

— Оно само выведет, — уточнил предстоящий маршрут Паша, — а после как рассеется, ближе к холмам держись и сразу в хвост занимай, который толще. А потом уже за тебя всё решат, только громче ори, если доорёшься. А дедушку нашего засечёшь, если он где ненароком промелькнёт, то привет ему от нас обоих передай, скажи, братья, мол, помнят тебя обои и почитают, Зигмунд, и не хворай больше горлом, и всё такое...

Не стану утомлять вас тем, как я добирался до Овала: поход этот и на самом деле оказался не таким сложным, скорей, даже приятным. Особенно удивился я пейзажу, который окинул зрением оболочки, взобравшись на лысый пригорок. Подумал, приступ дежавю, будто когда-то давно уже пролетал я эти места верхом на горячем скакуне, и почему-то Ленка, моя Ленуська, сидела сзади, обхватив мой торс своими руками, и мы неслись с ней чёрт знает по каким неведомым местам. Мы скакали, ничего не замечая вокруг, лишь ветер свистел в ушах, и мелкий пустынный песок выстреливал мелкими взрывами из-под копыт нашего скакуна. И не существовало времени никакого, мы просто оба перестали о нём помнить, рассекая это безвоздушное, никем не заселённое пространство на границе бескрайней туманной пустыни и светлой равнины с холмами вдалеке.

Дальше — отстоял, честно заняв очередь в хвосте и составив пару неулыбчивой даме преклонного возраста. Она окинула меня оценивающим взглядом, но, видно, что-то не сошлось в её представлениях о выгодном или прекрасном, и она отвернулась.

Потом пошло быстрей, и шло так вплоть до самого момента, когда я, пребывая в полной невесомой тьме, оказался лицом к лицу с самим собой. Явно с той стороны кто-то был, и этот кто-то был я сам.

— Ге-ер! — заорал я что было сил. — Ге-ерка-а!!!

Сопутствующего гула от работающего вентилятора, на который я рассчитывал, уши мои не засекли, тем не менее с первого раза голос мой на ту сторону так и не пробился. Однако сам я в это же самое время слышал, как лично распекаю поваров, голос одного из которых сразу же признал. Того, что вредничал постоянно насчёт зарплаты, изводя Ленку в равной мере занудством и настырностью. Такое было мне вообще-то несвойственно, вероятно, какие-то особые причины вынудили меня поступить именно так. Я выговаривал ему, одновременно постукивая ножом по разделочной доске, скорей всего, чего-то шинковал:

— Ты пойми, Николай, выручка падает второй год подряд, чего бы мы ни предпринимали. Сам же знаешь прекрасно, делаем всё как раньше, а стараний прикладываем на порядок больше. Рецептура, то-сё, всё самое свежее, плюс обслуживание на высоте, как всегда, а клиент всё равно уходит, включая постоянных. Даже Витёк этот из банка перестал заказывать, хотя раньше, сам же помнишь, дня не проходило, чтобы кто-то от него не забрал или сами мы им не отправили. А возила намекает, что невкусно, хозяин говорит, у Германа стало, раньше было — пальцы обглодаешь себе, после как поешь, а теперь рот дерёт, будто вообще без души сготовлено, без сердца, через жопу. Был, говорит, Герман, да весь вышел, за быстрыми бабками, видно, погнался. Если б, говорит, речь об угле ещё шла или о шлаках каких-никаких, то было б хотя бы понятно — оно ж мёртвое изначально, да гори оно любым огнём, понимаешь, лишь бы бабло текло. А тут-то живое всё, чувствительное, прямо ж в человека идёт напрямую, тут нельзя мо-

334

шенничать, тут не поймут, шарахаться станут, кончится при таких подходах любое уважение, даже несмотря на всю прошлую любовь и дружбу. Так в чём дело, Николай, я тебя спрашиваю? О каких деньгах вообще может идти речь, если кругом сплошные убытки! Если так и дальше пойдёт, то ничего не останется, кроме как закрыться, этого, что ли, хочешь ты, Коля? И вы все, — видно, я обратился уже ко всему поварскому персоналу, — если мы в самое ближайшее время не изменимся, не найдём новые варианты удержать наших гостей, то всё, пиши пропало, больше нам с вами делать тут нечего, друзья мои дорогие, приехали, как говорится...

Это была новость! Нет — шок! Уж чего-чего, а за репутацию своего заведения я был спокоен. По крайней мере, после того как мы успешно разогнались, определились с контингентом и выработали гибкие варианты меню, которые легко и мобильно могли подвергаться изменениям под любой, по сути, случай. За это нас и любили, и не оставляли вниманием. А музыка! Ленка моя, умница, солнце, такого напридумывала, всё предусмотрела: то у неё едва слышно ласкают уши наши любимые «Битлз», то вдруг их сменит рок, от старого до самого современного... тут же, откуда ни возьмись, токката и фуга ре минор для органа, и сразу после них — струнный квартет, который внезапно сменится волшебным симфоджазовым трио, и уже оно, незаметно накачав зал энергетикой едва уловимого безумия, вдруг сорвётся в сумасшедшее соло Джона Маклафлина Маховишну или, как по мановению волшебной палочки, вернётся к тихому благостному «Yesterday»... Многие же ходили просто послушать и посидеть на антресолях, исключительно с десертом, вообще не выпивая и без горячего. Денег оставляли немного, но нас это не огорчало и не смущало: нам обоим важнее было разделить с ними радость от того, что мы всё это придумали, а они оценили и не устают от нас и нашей «Шиншиллы». И на тебе, вот это номер! Как же так — невкусно!!! Почему?! Ведь ничего же не изменилось: ни рецептура, ни основное меню, ни отношение к делу!!

Я даже на какое-то мгновенье забыл, как оказался в этой непроглядной тьме, вися в невесомой чёрной безвоздушке и пытаясь достучаться до себя же параллельного. Однако, опомнившись, я всё же снова осуществил попытку запустить канал связи и ещё громче прежнего заорал в зыбкую темноту:

— Ге-е-е-ер!!! Это я, Ге-е-ерк-а-а!!! Отзови-и-и-сь! Ты слышишь меня-а-а?!!

Внезапно на той стороне замолкли всякие разговоры, и сделалось заметно тише. Теперь я слышал, как нечто, обжариваясь, шипит на сковороде и что-то негромко булькает неподалёку от моего параллельного. Потом — всплеск! И шипение это вскрикивает будто и, охая, присаживается обратно на сковороду. Подобным образом в процессе приготовления вести себя может только одно блюдо, другие варианты не издают похожих звуков. Знаю, потому что сам же и придумал. Называется «boeuf d'origine avec le cognac»[1]. Значит, так, смотрите и запоминайте, в чём тут содержится оригинальное. А вот в чём. Берем с полкило говяжьего филе, режем на средние кусочки, обжариваем чуть-чуть на сливочном масле, добавляем молотый имбирь, соль, розмарин. И вливаем стакан коньяку, настоящего, горючего, без обмана. И тут же поджигаем. Смотрите, что получается: говядина как бы и тушится в коньяке, но одновременно и горит, обретая дымчатый привкус. Получается нечто вроде слегка притушенного говяжьего

---

[1] Говядина оригинальная на коньяке (*пер. с франц.*).

шашлыка. Коньяк уйдёт — образуется корочка. Внутри же филе останется практически с кровью. И запах... Главная хитрость — уметь отследить баланс между влажным и сухим, жаром и паром, дымом и огнём. Доходчиво? И от этого всего народ валит в другие места? Не верю! И вновь ору как ненормальный:

— Э-э-э-й!!! Э-э-эй!!! Говори в вытяжку, Герма-а-а-н!

И слышу вдруг:

— Это кто там, э-э? Вам чего, вы откуда говорите?

— Ге-ерка! — ору я снова. — Ге-ерка!!! Убери всех с кухни, нам надо поговори-ить!! Это важно, слышишь меня, ва-а-а-жно-о-о!!!

— У меня «boeuf d'origine avec le cognac», — отвечает, но уже гораздо громче, — извините, сейчас не могу отойти!!

— Чёрт, чёрт, чёрт!!! — кричу ему. — Немедленно убери людей, не то они тебя за сумасшедшего примут, я с того света на тебя вышел, честное слово, у меня в любой момент связь оборвётся, мне надо тебе важное сказать, слышишь, важное-е-е!! Гер, это же я, я, это же ты сам, твою мать, это же мы с тобой, Ге-ера-а-а!!!

Не понял совершенно, что происходило на том конце, убрал он лишних или оставил, но только посторонние шумы ослабли, людской гур-гур разом стих, и я вновь услышал самого себя, свой родимый голос, доносившийся до этих высот из самого-пресамого нижнего поднебесья, в самом наипрямейшем смысле:

— Кто это, вашу мать, что за шутки дьявола такие? — Звук с той стороны Прохода едва заметно дрожал.

— Слушай и вника-ай! — крикнул я ему, стараясь унять в себе суетность и лёгкий страх, что всё сейчас оборвётся. — Помнишь, в Крыму, в Феодосии, году в шестьдесят восьмом, кажется, мы с тобой на шелковицу забрались, вековую, корявую от старости, с шершавой корой и толстенными ветвями, по которым мы переступали, как по круглым ступенькам, в тёти-Франином саду — не забыл? Руки тогда ещё ободрали себе до сукровицы, коленки, бока — даже через майку, трусики сатиновые надорвались по линялым швам... А потом, отбоявшись, наверху оказались, в густой части кроны, где вокруг — никого в любую сторону, ни людей, ни животных, ни насекомых самых малых, ни воздуха какого-никакого, а только ягоды были эти нечеловеческие: что по размеру, что по густоте нереального цвета, что по изобилию их, куда ни посмотри. И мы ещё с тобой напрочь забыли про все свои обидные царапины и драные трусы, и стали жрать их, вталкивать в рот, и губы у нас сделались чёрными от их жгучего сока, а мы всё рвали их и рвали, и давили нёбом, языком, зубами, гортанью, всем, чем давилось, — и глотали эту дармовую божью мякоть, по-о-мни-и-шь?!?

Потом была тишина... А через несколько мгновений он спросил. То есть я сам же себя и спросил:

— Это ты, Гер?.. Это правда ты?.. Это мы с тобой, что ли?

Нужно было использовать эту зыбкую минуту. И я заорал, туда же, в ту же чёрную неизвестность, названную тайными незнакомцами Проходом Перехода:

— Ленка как, Ле-е-енка?!

— В поря-ядке! — донеслось из темноты. — Только, может, скоро закроемся, а так всё хорошо, живы, здоро-овы!! Как ты там оказался, в вытяжке этой? Что вообще за дела-а, Гера?! Я сейчас с ума сойду, если не объясни-ишь, что всё это зна-ачит?

— Ге-ер, мы с тобой распараллелились, потом объясню-ю, мне надо ещё самому поду-умать. Просто ты имей в виду-у, что нас с тобой дво-о-е: ты — там, а я тут, наверху-у, чёрт бы меня побрал со всеми эти-ми дела-ами!

— Так давай сюда-а! — крикнул он. — В чём про-бле-ема?!

— Это невозмо-ожно! — выдал я очередной крик своего отчаяния в призрачную невесомость, напрягши глотку оболочки. — Или я не знаю, как это сде-елать!! А чего с «Шинши-иллой»? Почему закрываемся?

— А хрен его знае-ет!! Было всё нормально, а по-том переста-ало, как отрубило. Мы с Ленкой ничего понять не мо-ожем!!

— А когда начало-ось?!

— После Перхушкова-а!! Как оклемался, отбыл реа-билитацию, выписался и на работу выше-ел!!

— Гера, Герка, Герма-ан, слушай меня!! Я ещё приду-у, слышишь? Ты только никуда не дева-айся, я обязательно приду-у, мне нужно просто понять, что де-елать, я сейчас ничего не могу сообрази-ить, у меня всё перед глазами плывё-ёт, я-а...

Всё! Оборвалось, я сразу это почувствовал по тому, как исчез всякий малейший звуковой фон, прекра-тились и шорох, и шипенье, и всё, что сопровождало наши голоса по обе стороны Перехода в течение всего этого удивительного диалога с самим собой.

Потом...

Потом вдруг тьма, заполнявшая всё вокруг, куда-то ушла, сменившись тёмно-светлым колером, в какой была выкрашена изначальная туманность. Твёрдо-мяг-кое под ногами обратилось в хрустящий наст из мно-говековой слежавшейся пыли, а воздух, ещё надавно овевавший полы моей хламиды, разом перетёк в пу-стотную субстанцию, собранную из ничего. И снова не было границ видимости, поскольку зрение моё, как и прежде, упиралось в седоватую муть, и что было за ней, что начиналось или заканчивалось вне её неодолимых рубежей, сказать бы никто не взялся. Я двинулся, как и прежде, прямо, не думая, куда иду и на кого выйду. Однако чуда не произошло, ничто не изменилось в этом странноватом мире. Вскоре впереди забрезжил слабый свет, вернее, два равных по силе света, и я пошёл прямо на них, не испытывая никаких ожиданий.

— Поздравляем... — братья сидели на песке и смотрели прямо на меня.

— С чем это? — поинтересовался я, неотрывно думая о своём. Шок, который мне недавно довелось испытать, никак не желал покидать мою оболочку, заставляя перебирать варианты спасения. То, что сказал мне Герка, вероятней всего, по простому наитию, или же в порядке быстрой глуповатой идеи, внезапно обрушилось на меня со всей своей ужасающей мощью.

«А ведь и действительно... — думал я, — коль скоро возможен перелёт сюда, то почему, собственно, он же невозможен и в обратном направлении? Переход — один, это понятно, но ведь Прохода-то два, как ни крути, что оттуда, что отсюда. И вообще, с какой стати?..»

— Как это с чем? — Пётр хитровански улыбнулся, а Павел в это же время успел дважды подмигнуть мне самым доброжелательным образом. — Причитается с тебя, парень, вишь, как мы тебя нормально подготовили, сразу на третий оборот перекинулся, нам уже шепнули, кто положено. Так что давай, крути дырку на погоне. — Он хохотнул: — Ну-ка хрякни!

— В смысле? — не понял я.

— Э-э... — махнул рукой Павел, — да чего с ним рассусонивать. — С этими словами он оторвался от песка, приблизился к моей оболочке и произвёл резкое движение, как бы распрямляя мне виртуальный хребет. Тут же сзади у меня щёлкнуло, и лицо моё осветилось потайным источником неизвестного происхождения, ничуть не худшим, чем братские.

— Вот, хрякнул! — довольно осклабился Паша, — А ты говоришь, в смысле...

— Судя по всему, нормально сходил к Овалу, братан, вот тебя и отметили, — предложил версию моего успеха Петя. — Видать, надеждой обзавёлся неслабой? Тут это ценят, если что, это у них приветствуется. Мы-то с Пашкой своё потихоньку заслуживали, по шажочку, по букварему параграфику, по вдумчивому постижению одной основы за другой, а тебе, смотрю, прям на голову обломилось, без всякого рабочего промежутка.

— Но это ничего, это в порядке вещей, тут такое бывает, особенно если учителя крепко постарались, — снова по-хорошему улыбнулся Павел, — да и нам за это плохо не будет, глядишь, вместе на четвёртый оборотец выскочим, а там и до пятого рукой подать, до Входа, до сладкой мечты обитания на «всё включено», эхма! — Он явно повеселел против прежнего, и зависть, которую он так игриво демонстрировал, была больше показной, чем подлинной. Это же касалось и его брата. Впрочем, как они успели мне объяснить, иначе быть у них уже и не могло: попав сюда, они сделались равными во всём, как некогда задумала про них, да ошиблась по пути, природа: равно думали, равно ненавидели оставшихся под надземкой уродов из прошлой жизни и равным образом желали теперь добра мне, их достойному ученику и воспитаннику.

— Кстати, Герыч, — обратился ко мне Пётр, внезапно переменив тему, — Магда пожелала с тобой увидаться. Сказала, как очухается, ко мне его, на аудиенцию.

— Магда? — удивился я. — Это ваша посланница, что ли? А при чём тут она, я же не её кадр, я же ваш.

— Ну чей ты кадр, не нам с тобой решать, — не согласился Павел, — тут есть кому об каждом заботу проявить, если ты покамест ещё не серединный. Про других, кто выше, вообще не говорю, они тут место занимают, как спецслужбы, даже не рыпайся, уроют и следа не оставят, сгинешь в песках, как и не было, а оболочку высушат и в пыль изотрут. — Он хмыкнул, якобы намекая на шутку. — Видал, сколько её тут, пылищи этой ёманой, вот и делай вывод, парень. А вообще, это ведь она нас за тобой послала сперва, Магдалена наша, ну, встречать, как положено. Сказала, шепнули ей кто положено, Герман будет какой-то, раненный ножевым ударом, так что работайте, хлопцы, принимайте, а я проверю после, как справились и как его повели. Ну, мы тебя встретили, сам знаешь, честь по чести, все дела. После ей доложились в порядке шефского надзора. Говорим, всё нормально, взяли под крыло, с уставом ознакомили, насчёт уложений местных потолковали. И что интересно, узнали его: до надземки навещали его заведение, «Шиншилла» называется, он там у них всей кухней заведовал, кулинарил на оба зала, и жена в директрисах состояла. Такое семейное «ООО». И мы чуток сбоку при них отирались.

— И чего? — спросил я скорее из вежливости, чтобы не проявить неуважения к очередной братской байке.

— И того, — ответил Паша, — ничего не сказала, а только малёк присела как-то и пошатнулась. Но в итоге удержалась, обратно выпрямилась и говорит, чтобы немедля тебя к ней, на беседу.

— Ну хорошо, раз так, — согласился я, хотя внутренность моя, чувствовал я, сопротивлялась такой принудительной мере, — когда идти-то, куда?

— Так сейчас и двинем, — отозвался брат Пётр, — смотри: идёшь за нами, никуда не сворачиваешь и думаешь только об нас с Пашкой. А мы — про неё. Сама она не знаю теперь об ком, но тоже думает, уже выше, туда, — он задрал голову вверх. — А там, — проговорил он, так и не опустив головы, — уже, наверно, думают ещё куда-то, но только нам до этого, как безногому нищему до рубинов с кремлёвского кончика, в жизни не дотянуться. Так вертикаль эта и работает. Так и дойдём с её Божьей помощью. Главное, не отвлекай оболочку на потустороннее, а то тут, знаешь ли, всякое да разное место имело.

— Вот, если, скажем, идёшь, думая обо одном, как наказывали старшие, а тайно хочешь получить совсем другое, то рискуешь вообще попасть мимо, — обозначил двойственность ситуации Паша.

— Мимо чего? — искренне не понял я.

— Мимо всего. Зависнешь посерёдке, и ни туда ни сюда, я ж говорю, у них с этим строго, промашку не прощают, выведут с орбиты и головой в песок. А ты будешь торчать в нём вечность и думать, что тебя на Вход готовят. И не у кого справиться.

— Ладно, — согласился я, слегка озадаченный такой безрадостной перспективой, — буду помышлять исключительно о хорошем.— О вас, и больше ни о ком.

— Вот и ладненько, тогда двинули, что ли? — оба поднялись и, недолго думая, направились прямиком в близлежащую сторону. Меня это почти не удивило: о том, как перемещаются в этой местности предметы и оболочки, я имел уже довольно чёткое представление. И если не грузить себя, откуда растут ноги у того, кто установил и продолжает контролировать эти необъяснимые правила, то жить будет проще. Я имею в виду, обитать. Всё зависит от конечных целей, от того, чем готов поступиться каждый отдельный параллельный и во имя чего.

Я пристроился последним в оболочковой цепочке, образованной из нас троих, и последовал за братанами. Первым прилежащая к домашней туманности мгла скрыла брата Петра. Сразу вслед за ним исчез из моей видимости и Павел. Через миг-другой чернота поглотила и меня. Не скрою, всякий раз мне от этого становилось крайне некомфортно, но я помнил и не забывал, к чему приводят тут шаг влево или шаг вправо, и потому неотрывно, так и сяк, вертел в голове образы моих наставников, представляя их в разных вариациях мысли, чтобы ненароком не потерять след и не очутиться сами знаете где. Одновременно не давала покоя мысль о Герке, о себе, но уже о том, нижнем, оставленном пропадать без моей важной в нём части. Я только-только начинал это понимать, всю эту значимость, но всячески гнал от себя эти думы, чтобы не рассредоточиться на маршруте, оканчивающимся зловредной, но неодолимой Магдой.

И был путь, и был мрак, и был выход на лицевой свет. Но светило слабо, потому что Магда эта, когда мы вышли на её туманность, стояла к нам спиной своей оболочки, к тому же с выключенной подсветкой.

— Здравствуйте, — произнёс я на всякий случай, блюдя субординацию, о которой был заранее извещён. И заметил, как спина эта дрогнула.

— Исчезните оба, пожалуйста. Надо будет, найду вас, — обратилась она к своим подшефным, и те, недолго думая, сгинули в туманной тьме один за другим. Магда развернулась и сказала:

— Только держи себя в руках и ничему не удивляйся. Гера, это я. — И включила глазной свет. И я увидел... я увидел то, чего никак не ожидал узреть даже в этой нереально дикой обстановке надземного безумия. Передо мной, лысая, в холщовой хламиде, стояла моя жена, собственной оболочковой персоной. Это была Ленка, моя Ленуська, моя любимая ненаглядная девочка.

— Как... — только и смог пробормотать я, медленно заваливаясь оболочкой на песчаный наст, — как...

Она приблизилась, присела рядом и положила мне на лоб свою ладонь. Кисть её не имела температуры, как и всё тут не имело ничего, но мне показалось, я ощутил лбом горячее, что было просто невозможно. Всё, что происходило сейчас, как было и до того, и как будет после, так же было невозможно, но оно было и никуда не девалось, и я уже не мог просто взять это и отбросить, как приснившийся мусор.

— Магда... почему Магда... какая Магда...— прошептал я, — откуда?..

— Вообще-то Магдалена, но это долгая история, Гер, потом как-нибудь. Я всё ещё не могу поверить, что и ты здесь, тоже...

Я резко развернулся к ней, и мы притянулись друг к другу оболочками...

Потом молчали...

Не помню, как долго это продолжалось...

Потом говорили...

И тоже не отложилось в памяти моей, о чём и как долго...

Ни свет, ни тьма, ни граница условного времени, бездействующего в этой затуманенной пустыне, не придвинулись и не отодвинулись от нас ни на шаг, пока мы впитывались друг в друга, захлёбываясь в наших бесконечных разговорах...

И не было больше ничего и никого вокруг нас...

— Но как же ты не понял, что я стала другой? — спросила она, после того как мы, выбрав основную порцию оболочковых эмоций, вернулись в более-менее адекватное состояние. — Хотя я даже представления не имею, какой на самом деле. Ведь я тут с момента Венериной угрозы. Потом всё, провал, Проход Перехода, и на выходе — перелицованная Милосова.

— Да нет, стала, конечно, — совершенно искренне ответил я, — ты стала ни с того ни с сего предельно жёсткой и даже чуточку циничной, в хорошем смысле слова.

— Нет ничего хорошего у этого смысла, — не согласилась Ленка, — ну-ну, продолжай.

— Ты подчинила себе персонал, так что в твоём присутствии даже пикнуть никто не смел. Ты свою маму построила дальше некуда, она теперь просто стелиться перед тобой не успевает... Ты... — я на миг задумался, припоминая то, что мне нравилось в моей жене и одновременно не вызывало даже лёгкого раздражения, — ты придумала концепцию «кухни для всех», ты взяла на себя все основные заботы по «Шиншилле», и ещё ты... ты стала доминировать в наших... в нашей с тобой супружеской близости. Но это, кажется, я и сам принял с удовольствием, и потому твое обездушивание протекало для меня, по существу, без любых потерь.

— Кроме одной... — она нахмурилась и пробормотала уже сама: — Это я и никто больше допустила, что мы... что гибнем, что «Шиншилле» осталось всего ничего, сам же говоришь. И я никогда не поверю, что причиной тому ты, а не я. Вложил душу в блюдо, не вложил... какая, по большому счёту, разница? Рецептура-то от этого не меняется, так ведь? Или нам что, кто-то из недругов ГМО в жрачку тайно начал подсыпать?

— Не знаю, Ленуська, — неуверенно ответил я, — не знаю, не берусь ответить однозначно.

Мы снова помолчали, каждый думая о своём. Предполагаю, об одном и том же.

— Валить надо отсюда, Гер, — вздрогнув, сказала Ленуська, придав голосу внезапную жёсткость, — спасать «Шиншиллу». И чем скорей, тем лучше. Иначе рухнем и ничего после себя не оставим, вообще. Детей не родили, так, по крайней мере, бренд бы остался. И жил бы собственной жизнью, с нами или без нас.

— Так я и собирался, — признался я, — подумал, Герку, считай, почти уже убедил, что я есть на самом деле, но связь в этот момент взяла и оборвалась. К тому же он вентилятор выключил — а как, скажи на милость, всосёшься в Проход без втягивающего эффекта, сама подумай.

— Это просто счастье, что у тебя не вышло... — прокомментировала мои слова жена, чуть помолчав, — если бы улетел, я бы уже никогда сама не вернулась. Тебе проще, ты постоянно с той стороны находишься, то у плиты, то у разделки. А я там редкий гость, сам понимаешь, ну как я до себя же доорусь, если что? В кого мне обратно всасываться, в Колю этого, что ли, недоделанного?

— А я-то на что? — удивился я и вновь притянул жену к себе, — как прилетел бы, так сразу же Ленку на ковёр, ту, не тебя, — стой, мол, на этом месте и не рыпайся, жди, пока в себя не вернёшься, солнце моё.

— А ты уверен, что, вернувшись, вспомнишь всё? — она подняла на меня глаза и выключила подсветку. И это сделало её ещё ближе мне и роднее. — Всё, что с тобой произошло, вся эта надземка, Гоби эти с Сахарами, очереди в эту чёртову радиорубку, все эти верхние, нижние, серединные, вместе с их уставами, уложениями и всеми остальными подставами насчёт будущего блаженства? Кто тебе сказал, что твои мозги не сделаются другими, не загонят твою память в прежние границы? А если загонят, и тогда чего? Я тут, а ты там. Оба вы — там. Даже не оба — трое: ты, как два в одном, и я, в единственном числе, к тому же не в лучшем варианте.

Это была моя мудрая Ленка, и в этом я лишний раз имел возможность убедиться. Это было ровно то самое, единственно необходимое на этот час, разобраться в чём даже не пришло мне в голову. И это звучало убийственно во всех смыслах. Но я сумел собраться и принять мужское решение.

— Значит, так, поступим следующим образом. — Она вскинула на меня глаза, в них явно читалась надежда. — Я схожу туда, к Овалу, снова постараюсь выйти с Геркой на связь и предупрежу его, чтобы вызвал назавтра Ленку и сидел с ней у вытяжки, неотлучно, пока...

— Пока смерть не разлучит их? — улыбнулась моя жена. Я посмотрел на неё строго, и она тут же приняла виноватый вид. А я продолжил излагать спасительный семейный план:

— ...пока не пройдём Переход. Затем... затем мы идём к Овалу, ты забираешься мне под хламиду, и мы в обнимку ждём очереди на этот чёртов исповедальник. И будь что будет, — и посмотрел на неё: — Как тебе план?

— Нормальный, — вполне серьёзно отреагировала Ленуська. — Только, пожалуйста, не забудь предупредить Германа, чтобы, когда запустит венилятор, переставил обороты на реверс, а то он с этой стороны Прохода не на втяг работать будет, а на выхлоп. И мы с тобой отлетим от места доставки ещё дальше, чем были до того.

И снова я порадовался, что у меня такая умная жена, отметив, что подобное аналитическое соображение условного разума никогда не посетило бы меня самого.

— Но только до этого нужно сделать одно дело, — уже вполне по-деловому распорядилась она, обретя прежний серединный статус, — я уже дала согласие, чтобы ты встретил нового параллельного, иначе я не исключаю нехороших последствий, которые могут нам подпортить всю нашу малину, о'кей?

— Не вопрос, Лен. Где и когда?

— Уже совсем скоро. Я сейчас тебя оставлю, а ты думай про Проход и иди прямо на него, как делаешь всегда. Там и жди. Холщовку найдёшь на песке и вручишь ему. Он появится, скажешь дежурные слова, типа, всё будет хорошо, ну сам знаешь, какие, и оставишь его наедине с собой, пусть обвыкает. И сразу думаешь обратно, в мою сторону, а я жду. А уже дальше действуем по плану.

Через короткое время, миновав привычную преграду в виде тёмного мрака и серых туманов, я вышел на пустынный простор и стал ждать. Однако много времени это ожидание у меня не заняло. Голая и, судя по чрезвычайно развитым первичным признакам, явно мужская фигура вскоре нарисовалась в некотором отдалении от места, где расположился я сам. Надо сказать, настроение у меня было приподнятым, я даже ощущал некую дополнительную лёгкость в своих виртуальных суставах, как будто только пару минут назад меня сняли с тайского массажного стола и переложили на отдыхательный диван. Я понимал, что если всё пройдёт так, как задумали мы с Ленуськой, то ждать избавительного момента нам осталось не так уж долго. Лишь бы не подвёл вентилятор, и моей жене удалось бы незаметно забраться ко мне под холщовку. Думая об этом, я уже собрался было открыть рот и произнести первые приветственные, обнадёживающие слова, но новоприбывший, тоже заметив меня, опередил мои намерения и первым выпустил из себя звук.

— Э-э! — довольно лениво крикнул он, обращаясь ко мне, и призывно приманил рукой. — Ну-ка подь сюда, мужик!

В голосе его обнаруживались явно повелительные нотки, и это сразу мне не понравилось. Ещё никто из свежих параллельных не позволял себе, насколько я был в курсе, подобного обращения с посланником в самый первый момент. Я даже сначала не поверил, что он обращается ко мне, и потому переспросил:

— Это вы мне, простите?

— Ну а кому ещё? — без всякой эмоции на небритой физиономии ответил он. — Ты чего, слепоглухой, что ли?

В растерянности я сделал несколько шагов по направлению к нему и, немного не дойдя, остановился. Думаю, ноги мои сами затормозились ещё и потому, что зрение моей оболочки вдруг с ужасом уяснило, что видит перед собой не вполне привычную картину. И даже совершенно непривычную: мужчина был покрыт густыми курчавыми волосами, практически весь, к тому же, как я успел уже заметить, был изрядно небрит. Картину его поразительной внешности завершала шевелюра из упругих чёрных волос без малейших признаков седины. Я всмотрелся и остолбенел — передо мной стоял не кто иной, как Гамлет Айвазов собственной обнажённой персоной, хозяин «Ереван-плазы» с клубом «Низ», руководимым его приспешницей Венерой Милосовой, малоприятной тёткой с брюлями в ушах.

— Ну, чего замер, как идол-шмидол? — ухмыльнулся он. — Сам-то откуда здесь? Как тебя, Гоша — вроде — шмоша или как?

— Ге-ерман, — невразумительно промычал я, всё ещё находясь под впечатлением от этой дикой встречи. — А вы как здесь, я извиняюсь?

Глупость спросил, разумеется, и знал, что именно её и спрашиваю, но ничего поделать с собой не мог, слишком силён был в этот момент сковавший меня паралич.

— Слышь, Герман, — обратился ко мне Гамлет, — тут два пидораса не пробегали случайно? Сохатый и Паштет. Оба длинные такие, худощавые, на одну и ту же морду. У одного тут, — он указал рукой на предплечье, — «СЭР», а у другого — «SS». Один, скорей всего, с заточкой, а у другого палка от кровати, железная такая, с набалдашником, не видал?

— Не видал, — пожал я плечами, — а для чего они вам?

— Да разобраться б надо, — так же равнодушно отмахнулся он, — расчёт к ним имею за порватую у меня селезень, а также бунт и революцию, какую эти чегевары херовы замутили.

Я подобрал с песка и протянул ему сложенную вчетверо хламиду:

— Вот, возьмите, пожалуйста. Тут так заведено, накиньте на себя, прошу вас.

Гамлет принял из моих рук хламиду, понюхал её, покрутил в руках.

— Как твоя, что ли? — он кивнул на мою.

Я произвёл ответный кивок, подтверждая его догадку:

— Безразмерная, подойдёт для туловища любой оболочки, не сомневайтесь.

— Какой ещё на хер оболочки? — он состроил недовольную гримасу и отшвырнул холщовку на пыльный наст. — Пожрать есть чего? А то со вечера не жравши, с самого отбоя. А ночью пошамать так и не успел, эти уроды навалились и не́ дали нормально отдохнуть, — он поозирался вокруг, — но ничего, далеко им всё равно не уйти, ишь в какие дебри залетели, с-сучье вымя. Только они пока не в курсе, на кого пасть раззявили, я ж их по-любому теперь сыщу, хоть тут, хоть где, — и хмуро поглядел на меня: — Это мы тут где вообще, как место называется? Вроде на казахов похоже, не Экибастуз случайно? Я там как-то неподалёку на пересылке чалился, по соседству с Акмолинской областью, — он почесал свой волосатый живот, — или ж Карагандинской, не упомню уже. — Внезапно он уставился вдаль, но, напрягши глаза, так ничего и не рассмотрел. — А чего у вас тут тьма-то такая, парень? — удивлённо спросил он меня. — Ни хрена не видать ни в какую сторону. День больше или ночь уже? А то у меня с этой вре́менной отключкой вся биология-шмиология сбилась изнутри. — Он сплюнул от досады на песок, и я с новым ужасом обнаружил, что на пыльном насте отчётливо отпечатался влажный след его бандитской харкотины. Однако этот уже сам по себе поразительный факт не стал единственно убойным в череде того, что последовало сразу вслед за этим. Айвазов демонстративно отвернулся от меня на полкорпуса, принял в руку свой прибор и стал обильно изливаться упругой длинной струёй. Раздался резкий запах мочи, заставивший меня отшатнуться от моего гостя на порядочное расстояние. Но главное — я чувствовал! Я ощущал мерзотный запах смеси кислоты и аммиака сквозь эту безвоздушную, лишённую всякой проницаемости пустынную среду. И это означало, что он живой!

И не только этот явившийся сюда человек, но и сам я, в каком-то определённом смысле. Правда, для этого, как сразу же решил разум моей оболочки, требовалось присутствие рядом со мной истинно живой материи. И это было очередное открытие, опровергающее основы местных уложений, на которых и строилась неподвластная любой силе мощь и неодолимость тутошней вертикали! И чтобы постигнуть это, всего-то и требовалось, что отлить на песок, наплевав на приличия!

— Простите, Гамлет, — обратился я к нему, когда он, завершив мочеиспускательный процесс и пару раз тряхнув для порядка инструментом, вновь развернулся ко мне и едва заметным жестом подвижной верхней губы обозначил разрешение продолжить с ним общение. — Я думаю, вы не вполне понимаете, где оказались. Тут... — я на секунду замялся, но тут же продолжил, найдя подходящий оборот речи. — Тут ведь не совсем земное пространство: дело в том, что, скорее всего, здоровье ваше в какой-то момент подверглось ощутимым изменениям, и вполне вероятно, что насильственным путем, а в результате душа ваша... или, даже возможно, часть её, а быть может, просто вторая ваша же натура отъединилась от вашего тела и оказалась там... где оказалась... то есть тут, в пространстве между вечной жизнью и предтечей физической смерти... и не напрямую, а приняв довольно любопытную промежуточную форму. Чтобы сразу успокоить вас, скажу, что явление это хорошо пока не изучено, но в то же время это не значит, что вам следует пренебречь основными правилами поведения в этих местах. Мне как раз и поручено по возможности ознакомить вас с ними. Собственно, за этим я здесь.

— Так говоришь, не видал этих пидоров? — пропустив мимо ушей мою вступительную часть, Гамлет одной короткой фразой вернул меня в трезвую действительность. И не дождавшись ответа, пояснил, добавив голосу долю мечтательности: — Мне, пока с ними не разберусь, покоя не будет, братишка. Они для меня самое первоначальное по важности. А после, когда кончу обоих, останется два дела: Ашот и Рыба. Но ничего. Этим тоже недолго осталось пыжиться, — он с укоризной глянул на меня, — и ты пойми, Гоша, мне ж по барабану, тут я, или там, или ещё в какой местности... и где сами они, тоже без разницы: от моего справедливого суда никто ж по-любому не укроется, никто и нигде, так им и передай, если повстречаешь кого. — Он снова сплюнул на песок. — А что до души этой, или как её там назвать, то сам подумай, где она и где я! — и победно посмотрел мне в глаза: — Душа, братан, удел слабых, а я сильный, ты сам знаешь. И вообще, ара, я и есть моя душа, я ей хозяин и господин, и куда мне надо, туда и она со мной, сечёшь? А если она мне станет не надо, так я её брошу и не замечу, просто дальше себе пойду, а она пускай как уж ей самой охота: хоть оболочкой её обзови, хоть градусником-шмрадусником, хоть на луну отправь.

Я растерянно молчал. Признаться, с подобным умозаключением, со столь обезоруживающей философией то ли самого́ духа моего гостя, то ли его мощного небритого туловища, то ли эрзац-варианта того и другого одновременно, до сей поры мне сталкиваться не приходилось: ни тут, в этой малоосвещённой надземке, ни там, под ней, в местах, надёжно от неё отдалённых. Выходит, есть люди обычные, страдающие, мечущиеся, не умеющие порой осознать границ того, где заканчивается их же совесть и возникает страх, отодвигающий эту границу ближе к начальному рубежу. Но они же хорошо знают и то, где начинается воля, другая свобода, не замутнённая никаким препятствием, кто бы его ни возгородил. А есть другие, и Гамлет как раз такой. Просто бездушный, обездушенный? Нет, тоже не так. Скорей, изначально лишённый неотъемлемо важного органа, отвечающего в человеке за самоё человеческое, и это никак не связано с самой душой. Душа его как раз мобильна и послушна, она полностью подчинена его звериному устройству и следует за его порывистыми инстинктами, как лёгкая лодчонка, пристёгнутая к корме могучего ледокола, и потому, изначально ведомая, болтается она в его широком фарватере, рискуя перевернуться по пути следования вдоль всего неизвестного маршрута. Оторвётся, черпанёт воды, продырявится о встречный заострённый край, никто и не заметит. Есть — живи, нету — извини.

Такие глуповатые мысли охватили меня, пригнули голову к песку и невольно вынудили оболочку осесть на пыльный наст. Впрочем, если уж на то пошло, забота моя была больше умозрительной, чем отвечала такой уж серьёзной надобности. Дело было сделано, встреча состоялась, клиентом были отвергнуты все предложения его проводника в мир тенистых туманов и песков, и потому миссию можно было считать завершённой. На всякий случай, чтобы окончательно успокоить в себе лёгкое жжение нутрянки и заодно не подвести под монастырь мою Ленуську, я поинтересовался у Гамлета его ближайшими планами. Чтобы, если чего, доложить по команде выше, коли спросят. Но главное, не повредить этим равнодушным отношением нашим тайным намерениям отвалить отсюда как можно быстрей. И говорю:

— Скажите, так вы решительно отказываетесь от любого содействия с нашей стороны?

— Это с какой ещё вашей? — подозрительно глядя на меня, переспросил Гамлет. — Вы это кто вообще такие? Повара местные, что ли? Кухня не для всех, рыбье меню? Если повара, то пожрать принеси, а больше мне от вас ничего не требуется, сам справлюсь, не мальчик-с-пальчик, наверно.

— Еды нет никакой, — потупив взор, ответил я, — извините. Это не к нам, так что лучше вы уж тогда сами.

Всё, этим признанием я очистил совесть оболочки до упора, дальше начиналась пропасть и зона риска. Но больше от меня ничего и не потребовалось. Гамлет сплюнул в последний раз и, никак не отозвавшись, пошёл по прямой, туда, куда смотрели его чёрные со жгучинкой армянские маслины.

Ну, а я развернул оболочку ровно в противоположном от Гамлетова хода направлении и стал интенсивно думать о своей жене, в мыслях для пущей верности называя её то Еленой, то Магдаленой, чтобы не растеряться по этой жизни и надёжно попасть в ту.

Миновав привычную преграду в виде тёмного мрака и серых туманов, я вышел на пустынный простор и сразу же увидел её. Она смиренно сидела на песке, подперев голову одной рукой и закинув на шею другую. И столько было в этом неживом натюрморте милого и родного, что, казалось, сейчас моя любимая вытянет из-под оболочки спицы и начнёт вязать мне тёплый свитер, чтобы укрыть мою неживую плоть от ночных пустынных внетемпературных холодов.

Она обернулась, заметив меня, и ободряюще кивнула:

— Ну как всё прошло?

— Ты не поверишь, Лен, но это был Гамлет. Господин Айвазов, тот самый, помнишь? Собственной и безукоризненно живой персоной.

Со строны жены последовала продолжительная пауза. Затем она уточнила:

— Ты уверен?

Я утвердительно кивнул.

— Я имею в виду не что тот самый, а что живой, — уточнила она свой вопрос.

Я снова подтвердил это дело, прикрыв веки. Оба знали, что сейчас мы не шутим, и оба уже думали о том, чем это может для нас обернуться в связи с нашей последней задумкой.

— Он ещё пару раз плюнул и один раз отлил, — добил я принесённую мной инфу, чтобы уже больше к этому не возвращаться совсем. — И исчез.

— Та-ак, зна-ачит... — многозначительно протянула Ленка. — Я не знаю, в силу чего он тут оказался, по каким его бандитским делам. Но он запросто может быть в курсе, что это я донесла Рыбе про тот визит Венеры в «Шиншиллу», который кончился тем, что Рыба его же и упекла на срок. Ты понимаешь? — и посмотрела на меня, зрение в зрение.

Я неопределённо мотнул головой:

— Я понимаю... У нас нет с тобой теперь ни одной лишней секунды, Лен, вот чего я понимаю. А в остальное даже вдумываться не хочу.

— Тогда ступай прямо сейчас, Гер, и договаривайся сам с собой. Постарайся убедить себя, что всё это крайне серьёзно. И не забудь про меня и про реверс, о'кей? Срок проси — сутки, безвылазно. А вернёшься, подобьёмся окончательно. Нам ещё придётся провести с тобой две встречи, без этого никак. И тогда — всё: или — или.

На этот раз мне повезло больше, чем в предыдущий. И дорога была знакомой, и ландшафт, казалось, надвигался на мою оболочку быстрей прежнего, и очередь оказалась заметно короче и тоньше. Пары, тем не менее, оставались парами, но с боковых притоков втекало уже существенно меньше оболочек, чем в прошлый раз. На всякий случай я осмотрелся, подтянув хламиду ближе к подбородку, но обнаружить в округе Гамлета мне не удалось. И это было неплохо, по крайней мере, гипотетическая опасность, исходившая от этого человека, отодвигалась ещё на какой-то срок.

А потом... Потом меня на удивление быстро соединили с подвалом, поместив всё в тот же чёрный исповедальник, заполненный вместо внимательного батюшки непроглядной невесомостью. Герка тут же по старой памяти выключил вытяжку для лучшей слышимости и выгнал из кухни весь персонал.

— Это ты?! — заорал он, засекши первые признаки помех в работе вентилятора и подозрительное шуршание в раструбе. — Ге-ерка-а!! Отвечай, мать твою, ты это или не ты, спрашиваю??!

Слышимость на этот раз была превосходной, и орать с моей стороны Прохода уже не требовалось.

— Гер, слушай меня внимательно и вникай. Дело сверхсерьёзное и промахнуться нам никак нельзя. Ты меня понял?

— Да! — крикнул он, то есть я, в ответ. — Продолжай!

— Кончишь смену, никуда не отлучайся, сиди у вытяжки вместе с Ленкой. Даже пописать ни-ни, поставьте тазик на всякий случай или чего-то ещё. И еды с водой. Мы можем свалиться вам на голову в любой момент, в пределах, думаю, суток. Тут с этим не так чтобы понятно, время другое и вообще.

— Сколько часов разница? — выкрикнул он-я очередной свой дурацкий вопрос оттуда, из нижнего далекá.

— Не спрашивай всякую хрень! — разозлился я на самого себя, дивясь собственной бестолковости. Воистину, хочешь поглядеть на себя со стороны, утрать на какое-то время душу, и будет законченная картина твоего идиотизма или благородства, как получится. И снова крикнул: — Ты лучше не забудь переставить вытяжку на реверс, чтобы не сосала, а накачивала, понял? И вообще её не выключай!

— Погоди! — вдруг заорал с той стороны абсолютно пропащий голос. — Так она тоже там, что ли, Ленка? Она-то почему?

— А я почему тут, мудило?! — не выдержал я. — Тебя это разве вообще не интересует?!

— Ладно! — выкрикнул он-я, явно задетый собою же за живое. — Сделаю! Если только всё это не очередная твоя мудянка!!

— В каком смысле очередная?! — на этот раз я возмутился настолько, что уже не знал, как себя вести с этим тупоголовым, с ограниченной фантазией мною самим. — Когда это я мудянку нёс, скажи на милость?! — и сам же ответил: — То-то... А если хо...

В этот момент что-то крякнуло, дав знать, что сеанс закончился, и я обнаружил себя выброшенным в призрачную пустотную субстанцию, которая, к слову сказать, уже совсем не страшила меня, а наоборот, чем-то напоминала дорогу к милой. Милая была настроена на деловой лад. Сейчас она чем-то напоминала мне ту самую Ленку, которая внезапно переменилась, став вместо кроткой вежливой девушки абсолютно завершённой бизнесвуман: со стилем, принципом и системным подходом. Однако для себя я этот её новообретённый облик объяснял нашим непростым совместным занятием, вынудившим мою жену сделаться такой, а не другой.

— Ну? — она просто посмотрела на меня, даже не произнеся этого короткого слова.

— Сутки! — отрапортовал я. — Если по земным меркам. По здешним, не знаю, будем тыкаться, глядишь, и попадём.

— Пошли, — она поднялась с песка и напомнила мне: — Думаешь строго обо мне, а я о них. Двинули!

— Куда? — не понял я.

— К этим обормотам, — отмахнулась она, — надо же их предупредить как-никак. И поставить в известность. А там пускай сами решают.

Мы пересекли близлежащую туманность и вошли в зону серой неизвестности. Я, отрешившись от всего остального, думал о Ленке, снова чередуя в мыслях её имена. Должен признать, что столь ненавидимое женой имя Магдалена лично мне сразу пришлось по душе, — не знаю, правда, по какой, всё равно это уже ничего не меняло. Я даже представил себе, как ласкаю прошлое Ленкино тело и шепчу в её теплое ухо: «Магду-усик, Магду-уля... Магдале-енушка...»

Братаны встретили нас стоя и даже немного подбоченились, вытянувшись и подобрав худые спины. То и было понятно: одна — прямая начальница, другой — быстро выросший на карьерных дрожжах счастливчик, с первой же минуты намертво приклеившийся к ихней командирше, будто так и надо.

— Вот что, ребятки, — будничным голосом обозначила наше появление Ленка, — я Елена, та самая, директор «Шиншиллы», если вы ещё не поняли. А Герман, — она кивнула на меня, не обернувшись, — мой муж. Впрочем, это вы и так знаете.

Оба стояли с выпученным зрением, переваривая услышанное.

— Точно! — первым воскликнул брат Павел. — Как же это мы лоханулись-то, а?! Она-то нас не знала, а мы-то её как родную должны были помнить!

— Вот бабы... — с горечью добавил брат Пётр, — голову сымут с себя, в смысле волосню, рожу отмоют от кремо́в, и на тебе — другая личность, вообще не в лом, мимо денег, полное попадалово!

— На том стоим, — без особого чувства отозвалась Ленка и, строго оглядев обоих подшефных, распорядилась: — Так, сели и успокоились, братья. Сидим, молчим, слушаем, вникаем, делаем выводы.

Оба тут же подчинились, признавая за моей женщиной безусловную власть. И уставились на нас обоих, поскольку я занял почётное место рядом с оболочкой собственной жены.

— В общем, мы идём в отрыв, — с этих слов Ленка начала свою прощальную речь. — Мы с Германом нащупали канал и решили, что будем пробовать утянуться обратно, совсем.

— С Богом! — одобрительно покачал головой Пётр. — Мы б и сами с вами, да только некуда.

— В добрый путь! — поддержал свою близнецовую оболочку брат Павел. — Жаль будет, вы оба хорошие оболочки, добрые, без задних мыслей, всё у вас как написано, так и слушается. А уж про тебя, Магда... — тут он сбился, но сразу же поправился: — Я хотел сказать, Еленочка, вообще речи нет, мы на твоём бабле, можно сказать, так нормально поднялись, что, кроме наилучшей памяти, ничего не останется, честно.

Я удивлённо посмотрел на жену, она — строго — на Павла.

— Неужели вы меня крышевали, никогда бы не поверила?!

— А зря, — помотал головой Пётр, — у нас с тобой всё было по согласию и взаимности. Жаль, что ты отлетела раньше, чем мы с тобой познакомились. Если б не так, то сама бы подтвердила, зуб даю, — и беззвучно щёлкнул средним пальцем в низ подбородка.

— Но мы ж за тебя и пострадали, Елена, — на этот раз очередь внести свой вклад в историю отношений уже пришла Паше, — по 162-й сели из-за Рыбы, ясное дело, но это ж ты нас к ней послала, правильно? — и пристально впёр зрение в мою жену.

— Хотя, главное, не что мы сели, а что под Гамлета попали после, под Черепа этого окаянного, — с горечью добавил Петро, — через него и залетели сюда, прям с зоны, после как нас с ним обоих на ножи поставили, по его же указке.

Это братское сообщение было новостью больше для Ленки, чем для меня. Я-то мало-мальски за время своего общения с ними успел так или иначе обрасти кое-какими знаниями, войдя в биографические подробности обоих шиншилльских охранителей. Но ещё большим откровением стало то, что сразу же вслед сказанному братья услышали от Леночки. Быстро прикинув получившийся расклад, она решила ознакомить обоих с самыми свежими новостями по нашей местности.

— Слушайте, мальчики, Петя, Паша, я хочу, чтобы вы знали — Гамлет здесь. Он только прибыл, и его встречал Герман, — я утвердительно кивнул в подтверждение жёниных слов, — и, насколько я знаю от моего мужа, намерения его самые что ни на есть суровые.

— И он живой, пацаны, — рубанул я вдогонку, чтобы уж бить в яблочко, не оставляя самое неприятное на потом, — вообще натурально полноценный перец: плюётся, мочится и жрать всё время хочет. Не удивлюсь, если живые козюли в носу обнаружатся, понимаете, о чём речь веду?

— Оп-па! — сказал один.

— Эка вон! — добавил другой.

— Мля-а-а... — промычали оба, не сговариваясь.

— Братцы, это чистый будет нам кошмар, реально говорю, без бэ! — промолвил первый.

— Ребяты, мы попали, точняк, два зуба́ даю заместо одного! — догнал его второй и дважды щёлкнул себя по виртуальной нижней скуле.

— Всё так серьёзно? — стараясь не нагнетать излишней паники, спросила моя жена. — Он что, зверь, что ли, законченный?

— Он хуже, чем зве-ерь, — обхватив головной шар, почти провыл Павел, — он у зверей вожак ста-аи.

— Предводитель, — пояснил Пётр, находящийся в неменьшей коматозке, чем близнец, — отрыватель голов, какие не по нему растут.

— А за что такая у него к вам неприязнь, могу я узнать? — Я тоже влез в разговор, поддавшись общей подавленности. — Чем вы ему так уж насолили, конкретно?

— Да чего ж конкретней, — вздохнул Павло, — надо было Химика одного по его наколке приморить, а мы не приморили. Родорховича этого чёртова, Лиахима. Так он нас за это самих приморил, выходит. А сюда, видать, прибыл совсем заморить, урыть, мочкануть, кончить и завалить... это если по существу темы.

— Родорховича? — удивился я. — Того самого, миллионщика, нефтяника, создателя «Кукиса»?

— Его, сердечного, какого ж ещё-то, он у народа нашего один такой умный, хотя и вежливый, лишнего и плохого про него не скажу, — согласился он с моей версией.

— Так вы же герои, братцы! — подскочила на месте моя жена. — Вы же спасли от погибели знаменитого оппозиционера и противника власти, лишенца и страдальца ни за что!

— И чего нам с этого? — буркнул Петя. — Всё одно настигнет и кончит, он такой: голову — в песок, оболочку — в пыль.

— Погоди, — я вновь вмешался в печальную беседу, — он, вроде, толковал, что вы его чуть сами не прикончили, селезёнку, кажется, порвали и бунт в вверенной ему зоне затеяли.

Оба синхронно схватились за голову и застонали.

— Ё-ё-ё...

— А мы-то ни сном, ни рылом про это, мы ж отлетели сразу после Лиахима... а выходит, ещё больше накосячили, но уже после...

— Не-е... такого не простит и не помилует, валить, валить надо, братка, пока не достал Череп: этот ёманый карась всё одно рано или поздно нас выищет, а после заглотнёт и не замнётся.

И они обнялись в порыве братской защиты от вепря, уже подбирающегося к обоим с самой непредугадуемой стороны.

— Ну хотите, мы попробуем что-нибудь сделать, — неожиданно предложила Ленка, видя такое отчаянье со

стороны своих подопечных, — если, конечно, сами отлетим?

— Как это? — вскинулись оба. — Мы ж из библиотеки усасывались, Родорхович стукнутый лежал, а эти
нас тогда и пиканули, обоих разом. Ветер был ещё нормальный, окна, помню, распахнутые болтались, бумаги
повсюду летали, вот нас сквозняком и вынесло на эту
мутную местность.

— Короче, так, — голос моей жены стал спокойным
и окончательно деловым, — трое суток после нас си-
дите в Овале: очередь заняли, прошли, снова встали.
И орите, орите, каждый раз как можно сильней. Скажем, так: «Братья-а! Мы зде-есь!!» Повезёт — докричи-
тесь, а там мы уже это дело подхватим и доведём до ума.
Если, разумеется, всё сойдётся и мы там окажемся. А не
попадём — извините, значит, что-то не совпало. В этом
случае советую вам, ребята, самостоятельно искать пути
к ближайшему верхнему и всё ему в жилетку вывали-
вать. Хотя... — она взяла короткую паузу, после чего
сделала неутешительный вывод: — Думается мне, что
Гамлет этот раньше вашего их отыщет, местных упра-
вителей. И мало того что найдёт, он ещё сумеет с ними
договориться и, что ещё страшней, станет одним из них.
Если вообще не первым номером в этой иерархии. Знаете, я даже не удивлюсь, если он где-нибудь в этих местах Музу Палну отыщет и сольётся с ней в очередном
экстазе выживаемости на почве подавления интересов
всех прочих параллельных, которые «для всех». Потому что если у живого существа отсутствует душа, то есть
если оно обделёно ею изначально, то вряд ли оно вообще человек как таковой. Скорее его можно считать неким универсальным веществом высочайшей приспосо-
бляемости, потому что такая субстанция не имеет перед

собой никаких помех и препон, связанных с жалостью, любовью и состраданием. И в этом их главная сила... как и наша с вами слабость.

Выслушав, Паша почесал в районе затылка оболочки и перешёл к практической части плана:

— Ну, допустим, всё так и есть, как излагаете... Но только как же мы эти сутки отсчитаем? Тут же полная непонятка: ни часов, ни кукушки, ни солнечных кругов с палкой посерёдке... хотя откуда они, с другой стороны, когда ни солнца, ни палок нету и в помине. Ну это, предположим, ладно ещё, объяснимо, но даже песочных и тех не выдали: уж чего-чего, а песка-то у них дармового обожрись, копай не хочу. Обитаем, понимаешь, и сами же не знаем, какая прострация вокруг нас проистекает.

— Считайте по секундам, — не удержавшись от разумного совета, влез я с предложением, — один раз — одна секунда, складывайте дальше в минуты, часы и так далее, пока не набьёте трое суток. Ясно?

Оба энергично закивали.

— Всё, — подбила беседу Ленуська, — мы сейчас уйдём, обождите пару часов и, можно считать, время пошло. Только не сбейтесь, братья, не то... сами понимаете...

Больше мы их не видели. Нам оставалось нанести последний визит перед тем, как окончательно кинуться головой в эту иерихонскую межгалактическую бездонную прорубь.

И снова Ленка шла впереди, указуя направление нашего свидания с последней параллельной душой. И вновь надвигалось на меня поочерёдно серое, чёрное и никакое, выведя в конце пути на Венерину домашнюю туманность. Она была у себя, в том смысле, что любых неожиданностей и не предполагалось, поскольку их просто не могло быть в принципе. Единственная возможность отлучиться заключалась в прогулке к Овалу, но такой шанс, как известно, Венера Милосова отбросила с самого начала, рассматривая его для себя как абсолютно бессмысленный.

Появлению нашему она искренне обрадовалась и даже слегка подпрыгнула на месте. Судя по всему, если к тому же опираться ещё на опыт её донадземной жизни, Венера когда-то принадлежала к числу людей, сразу же признающих верховенство над собой тех, кто являлся более успешным и сильным. Ленка моя, или же, по местному, Магдалена, сделавшая на её глазах умопомрачительный прыжок сразу через два оборота, в её представлении принадлежала явно к таким. Вот почему, пытаясь на словах демонстрировать равенство их положений, на деле Милосова всякий раз не упускала возможности лизнуть Ленке руку, давая тем самым понять, что останется верной и тогда, когда Магдалена уйдёт на следующее повышение и обретёт окончательно недосягаемый чин.

— Это кто? — вместо приветствия Венера ткнула в меня пальцем и, явно взволнованная появлением нового персонажа в своей местности, выдала широченную улыбку, растянув губы оболочки до предельных величин.

— Это Герман, — ответил Ленуська, — он... — и умолкла. Я отлично понимал её, в этот момент она стремительно прикидывала, стоит ли сообщать Венере о нашей семейной связи, учитывая предстоящий этап совершения нами ответственного и рискованного действия. И закончила фразу так, как я и предполагал, — ...он мой новоприбывший.

— Ну и как вам тут у нас? — обратилась Венера ко мне. — Спокойно на душе? Долетели ничего, без никаких?

Я в некоторой растерянности уставился на жену, не очень понимая, насколько глубоко мне следует соединять менталку своей оболочки с милосовской, учитывая факт необязательности этой встречи, носящей чисто формальный характер.

— Он добрался нормально, — ответила за меня Ленка, — всё в порядке. — И изучающе посмотрела на своего бывшего поводыря. — Вот что я хотела сказать тебе, Венера, послушай меня и реши сразу, не то будет поздно. — Та вопросительно вскинула зрение и пару раз хлопнула веками. — Мы с Германом попытаемся выбраться отсюда через канал. Герман ходил к Овалу и, кажется, нащупал связь. Так что...

— Я-я-ясненько, — то ли несколько разочарованно, то ли с интонацией тайной гордости за ученицу, превзошедшую своего учителя, протянула Венера, — вот, значит, как всё у нас складывается...

— Я, собственно, вот о чём... иначе — не стану скрывать — я, возможно, вовсе не появилась бы, учитывая все эти непростые дела, сама понимаешь... — попыталась отбиться Ленка.

— Да, да, да! — с готовностью подхватила Венера слова моей жены, давая понять, что ухватила так и не понятый ею Ленкин намёк, — говори, говори, моя хорошая!

— Гамлет здесь... — понизив голос, сообщила моя жена, — Гамлет Айвазов, твой насильник. Он жив, здоров и в этом вполне человеческом варианте недавно объявился в нашей туманности. — И посмотрела на неё, ожидая реакции.

— Да ты чего?! — всплеснула руками Милосова. — Да быть такого не может, подруга!! — Произнесено это было столь непосредственно и с таким неподдельным выбросом виртуального адреналина, что понять окраску этой эмоции не представлялось возможным совершенно. В равной степени это могло выглядеть и как проявление нечеловеческой радости, и как выражение натурального, абсолютно непритворного ужаса. — Живой? А почему живой-то? Почему не как мы все?

— Послушай, подруга, — Ленка перешла на её же лексикон: так было проще донести до Венериного сознания любую азбучную мысль. — Я не знаю, какие у тебя планы на дальнейшую жизнь, лично у меня — расставательные, но просто я не хотела бы думать о тебе как об очередной жертве этого нелюдя. То, что он человек бессовестный и бездушный, знаем мы оба. Только ты это знала всегда, а поняла недавно. И хочу тебе сказать, что он тебя непременно отыщет, если ты ему понадобишься. Ему, скорей всего, потребуются приспешники для его новых отвратительных задумок, и, рано или поздно наткнувшись на тебя, он наверняка захочет тебя же использовать во всех своих делах, включая самые неблаговидные. И прибыл он сюда не бананы выращивать и не райские сады удобрять. Он ищет тех, с кем ему надо свести счёты. А в списке ты у него или нет, решать только тебе самой.

Внимательно выслушав эти слова, Венера немного помолчала, покрутив по ходу осмысления зрением оболочки, и отреагировала:

— А какие варианты-то?

— Вариант один, подруга, — я видел, как со всей мыслимой серьёзностью моя Ленуська пытается уберечь эту совершенно неведомую мне Милосову от возможной ошибки, — я попробую создать для тебя канал, оказавшись на месте того самого преступления, где он его совершил, на той самой лоджии. Ну а ты, естественно, расскажешь мне необходимые детали и дашь все привязки. Но договариваться нужно прямо сейчас, иначе не успеем. Решай, я жду.

Милосова хмыкнула:

— Не, а с другой стороны, он чего, думаешь, глаз на меня положит? Снова насиловать станет? И кого — оболочку, что ли? На хрен она ему сдалась, сама посуди!

— Дело не в этом, Венерочка, — покачала головой Ленка, но я уже и так понимал, что надежда моей жены относительно Венериного будущего истаивает с каждым очередным ответом на её вопрос, — дело в том, что он втянет тебя в очередной какой-нибудь ужас, и тебе потом уже никакой оборот не поможет уберечься и избавить себя от этого существа.

— А вот теперь я, пожалуй, и не соглашусь с тобой, подруга! — с внезапным вызовом отозвалась та. — По мне, так лучше с нелюдем, но со связями и возможностями, чем, знаешь ли, на пустое надеяться и ждать тут, сидючи, у моря погоды! Мне его обещали с самого начала, ещё лётчик про него вещал, Алексей Петрович, царствие ему, наверно уже, небесное, что типа на третьем обороте купаться буду, нырять и всё такое, а только где оно, море это сраное, как не было его, так и по сию пору нету. И всего остального не будет, только надежда одна и есть да смирение, а больше ничего. Сама ж говорила, что сосут они её из нас, надеждами этими себя питают, послушанием и страхом нашим же перед вечным блаженством, что не дотянемся до него, не дойдём, не изведаем, а сами кушают себе от каждой нашей несчастной оболочки сколько откусится, — те, кто всё это блядство устроил, главные хозяева верхних хозяев, серединных хозяев и ещё дальше, до тех, кто уже ниже самых последних нижних. Устроили себе, понимаешь, персональный рай, и от земли отдельный, и от неба, и наслаждаются в покое, сытости и тишине. А ты стой тут в тумане и говне, как последняя дура, и нюхай это их дерьмо! — Она села на песок и сразу же встала, руки её тряслись, нутрянка под хламидой ходила ходуном, зрительные шары вращались против положенных орбит, словно вот-вот готовились извлечь горючие искры из негорючего материала. Внезапно она успокоилась, как будто разом отключилась батарея, питавшая сигналами ненависти замкнутый объём Венериной оболочки, и снова опустилась на пыльный наст. Всхлипнула пустыми слезами, не оставив и намёка на влажный след, и едва слышно проговорила: — Получается, они нам всё время подкидывают надеждочки эти, маленькие, слабенькие, пустые... а мы их с тобой подбираем, перевариваем, передумываем, через сердце своё несуществующее пропускаем и сами же усиляем до невозможности... после того как породнимся с ними, и они уже станут нашими, близкими, дорогими... — Она подняла голову и снова опустила. Теперь она неотрывно смотрела в песок и больше никуда. — И в этот момент они её и отбирают, утягивают, заново уворовывают... И жируют на них, сами вскармливаются и таких, как они, вскармливают... А кто у них такой и кто другой, об этом мы с тобой никогда не узнаем, подруга, нам туда путь с самого начала был заказан... так что сидим и не рыпаемся, каждому своё, как говорится, так ещё этот сказал, как его...

— Марк Туллий Цицерон, — негромко подсказал я ей, опасливо глянув на жену, чтобы ненароком не вызвать её недовольства в этот драматический по накалу момент. — Это я ещё из того курса помню в университете, по Фрейду: «суум квиквэ» — каждому своё.

— По какому ещё Фрейду, какой ещё там Цуцерон, какие квикви! — внезапно Венера опомнилась и вернулась в пустынную действительность. — Это ж наш сочинил, местный, я же говорила, тут он, с нами, как миленький обретается, не хуже других, не лучше остальных всех. Гитлер, капут ему, — он сказал, и никто ещё! И на Входе у себя это написал. Вот это был Вход так Вход — для всех, а не только для некоторых! И кстати, за всё время ни один оттуда не сбежал, чистая историческая правда! А тутошнего Входа ждать будешь вечность и не дождёшься, сидишь как в зале ожидания, а рельсы-то разобрали, так что по заячьему следу до медведя не доберёшься, сестрёнка!

Ленка поднялась. Встал и я. Венера осталась сидеть на песке.

— Чего бы ты хотела в итоге? — спросила моя жена. — А то нам с Германом уже пора.

— В итоге? — Милосова немного подумала и выдала финально и бесповоротно: — В итоге я хочу как можно скорей увидать моего Гамлета, и чтобы он побыстрей пристроил меня к себе. Готова встать на любое место, лишь бы при нём, и, по большому счёту, без разницы. Это по-любому лучше, чем тут прозябать, в этой вечно бессолнечной и ненавистной дыре. И пускай или — или. Там мне хорошо и сытно, как сама ж говоришь, с каратниками по ушам гуляю — и тут пускай будет не хуже. Два лучше, чем ничего, согласись, подруга! А на обороты эти я плевала, понятно? Вот так! — и собрав во рту нечто виртуальное, Венера Милосова выплюнула это изо рта в виде шмата обильной слюны. Влажный ком харкотины пролетел, описав дугу, и шмякнулся в пыль пустыни, взбив возле себя миниатюрный пылевой вулканчик. Все, включая саму Венеру, остолбенело уставились в плевок. Он же тем временем медленно впитывался в песок, оставляя после себя хорошо заметный округлый и влажный след.

— Мы уходим, Венера, — тихо произнесла Лена, — прощай...

— Ага, — ответила та, не отрывая глаз от первого вещественного доказательства обновлённой жизни, — давай, удачи тебе, подруга!

Ленка сделала мне глазами, напоминая о порядке действий, и, не оглядываясь, пошла по прямой. Я двинулся следом, неотрывно думая о ней. Я перемещался в этом сумрачном пространстве, поглотившем собой домашнюю туманность Венеры Милосовой и открывающем следующую, ведущую к Овалу, и думал о том, как я безумно люблю свою жену, свою единственную Магдалену: что на том свете, что внутри этой беспроглядной и призрачной тьмы...

Как водится, очередь мы заняли в самом конце толстой части хвоста, состоящего из таких же, как и мы, оболочек, в разное время обнадёженных туманными новеллами своих посланников. Разница была лишь в том, что мы с Ленкой шли уже к готовому каналу, конкретно своему, однажды уже нащупанному и дважды проверенному в работе. Мы медленно передвигались, окружённые слева и справа грядой лысых холмов, и думали о времени, которое чувствовали лишь наощупь, прикидочно, пытаясь больше угадать верный момент чутьём, нежели любым расчётом.

— Была бы ты, например, в положении, — я выдавил из себя эту грустную шутку в попытке отвлечь жену от предстоящих волнений, — мы с тобой вполне могли бы претендовать на Овал, минуя очередь. Сказали б: «А ну-ка, расступись, народ, дайте дорогу беременной Магдалене, ей нужно срочно связаться с личным поваром по неотложному делу!»

— Или героями труда с человеческим лицом периода развитого социализма, — она с ходу подхватила мой ироничный настрой, разбавив его для порядка собственным скепсисом, — полетели бы втроём, так всегда веселее, и кресла для ребёнка не надо, разве что покормиться только, может, лишний раз придётся.

— Было бы чем, — мечтательно продолжил я размышлять вполголоса, — но ты пока у нас не Венера Милосова, так быстро не перелицуешься, так что из пустого и будет порожнее, особенно-то себя не разгоняй, а то если вдруг не всосёмся, то первая же к ней за консультацией побежишь, скажешь, мол, и я хочу, и мне надо, и как мне к вашему берегу тоже прибиться, милые вы мои?

— Вроде бы приличные такие оболочки, — пробурчала следовавшая сразу за нами старушка, молчавшая всё это время, — а глупостей разных наговорили, что даже стыдно слушать.

— Извините, — ответно буркнул я, не оборачиваясь, — мы просто немного нервничаем, нам оборот вот-вот менять, на пятый, хотим проститься с Овалом, а то как Вход пройдём, он уже нам без разницы будет. Кроме вечного блаженства, если честно, нас уже вообще мало чего интересует.

Со стороны её оболочки последовала задумчивая тишина, видно, старушка лихорадочно подбирала слова, чтобы как можно правильней принести свои извинения и выпытать у нас кучу сведений насчёт столь успешного выхода к радикально счастливому пятому обороту. Тут же я почувствовал, как меня ущипнула Ленка, она уже успела незаметно забраться ко мне под хламиду и передвигалась вместе со мной, обхватив мою ногу и мелко переступая вместе с ней. Об этом мы договорились заранее, понимая, что можем оказаться в исповедальнике в разное время, что было бы для нас равно самоубийству. Также имелся шанс, что пропустят впритирку, в семейном двуединстве, два в одном, то есть во мне.

Старушка так и не успела подобрать к нам верный подход, потому что в это время мы уже вплотную приблизились к арочному проёму Овала и вот-вот должны были оказаться в искомой беспросветной невесомости. Я в последний раз окинул зрением округу, подивившись локальной красоте этого места, и тут перед моими глазами промелькнула знакомая физиономия. Сам он меня, видно, заметить ещё не успел, но по всему было ясно, что он кого-то выискивает. Гамлет и никто другой. И я понял, кого он ищет. Пригнувшись, я всмотрелся в его суетливую фигуру, грубо расталкивающую многочисленные оболочки, скопившиеся у проёма, ведущего внутрь Овала, и обнаружил, что на ногах его были дежурные сандалии того самого евангелического образца, как и у всех нас, но в остальном выявлялись разительные перемены. Кроме них, на нём была широкая, небесного колера майка без рукавов, с надписью «Экибастуз-1977», и самые настоящие джинсовые шорты вполне современного кроя, с потёртостями по бокам и неподшитым краем штанин.

— Замри... — шепнул я вниз, к ногам, где схоронилась Ленка, — и не шевелись...

В этот момент мы встретились с ним взглядами: он — глазами, я — зрением, но тем не менее они пересеклись. По тому, как он хищно ухмыльнулся и почесал ногтями волосатую грудь, я понял, что мы пропали. Что мы никуда уже не летим, просто не успеем, даже если оба мы и ждём нас же обоих у Прохода с той стороны спасительного Перехода. Он ещё раз улыбнулся мне, на этот раз улыбка его не была уже такой хищной, скорее она носила признаки неизбывной тоски этого чудовища по нашей дружной семье. Затем он, раздвигая по пути мускулистыми конечностями безропотные встречные оболочки, двинулся по направлению к нам. Мы находились уже непосредственно в са́мом проёме и даже больше внутри его, чем снаружи. По моим расчётам, нам оставалось совсем немного. По крайней мере, в последний раз я оказался в соединительной рубке почти сразу после того, как пересёк линию арочного проёма. Я попробовал протиснуться вглубь, но ноги мои, скованные обхватившей их снизу Ленкой, сумели передвинуть нашу сдвоенную оболочку лишь на несколько жалких по земным меркам сантиметров. Тем временем расстояние между Гамлетом и нами сокращалось со скоростью не меньшей, чем быстрота присвоения внеочередного оборота параллельному, выдавшему наиболее мощную надежду сразу по завершении первого визита к Овалу. «Всё... — подумал я, — пропали... он до нас доберётся раньше, чем мы до исповедальника». Так бы, думаю, и случилось, если бы не старушка, определившаяся к этому драматическому моменту со словами, которые она уже была готова обратить ко мне в ходе второй попытки общения. Лишь одна она теперь разделяла меня с Гамлетом. Даже если бы и нашёлся кусочек пространства в глубине Овала, куда я бы мог продвинуть нас хотя бы ещё на чуть-чуть, я уже всё равно не сумел бы это осуществить из-за паралича, охватившего мою оболочку. По существу, Гамлету оставалось лишь протянуть свои волосатые грабли, чтобы, ухватившись за меня, притянуть нас к себе и утащить из очереди вон, к месту расплаты. Но на пути его встала бабушка. Мне даже в какой-то момент показалось, что я когда-то видел её у нас на Плотниковом, то ли в очереди за капустой, то ли в отделении Сбербанка. Всем видом своим, даже несмотря на лысую голову далеко не идеальной формы, она напоминала мне наших староарбатских старушек, сухоньких, но всё ещё изящных и с хорошими манерами, из которых так и не сумели выбить остатки поздней жизни многочисленные Витьки́, новые обитатели старого московского центра.

— Что это вы себе позволяете, молодой человек? — обратилась она к нему, строго окинув старушечьим взором его непотребное одеяние, и растопырила руки, препятствуя проходу вперёд без очереди. — Где вас учили подобным манерам, на каком таком обороте?

— Ах ты... — прошипел Гамлет и, выстроив из пальцев козу, наставил её на старуху, — да я из тебя щас всю твою душу поганую вытряхну, коза ты старая!

Надо было либо вступаться, либо продвигаться дальше и спасаться любыми путями. Я выбрал нейтральное решение, оставшись на месте. Мне казалось, что, поступив так, я всё же некоторым образом участвую в защите достоинства этой милой пожилой женщины.

— Негодяй! — воскликнула бабушка и ухватилась своими слабыми кистями за пальцевую козу, выстроенную Гамлетом. Она держалась за неё и не отпускала. Это нас и спасло. Если бы я знал, где её похоронят в Москве, если это уже не случилось, то мы бы с Ленкой обязательно навестили её могилу и положили живые цветы. Если бы улетели.

Это было последнее, о чём я успел подумать, находясь внутри Овала. В следующий момент мы оказались уже в полной тьме и приятно ощутимой невесомости. Я даже не чувствовал больше своих прихваченных снизу Ленкой ног. Всё было воздушно, легко и непроницаемо для глаз.

— Выбирайся, — шепнул я ей, — мы в безопасности.

Через мгновенье она оказалась рядом. Теперь мы с ней висели бок о бок, притираясь оболочками одна к другой, и, несмотря на ещё не отпустивший обоих ужас, нам всё равно было хорошо.

— Дай мне руку, — прошептала она, и я протянул ей ладонь. Она крепко сжала её и отдала короткий приказ: — Теперь ори, Гер, и как можно громче.

— Ге-ерка-а!!! — изо всех сил выкрикнул я в невидимый раструб Прохода. — Герка-а, мы ту-ут!!!

Ответом нам была тишина, полная и глухая. Затем мы услышали какой-то слабый шорох и фоном к нему — отзвук далёких, обрывочно долетавших до нас слов, неразборчивых, произносимых явно голосами незнакомыми и чужими. Потом был звук, будто на том конце спустили воду, сами знаете откуда и куда.

— Ге-е-ер-р!!! — в бешенстве заорал я. — Что за дела-а-а!!! Мы зде-есь, отзовитесь, мы ту-ут!!!

Внезапно вокруг нас загудело, мощно и напористо. Возник поток, судя по всему, ветровой, он стал относить нас в сторону, дальше от точки наилучшей слышимости. Впрочем, где нам было лучше, понять в этой адской обстановке теперь уже было совершенно невозможно. И только одну вещь улавливало моё сознание — всё идёт не по плану, всё происходит ровно наоборот тому, как всем нам было необходимо.

И тут выступила моя умная жена, моя Ленуська, самый надёжный человечек и на земле, и в этой, неизвестно как прилегающей к ней местности. Она сложила ладошки трубочкой и что есть сил выкрикнула в эту невесомую темноту, практически наугад:

— Реверс!!! Реверс переключи, Ге-е-ера-а!!!

В то же миг гудеть перестало, но после секундной паузы сразу же зашумело вновь. Поток, что выталкивал нас из исповедальника, подхватил нас обоих и вернул на прежнее место. И вдруг из полной неизвестности мой собственный голос, который мы бы уже не могли спутать ни с одним другим, откуда бы он ни исходил, выкрикнул, ещё громче моего здешнего, навстречу нашей темноте:

— Ге-ер, Ленка с тобо-ой?!

И уже я, навстречу, полной грудью, в ответ счастливому звуку с той далёкой, спасительной стороны, вторил сам:

— И с тобо-ой?

И оба мы, усиленные обеими подругами жизни, набрав в лёгкие запас последней надежды, одновременно запустили в это межгалактическое пространство, разделявшее меня и мою жену от моей жены и меня, этот финальный, раздирающий вселенную крик:

— Да-а-а-а!!!..

Мы стояли, держась за руки, и продолжали орать как ненормальные, по инерции, не видя вокруг себя ничего и никого. Было уже довольно светло против прежней густейшей тьмы: свет в нашем полуподвале, хотя за окном ещё не сгустились сумерки, горел довольно ярко. Рабочие поверхности кухни были убраны, плиты сияли чистотой, многочисленные половники и другие глянцевые поварёшки висели строгими рядами вдоль противоположной стены, радуя уже не зрение, но вполне человеческий глаз. На мне была чёрная майка, плотно прилегающая к телу, и мои любимые джинсы, старые, притёртые к ногам и животу — я чаще других надевал их под поварскую куртку, — и мой же излюбленный, прикрывающий щиколотки, длиннющий синий фартук. Ленка, как и всегда, не позволяя себе выглядеть сомнительно даже в случаях, когда этого не требовала ситуация, была в одном из своих деловых костюмов, по обыкновению чёрных: юбка миди, чуть суженная ниже колен, что делало мою жену ещё привлекательней и сексуальней, и строгий жакет на двух пуговицах, из-под которого выглядывал сиреневого шёлка гольф с широким горлом. Упругие кудри, живущие непослушной копной сами по себе, на этот раз почему-то не показались мне такими уж непокладистыми. В них присутствовала какая-то строгость и особое изящество, будто эти так причудливо завитые природой шампуры существовали исключительно для того, чтобы радовать своей неповторимостью тех, кто понимает в красоте нечто, данное не каждому. Возможно, для этого нужно было просто на какое-то время стать параллельным и по-новому взглянуть на окружающий мир.

Рядом с вытяжкой стоял эмалированный ночной горшок под крышкой. Я притянул к себе свою женщину и вдохнул запах её живых волос. Мы постояли так пару минут, ничего не говоря, после чего она мягко отстранилась и спросила:

— Сколько у нас времени?

— От Читы до Краснокаменска 508 километров, — ответил я, уже крутя в голове маршруты и расстояния, — это если на машине через Дарасун, Могойтуй, Оловянную и Борзю.

— Откуда знаешь? — удивилась моя жена.

— Не знаю, откуда, — честно признался я, — просто знаю и всё, так причудилось.

— А до Читы как?

— Понятия не имею, — с той же самой правдивостью удовлетворил я её любопытство, — это вообще где хотя бы?

— Сейчас выясним, — ответила Ленуська, — пошли в мой кабинет, к компу. Заодно билеты закажем.

Мы стали подниматься наверх, к ней. По пути она успела бросить:

— Как же ты про реверс забыл, пустая голова?

— А ты чего не напомнила? — искренне возмутился я такой постановке вопроса. — Он же ясно кричал, чтобы оба мы не забыли...

Эпилог
ВСЕ

Когда Герман и Елена Веневцевы приземлились в читинском аэропорту «Кадала», времени у них оставалось не так много. Это если вести отсчёт, понимая ситуацию исключительно по-своему, отбросив все возможные временны́е смещения и нестыковки, о которых оба они могли лишь догадываться. Насколько хотелось верить обоим, трое суток, данных Еленой оболочкам брата Павла и брата Петра на осуществление непрерывных попыток вырваться из этой уже далеко не безопасной для них надземки, истекали через восемнадцать часов. Но опять же — беря за основу расчёта режим прямого течения времени, тут и там, где «те» секунды, устно отбиваемые братьями с последующим уложением их в минуты и часы, даже в самом далёком приближении могли бы синхронно или похоже на то складываться в «эти», в понятные земные сутки. Надежды, если честно, было мало. Пока супруги добирались до Читы, охая с замиранием сердца в те мгновения, когда старенький «Ту-154» проваливался в воздушные ямы, и потом, трясясь до автовокзала на раздолбанном автобусе, принадлежащем местному автопарку, они старались об этом не говорить. Хотя, вспоминая в отдельные моменты перелёта свои недавние невероятные приключения, оба, не сговариваясь, решили, что доставка их через Проход и обратно проходила в значительно более комфортной обстановке, хотя и не кормили. Правда, то, что им предложили в самолёте, тоже не могло считаться едой, учитывая особый взгляд Германа на кулинарию.

И всё же, несмотря на бытовые частности, и Герман Григорьевич, и Елена ясно осознавали, что не осуществить попытки выручить братьев им никак нельзя, и потому тема эта по их же молчаливому взаимному уговору не обсуждалась вообще. Случится — будет чудо. Не произойдёт — чистой, по крайней мере, останется совесть, что тоже немало, потому что, как бы там ни было, оба лишенца отбывали не по своей охоте, а взяты были в ходе исполнения служебной надобности. Да и так, чисто по-человечески, если тряхнуть головой, отрешиться от этой уже успевшей стать привычной действительности и вернуться в мыслях туда... то можно ли всё это просто взять и забыть?

Они и помнили, вздрагивая при каждом звуке, напоминающем своим равномерным шумом гул высокооборотного вентилятора.

Был вечер, когда они вылезли из автобуса и стали думать, чего делать дальше. Ждать поезда до Красного — именно так здесь называлось нужное им место, в котором придётся провести ночь, — пожалуй, неразумно, хотя, наверное, и удобней, нежели пережить многочасовую тряску по местному бездорожью. К тому же завтра пятница, и оба решили, что, скорее всего, объявившись к самому концу рабочего времени, они уже не застанут на месте тамошних верхних, чтобы вступить с ними в переговоры близкого рода.

Оставалось такси. В этом случае они прибудут на место утром, через восемь-десять часов езды, но зато у них будет реальный шанс.

Они чего-то перехватили наспех в станционном буфете и, через полчаса переговоров с местными возилами, обратив истребованные семь тысяч в шесть, уже откинули спины на ободранное заднее сиденье вазовской «шестёрки».

В самолёте им поспать не удалось. Не было у них достаточно времени, чтобы нормально отдохнуть и прийти в себя, и дома, откуда они, успев лишь переодеться, принять душ и оставить безутешному Парашюту трёхдневный запас еды и воды, сразу же умчались в Домодедово, где и бросили машину на временной стоянке.

Возила попался обстоятельный, к делу доставки очередных пассажиров подошёл вдумчиво и не без личного расчёта. Первые 200 километров он больше молчал, но на третьей сотне всё же поинтересовался целью визита этой молчаливой, явно столичной пары в эти забытые цивилизацией места.

— Небось, к Ро́дору тоже?

— Простите? — не поняла Елена.

— Ну к Родорховичу, к Химику, — хмыкнул тот.

— К Родорховичу, вы сказали? — переспросила Елена, — это вы, простите, не о Лиахиме Родорховиче случайно?

— Ну, а о ком ещё ж? — удивился водитель. — Я к нему, бывает, по два-три раза на неделе клиента доставляю, всё больше ваши, журналисты всякие да с телевизоров, с Москвы в основном, или же питерские, но те пореже, без фанатизма. А после всякую хрень выдают, как у нас плохо да несправедливо.

— А у вас тут справедливо? — не удержался от вопроса Герман. — Всё по закону?

— Я не знаю, чего по закону, а чего против, только раз сидит, то так ему, значит, положено. Небось кого попадя не посадят, — он хмыкнул, продолжая вглядываться в едва различимую сквозь мутный свет слабых фар ночную дорогу, — а не хрен, понимаешь, у своего же народа из недры последнюю надежду сосать. Не он наливал, не ему ей распоряжаться.

— А кому? — поинтересовалась Елена. — Народ что, соберёт вече, выделит сосунов и пошлёт их недра разрабатывать?

— Я понял, — мотнул головой водитель, — значит, к нему, какие ещё варианты-то? А сами вы, как я понял, такие же прогрессивные, мать вашу. Всех бы вас да головой в эту скважину, и туда, туда, в самую глубину всадить, чтоб поняли, как русскому народу дышится.

Реагировать супруги не стали, просто оба синхронно прикрыли глаза и постарались хотя бы чуть-чуть провалиться в дремоту. Однако шофёр, злорадно кашлянув, на достигнутом не остановился, решив добить столичную парочку до упора.

— Зря только едете, господа хорошие, всё равно не застанете его, он щас в шизо парится, четвёртые сутки, а всего их семь ему дали. Так что прокатитесь за так, впустую. А если захочете, могу назад забрать, семь тыщ цена. Домчу лучше, чем сюда, по светлой уже.

— За что же? — не смогла не спросить Елена, хотя и не собиралась делать этого в течение всего оставшегося времени. — Я говорю, почему его в шизо поместили?

— А за то, — с явным удовольствием откликнулся возила, — жрал чего-то в неустановленном месте. Все как все, в установленном, а ему неустановленное подавай. Привыкли себе, понимаешь, отдельный рай иметь, не для всех, а если их нормально подправить, к общему знаменателю подвести, то это им, видишь ли, не нравится, это уже как у всех простых получится, у обычных. Вот и посиди да подумай теперь, кто есть сам ты, зараза нерусская, а кто обычный, как я и другие! — он слегка оттянул вниз водительское окно и сцедил в свистящий воздух порцию слюны. — И не в первый раз, кстати, наказан ваш-то. В тот раз, помню, тоже шизо тянул, когда рукавицу то ли задом наперёд состворил, то ли шиворот-навыворот-наизнанку, специально причём, из несогласия ко всей нашей жизни. А его ведь этому делу специально обучали, он же, когда прибыл, поначалу-то учеником швеи-мотористки начинал, так что всё это у них от ихнего же дьявола иудейского, а не от случайной ошибки. Так ему и передайте, когда в другой раз снова тут очутитесь.

— А почему же вы раньше не сказали? — едва сдерживая себя, отозвался с заднего сиденья Герман. — Вы же полагали, мы именно его едем навещать?

— А не моё дело, кто к кому навещать доставляется, — равнодушно ответил тот, — и потом, вы б сказали, разворачивай, и обратно бы часть денег стребовали. А мне детей кормить, между прочим, это вам не жижу́ со скважины качать за просто так, а после в жаркие страны за три цены переправлять. А у меня вон на один только бензин и запчасти не меньше половины ваших рублей уйдёт. И жена больная.

На этом диалог завершился, стороны умолкли, сделав одновременный вывод о бесполезности любой дальнейшей дискуссии.

Он высадил их у колонии ИК-10 незадолго до восьми утра. Не дождавшись никакого предложения, чихнул синеватым выхлопом, развернулся, дал в воздух прощальный сигнал, ещё раз подчеркнув тем самым ненависть к местному сидельцу, и вдарил по газам.

Веневцевы проводили его взглядом, после чего зашли в проходную и спросили у прапорщика охраны:

— Простите, кто тут у вас начальник колонии?

— Подполковник Елистратов у нас начальник, — по-военному ответил боец и окинул обоих оценивающим взглядом, — только Лиахимом нашим занимается не он, а персонально майор Еделев, Иван Харитоныч. А подполковник в отпуске сейчас, Еделев его как раз замещает.

— Кум? — со знанием дела вставил Герман, припоминая надземные уроки братьев.

Тот недоверчиво глянул на Геру, но затеваться не решился, не будучи наверняка уверен, кто перед ним нарисовался.

— Не кум, а зам по оперативной части. А вам чего, к нему? Он вроде бы после дежурства, сейчас уедет уже, с концами, отдыхать после суток.

— Пожалуйста, пусть кто-нибудь проведёт нас к куму... — вежливо попросила Лена и тут же смущённо поправилась: — Я хотела сказать, к Ивану Харитоновичу. У нас дело чрезвычайной важности, но это не относительно Лиахима Сиробовича, мы к нему совершенно по другому вопросу.

— Ясное дело, — пожал плечами прапор, — кто ж вам Родорховича из шизы-то вытащит? Ему там ещё, кажись, трое суток отбывать. А как доложить-то?

— Скажите, прибыли благотворители из ООО «Шиншилла», из Москвы, по важному делу, — пояснил Герман Григорьевич.

— Нет, не так, — поправила его жена, — скажите, по важному поручению личного характера, так будет точней.

— И справедливей, — уточнил муж, — вы же тут, как мы успели понять, любите справедливость, верно?

Охранник не ответил, не придав значения стилевым изыскам, он просто сделал три шага в сторону, нажал пару кнопок на пульте и чего-то буркнул в микрофон. Ему ответили. После этого нагнулся к окошку и сообщил:

— Ждите. Сейчас сам будет, майор. Он уже покидает, с ночи. Тут его и перехва́тите, если что, так он распорядился.

Еделев появился минут через пятнадцать. Он неприветливо окинул взглядом Веневцевых и пасмурным голосом спросил:

— Ко мне? — и, демонстративно поглядев на часы, сам же ответил, не дожидаясь каких-либо слов: — Даже не просите, уважаемые, я вам его из штрафного изолятора не выну, мне закон не позволяет. Прежде чем летать, надо было хотя бы поинтересоваться, в каком состоянии пребывает осу́жденый. А то приедут, навалятся, да с камерами своими, с микрофонами, и сразу в рот, в рот, в глаза!

— Простите, Иван Харитонович, — мягко улыбнулась куму Елена Веневцева, — мы никакого отношения к Лиахиму Сиробовичу Родорховичу не имеем, мы к вам прибыли совершенно по другому вопросу.

— Дело касается культурных связей, и всего-то, — недоумённо разведя руками, включился в обработку гуиновского работника Герман, — нам бы поговорить, дело-то интересное, и даже, я бы сказал, очень. И в первую очередь лично для вас и вашего подразделения. — И тоже, не хуже супруги, хорошо и вежливо улыбнулся.

— М-да? — Еделев переменился в лице и на секунду задрал глаза в потолок, прикидывая возможные варианты. Однако Елена уже брала инициативу в свои руки.

— Думаю, если мы поговорим где-то на вашей территории, всем нам будет удобней, да? Мы прекрасно понимаем, Иван Харитонович, что вы с ночи и устали, но очень просим не отказать в такой малости и поговорить с нами. Не думаю, что это займёт больше пяти-десяти минут.

— Ладно, давайте за мной, — он снова предусмотрительно посмотрел на часы и, развернувшись, двинулся обратно на территорию, сделав им призывный жест рукой, чтобы следовали за ним. В этот момент обе стороны раскидывали цифры: кум прикидывал возможный прибыток, супруги же исчисляли гипотетические убытки. Но дело, ради которого они бросили на произвол судьбы «Шиншиллу» и Парашюта, того стоило, это крутилось в печёнках, это сдавливало грудь и продолжало царапать серёдку.

Они вошли в его кабинет, расположенный в административном корпусе, и сели, не раздеваясь. Кум вопросительно посмотрел на них: ждал слов.

— Начну сразу и по существу, мы культурный фонд, — сообщил ему Герман, — но мы следим не за правами осуждённых... — тут он замялся, но сразу исправился, — извините, осу́жденных, а за их культурным и общечеловеческим уровнем развития. И порой не всегда наша с вами исправительная система предоставляет человеку возможность самосовершенствоваться в условиях отрыва от нормальной жизни.

— Согласны? — улыбнулась Елена.

— И чего? — майор поочерёдно пробил подозрительным взглядом обоих. — Мы при чём?

— Вы при том, что просим у вас разрешения осуществить благотворительный взнос в ваш библиотечный фонд, — пояснил ситуацию Герман Григорьевич, — скажем, вливание литературы на... на один миллион рублей.

— Скажем... — добавила Елена, — из серии «Классика и современность».

— И отдельным параграфом словари, разговорники и прочее такое, с языка на язык и обратно, — отыграл свою роль и муж. Так или примерно так они и выстраивали этот предстоящий им разговор, болтаясь ещё где-то над Иркутском.

— Та-а-к... — протянул Еделев, ещё хорошо не понимая, в каком месте лежат деньги, если брать не художественно, а монетарно. Но Лена не дала ему углубить мысль в себя, она вытянула из карман конверт и положила его перед майором.

— Это тысяча долларов, Иван Харитонович. Первый транш, наличными. На разговорники, предположим. Остальные средства — по завершении переговоров. И обсудим, в каком лучше варианте поступления, да?

— Хорошо бы, для начала, с русского на лытынь и обратно, — предложил Герман, — представляете, насколько ваш фонд будет отличаться от других ему подобных, если брать по всей исправительной системе?

— Но... — снова промычал майор, плохо понимая, что происходит, — но...

— Но есть одно условие, вы правы, — включилась Лена, — нам просто необходимо пообщаться с двумя вашими осуждёнными, и не где-нибудь, а в стенах вашей библиотеки.

— Кто такие? — уже вполне по-деловому откликнулся Еделев, сообразив наконец, что прямой подставы нет и, кроме того, Родорхович, как беспокойная единица, также по делу не проходит.

— Зовут Пётр и Павел, братья-близнецы, осуждены по 162-й, часть вторая, — чётко по-военному отрапортовал Веневцев, — тоже ненадолго или как получится. Думаю, при вашей личной поддержке это ведь не строго, верно?

У майора слегка вытянулось лицо, но, тут же стянув его обратно, он постарался этого не показать. Однако спросил:

— Сохатый с Паштетом, что ли? А почему они-то? Они кто такие, чтоб по книжкам разбирать?

— Паштет, должен вам сказать, — снова энергично включился Герман, — имеет поразительные способности к латинскому языку, даже, я бы сказал, талант. Просто он, находясь в заключении, скорее всего лишён всяческой возможности проявить это своё на удивление редкое дарование. Мы же, как никто, как фонд поддержки интересных начинаний, просто мечтали бы содействовать любому плодотворному развитию неординарной личности, даже в условиях временного отстранения её от непосредственной культуры.

— А Сохатый при чём? — не понял Еделев. — Он что, тоже редкость, как брат?

— Тоже, — не растерялась Елена, — но просто он об этом не знает, и мы должны разбудить в нём то, что возвращает преступника обратно к полноценной жизни.

— А вы хотя б в курсе, кто он тут, на моей зоне? — недоверчиво спросил Иван Харитонович. — И какое место занимает в бандитской иерархии? Что он не только рецидивист со стажем, а ещё и так называемый смотрящий? Вам это о чём-нибудь говорит, уважаемый культурный фонд?

В этот момент, предчувствуя непредвиденную затыку, но, тут же прикинув и сравнив, Герман решил, что теперь самое время сыграть немножечко ва-банк. И сыграл.

— В курсе, уважаемый, — ответил он и посмотрел холодным взглядом в майоровы глаза, — как и в курсе того, что наше вспомоществование преспокойно может уйти в ином от вашего направлении содействия, и поэтому вам и только вам выбирать состав собственных предпочтений.

Получилось и назидательно, и отчасти казённо, как он того и хотел. Елена посмотрела на мужа с нескрываемым восторгом, но, опомнившись, тут же прикрыла лицо рукой.

— Ладно, раз так, — согласился зам по оперчасти, — четверть часика вам хватит, пообщаться и осмотреть библиотеку?

— Мы бы просили хотя бы до после обеда где-то, — уже окончательно по-деловому взглянув на часы, отреагировал Герман Григорьевич с недрогнувшим лицом, — вряд ли раньше уложимся, нам ещё нужно на латыни пообщаться, сверить ощущения и всё такое. Не возражаете, майор?

— Пятнадцать минут, — жёстко произнёс Иван Харитонович, — и ни минутой больше. В противном случае руководство меня не поймёт, скажут, вступил в личные отношения. А мне оно надо, сами подумайте? Я же всё равно эти ваши книжки читать не буду, ни «классику», ни «своевременное», у меня времени на это нет, дел уймища разных по оперативной работе.

— Пятнадцать так пятнадцать, — неожиданно согласилась Елена, — хотя, насколько нам известно, руководство ваше в отпуске, и сейчас вы тут лицо номер один, не скромничайте так уж, вам не к лицу. — И обворожительно улыбнулась, встряхнув непослушными шампурами. Герман аж взвился, засекши эту улыбку жены. Они ведь так быстро унеслись спасать занебесных братанов, у них даже не хватило времени на то, чтобы... чтобы после столь длительного воздержания отбросить всё второстепенное, потустороннее, неправдашнее и невозвратное и завалиться в постель, чтобы страстно терзать друг друга, терзать, терзать, терзать в едва не окончательно уже забытой любовной истоме.

— Ладно, полчаса, — хмыкнул майор, — и на этом всё, капут! Дам двоих, побудут с вами, покажут и обождут там же. И, извиняюсь, ещё придётся вас... — он пытался подобрать подходящее слово и подобрал-таки, — посмотреть... На незаконные предметы, так сказать, сами понимаете. Такой у нас порядок для всех, даже для культуры.

— Хорошо, что для всех, а не «не для всех», — с пониманием кивнула Елена, — значит, система всё ещё работает, и есть надежда, что так будет и впредь.

— На том стоим, — довольный услышанным, чётко отыграл её слова опер. — Пошли давайте, они, наверно, с завтрака уже, самое время.

Ещё через какое-то время, ощупав каждого на наличие посторонней неразрешёнки, два гуинщика, лейтенант и старшина, завели супругов в небольшую пристройку к хозблоку, в которой размещалась библиотека колонии № 10. Они сели и стали ждать, разглядывая нищенские стеллажи, сколоченные из грубой, окрашенной белой масляной краской листовой фанеры, с сотней-другой разнокалиберных по виду и, надо думать, случайных по содержанию книжек. Время, столь драгоценное в их случае, неумолимо текло, и оба они об этом не забывали. Дёргаться, впрочем, было уже бессмысленно: так или иначе, условия были определены, точней говоря, обменены на конверт с десятью сотенными банкнотами американского казначейства. Что касалось последующего трансфера, больше виртуального, чем реального, то в эти минуты ожидания что Герман Григорьевич, что его жена меньше всего о нём помышляли. Слово было выпущено с этой стороны Прохода, однако никто не гарантировал возврата с той.

Их завели, обоих, одного за другим, неотличимых по виду. Единственное, что отличало одного рецидивиста от другого, — это нагрудные номера на белом тряпичном прямоугольнике, пристроченные к робам, пошитым из грубой чёрного цвета кирзы.

Лейтенант предупредительно кивнул на посетителей и вслед за этим указал им на длинную скамью, располагавшуюся с противоположной от осу́жденных стороны стола. При этом он соблюдал все надлежащие вохровцу приличия, принятые при общении с авторитетными зэками. Старшина встал у двери, облокотился на стену и принялся равнодушно исследовать глазами течение заоконной жизни.

— Общайтесь, — коротко произнёс лейтенант, — время пошло. — И посмотрел на часы.

— Вот это оп-па так оп-па! — развёл руками Сохатый, он же брат Павел, если по-старому. — От это встреча так встреча, от это я понимаю! — На лице его нарисовалась такая широченная улыбка, что не поверить в её искренность было просто совершенно невозможно. — Какими судьбами, матушка?

— Здравствуйте, Еленочка, — робко улыбнулся вдогонку брату второй заключённый, брат Пётр, Паштет, — если в нынешних обстоятельствах мерить его суть жизнью до заговора и последующего переворота. — И вы здравствуйте, — он вежливо поклонился головой в сторону Германа Григорьевича, не очень понимая, кто есть таков этот приятного вида человек средних лет.

— Это Герман, мой муж, — отрекомендовала его хозяйка «Шиншиллы», — вот и познакомились, наконец.

— Оп-па! — снова подал свой голос «смотрящий» брат, — двойная радость у нас, я гляжу, вся семья в сборе, включая шефа! — и с хитринкой во взгляде кивнул Веневцеву: — Чего хоронился-то от нас, братан, неужель такие прям уж страшные?

Лейтенант, деликатно отсевший в угол, мало чего понимал из обрывочных всплесков застольных приветствий; Еделев приказал отбить полчаса, приглядывать за порядком, а больше не лезть ни в какие дела, если чего-либо не выйдет за рамки дозволенного. Что он и делал.

На приветствие Сохатого Герман не ответил, право вести беседу уступил жене. Разве что ответно изобразил на лице намёк на радость встречи и стал ждать продолжения действия. В эту минуту ему и так было невероятно трудно сдерживать эмоции, разом нахлынувшие на его обол о... на всё его существо, на его чувствительную сердечную мышцу, начавшую трудиться на полные обороты сразу же после их успешного двойного приземления у вытяжного шкафа. Теперь же перед ним сидели оба они, двое апостолов, его персональные проводники от первого оборота к очередному, оба — учителя, архангелы и посланники неизвестной и чрезвычайно разумной силы, разместившей царствие своё в местах, весьма отдалённых от этих. Герману казалось, что ещё вчера, вот-вот, только-только... он даже не успел пока ещё осмыслить того, что произошло с ними со всеми, не то что преодолеть хотя бы один оздоровительный сон, который вычистил бы ему разум и заставил обрести свежий взгляд на ситуацию... Он сидит теперь перед своими бывшими учителями, и он должен принимать их такими, какими были они не там, а обитают тут, на самой настоящей бандитской зоне, в этой убогой тюремной библиотеке, вне той далёкой и уже наверняка недостижимой надземки.

— Послушайте меня внимательно, оба вы, Петя и Паша, — понизив голос, внятно проговорила Елена Веневцева, — мы друг друга знаем не первый день, так что оба вы наверняка понимаете, что вряд ли мы сюда к вам приехали ради какого-нибудь пустяка типа передачки или просто поболтать.

— Почему просто? — хмыкнул Сохатый. — Очень даже не просто, а потому что совестливость заела, кушает, видать, поедом изнутри, что одни лямь свою тянут на забайкальской па́йке, а другие на палатях у себя десертничают, как это, как его... — он на секунду призадумался и выдал: — «флан де фромаж аляпур дефрамбос», так вроде бы хрень эта звалась, ну где там у вас ещё творожок такой воздуховодный при малиновой жижé.

— С пюре, — поправил его Герман, — а не при жиже. Но всё равно, спасибо, что запомнили, мне приятно.

— Прекратите! — резко оборвала Елена обоих и продолжила: — Времени у нас совсем ничего, а нужно обязательно успеть.

— Что успеть, простите, Еленочка? — вмешался Паштет, внимательно следивший за её словами. — В каком смысле успеть, вы о чём?

— Короче так, пацаны, — она скосила глаза на охранников и неожиданно выдала: — Вы сейчас в любой момент можете услышать голос. Или даже два, похожие на ваши... — Она сделала упреждающий жест рукой, предполагая реакцию братьев, но те сидели молча, вникая в эти странные шутейные заморочки, и не выражали никакого протеста. Да и сложно было вот так с налёта оказать любое сопротивление этой более чем самостоятельной женщине, которая и сама была устроена не из такого уж мягкого материала. — Больше пока ни о чём не спрашивайте, ребята, просто запомните, что, как услышите, сразу крепко возьмитесь за руки. И нужно постараться настежь распахнуть дверь и окно. Нам нужен сквозняк, сильный, и никак иначе. В противном случае мы приехали зря. Вопросы есть?

— Побег? — тихо, едва разжимая губы, процедил Сохатый. — А план?

— Не побег, — так же еле слышно произнесла Веневцева, — а освобождение. Хотя разницу вы пока вряд ли почувствуете, просто доверьтесь нам, братцы, и всё будет хорошо.

— Простите, Еленочка, а какое значение в вашем плане играет сквозняк? — всё так же вежливо обратился к ней Паштет. — Это, насколько я понимаю, как бы отвлекающий маневр? И от чего он будет отвлекать? И кого, главное дело? А то, как говорится, нобис симилес нон аут смарт, или же «как бы самих себя не перехитрить», если идти от латыни. Извините, конечно, за такое.

— Слыхали? — уважительно кивнув на брата, промолвил Сохатый. — Там-то уж не обманут, там извечная правда жизни, по себе знаем, не раз проходили.

— С латынью после разберёмся, братаны, — назидательно отреагировала супруга Германа, — у вас ещё будет отличная возможность совершенствоваться в ней до конца вашего срока. — И снова максимально прижала голос. — А сейчас лучше подумайте, как сделать так, чтобы эти двое, — она последовательно указала глазами на лейтенанта и старшину, — не сумели вам помешать. Я хотела сказать, нам. Нам и вам, — и посмотрела на часы. До конца разрешённого свидания оставалось примерно половина отпущенного времени, причём не бо́льшая.

— А чего они скажут-то? — внезапно спросил Сохатый. — Ну эти ваши, кто подскажет, чего нам делать.

— Не подскажут, — Герман всё же вмешался в процесс, решив оказать посильную помощь жене в её усилиях, и заговорщицки полуприкрыл веки, — они скорей всего будут орать нечто вроде: «Э-э-й, бра-атья, мы ту-ут! Слышно на-ас или как-ак?»

Звук у Германа получился куда как громче, нежели он намеревался его произвести, и тут же у обоих наблюдателей включились совсем уже задремавшие было слуховые рецепторы. Но тут же и успокоились, потому что Елена мило улыбнулась каждому из них, извиняясь за случайно допущенный непорядок в помещении библиотеки.

— И потом? — Паштет всё ещё не желал смиряться с таким непрогнозируемым оборотом событий. Любой неизвестности он предпочёл бы строгий и выверенный в деталях порядок действий — с тем, чтобы обрушение действительности, если и произойдёт, не накрыло бы собой остаток любой животворной мечты.

— Потом, как и было сказано: рука в руку, и сквозняк, — пояснила Елена.

— Или наоборот, — добавил муж, — главное, успеть тут же отреагировать и не оставлять после себя жертв, как вы начудили в прошлый раз.

— Откуда известно? — с явным недоверием во взгляде оценил его слова Сохатый. — Мы ж вам писем, кажись, не слали?

— Оттуда, братаны, — не растерялся Герман и тыкнул пальцем в небо, — там всё про всех известно, и не надо песен, лады?

Внезапно в лейтенантском углу возникло шевеление, послышался звук задвигаемого на место стула и оттуда же раздался начальственный голос:

— Так, всё, дорогие гости и осу́жденные, свидание окончено — время! — и, поднеся часы к глазам, помахал всем рукой. Старшина, что сидел на подоконнике, оживился и вскочил на ноги, ожидая приказа уводить. Он и получил его, в тот самый момент, как лейтенант приблизился к беседующим и отдал короткую команду: — Так, встали, руки за спину, двинулись на выход.

Супруги растерянно посмотрели на часы: всё было правильно, всё сходилось — и на самом деле тридцать полных земных минут, отпущенных на избавление от надземного Гамлета Айвазова, протекли столь незаметно, что никому из них даже в голову не пришло свериться по времени после того, как минула первая половина их спасительного свидания.

— Нет... — неуверенно произнесла Елена. Лицо её начало медленно заливаться краской неизвестного происхождения, а глаза наполняться слезами, — подождите, пожалуйста, мы совершенно ни о чём ещё толком не поговорили...

— И вы не предупредили нас, кстати говоря, — попытался вставить своё слово Герман, — могли бы, по крайней мере, дать знать за пять минут, мы бы... мы бы тогда... мы бы...

Что было бы в этом случае, на это фантазии ему уже не хватило, и он стыдливо оборвал свою речь, понимая, что даже если и выдурит любой затяжкой пару дополнительных минут, то навряд ли они уже станут спасительными.

— Встал! — громко скомандовал лейтёха, кивнув Сохатому. — Встали и пошли, повторять не буду, давайте, давайте, осу́жденные!

Именно в этот момент, когда Паштет уже поднялся и смиренно завёл руки за спину, а Сохатый, исподлобья глянув на своих гостей, начал отрывать туловище от скамьи, они и услышали... Оба, разом...

— Орут, кажется... — насторожился Сохатый, тормозя как только возможно процесс отрывания от насиженного места и параллельно с этим вслушиваясь в звуки, проникающие лишь в одни только его персональные ушные раковины.

— Точно! — дёрнувшись всем телом, вдруг выкрикнул Паштет. — И я слышу, и я! Ору-ут, точно ору-ут!

Мы же это и орём с тобой, братка, мы сами, точняк, зуб даю!!!

— Дверь!!! — неожиданно для самой себя, прекратив соблюдать любой политес, внезапно закричала Елена. — Живо! Дверь распахните, немедленно!!

— И окно, окно! — поддал Герман и обернулся к старшине. — Ну, чего стоишь как идол, открывай же, сказано тебе!! Не видишь, людям плохо!

Тот, с трудом соображая, что происходит, кинулся было к окну, но тут же затормозил и вопросительно уставился на лейтенанта. Того, впрочем, сбитого с толку как нельзя более своевременным выкриком Германа, уже успел оттолкнуть Сохатый, после чего уже сам кинулся к двери и, добежав, вышиб её одним коротким ударом ноги. Теперь она болталась на одной петле, издавая неприятный скрип.

— Лежать, суки, лежать всем, я сказал! — заорал уже успевший прийти в себя от этой дикой невнятицы лейтёха и выдернул из кобуры пистолет. — Всем на пол, буду применять оружие! И вы, падлы, туда же! — крикнул он Герману и Елене. — Всех завалю, уроды!

— Не сметь, лейтенант! — не подчинилась его угрозе Веневцева и сделала шаг по направлению к нему. Но в этот же момент сзади на офицера обрушился Паштет и всей тяжестью своего длинного тела придавил его к дощатому полу. Пистолет, выскочив из офицерской руки, отлетел в сторону и уткнулся рукоятью в плинтус. Старшина, безоружный, бросился к нему, пытаясь овладеть стволом, но был остановлен Сохатым, перехватившим его по дороге ударом кулака под дых. Теперь оба представителя исправительного учреждения строгого режима лежали, вжатые в пол братьями-разбойниками. Герман, опомнившись, кинулся к окну и одним рывком распахнул обе створки. Посыпались ошмётки пересохшей краски, порыв свежего осеннего ветра ворвался в библиотеку и разом смёл со стола листы пустой бумаги. За окном взвыло, и сквозняк, образовавшийся в пространстве между распахнутым настежь окном и так и не затворённой дверью, закрутил их по полу, задирая вверх острыми углами, будто лепя из них по ходу дела образ причудливой лагерной вьюги.

Елена подобрала пистолет и, резко размахнувшись, зашвырнула его на верхний стеллаж, куда без лесенки было невозможно забраться.

— Теперь протяните руки и сцепитесь как можно крепче, — крикнула она братьям. Те, не выпуская из-под себя каждый своего врага, вытянули длани и, с трудом преодолевая сопротивление вохровцев, сумели-таки дотянуться одной кистью до другой.

В этот момент замкнулась цепь. Разом стих ветер за окном, надорванная дверная петля перестала издавать отвратительный скрип, бумаги плавно опустились на пол и замерли на нём белыми прямоугольниками. Ничто теперь не нарушало тишины и покоя в библиотеке.

— Отпустите их, — приказала Елена, кивнув на гуинщиков, — и извинитесь. Ты и ты, оба вы! — Пётр и Павел послушно сползли с распятых под их весом противников и поднялись на ноги. Вскочив следом, лейтенант первым делом кинулся одолевать стеллаж, чтобы добраться до пистолета, но лишь обломал пару полок.

— Разрешите, я помогу вам, гражданин начальник? — вежливо справился у того Сохатый. Затем он подставил стул, взгромоздился на него, закинул длиннющую руку на верх стеллажа и вытянул оттуда «макарова». Шагнул вниз и протянул оружие лейтенанту, — вот, пожалуйста, гражданин начальник, этот ваше.

— Ну чо, начальничек, умылся? — с нескрываемым пренебрежением в голосе хохотнул Паштет, изумив присутствующих свежим имиджем. — Теперь побежишь докладную строчить? Давай, давай, строчи, только я на твоё шизо верзать хотел, ты же знаешь! — и сделал нехорошее лицо, с упредительным прищуром. — Только сам осторожней теперь по земле ходи, не ровен час, с кем-нибудь нелюбезным пересекёшься, а он по ошибке больно сделает тебе или кому ещё твоему, понял моё слово?

— Пожалуйста, не нужно предпринимать никаких мер, — миролюбиво произнесла Елена, обращаясь ко всем сразу, — поверьте, всё это было только ради того, чтобы нам же всем стало лучше. Было плохо, но теперь будет нормально, как и должно быть. И уже можно закрыть окно и вычеркнуть этот досадный эпизод из нашей с вами жизни. А с Иваном Харитоновичем я сама поговорю, — приложив руку к сердцу, обратилась она к офицеру, — объясню, что мужу моему стало дурно, но вы помогли его откачать, подав в помещение свежий воздух. А товарищи вам помогли, — она кивнула на братьев. И подала команду: — Всё, пацаны, ступайте, увидимся ещё, Бог даст.

— Давай, подруга, — мотнул головой Паштет, — не кашляй! — и самостоятельно заложил руки за спину. — Только не понял я, чего ты нагрянула-то, нас поглядеть, что ли?

— Всего вам наилучшего, Еленочка, — смущённо пробормотал Сохатый и тоже пристроил руки у себя сзади. Затем, мило улыбнувшись, обратился к её мужу: — И с вами было приятно познакомиться, Герман, не знаю как вас по батюшке, но спасибо, что не забываете. Как говорится, invito libero protinus te videre[1].

И обоих увели.

— Что это значит, как ты думаешь? — спросил муж. — Думаю, он хотел сказать что-то очень хорошее.

— И сказал, — ответила жена.

Они обнялись, прижались друг к другу и ещё долго стояли так, замерши, в опустевшей библиотеке Краснокаменской колонии строгого режима.

В это время за окном увядал сентябрь. Не тот, городской, так любимый обоими супругами и столь искренне ненавидимый братьями во плоти, а этот, глубоко провинциальный, густых забайкальских кровей, мечущийся между надёжно окончившимся западом и уже зримо ощущаемым востоком. Воздух был не так чтобы излишне тёплым, но ещё не успел остыть после выжигающего местную природу августа. Просто здешний сентябрь постепенно закатывал себе рукава хламиды, высвобождая верхние конечности, чтобы в очередной раз облить их новой свежестью и устойчивой прохладой — предтечей надвигающейся суровости, пережить которую, конечно же, придётся, но избежать не удастся никому.

Они вышли из проходной ИК-10 и обнаружили перед собой «шестёрку», ту самую, которая и доставила их сюда. Водительское окошко оттянулось, и из неё высунулась голова знакомого возилы. Он сплюнул на дырявый асфальт, всосал носом шматок предобеденной прохлады и, пытаясь демонстрировать

---

[1] До скорой встречи в свободной жизни (*пер. с латыни*).

полное равнодушие, произнёс, обращаясь к супругам Веневцевым:

— Ну так едем уже или не едем, в конце концов?

— Едем... — ответил муж.

— Разумеется, уважаемый, — подтвердила супруга.

Они забрались на обшарпанное заднее сиденье, водитель дал по синим газам, и они тронулись в путь. Им предстояло как можно скорей осуществить три не сделанных ещё важных дела: накормить Парашюта, побеседовать с Рыбой и спасти «Шиншиллу» от гибели.

ПОСЛЕСЛОВИЕ ГЕРМАНА

Хорошо помню тот день, когда мы вернулись домой из Краснокаменска. Первым делом, не успев раздеться, Ленка накормила Парашюта. Затем набрала Музу Павловну Рыбину и в довольно жёстких выражениях высказала ей слова весьма нелицеприятные, нечто вроде того, что очень рекомендует вернуть осуждённым братьям Петру и Павлу отсуженный у них деревянный миллион, поскольку за время пребывания в колонии оба стали общепризнанными авторитетами, а Сохатый, который Пётр, к тому же ещё и возглавил местный криминалитет в качестве смотрящего зоны. Кстати говоря, за время пребывания на этой должности он успел искалечить её бывшего знакомого господина Гамлета Айвазова, лишив его прежде занимаемого в преступной иерархии почётного места. Однако, учитывая обстоятельства, верней сказать, забив на такой учёт, братья готовы принять этот долг в виде приобретённой на эту же сумму коллекции современной и классической литературы, на выбор дарителя, плюс с десяток разговорников и словарей с русского языка на латинский и обратно. Всё это надлежит отправить грузоперевозкой любой скорости по адресу: Читинская обл, г. Краснокаменск, ИК-10, с пометкой: «Для нужд библиотеки». Да, и ещё просили передать, что полный срок оба досидят вряд ли, учитывая имеющиеся заслуги перед администрацией исправительного учреждения.

Проговорила и, не став дожидаться ответных слов, положила трубку.

Затем мы наспех поели чего-то, нырнули в ванную и сразу кинулись в постель, где и провели ближайшие сутки. Мы спали и любили друг друга, потом снова спали и снова любили. Мы вновь неслись на могучем скакуне, том самом, какой мчал нас по пустыне, но на этот раз он сменил маршрут, предпочтя скудному ландшафту Гоби и Сахары буйную растительность Забайкальского военного округа. Всё это время Парашют метался между нами, не находя себе верного места. Он то устраивался у меня между ног, то, резко вдруг передумав, перебирался к Ленуське, отвоёвывая себе тёплое местечко у неё под боком.

Примерно через месяц или около того, вернувшись из «Шиншиллы», которая за это время уже успела вернуть себе практически всю свою клиентуру, я обнаружил в почтовом ящике письмо, адресованное на имя моей жены. Отправитель значился: ИК-10, г. Краснокаменск, дальше — понятно. Ленки не было, на это время она была записана к гинекологу. Признаюсь, не выдержал, распечатал и сунул нос, не мог удержаться, тем более что понимал — это скорее предназначено для двоих, чем только для неё.

Привожу содержание целиком, поправив лишь пунктуацию и отдельные орфографические погрешности.

«Милая наша Еленочка, здравствуйте, пишет вам Павел, который Паштет!

Петя не пишет, сказал, что после почитает, но уже сейчас с каждым моим словом к вам соглашается. Потому что знает, что мы оба одинаково хотим вам благодарности и добра за всё сделанное вами для нас хорошее и спасительное. А начать хочу с выражения сердечности в вашу сторону за подарок в библиотеку. Прибыл, считай, целый контейнер книжек, новых, ароматных, твёрдых и разных на всякий интерес, и за это нам от кума была объявлена громкая благодарность и по тихой обещаны послабления режима. А уж за латинские подарки — отдельно! Был у меня до этого свой маленький мир, в какой я любил протиснуться потихоньку и время от времени испытать своё же маленькое человеческое счастье. Теперь же мир этот расширился, сделался объёмней и намного содержательней, и это делает моё пребывание в отрыве от свободы гораздо терпимей и светлей.

Теперь про главное. Это мы ведь только поначалу не поняли всей той вашей чудесной задумки насчёт сквозняка. Мы и после, когда в тот памятный день вернули нас в отряд и мы с Петром ожидали решения по случаю нашей непокорности в библиотеке, не понимали, чего, собственно говоря, произошло. Но зато когда почти сразу же оба мы обнаружили, что Сохатый сделался Паштетом, и наоборот, и поменялись с ним робами, всё тут же встало на свои места. Будто свет включили разом, как — помните — лицевую подсветку с выключателем на хребте? И мы вспомнили всё! И поняли! И догадались, как спаслись через вас от той устрашающей туманности заодно с этим нелюдем, хотя и без оболочки.

Милая наша Еленочка!

Я знаю, что мы с братом преступники и рецидивисты и что сидеть нам ещё по самый 2019 год, если, конечно, чего ещё не учудим вдобавок к уже нами сделанному. И вы про нас такое тоже хорошо понимаете. Но вместе с тем я хочу вам сказать, что и человеческое в нас с Петькой убито не до самого конца. Не знаю, как мой брат, но лично я после освобождения обязательно стану другим, изменюсь, покину. Думаю, окончательно сделаюсь продвинутым самоучкой и попробую донести красоту моего второго родного языка до любого, кто будет согласен послушать его в моём исполнении.

И ещё, Еленочка, про важное. Когда мы в тот день уносили ноги от Гамлета, уже стоя в очереди на Овал и хоронясь по возможности от всякого постороннего зрения, то видали его, как он рыщет по той местности, перебегая от одного лысого холма к другому. Видно, как истинный зверь, унюхал он нас с братаном и уже придвинулся к нам совсем близко. А самое удивительное, рядом с ним была женщина, наглая по виду и в человеческой одёже, в натуральной, как и сам он. Она нас первой и приметила уже перед самым проёмом в Овал, когда мы перемещались туда примерно в восьмой раз подряд, как вы нам насоветовали. Рыба. Муза Пална, та самая, из «Бентли». Опознала нас, и заорала, и руками в нас стала тыкать, и Гамлету указывать, который Череп. Он тогда живой чебурек, самый настоящий, от которого откусывал, бросил на землю и ринулся нас убивать головой в песок, чтобы после утилизировать оболочку и обратить её в пыль той про́клятой и забытой Богом местности.

А только не вышло. Нас как раз втянуло в бессветную невесомость и почти сразу же всосало библиотечным сквозняком. Ну, а дальше сами знаете как было, извините, конечно, за всю эту канитель, Еленочка.

Передавайте привет вашему приятному супругу, скажите, мол, братья и его помнят самой наилучшей памятью и выражают признательность почти такую же, как к самой вам.

На этом я прощаюсь с вами, дорогая наша избавительница, потому что надёжней быть самым плохим, но обыкновенным человеком тут, чем самой лучшей, но параллельной оболочкой там — такой у меня, понимаете, Лобачевский получается. Не поминайте лихом Сохатого и Паштета, ещё раз всего вам сердечного и душевного. И спасибо за непризрачную надежду!

Ваш верный Павел и его верный Пётр».

В мае, после многолетнего перерыва, из канадского Торонто нас приехал навестить мой отец. Ленка тогда уже донашивала наших детей, и врачи рекомендовали ей как можно чаще бывать на свежем воздухе. Вместе с папой мы отправились в Апрелевку, гулять, знакомить его с Ленкиной мамой, а заодно, если удастся, набрать корзинку первых майских грибов. Хочу сказать, что это абсолютно съедобный гриб — он так и называется, «майский» — и прекрасного качества, однако его не следует путать со сморчком. Но вы всегда сможете узнать его и отличить от любого другого весеннего гриба, если не забудете, что тело его совершенно белого цвета, к тому же он имеет довольно сильный мучнистый запах. Впрочем, если вы его прожарите до золотистой корочки, добавив к финалу жарки немного репчатого лука, лучше сладкого, ялтинского, то запах этот совершенно исчезнет, и, кроме ощущения изысканного удовольствия от еды и поразительного послевкусия, у вас не останется никакого неясного следа.

Именно так всё и получилось.

А ещё вышло так, что мой бодрый старик увёз Ленкину маму в Торонто, откуда та пока ещё не возвращалась. Думаем, если и вернётся, то лишь за тем, чтобы уже попрощаться с нами окончательно.

В самом конце июня у нас родились малыши, мальчики, двойняшки, Петруша и Павлуша. Первому имя придумал я, второго назвала моя жена, так мы условились ещё задолго до их появления на свет.

А ещё через пять лет в колонии строгого режима № 10 города Краснокаменска в ходе очередного бунта были застрелены братья Пётр и Павел, они же воры-рецидивисты Сохатый и Паштет. Впрочем, об этом мы так и не узнали, поскольку до того срока, когда они должны были откинуться, оставалось ещё около семи лет. Разумеется, в том случае, если бы они там ещё чего-нибудь не учудили...

КОНЕЦ

P.S. Кстати, едва не упустил важную деталь, тем более что обещал при случае вернуться к оставленной ненароком теме. Итак, отмотав сколько-то назад, скажу всё-таки, для чего нужно перед непосредственной подачей блюда, содержащего свежую зелень, непременно рвать её руками, а не измельчать ножом. Тут две причины, и обе равно существенны. Во-первых, ваши тёплые пальцы: согласитесь, это всё же не холодный и равнодушный металл, не оставляющий на продукте ни малейшего душевного следа. И во-вторых: больше сока, господа, больше запаха — и оттого насыщеннее конечный аромат кулинарного изделия, поскольку любая кривая поверхность источает сильнее прямой...

Торонто — Аланья,
22 октября — 16 декабря, 2012

оглавление

Литературно-художественное издание

Ряжский Григорий Викторович

Люди ПЕРЕХОДного периода

Ответственный редактор *О. Аминова*
Литературный редактор *Т. Кравченко*
Ведущий редактор *Е. Неволина*
Выпускающий редактор *А. Дадаева*
Художественный редактор *П. Петров*
Технический редактор *О. Лёвкин*
Компьютерная верстка *М. Тимофеева*
Корректор *О. Степанова*

В оформлении обложки использована репродукция
картины Винсента Ван Гога «Интерьер ресторана в Арле»

ООО «Издательство «Эксмо»
127299, Москва, ул. Клары Цеткин, д. 18/5. Тел. 411-68-86, 956-39-21.
Home page: **www.eksmo.ru**   E-mail: **info@eksmo.ru**

Өндіруші: «ЭКСМО» АҚБ Баспасы, 127299, Мәскеу, Клара Цеткин көшесі, 18/5 үй.
Тел. 8 (495) 411-68-86, 8 (495) 956-39-21.
Home page: www.eksmo.ru . E-mail: info@eksmo.ru.
Қазақстан Республикасындағы Өкілдігі: «РДЦ-Алматы» ЖШС, Алматы қаласы,
Домбровский көшесі, 3«а», Б литері, 1 кеңсе. Тел.: 8(727) 2 51 59 89,90,91,92,
факс: 8 (727) 251 58 12 ішкі 107; E-mail: RDC-Almaty@eksmo.kz
Қазақстан Республикасының аумағында өнімдер бойынша шағымды Қазақстан
Республикасындағы Өкілдігі қабылдайды: «РДЦ-Алматы» ЖШС,
Алматы қаласы, Домбровский көшесі, 3«а», Б литері, 1 кеңсе.
Өнімдердің жарамдылық мерзімі шектелмеген.

Сведения о подтверждении соответствия издания согласно
законодательству РФ о техническом регулировании можно получить
по адресу: http://eksmo.ru/certification/

Подписано в печать 05.04.2013. Формат 84x108^1/$_{32}$.
Гарнитура «Ньютон». Печать офсетная. Усл. печ. л. 21,84.
Тираж 3 000 экз. Заказ 6654.

Отпечатано с электронных носителей издательства.
ОАО «Тверской полиграфический комбинат». 170024, г. Тверь, пр-т Ленина, 5.
Телефон: (4822) 44-52-03, 44-50-34, Телефон/факс: (4822) 44-42-15.
Home page – www.tverpk.ru Электронная почта (E-mail) sales@tverpk.ru

ISBN 978-5-699-63845-1

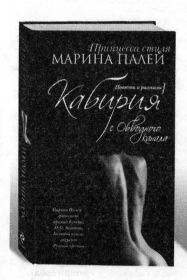